Maintenant ou jamais

PENNY JORDAN

Maintenant ou jamais

Jade

Titre original :
NOW OR NEVER
publié par MIRA®

Traduction française de LOUISE ACHARD

83-85, boulevard Vincent-Auriol 75646 PARIS CEDEX 13.
ISBN 2-280-09388-X — ISSN 1773-7192

1

— Vous êtes sûr ? Je veux dire… Il n'y a pas d'erreur possible ?

Maggie Radford parlait d'une voix mal assurée. Elle tourna vers Oliver un regard anxieux, et la main chaude de son compagnon serra plus étroitement la sienne. Elle était venue tant de fois au cabinet de ce spécialiste, passant alternativement de l'espoir au découragement… Chaque visite se soldait par une interminable série d'examens et de traitements, couplés à des séances de soutien psychologique.

Dans le taxi, ce matin, Oliver lui avait pris les mains en lui disant d'une voix pleine d'émotion :

— Quoi qu'il puisse advenir, quelles que soient les conclusions du médecin, je tiens à te dire que cela ne changera rien à l'amour que j'ai pour toi, Maggie.

Elle le croyait, bien sûr, mais elle savait aussi que les répercussions seraient inévitables…

Elle se retourna vers le médecin, qui fronçait les sourcils. Bien qu'elle se fût promis de ne pas pleurer, ses yeux s'embuèrent de larmes.

— J'ai mis du mascara, avait-elle dit à Oliver, tandis

qu'il la regardait se maquiller. Il n'est pas question que je pleure : j'aurais l'air d'un raton laveur !

Au début de leur relation, elle se sentait gênée quand il l'observait ainsi. Ce n'était pas comme avec Dan, son ex-mari. La situation était différente. Maggie avait changé, et son idylle avec Oliver lui semblait encore trop récente pour qu'ils partagent aisément ces moments d'intimité.

— Il ne faut pas être sur la défensive, lui avait-il dit gentiment. J'ai seulement envie de t'aimer, Maggie.

— Il n'y a pas d'erreur, affirma posément le médecin, interrompant le cours de ses pensées. L'analyse de sang est parfaitement concluante.

Pas d'erreur !

Elle regarda de nouveau Oliver, qui avait pâli. Ses yeux sombres trahissaient une émotion intense. De toute évidence, cela comptait énormément pour lui.

Elle sentit sa gorge se nouer.

Le médecin leur laissa le temps d'assimiler ses paroles, puis il reprit :

— L'opération a parfaitement réussi.

Du coin de l'œil, Maggie vit Oliver essuyer furtivement une larme. Logiquement, c'était elle qui aurait dû pleurer. Mais, sous le coup de cette émotion trop forte, elle en était incapable.

— Il n'y a aucune erreur possible, répéta le spécialiste avec un sourire. Félicitations, Maggie. Vous attendez bel et bien un enfant.

Un enfant ! Le traitement d'avant-garde, qu'elle avait entrepris quelques mois plus tôt dans cette clinique privée, avait porté ses fruits. Elle qui s'était presque résignée à ne jamais être mère… Mais c'était avant de rencontrer Oliver.

Elle se rendit compte qu'ils s'étaient levés et qu'Oliver la serrait dans ses bras tout en remerciant le spécialiste d'une voix légèrement altérée.

— Maggie, c'est magnifique, lui murmura-t-il à l'oreille. Tu as été formidable.

— Je n'étais pas seule. Tu m'as beaucoup aidée, lui dit-elle à mi-voix.

Le médecin les accompagna à la porte, et rappela à Maggie qu'elle devait prendre toute une série de rendez-vous pour surveiller sa grossesse.

— Il n'y a aucun souci à se faire, n'est-ce pas, docteur ? demanda Oliver, en remarquant la mine anxieuse de sa compagne.

— Non. Mais, compte tenu des circonstances, Maggie doit se montrer prudente.

— Tu as entendu les recommandations du médecin ? demanda Oliver, quelques minutes plus tard, alors qu'ils s'apprêtaient à quitter la clinique.

— Oliver, dit Maggie calmement, je n'ai pas la moindre intention de mettre cette grossesse en péril. Je ferai tout ce qui est en mon pouvoir pour que ton bébé vienne au monde dans les meilleures conditions possibles.

— Mon bébé ? Mais c'est notre bébé, répliqua farouchement Oliver.

Leur bébé. Conçu grâce aux ovules offerts pas une autre femme et fertilisés par le sperme d'Oliver.

— Maggie, reprit-il, comme elle se taisait, ce bébé est le tien autant que le mien.

L'expression de son regard appelait une réaction, mais, avant qu'elle ait pu lui fournir la réponse qu'il attendait, une porte s'ouvrit et une jeune femme brune, corpulente, fit irruption dans le couloir.

— Ne mentez pas ! cria-t-elle au médecin en blouse blanche qui la suivait. Je sais ce que vous avez fait. Vous m'avez volé mes bébés ! Vous m'aviez pourtant promis…

Elle se tourna vers Maggie, qui posa instinctivement une main protectrice sur son ventre encore plat. La femme remarqua ce geste, et la considéra d'un air soupçonneux.

— Il y a des menteurs, par ici. Des assassins ! hurla-t-elle. Je découvrirai bien à qui on les a donnés…

Bouleversée, Maggie battit en retraite. Du coin de l'œil, elle vit deux infirmières apparaître au fond du couloir et s'approcher de la jeune femme qui frisait l'hystérie. Elles la prirent chacune par un bras pour l'emmener, gentiment mais fermement, tandis qu'elle continuait à vociférer.

— Désolé pour cet incident, dit l'aide-soignant qui les accompagnait.

Il s'éloigna à son tour, emboîtant le pas au trio. L'infirmière qui se trouvait au bureau d'accueil secoua la tête et se pencha vers Maggie et Oliver.

— Je me demande comment elle s'est introduite ici, leur dit-elle sur un ton confidentiel. Nous avons tous reçu pour instruction de lui refuser l'entrée de la clinique. Elle est passablement dérangée.

Maggie esquissa un sourire courtois, tout en s'efforçant de dissimuler son malaise.

— Est-ce que ça va ? lui demanda Oliver, l'air inquiet.

— Oui, oui. Ce n'est rien.

Elle haussa légèrement les épaules.

— La grossesse doit exacerber ma sensibilité. En tout cas, cette pauvre femme m'a bouleversée. Elle avait l'air si angoissé… Je sais que tous les gens qui viennent ici n'ont pas notre chance, et j'éprouve une immense gratitude pour la femme qui m'a offert ses ovules.

Bien que le règlement de la clinique ne les eût pas autorisés à la rencontrer, ils avaient été informés qu'elle était rousse, comme Maggie, et de même corpulence.

Quand Oliver lui avait dit qu'il souhaitait un enfant d'elle, Maggie avait cru qu'il plaisantait.

— Je n'ai plus l'âge, lui avait-elle rappelé.

— Tu es faite pour être mère, avait-il rétorqué. Et la science a fait beaucoup de progrès.

C'était plus d'un an auparavant, mais elle n'avait pas oublié l'émotion qui s'était emparée d'elle. C'était comme si elle découvrait une vérité profondément enfouie en elle, une blessure dont elle aurait toujours refusé d'admettre l'existence.

Puis elle était tombée par hasard sur un article concernant

les activités de cette clinique, une pionnière dans le domaine de la fécondation assistée. Depuis leur première consultation, elle refusait, toutefois, de se montrer trop optimiste, par crainte d'être déçue. C'était Oliver qui avait entretenu l'espoir, car il semblait persuadé qu'elle pouvait mettre leur enfant au monde.

En le regardant héler un taxi pour regagner l'hôtel, Maggie sentit renaître toute sa confiance en la vie. Pour des raisons surtout sentimentales, elle avait réservé une chambre au Langham, l'un des hôtels les plus prestigieux de Londres.

— Tu te souviens de la première fois où nous sommes descendus ici ? lui demanda-t-elle, une demi-heure plus tard, tandis qu'ils traversaient le hall.

Du haut de son mètre quatre-vingts, il la dominait d'une bonne tête, en dépit des talons qu'elle portait toujours. Dan, son ex-mari, était encore plus grand — un mètre quatre-vingt-cinq — brun aux yeux noirs, avec un teint mat de Méditerranéen qui contrastait avec sa pâleur de rousse. Oliver, lui, était châtain clair, avec quelques mèches décolorées par le soleil des plages d'Australie où il avait passé plusieurs mois à surfer, à la fin de ses études.

— Evidemment, dit-il avec un sourire. Je travaillais pour toi depuis plus d'un an, tout en me demandant à longueur de journée comment faire pour te séduire. Et puis, il y a eu ce déplacement à Londres…

— Et tu as dit au réceptionniste qu'il y avait eu une erreur au moment de la réservation, qu'il ne nous fallait qu'une seule chambre. Tu as eu de la chance de ne pas être viré illico quand j'ai découvert la supercherie ! s'exclama-t-elle d'un ton faussement indigné.

Avant cette fameuse nuit, elle avait traversé une période particulièrement difficile — une période de doute et de solitude affective, en dépit du soutien de ses amies dont elle enviait la stabilité au sein de familles épanouies.

— C'est le jour où je t'ai rencontrée que j'ai eu de la chance, dit Oliver avec tendresse. Tu es tellement merveilleuse, Maggie.

Il lui prit la main et la porta à ses lèvres.

— Tu es quelqu'un d'unique, de parfait, d'irremplaçable à mes yeux. Tu es la femme de ma vie — celle avec laquelle je veux un enfant.

Maggie réprima un frisson. Elle avait un peu peur quand il lui disait ces choses-là. Personne n'est parfait — et elle ne faisait pas exception à la règle.

Elle se remémora les propos de Nicki, sa meilleure amie, à l'époque où elle lui avait présenté Oliver.

— Il t'idolâtre littéralement, lui avait-elle dit avec une pointe d'ironie. Prends garde de ne pas le décevoir parce qu'il te place sur un piédestal.

Ce souvenir rappela à Maggie qu'elle allait devoir annoncer la nouvelle à son petit cercle d'amies intimes, et se faire pardonner d'avoir gardé le secret aussi longtemps.

— Ohé, reviens !

Elle adressa à Oliver un sourire contrit, et le suivit dans l'ascenseur.

Lors de leur premier séjour à l'hôtel, ils avaient à peine quitté leur suite. Dans le Jacuzzi, Oliver avait versé du champagne sur sa peau nue avant de la lécher avec ferveur. Ses caresses ardentes avaient réveillé toute la sensualité qu'elle refoulait depuis le départ de Dan.

Mais, ce soir, ils ne feraient pas de folies entre les draps de leur immense lit, et ne s'attarderaient pas langoureusement dans le Jacuzzi, songea Maggie, tandis qu'Oliver tournait la clé dans la serrure. Les ébats sexuels ne figuraient pas en tête de ses priorités.

— Tu es conscient que nous allons devoir trouver une véritable maison, n'est-ce pas ? dit-elle à son compagnon. Une maison avec une chambre d'enfant, un jardin et des…

— Je sais, coupa Oliver. Il va falloir quitter l'appartement.

Maggie l'observa avec indulgence. Il avait eu le coup de foudre pour ce loft qui occupait le dernier étage d'un immeuble. Elle avait d'abord été un peu déroutée, puis elle s'était habituée au décor ultramoderne.

Après son divorce, la maison qu'elle habitait avec Dan avait été vendue, et elle avait investi sa part dans le développement de l'affaire qu'ils avaient montée ensemble.

— Oh, Maggie, Maggie…

Oliver la prit dans ses bras pour l'embrasser, et elle laissa alors libre cours à son émotion.

Sans avoir tout à fait le physique d'un jeune premier de cinéma, Oliver possédait un charme incontestable qu'il devait en grande partie à la douceur exceptionnelle de son regard. En fait, il était mieux que beau. On sentait que c'était un homme qui aimait les femmes — lesquelles, d'ailleurs, le lui rendaient bien. Séduisant sans être séducteur, il était aussi tendre et généreux, plein d'humour et de joie de vivre. Maggie s'étonnait de la façon dont il devinait ses états d'âme, dont il devançait ses désirs. Elle devait, parfois, se pincer pour s'assurer qu'elle ne rêvait pas.

Un rapport particulier s'était établi entre eux dès leur première rencontre — le jour où Oliver était venu lui proposer ses services au bureau, en qualité de designer. Pourtant, à l'époque, Maggie ne se sentait pas disponible pour une relation sentimentale. L'échec de son mariage l'avait rendue méfiante et vulnérable. Elle dirigeait une petite société d'aménagement de bureaux — conception, décor, architecture intérieure. Un article, récemment paru dans un magazine d'entreprise, affirmait que le fait de pouvoir s'offrir les services du cabinet Radford était un gage de bon goût et de réussite pour une compagnie. Les bénéfices lui procuraient un revenu confortable, mais elle avait surtout la satisfaction d'exercer un métier stimulant, qui lui plaisait énormément.

Pour sa part, Maggie n'était ni décoratrice ni architecte d'intérieur mais excellente administratrice, avec, de surcroît, un sens inné des relations humaines. Dès le premier jour, en faisant la connaissance d'Oliver, elle s'était prise à envier la femme qui devait partager sa vie. Réaction qu'elle avait immédiatement combattue pour son impertinence et son incongruité.

Et, quand Oliver lui avait déclaré son amour, elle

avait résisté plusieurs mois avant de céder à son propre désir.

— Crois-tu que nous allons avoir une fille ou un garçon ? lui murmura-t-il à l'oreille, en la reprenant dans ses bras.

— Peu importe, répondit-elle avec un sourire.

L'essentiel, pour elle, c'était l'aboutissement de cette grossesse. Tout le reste lui paraissait dérisoire.

— Moi, j'aimerais avoir une petite fille qui te ressemble, dit Oliver.

Maggie se crispa et se dégagea aussitôt de son étreinte.

— Tu oublies un détail ! Cet enfant n'aura aucun de mes gènes, lui rappela-t-elle vivement.

— Certes, dit-il d'une voix douce. Mais tu seras sa mère. Notre bébé aura tout ton amour, Maggie.

« Notre bébé ». Maggie éprouva un élan de tendresse presque douloureux pour l'enfant à venir et pour son père.

— Maintenant que c'est officiel, je suppose que tu meurs d'envie de l'annoncer au *club*, reprit Oliver d'un air taquin.

— Ce n'est pas un club ! répliqua Maggie avec un sourire. Il s'agit juste de mes amies les plus proches. Quatre filles qui se connaissent depuis l'école, rien de plus.

— Et aucun mâle ne comprendra jamais la nature du lien qui vous unit, je sais.

— Je n'ai jamais dit une chose pareille.

— Cela va sans dire, rétorqua Oliver avec une pointe d'ironie.

— Elles ne vont pas être contentes d'apprendre que je leur ai caché une chose aussi importante. Surtout Nicki : j'ai été la première à savoir qu'elle était enceinte de Joey. Je l'ai même appris avant Kit ! Et elles ne m'ont pas encore vraiment pardonné d'avoir tant tardé à leur parler de toi.

— Alors, à notre retour, le téléphone n'a pas fini de sonner occupé !

Maggie secoua vigoureusement la tête, faisant danser ses boucles rousses.

— Je n'ai pas l'intention de leur annoncer ça par téléphone. Je préfère attendre notre repas de vendredi, pour que nous soyons toutes réunies.

Cela allait être un véritable soulagement de leur en parler. Maggie se faisait une joie à l'idée de leur enthousiasme et de leur stupéfaction. Elle les avait secrètement enviées de donner naissance, à tour de rôle, à de beaux enfants ; mais elle ne voulait pas être prise en pitié ni trahir le secret de Dan. De ce fait, ses amies avaient fini par s'imaginer qu'elle ne voulait pas d'enfant, et elle ne s'était pas donné la peine de les détromper.

Même entre amies aussi intimes, il y a parfois des secrets, songea-t-elle.

— Qu'est-ce que tu as ?

Ils avaient fini de dîner, et s'apprêtaient à se coucher.

Maggie était plus lasse qu'elle voulait bien l'admettre — à cause de sa grossesse ou bien…

— J'espère seulement que nous avons fait le bon choix, répondit-elle posément à Oliver.

— Bien sûr que oui ! Pourquoi ce doute ?

Elle l'observa un moment en silence.

— Allons, tu le sais bien : parce que j'ai cinquante-deux ans, Oliver. Parce qu'au-delà de la ménopause, une femme ne peut plus concevoir sans les miracles du progrès scientifique et sans l'intervention d'une autre, qui offre ses ovules. Et parce que toi, tu es encore un homme jeune, qui pourrait faire un enfant à une femme fertile.

— Maggie, ne dis pas de bêtises ! C'est notre amour qui compte, et rien d'autre.

Maggie détourna les yeux. Ce n'était pas la première fois qu'ils discutaient de cela. Même si Maggie ne paraissait vraiment pas son âge, le fait était là : rien ne pouvait réduire l'écart de seize ans qui les séparait.

En apprenant son âge — elle avait quarante-cinq ans, au moment de leur rencontre —, Oliver s'était vieilli d'une dizaine d'années pour éviter qu'elle se dérobe. Elle n'avait appris la vérité que plus tard, quand tout était déjà consommé.

— Quel âge a-t-il ? avait demandé Nicki d'un ton incrédule quand, sur l'insistance d'Oliver, Maggie avait enfin parlé de lui à ses amies.

Après l'effet de surprise, les « filles » s'étaient, bien sûr, déclarées ravies pour elle.

En se remémorant leur conversation, Maggie eut un petit sourire furtif. Ses trois amies l'avaient un peu taquinée en lui posant, notamment, des questions sur sa vie sexuelle avec un gamin. Maggie ne s'était pas formalisée car elle possédait une bonne dose d'autodérision. Et, comme Nicki le lui avait fait remarquer, l'aura de sensualité qui émanait d'elle était suffisamment éloquente.

— Tu es radieuse. Tu as tout d'une femme comblée, avait ajouté Nicki avec une pointe de nostalgie.

— Comme toi, à l'époque où tu as rencontré Kit, avait rétorqué Maggie.

Elle éprouva soudain un vif désir de retrouver ses complices de toujours : Nicki, Alice et Stella. Une fois par mois, elles se retrouvaient pour dîner au restaurant, se confier quelques secrets, partager leurs joies, leurs espoirs et leurs appréhensions.

Quand Oliver faisait allusion à leur quatuor, il parlait de « L'Assemblée des sorcières », affirmant qu'ensemble, elles détenaient de véritables pouvoirs magiques, particulièrement sa merveilleuse, sa malicieuse Maggie. Maggie, la magicienne !

Ses amies comprendraient aisément sa démarche et les tourments qui s'y rattachaient, elle en était certaine. Notamment l'angoisse qu'elle avait ressentie à l'annonce d'une ménopause précoce, peu de temps après son quarantième anniversaire. Elle avait eu alors l'impression que la nature lui fermait brutalement les portes de la maternité, et elle en avait été bouleversée.

Jusqu'ici, elle n'avait jamais confié ces tourments à personne, mais, aujourd'hui, elle se sentait capable d'aborder ce sujet brûlant car elle avait le sentiment de faire un pied de nez au destin. Dans leur petit groupe, elle était la seule à ne pas avoir eu d'enfant. Après sa rupture avec Dan, elle avait cru pouvoir y renoncer. Mais, grâce à Oliver, elle prenait enfin conscience de l'importance de la maternité et du bonheur immense que pouvait représenter le fait de mettre au monde l'enfant de l'homme qu'elle aimait.

Oliver l'observait en silence. Pourquoi se crispait-elle ainsi sur leur différence d'âge, alors que ça ne signifiait absolument rien pour lui ? Ou plutôt, c'était l'une des raisons pour lesquelles il l'aimait tant. Son enthousiasme, son appétit de vivre étaient ceux d'une jeune fille, alors qu'elle possédait la beauté d'une vraie femme.

Pour sa part, il avait toujours été attiré par les femmes plus âgées que lui. Leur maturité affective lui plaisait. Il se sentait à l'aise avec elles. Maggie était une femme accomplie, et il était fier d'elle — fier de l'avoir comme partenaire dans la vie et dans le travail. Il savait qu'elle serait une mère incomparable. Oliver aimait les enfants. L'amour de Maggie serait le plus beau cadeau à faire à un enfant — leur enfant.

Certes, elle avait plus de cinquante ans. Et alors ? Le

spécialiste, à la clinique, avait affirmé qu'elle était en parfaite santé, qu'elle aurait pu concevoir naturellement avant sa ménopause précoce, et que les femmes de son âge avaient parfois recours à ce genre de procédé.

— Maggie, dit-il avec ferveur, je t'en prie, ne te focalise pas sur notre différence d'âge ! Je ne veux pas que ce soit un obstacle entre nous.

— Je pourrais être ta mère, lui rappela-t-elle. Et je devrais avoir des petits-enfants, au lieu d'accoucher dans huit mois.

— Et moi, je suis assez vieux pour savoir que tu es mon amour. L'amour de ma vie.

Il prit le visage de Maggie dans ses mains, et ajouta :

— Je t'ai attendue si longtemps, ma chérie. Tu es tout pour moi. Vous êtes tout pour moi, toi et le bébé.

La tendresse avec laquelle il l'embrassa emplit Maggie d'une émotion presque douloureuse.

Elle avait passionnément aimé Dan — trop intensément, peut-être —, mais c'était Oliver qui lui avait montré toute la générosité de l'amour et le don de soi qu'il implique.

Et, dans l'obscurité de la chambre, dans la chaleur du lit qu'ils partageaient, la barrière de l'âge s'évanouit comme par enchantement. Ici, ils étaient des amants et rien d'autre.

2

— Alice, c'est Nicki. Je t'appelle juste pour confirmer notre dîner de demain. C'est toujours d'accord pour toi ?

Bloquant le téléphone avec son épaule, Alice Palmer récupéra adroitement le jouet que l'aîné de ses petits-fils tentait d'insérer dans l'oreille du cadet.

— Oui. Pas de problème. Veux-tu que j'appelle Stella pour m'assurer qu'elle viendra ?

— Si tu veux.

— Je suppose que tu as déjà eu Maggie ?

— Oui, oui, bien sûr !

Un lien particulier unissait Nicki et Maggie. Aussi Alice s'étonna-t-elle de sentir une certaine réticence dans la voix de Nicki.

— Tout va bien, j'espère ? Toujours pas le moindre nuage en vue dans leur idylle ?

— Oh, non, ils sont toujours aussi fous l'un de l'autre ! affirma Nicki Young avec un petit rire.

Alice s'esclaffa.

— Stella dit que ce n'est pas tant l'idée que Maggie se comporte comme une gamine qui lui donne l'impression d'être vieille, mais plutôt le fait qu'elle s'en sorte aussi bien !

— Encore faut-il avoir de bons gènes et une silhouette d'adolescente… Il faut bien admettre que Maggie a toujours fait jeune.

— Ma foi, tu n'as pas à te plaindre, toi non plus, dit Alice. Tandis que moi, j'ai bien cinq ou six kilos superflus. Zoé refuse absolument de croire que j'ai eu un jour la taille aussi fine que la sienne. « Maman, tu es sûre que tu n'aurais pas plutôt perdu la mémoire ? », m'a-t-elle demandé, l'autre jour.

— Ça te va plutôt bien d'être un peu enrobée, affirma Nicki d'un ton qui se voulait rassurant. C'est tout le charme d…

— Des mamies gâteaux ? coupa Alice.

A l'autre bout du fil, elle entendit Nicki pouffer de rire.

— Bon, je voulais t'avertir que Maggie avait une nouvelle à nous annoncer. Quelque chose qu'elle tient à nous dire quand nous sommes réunies toutes les quatre. Quel que soit le scoop, ça semble lui tenir à cœur.

Alice perçut dans la voix de Nicki une intonation inhabituelle qu'elle ne put identifier. Nicki avait toujours été la plus posée des quatre, celle qui contrôlait le mieux ses propos et ses émotions — contrairement à Maggie, plutôt du genre « tout feu, tout flamme ».

— Ils ont peut-être décidé de se marier, Oliver et elle, dit Alice avec espoir.

— Je n'en sais rien. Elle affirme qu'il est inutile de la

harceler de questions car elle ne dira pas un mot jusqu'à ce que nous soyons toutes réunies. A propos, j'ai réservé une table dans ce nouveau resto qui vient d'ouvrir dans High Street.

— A l'emplacement de l'ancienne poissonnerie, c'est ça ? Franchement, c'est trop dommage : depuis l'ouverture du centre commercial, à la sortie de la ville, les petits commerces ferment les uns après les autres. La rue principale n'est plus qu'une suite ininterrompue de bars et de brasseries.

— Mmm, c'est vrai. En tout cas, l'agence n'a jamais aussi bien tourné. Je vais devoir embaucher quelqu'un à plein temps pour nous aider.

— Je me demande comment tu t'arranges pour tout faire, dit Alice avec une pointe d'envie. Tu réussis à gérer ta propre affaire avec un enfant de neuf ans à la maison et un mari qui travaille de son côté. Au fait, Stuart m'a dit qu'il avait rencontré Kit, au golf, l'autre jour. Il paraît que Laura a quitté son emploi en ville et qu'elle revient s'installer chez vous ?

Il y eut un bref silence au bout du fil, puis Nicki répondit avec un soupir éloquent :

— Ne m'en parle pas ! J'ai hâte de pouvoir leur dire ce que j'ai sur le cœur. Bon, il faut que j'y aille : Joey sort de l'école dans un quart d'heure.

Tout en raccrochant, Alice songea à la situation délicate qui opposait Nicki et Laura — la fille que Kit avait eue d'un premier mariage. Dix ans auparavant, quand Nicki avait épousé Kit, Laura avait seize ans et elle allait encore au lycée. Dès le début, l'adolescente s'était farouchement opposée au remariage de son père, et toutes les tentatives d'apaisement de Nicki s'étaient soldées par un échec.

— Mamie, un biscuit… un biscuit !

— Un biscuit, s'il te plaît ! corrigea machinalement Alice.

Elle alla chercher la boîte de biscuits qu'elle confectionnait spécialement pour George et son petit frère William.

Ces adorables bambins lui rappelaient beaucoup ses jumeaux au même âge, et elle les adorait littéralement. Il n'en restait pas moins qu'au terme d'une journée passée à s'occuper d'eux, elle avait hâte que Zoé vienne les chercher.

Elle fronça les sourcils en pensant à sa fille. Comme elle, Zoé s'était mariée jeune. Trop jeune ? Alice avait de plus en plus l'impression que c'était vrai, du moins en ce qui la concernait.

Sa fille n'allait pas apprécier la nouvelle qu'elle s'apprêtait à lui annoncer. Quant à Stuart… il ne l'avait jamais encouragée à être indépendante. Il ne comprendrait probablement pas ses motivations. Elle allait devoir se montrer très forte, très déterminée afin de poursuivre l'objectif qu'elle s'était fixé. Mais le soutien de ses amies lui était assuré — sans aucun doute. Elles avaient toujours pu compter les unes sur les autres. Alice était aussi impatiente de leur révéler ses intentions qu'elle redoutait d'en parler aux siens.

Elle alla jeter un bref coup d'œil sur ses petits-fils avant de téléphoner au dernier membre du quatuor.

— Stella, c'est Alice ! dit-elle en entendant la voix de son amie. Veux-tu toujours que je passe te prendre, demain soir ?

— Si ça ne te dérange pas... Le seul problème, c'est que je ne veux pas rentrer tard. Hughie arrive aujourd'hui ; il profite de deux jours d'absence d'un professeur à l'université. Il dit qu'il n'a plus de linge propre, mais, à mon avis, c'est surtout pour voir Julie qu'il veut venir.

La voix sonore de Stella reflétait sa personnalité énergique. Remarquablement organisée et dotée d'un solide bon sens, elle dirigeait l'existence de son époux et celle de son fils avec une efficacité admirable. Et ce n'étaient pas quelques kilos superflus qui risquaient de la démoraliser. Alice ne lui connaissait pas d'angoisses ni d'états d'âme. A côté d'elle, elle se sentait terriblement indécise et anxieuse. En fait, Stella était une de ces femmes à qui la cinquantaine va comme un gant.

Naguère, Stella apparaissait comme la moins compliquée des quatre, la plus pragmatique, et si ses manières un peu brusques l'avaient mise quelque peu à l'écart, c'était le contraire, aujourd'hui : ces mêmes traits de caractère lui valaient l'admiration de son entourage. Stella n'était pas égoïste ni indifférente. Quand elle était vexée, elle pouvait se retrancher dans un silence outragé, mais elle était d'une loyauté à toute épreuve, et l'on pouvait toujours compter sur son aide en cas de difficulté. En matière de résolution de problèmes, Stella n'avait pas sa pareille, et ses trois amies avaient pour elle une grande affection.

— Julie est une fille épatante, affirma-t-elle, mais elle est encore au lycée, et Hughie vient tout juste d'avoir dix-neuf ans. Je ne voudrais pas avoir l'air d'une mère poule, mais il me semble qu'ils feraient mieux de se concentrer tous les deux sur leurs études au lieu d'entretenir, de loin, une idylle romantique. Je n'ai pas oublié tout ce que tu as dû subir quand Zoé a failli quitter la fac pour épouser Ian !

Alice esquissa une grimace. La maladresse de Stella n'avait rien à voir avec la méchanceté — simplement, elle avait tendance à s'imaginer que tout le monde était aussi solide qu'elle.

— Zoé ne mesure pas sa chance d'avoir une maman comme toi, reprit Stella d'une voix pleine de tendresse. Tu es vraiment l'épouse et la mère idéales, Alice. A propos, comment vont les jumeaux ?

— Ils vagabondent toujours en Amérique du Sud, pour autant que je sache.

Alice préférait nettement parler des jumeaux que de sa fille aînée.

— Richard se demandait, l'autre soir, ce qui allait nous coûter le plus cher : leurs études ou leur année sabbatique. A mon avis, il doit être un peu jaloux. A notre époque, l'année sabbatique était un luxe rarissime. Stuart est passé directement de l'université à un emploi rémunéré. Deux ans plus tard, nous étions mariés, puis Zoé est arrivée et ensuite, les garçons…

— Oui, je vois ce que tu veux dire. Evidemment, Hughie a toute la vie devant lui, un avenir plein de promesses, tandis que pour notre génération, le seul espoir qui reste est d'échapper au licenciement et de prendre une retraite bien méritée.

La noirceur du tableau fit frémir Alice, tandis que Stella poursuivait, comme si de rien n'était :

— A moins, bien sûr, d'avoir la chance d'être quelqu'un comme Maggie. Il n'y a rien de surprenant à ce qu'elle refasse sa vie avec un homme bien plus jeune qu'elle, en définitive. Comme dit Richard, elle n'est pas du genre à se résigner ; ce sont les gens de sa trempe qui font évoluer les choses, à coups de minirévolutions individuelles. Autrefois, déjà, elle avait l'habitude de nous bousculer, tu te souviens ? On admirait secrètement son audace : comme on aurait aimé être à sa place !

— C'est vrai, admit Alice. Mais ça n'a pas toujours été facile pour elle. Elle avait l'air tellement amoureuse de Dan quand ils se sont mariés. Je n'aurais jamais cru qu'ils finiraient par divorcer.

— Moi non plus. Mais Nicki m'a confié que ça ne l'avait pas surprise. Elle connaissait Dan depuis longtemps ; elle était sortie avec lui, bien avant. Elle savait qu'il voulait des enfants. Maggie, elle, considérait que leur enfant, c'était leur société. Apparemment, ils n'étaient pas tout à fait d'accord sur le sujet.

— Quoi qu'il en soit, elle a l'air heureuse, maintenant, avec Oliver, dit Alice d'un ton conciliant. Je dois avouer que je me suis fait du souci, le jour où elle nous a annoncé la nouvelle : la différence d'âge me semblait énorme. Mais il suffit de les voir ensemble pour constater qu'il est fou d'elle.

— Alice, tu es tellement romantique ! s'exclama Stella en riant.

Ce soupçon de condescendance contrariait parfois Alice. Ses amies se croyaient-elles plus expérimentées qu'elle, sous prétexte qu'elles étaient un peu plus âgées et qu'elles avaient fréquenté l'université ?

C'était Stuart qui l'avait dissuadée de poursuivre ses études.

— Je suis amoureux de toi, Alice, lui avait-il dit, et je veux qu'on se marie tout de suite. Je n'ai pas envie d'attendre trois ou quatre ans pour que tu obtiennes un diplôme qui ne te servira à rien. Je connais de bien meilleurs moyens d'occuper ton temps, lui avait-il chuchoté à l'oreille, de cette voix sensuelle qui la faisait si aisément chavirer.

A dix-neuf ans, elle avait été impressionnée par son assurance et son autorité naturelle qu'elle prenait pour des preuves de virilité. Mais, trente ans plus tard, elle commençait à se demander s'il n'avait pas plutôt manifesté un esprit de domination particulièrement égoïste. Pour tout dire, ça faisait même pas mal de temps qu'elle se posait la question, sans aller, toutefois, jusqu'à en tirer toutes les conclusions.

Alice culpabilisa un peu en songeant que Stuart était un bon époux et un bon père. D'un autre côté, il exerçait un métier agréable qui lui permettait de voyager à travers le monde, tandis que sa petite femme restait sagement confinée au foyer…

— Oh, j'allais oublier, dit-elle à Stella, en écartant précipitamment ces idées gênantes pour revenir au présent. D'après Nicki, Maggie a une grande nouvelle à nous annoncer. Tu crois qu'elle a l'intention de se marier ?

— J'espère bien que non ! répondit Stella avec conviction. Pour le moment, c'est une belle histoire romantique, mais, à mon avis, ça ne peut pas durer. Oliver a seize ans de moins que Maggie et, tôt au tard, ça leur posera des problèmes.

— Mmm ! Et comment vont mes deux amours ?

Se tenant à l'écart, Alice regarda Zoé s'agenouiller près de ses fils.

— Je crains de ne pas pouvoir les reprendre avant demain soir, maman ! Nous avons organisé une petite réunion entre filles, au bar à vin, après le travail. Si tu pouvais leur donner leur bain du soir pour que je n'aie plus qu'à les mettre au lit en rentrant, ce serait parfait. Ils te tiendront compagnie en l'absence de papa, et…

— Non, Zoé, je ne peux pas les garder, demain soir. Je suis désolée.

— Quoi ? Maman, je ne peux pas annuler au dernier moment : ça ne ferait vraiment pas sérieux vis-à-vis de mes collègues. Tu comprends, c'est plutôt un truc professionnel qu'une simple distraction ; j'essaie d'entretenir un réseau de relations pour pouvoir bénéficier de contacts intéressants.

— Bien sûr, dit Alice d'un ton conciliant. Mais, pour une fois, Ian pourrait peut-être s'occuper de ses fils.

— Mais oui, bien sûr ! Je savais que tu allais t'en prendre à Ian.

Alice sentit son cœur se serrer en voyant les joues de sa fille s'empourprer sous l'effet de la colère.

— Tu n'as jamais pu le sentir, hein ? Tu ne voulais pas que je l'épouse. D'ailleurs, tu ne t'es jamais préoccupée de mon bonheur : tu as toujours eu une préférence pour mes frères.

— Zoé, ce n'est pas vrai !

Si Alice n'appréciait guère son gendre, c'est parce qu'elle voyait clair dans son jeu : il exploitait adroitement les faiblesses et le désarroi de Zoé, et ne manquait jamais une occasion de lui saper le moral. Certes, son revenu lui permettait d'assurer un excellent train de vie à sa femme et à ses enfants, et Zoé travaillait uniquement pour son plaisir. Mais, apparemment, cela ne suffisait pas à la rendre heureuse.

— Qu'est-ce qui t'empêche de garder les enfants ? demanda-t-elle d'un ton soupçonneux. Papa est en voyage !

— Je vais au restaurant avec mes amies, et...

— Ah, voilà, j'aurais dû m'en douter ! Ta soirée avec tes copines, hein ? Evidemment, elles comptent plus pour toi que William et George.

Cette attaque aussi injuste qu'inattendue laissa Alice sans voix.

— Zoé, mais qu'est-ce que tu racontes ? bredouilla-t-elle après un silence. Tu sais bien que...

Sa fille lui coupa la parole sans l'écouter davantage.

— Si tu préfères la compagnie de tes précieuses amies à celle de tes petits-enfants, alors, très bien, vas-y !

— Voyons, Zoé...

Mais la jeune femme se dirigeait déjà vers la porte d'un air outragé, en tenant ses fils par la main.

Alice eut soudain le sentiment que leur relation avait toujours été conflictuelle. Mais pour quelle raison ? Etait-ce entièrement sa faute, comme le prétendait Zoé ?

— Elle est peut-être jalouse de toi, lui avait, un jour, suggéré Nicki. Ça arrive, parfois.

— Non, avait répliqué Maggie. A mon avis, c'est à ses frères qu'elle en veut. Elle s'est sentie exclue, après leur naissance.

— Certaines mères sont plus dures avec leurs filles qu'avec leurs fils, avait ajouté Stella.

C'était sans doute Maggie qui s'approchait le plus de la vérité, songea Alice. Zoé avait six ans quand les jumeaux étaient nés, et elle avait perdu d'un seul coup son statut privilégié de fille unique. Depuis ce jour-là, elle en voulait à ses parents. Alice, elle, s'en voulait de ne pas avoir su répondre à sa demande d'affection.

*
* *

— Maman, est-ce que Laura sera là quand on arrivera ?

Une main sur la portière du passager, Nicki se tourna vers son jeune fils, Joey. Il traînait ses chaussures neuves dans la poussière du parking, et fuyait son regard.

Avec ses cheveux blonds comme les blés et ses yeux noisette, Joey était tout le portrait de son père. En le regardant, Nicki sentit son cœur fondre de tendresse. Une tendresse à laquelle se mêlait, depuis quelque temps, un sentiment de culpabilité.

— C'est possible, répondit-elle d'un ton faussement dégagé. Vous avez le même père, après tout.

— C'est une grande et je l'aime pas. Elle fait que me contredire, répliqua Joey avec la logique indiscutable d'un enfant de neuf ans. Pourquoi est-ce qu'elle revient avec nous ? Elle peut pas rester chez elle ?

Nicki soupira.

Il était aussi difficile pour elle d'expliquer à son fils la complexité de la situation que de lui laisser deviner ses propres sentiments. Elle partageait tout à fait l'opinion de Joey sur le retour de Laura, mais elle ne pouvait pas l'exprimer aussi ouvertement.

Au début de son idylle — extrêmement discrète — avec Kit, elle avait pris grand soin de ménager les sentiments de l'adolescente qui venait de perdre sa mère. Mais, en dépit de tous ses efforts, Laura avait toujours refusé de lui accorder une place dans sa vie et celle de son père. Son hostilité n'avait fait que croître, au fil des jours, à tel point que Nicki, de guerre lasse, avait choisi de rompre avec Kit, dans l'intérêt de tous.

Cette période de séparation avait été l'une des pires de sa vie. Si quelqu'un, à l'époque, lui avait dit qu'ils finiraient par vivre ensemble et avoir un enfant, elle aurait refusé d'y croire.

C'était Kit qui avait insisté pour qu'ils se marient, affirmant que Laura finirait par accepter la situation. Nicki s'était alors secrètement promis d'être la belle-mère la plus compréhensive, la plus affectueuse du monde. Après tout, Laura avait quelque chose de Kit, et cela suffisait à la rendre aimable. Et puis c'était une adolescente perturbée par la disparition de sa mère. Elle avait besoin d'être choyée, protégée, soutenue, et Nicki était déterminée à faire tout son possible pour l'aider. Mais, en dépit de tous ses efforts, Laura était restée inflexible. Moins de quatre mois après le remariage de son père, elle avait choisi d'aller vivre chez sa marraine. Bon gré, mal gré, Kit avait accepté cette décision, tout en lui répétant maintes et maintes fois qu'elle serait toujours la bienvenue sous leur toit.

Elle avait passé un été avec eux, à la fin de ses études secondaires, avant d'entrer à l'université. Son ressentiment et son hostilité avaient encore redoublé, si bien que Nicki s'était sentie soulagée, au moment de son départ.

Sept ans s'étaient écoulés, depuis. Sept années pendant lesquelles Laura était devenue une adulte, avec sa propre vie. Mais voilà qu'à présent, elle était de retour. La perspective d'une nouvelle confrontation n'avait rien de réjouissant pour Nicki.

— Pourquoi ? lança-t-elle d'un ton courroucé, en arpentant nerveusement la cuisine sous le regard consterné de Kit. Elle n'a jamais vécu ici. Tu as vendu votre villa quand nous nous sommes mariés, pour pouvoir financer ses études. Cette maison, nous l'avons achetée ensemble, et…

— Elle revient parce que nous sommes sa famille, tout simplement, répondit Kit.

— Non ! répliqua Nicki avec amertume. Pas nous ! Elle ne m'a jamais considérée comme ta femme, elle n'a jamais accepté Joey comme ton fils. Sa famille, c'est toi — et toi seul. C'est pour ça qu'elle revient. Pour te récupérer. Pour semer la discorde entre nous…

— Nicki, ta réaction est disproportionnée ! protesta Kit.

— Disproportionnée, vraiment ? s'exclama Nicki. La vérité, c'est que tu refuses l'évidence concernant Laura et son comportement. A tes yeux, elle n'est jamais responsable de rien ! Tu ne vois même pas ce qu'elle est en train de faire ! Ce pauvre Joey est déjà perturbé par sa faute. C'est lui que tu devrais défendre, et pas elle, qui est adulte, à présent. T'a-t-elle seulement dit pourquoi elle revenait s'installer ici ?

L'expression de Kit constituait en elle-même une réponse éloquente.

Laura lui avait simplement expliqué qu'elle avait démissionné de son emploi, donné son congé à sa propriétaire, et qu'elle comptait prendre un peu de temps pour réfléchir avant de donner une nouvelle orientation à sa vie.

Nicki jugeait totalement incompréhensible qu'une jeune femme de vingt-cinq ans se conduisît de manière aussi irresponsable. Si Laura avait été sa fille, elle lui aurait posé des questions nettement plus pertinentes que celles auxquelles Kit se limitait.

Mais, évidemment, Laura n'était pas sa fille.

— Elle nous parlera quand elle sera prête, Nicki. Nous nous devons de respecter sa vie privée, déclara Kit fermement. Dans l'immédiat, Laura a besoin de notre amour et de notre soutien, tout autant que Joey mais d'une manière différente.

Ce sujet de discorde, entre eux, ne disparaîtrait donc jamais ? se demanda Nicki avec accablement.

Kit était parti chercher sa fille, et il avait promis de rentrer vite, mais il ne donnait toujours pas signe de vie, et Nicki était au comble de l'irritation.

Elle se remémora leur récente dispute : un échange de flèches empoisonnées, de phrases venimeuses chuchotées dans l'obscurité, par crainte d'être entendus. Résultat : une ambiance déplorable qui persistait encore le lendemain matin, comme un nuage sombre au-dessus de leurs têtes, au petit déjeuner.

Avant même l'arrivée de Laura, ils affrontaient déjà de graves difficultés. En tant qu'assureur indépendant et conseiller financier, Kit souffrait du fléchissement de la situation économique — une situation générale à laquelle il ne pouvait rien, ne cessait de lui répéter Nicki.

Le problème provenait en partie du fait qu'elle n'avait guère envie de panser les blessures d'amour-propre d'un homme, fût-il son cher époux. Elle en était passée par là avec son premier mari, dont la violence et l'agressivité l'avaient, finalement, contrainte au divorce.

Au début de sa relation avec Kit, il s'était montré plutôt fier de sa réussite professionnelle. Aucun orgueil, aucune jalousie ne s'était glissée entre eux. Pour sa part, elle éprouvait une immense admiration pour la manière avec laquelle il soignait son épouse gravement malade tout en s'occupant de leur fille.

Ils s'étaient rencontrés à l'agence où elle travaillait ; Kit était venu s'y inscrire dans l'espoir de trouver une aide à domicile. L'attirance immédiate et réciproque qu'ils avaient éprouvée au premier regard ne les arrangeait ni l'un ni l'autre. Chacun fit donc comme si de rien n'était. Kit avait bien assez de soucis avec sa femme, Jennifer, et sa fille, Laura. Nicki, encore sous le choc de son premier mariage, consacrait toute son énergie à l'agence, et ne souhaitait pas entreprendre une relation amoureuse avec un homme qui se trouvait dans une situation aussi délicate.

C'était grâce à Maggie que Nicki avait ouvert cette agence. Après son divorce, elle avait travaillé quelque temps comme intérimaire. Quand l'agence qui l'employait avait mis la clé sous la porte, Nicki s'était affolée, se demandant comment elle allait gagner sa vie.

— Ouvre ta propre boîte d'intérim, lui avait conseillé Maggie.

— J'en suis incapable. Je n'ai pas l'âme d'un entrepreneur, voyons ! avait protesté Nicki.

— Bien sûr que si ! Il suffit de te jeter à l'eau.

Maggie avait refusé d'en démordre ; elle avait harcelé son amie jusqu'à lui faire franchir le pas.

A la grande surprise de Nicki, sa petite entreprise était devenue une affaire tout à fait rentable, qui continuait à se développer. Plus surprenant encore, la jeune femme s'était découvert un certain talent et un goût indiscutable pour les affaires. Du moins, jusqu'à la naissance de Joey.

— Tu es enceinte ? Mais c'est impossible ! Tu es trop vieille ; c'est dégoûtant. Tu me dégoûtes ! s'était écriée Laura en apprenant la nouvelle de sa grossesse. C'est vraiment le coup classique de la seconde femme, avait-elle ajouté d'un ton venimeux. Quoi que tu en dises, ce n'est pas mon père qui voulait cet enfant. C'est toi. Lui, il a déjà une fille, je te signale !

C'était une semaine après cette scène que Laura avait décidé de partir. Nicki s'était épuisée à tenter vainement de l'amadouer. Accablée par des nausées « matinales » qui duraient, en fait, toute la journée, et perturbée par cette grossesse inattendue qui bouleversait tous ses projets professionnels, elle se sentait incapable d'affronter, en plus, l'agressivité de Laura.

La paix qui s'était installée dans son couple, aussitôt après le départ de la jeune fille, avait donné à Nicki un merveilleux aperçu du bonheur absolu. Hélas, un arrière-goût de culpabilité ne tarda pas à venir gâcher sa félicité car elle savait à quel point Kit se tracassait pour Laura. L'anxiété de son mari avait fini par la perturber, à tel point qu'elle avait souffert d'une légère dépression après l'accouchement. Comme on pouvait s'y attendre, Laura n'avait pas voulu entendre parler du bébé. En fait, son demi-frère marchait déjà depuis plusieurs mois quand elle l'avait vu pour la première fois.

Nicki se crispa et tâcha de rassembler ses idées quand la porte de la cuisine s'ouvrit, livrant passage à Kit et à sa fille.

— Où est Joey ? demanda Kit en balayant la pièce du regard.

— Au lit, répondit froidement Nicki.

Elle marqua délibérément une pause avant d'ajouter :

— Tu avais promis de lui lire le prochain chapitre de son livre de contes…

— Oh, papa, tu te rappelles quand tu me lisais une histoire pour m'endormir ? coupa Laura, souriante, en posant une main sur le bras de son père.

Elle toisa Nicki d'un regard triomphant, et secoua la tête.

— Tu ne m'as jamais fait faux bond, même quand tu étais débordé. Mais, naturellement, la situation était bien différente. Avec la maladie de maman, je n'avais que toi, ce qui explique probablement pourquoi nous étions si proches.

Nicki aurait voulu pouvoir dire à Laura qu'elle se répétait, qu'il était inutile d'en rajouter, mais sa belle-fille aurait aussitôt cherché — et obtenu — le soutien de son père.

— Ce n'est pas la faute de papa si nous sommes en retard, reprit Laura d'un ton faussement contrit, mais uniquement la mienne ! Je voulais lui parler seule à seul — une petite conversation entre père et fille, des trucs personnels…

En la regardant s'appuyer contre Kit d'un air câlin, Nicki sentit une flambée de colère monter en elle. De toute évidence, Laura cherchait à déclencher une querelle conjugale.

— Je me suis régalée à conduire la BM ! dit-elle à son père d'un ton enthousiaste. Merci de m'avoir confié un double des clés, papa. Je te promets de te demander l'autorisation avant de m'en servir.

Nicki n'en pouvait plus.

— En réalité, Laura, c'est à moi qu'il faudrait la demander, dit-elle avec une rage froide. La BMW est à moi.

En voyant l'expression de Kit, elle sentit ses joues s'empourprer de honte et de ressentiment.

Une demi-heure plus tard, en observant son reflet dans le miroir de sa chambre, Laura devait se rendre à l'évidence : même si elle n'avait pas retrouvé la queue-de-cheval et le minois de ses quinze ans, elle venait d'offrir à sa belle-mère une assez bonne démonstration d'immaturité.

La jeune femme savait qu'elle n'était pas la seule adulte à reproduire les tourments de l'enfance et à livrer bataille, encore et encore, contre un intrus ou une intruse.

Les gens de sa génération étaient experts en la matière ; cela pouvait même créer de puissants liens entre eux.

N'empêche que Laura n'était pas vraiment fière de son attitude puérile ni de la stratégie qu'elle utilisait systématiquement pour semer la discorde entre son père et Nicki. De retour dans sa peau d'adulte, elle n'éprouvait aucun plaisir à mesurer la rapidité et l'efficacité de ses manœuvres d'hostilité.

Plus jeune, elle avait jugé indispensable de démontrer à sa belle-mère qu'en dépit de tous ses efforts, ni Joey ni elle n'usurperaient jamais sa place et celle de sa mère dans le cœur de Kit.

Cette seconde place — chronologiquement, du moins — était-elle difficile à tenir ? Vous faisait-elle redouter d'être moins aimée, moins appréciée que l'autre ?

Ce n'était certainement pas sa belle-mère qui lui fournirait les réponses à ces questions, songea Laura. Quant à lui demander conseil sur le sujet qui la tracassait et qui l'avait amenée à venir chercher refuge… Un sourire sans joie effleura ses lèvres, et ses yeux gris bleu s'assombrirent.

Elle avait des cheveux blonds comme les blés et épais comme ceux de Joey. Sans doute se ressemblaient-ils à d'autres égards — comme cette tendance à se méfier de tout individu qui s'immisçait dans le cercle familial.

La remarque acerbe de sa belle-mère à propos de la BMW lui avait fait mal pour son père. Elle plissa le front à cette évocation. Nicki avait-elle l'habitude de l'humilier ainsi ? Et se laissait-il faire sans réagir ?

Son intention, en revenant chez son père, n'était certes pas de ranimer l'ancien conflit avec sa belle-mère. Elle n'était plus une adolescente perturbée par la mort de sa mère, terrifiée par la crainte de perdre aussi son père, et cabrée contre la femme qui risquait de le lui voler. Mais, en voyant la façon dont Nicki traitait son père, elle avait perdu son sang-froid et oublié toutes ses bonnes intentions.

Elle songea, avec une pointe de regret, à la généreuse indemnité de déplacement qu'elle avait perdue en démissionnant. En peu de temps, elle aurait pu s'offrir le superbe petit cabriolet de ses rêves.

Bien sûr, son CV et ses références lui permettraient de retrouver assez facilement un nouvel emploi, mais elle n'allait pas chercher tout de suite. Elle voulait d'abord… D'un geste machinal, elle chercha son portable dans son sac, puis esquissa une grimace. L'appareil était également fourni par son employeur. Ça valait mieux, du reste. Elle aurait autant de facilité à changer de portable que de travail.

Malgré tout, elle ne put s'empêcher de calculer le temps qu'il faudrait à Ryan pour se rendre compte de ce qu'elle avait fait. Actuellement, il était en voyage d'affaires, et il ne devait pas rentrer avant deux ou trois jours, ce qui... Stop ! se dit-elle en s'efforçant de discipliner les battements désordonnés de son cœur.

— Etait-ce vraiment nécessaire ? demanda Kit.

— De quoi parles-tu ?

Mais elle savait très bien ce dont il s'agissait.

— De ta réflexion concernant la voiture, dit-il. C'est toi qui as insisté pour que je la prenne.

— Pour que tu la prennes, oui. Pas pour que tu la prêtes à Laura.

— Nicki !

Il avait prononcé son nom avec un soupir de lassitude. Elle sentit des larmes lui piquer les yeux, et s'efforça de se dominer. Elle n'était plus une gamine, tout de même !

— Oh, Nicki... ça n'a aucun sens, dit Kit de sa voix la plus tendre, en s'approchant de la coiffeuse où elle brossait ses cheveux châtains, brillants comme de la soie.

Il enlaça sa taille et effleura d'un baiser sa peau nue, entre l'épaule et la base du cou. Elle se raidit instantanément et tenta de se dégager.

— Qu'est-ce que tu as ? Quelque chose ne va pas ?

Leurs regards se croisèrent dans le miroir. Nicki détourna les yeux la première.

— J'en ai marre de ces affrontements avec Laura. Tu sais ce que je pense de son retour chez nous, Kit. Elle perturbe Joey.

Elle frissonna en voyant la manière dont Kit l'observait.

— Ce n'est pas seulement Laura qui est en cause, n'est-ce pas, Nicki ? demanda-t-il d'une voix sourde. Ça remonte à plus loin — bien avant son arrivée. Ecoute, si c'est parce que…

— Je ne veux pas parler de ça, coupa Nicki en le repoussant brutalement. Je refuse, comme tu as refusé quand… J'ai seulement envie que tu me laisses tranquille.

Une foule d'émotions se bousculaient en elle avec une force inquiétante — colère, honte, souffrance, et cette angoisse irraisonnée, incontrôlable qui lui tordait le ventre, depuis quelque temps.

— Nicki…

Elle perçut l'anxiété qui vibrait dans sa voix, mais elle se sentait seule, beaucoup trop loin de lui pour avoir envie de le réconforter. C'était plus facile ainsi. Il n'avait qu'à se rassurer auprès de sa fille adorée. Nul doute qu'il trouverait en elle une alliée totalement dévouée à sa cause.

— Nicki, ce qui est arrivé nous est arrivé à tous les deux.

Elle lui jeta un regard plein d'amertume.

— Ah, vraiment ? Tu dis ça maintenant, Kit, mais, sur le moment, tu estimais que c'était mon problème. Que c'était à moi de décider.

— A toi de décider, oui, mais…

Ils se figèrent l'un et l'autre en entendant frapper à la porte.

— Papa, tu es là ? appela Laura. J'ai quelque chose à te dire.

— Tu ferais mieux d'y aller, murmura Nicki d'un ton de rejet délibéré. Laura a besoin de toi !

— Hughie n'est pas là ? Tu m'avais pourtant dit qu'il venait, aujourd'hui.

Richard déposa un baiser rapide sur la joue de sa femme, et Stella haussa les épaules.

— Il est arrivé, oui. Mais il a aussitôt filé chez Julie. Je l'ai trouvé un peu nerveux. Et j'ai l'impression qu'il a maigri.

— C'est la rançon des études, affirma tranquillement Richard. A ta place, je ne me ferais pas trop de soucis à propos de Julie. Pour tout dire, j'ai l'impression qu'entre eux, ce n'est plus tout à fait aussi torride.

— Je me demande si Hughie n'essaie pas de nous faire croire ça pour nous rassurer. Il sait que je m'inquiète. Tu comprends, je préférerais qu'ils se concentrent davantage sur leurs études. Ils sont trop loin l'un de l'autre pour se voir régulièrement ; je dis ça d'un simple point de vue pratique.

Tout en parlant, Stella eut soudain l'impression d'entendre Maggie la taquiner, comme quand elles avaient quinze ou seize ans. Son amie répétait souvent : « Stella, c'est Mademoiselle Pratique ! »

A l'époque, ce genre de remarque ne la vexait pas. Au contraire, elle s'enorgueillissait même secrètement de ne pas être aussi fofolle, aussi écervelée que ses amies. Elle avait plus de jugeote que les trois autres réunies et, sans son intervention, qui sait jusqu'où seraient allées leurs excentricités et leurs courses aux exploits les plus extravagants ? Oui, sa voix dans le quatuor était celle de la sagesse, de la modération. Elle était la plus raisonnable, la plus posée, celle que les garçons ne se seraient pas permis de draguer aussi ouvertement que les autres. En fait, ils avaient plutôt tendance à la traiter comme une camarade plutôt que comme un mystérieux objet de désir. Ça ne lui déplaisait pas, d'ailleurs. Elle en tirait même un léger sentiment de supériorité — la conviction d'avoir plus de discernement, plus de maturité que la plupart des filles de son âge.

Mais, depuis quelque temps…

— Tu restes ici, ce soir ?

A la naissance d'Hughie, Stella avait renoncé à son emploi d'assistante sociale, mais, au fil des années, diverses associations lui avaient confié des responsabilités importantes, et son énergie remarquable y faisait merveille.

— Je suis là, ce soir. Demain, par contre, c'est resto en ville avec mes copines. Apparemment, Maggie a quelque chose à nous annoncer.

Richard secoua la tête. C'était un homme intègre et travailleur, mais dépourvu d'imagination. Il avait toujours eu du mal à concevoir la profondeur du lien affectif qui unissait les quatre femmes. A ses yeux, elles n'avaient rien en commun. Quel rapport y avait-il entre Alice, l'épouse au foyer et maman modèle, Nicki, la brillante femme d'affaires tirée à quatre épingles, Stella la pragmatique, avec son formidable sens de l'organisation, et Maggie, la passionnée, tout feu tout flamme à plus de cinquante ans ?

De toute façon, songea-t-il avec philosophie, les femmes représenteraient toujours une énigme pour lui.

— Et Maggie ne pouvait pas vous faire partager cette fameuse nouvelle avant demain soir ? demanda-t-il.

— Tu la connais : il lui faut du spectaculaire ! Alice, notre incorrigible romantique, pense qu'il s'agit de son remariage avec Oliver. (Stella secoua la tête d'un air exaspéré). J'espère bien qu'elle se trompe. Après le chagrin que lui a causé son divorce avec Dan, elle devrait se montrer prudente ! Parce que, même si Oliver est très amoureux d'elle, aujourd'hui, il aura forcément envie, un jour ou l'autre, de vivre avec quelqu'un de son âge.

— Mouais... Cette rupture entre Dan et Maggie, ça m'a toujours paru un peu bizarre. Ils ne se quittaient pas d'une semelle, ces deux-là. Quand on sortait ensemble, ils se tenaient par la main, et ils se regardaient amoureusement, comme des tourtereaux.

— Oui, mais, d'après Nicki, Dan voulait des enfants et Maggie, non. Alors...

— Je croyais qu'ils avaient rompu parce que Dan avait rencontré une autre femme, coupa Richard, l'air surpris.

— Bien sûr ! Seulement, il devait y avoir une autre

raison parce que Dan n'était pas vraiment un coureur de jupons.

— C'est tout de même un type drôlement séduisant.

— Aucun doute là-dessus, admit Stella.

Elles avaient toutes été un peu amoureuses de Dan, à un moment ou à un autre. Stella ne faisait pas exception à la règle, mais elle s'était bien gardée de montrer ses sentiments.

Si la maturité lui allait à merveille et qu'elle avait appris à tirer parti de ses atouts, à l'époque, elle manquait de confiance en elle. Elle se trouvait ordinaire. Il lui manquait cette petite étincelle de fantaisie, ce charme qui attirait tellement les hommes. Mais ça lui était totalement égal. Elle considérait la beauté comme une arme à double tranchant, sur laquelle les femmes comptaient beaucoup trop pour réussir leur vie. Elle préférait être appréciée pour d'autres qualités, bien plus importantes à ses yeux. Depuis quelque temps, toutefois, elle commençait à se demander si son comportement ne l'avait pas privée de quelque chose. S'était-elle interdit tout accès aux plaisirs dont profitaient les autres, sous prétexte de rester maîtresse d'elle-même en toute circonstance et de ne jamais céder à la futilité ?

Elle se doutait bien, au fond, que ces idées n'étaient pas sans rapport avec l'air de plénitude qu'affichait Maggie. Ça l'ennuyait, quelquefois, de se sentit moins féminine ou moins épanouie que les autres, notamment sur le plan sexuel. C'était sans doute ridicule, mais elle n'avait jamais ressenti ces impressions, étant jeune. Dans le mariage, elle appréciait surtout l'amitié qui l'unissait à Richard, les goûts qu'ils partageaient, leurs centres d'intérêts communs — parmi lesquels ne figurait pas le désir de se livrer à d'interminables ébats amoureux. A cet égard, elle plaignait Alice d'avoir pour mari un chaud lapin notoire comme Stuart, tout comme elle s'était apitoyée sur le sort de Maggie en apprenant l'infidélité de Dan et sur celui de Nicki quand elle était tombée follement amoureuse de Kit.

Alors, d'où lui venait ce sentiment incongru de ne pas avoir eu tout son dû ? Et, plus important encore, pourquoi gaspillait-elle un temps précieux à ressasser de telles idées ? N'avait-elle rien de mieux à faire que s'appesantir sur des regrets et de vagues désirs secrets ?

Ses cheveux étaient son unique objet de vanité. Elle les avait toujours portés longs, souvent relevés en chignon. Tout récemment, cependant, elle avait décidé de les faire couper, et elle n'était pas encore tout à fait habituée à la sensation des mèches autour de son visage, bien que ce changement ne lui ait valu que des compliments. A plus de cinquante ans, elle avait gardé ses dents blanches et son joli teint ; selon son coiffeur, elle était une très belle femme.

Personne n'aurait dit de Maggie que c'était une beauté. Non, Maggie rayonnait de charme, d'humour, d'enthousiasme. Maggie était radieuse, songea Stella.

Même si Nicki n'en avait jamais rien dit, elle avait dû souffrir quand Dan l'avait quittée pour Maggie.

— Après leur divorce, il est parti aux Etats-Unis,

n'est-ce pas ? demanda Richard, interrompant le cours de ses pensées.

— Oui.

Stella fronça les sourcils en regardant son mari, qui lui parlait sans lever la tête de son journal. Le sommet de son crâne se dégarnissait de plus en plus, remarqua-t-elle distraitement.

— J'espère que Hughie ne rentrera pas trop tard, murmura-t-elle, écartant avec soulagement cette foule de réflexions pour le moins encombrantes. Je n'ai pas eu le temps de lui demander comment ça se passe, à la fac.

— Ma foi, il a du pain sur la planche, surtout s'il compte entreprendre une thèse de doctorat, dit Richard.

— Mais enfin, qu'est-ce qui se passe ?

Le ton cassant du chef de clinique fit tiquer le gardien de nuit.

— Désolé, docteur, mais nous avons jugé bon de vous avertir. On ne prend jamais assez de précautions, n'est-ce pas ? C'est Mme Lacey.

Graham Vereham fronça les sourcils.

— Charlene Lacey ?

— Oui, répondit le gardien. Nous l'avons trouvée dans le bureau de votre secrétaire. Elle consultait des dossiers.

Vereham soupira. Les chocs émotifs et autres traumatismes n'étaient pas chose rare dans le domaine où il travaillait. Il avait d'abord mis le désarroi de Charlene sur le compte des échecs de toutes leurs tentatives de fécondation assistée, conjugués au chagrin d'un récent divorce. Mais son comportement devenait de plus en plus étrange : elle venait régulièrement à la clinique et se plaignait qu'on lui ait volé « ses bébés ».

Charlene n'ayant pas donné ses ovules mais bénéficié, au contraire, de ceux d'une donatrice fertile, ses griefs n'avaient aucun fondement réel. L'équipe médicale avait essayé de l'aider ; on l'avait même envoyée consulter un psychiatre, mais en vain. La jeune femme tenait toujours le même discours.

Ils auraient eu le droit d'alerter la police, mais leur spécialité concernait un domaine très délicat. Cette affaire pouvait leur attirer une mauvaise publicité. Vereham préférait donc lui parler personnellement.

— Où est-elle ? demanda-t-il d'un ton las.

— Dans le bureau de votre secrétaire, monsieur.

3

— Bon, alors, vas-tu enfin nous dire quelle est cette grande nouvelle ? demanda Stella quand elles furent toutes installées à table et que la serveuse eut pris leur commande.

— Pas encore. Il va falloir attendre un peu, répondit Maggie d'un air espiègle.

— Je ne voudrais pas gâcher l'effet de surprise, dit Alice en riant, mais je crois savoir ce que c'est.

Les trois autres se tournèrent vers elle, et Alice adressa à Maggie un petit sourire contrit.

— Zoé t'a vue avec Oliver dans une agence immobilière. Tu as l'intention de déménager ?

Nicki regarda Maggie d'un air vaguement ironique. Elle était encore sous le coup de sa dispute avec Kit, et l'euphorie évidente de son amie l'agaçait un peu. Il lui semblait que la vie était parfois injuste avec elle. Totalement absorbée par son histoire d'amour, Maggie n'avait même pas senti qu'elle traversait une crise.

— C'est donc ça ? demanda Nicki d'un ton sarcastique. Franchement, Maggie, tu…

— Eh bien non, en fait, ce n'est pas ça, répondit Maggie.

Nous cherchons une maison, c'est vrai. Mais ce n'est pas ce que je voulais vous dire. Enfin, ça en fait partie... disons que c'est une conséquence mais pas l'essentiel.

Elle resplendissait de bonheur, constata Nicki avec une pointe d'envie. Quelques hommes, attablés, un peu plus loin, pour un repas d'affaires, la regardaient à la dérobée, l'air admiratif.

Nicki sentit ses tempes battre douloureusement. Laura avait disparu peu après le déjeuner, annonçant qu'elle allait faire un tour. Elle n'était pas encore de retour au moment du départ de Nicki et, naturellement, Kit se faisait du souci.

— Ta fille est une adulte, Kit, lui avait dit Nicki d'un air agacé. Si c'était Joey qui avait disparu, je comprendrais ton inquiétude, mais, évidemment, tu ne te tracasserais jamais autant pour Joey que pour ta chère Laura, n'est-ce pas ?

— C'est entièrement faux et injuste ! s'était exclamé Kit.

Après le traumatisme de son premier mariage, Nicki espérait trouver le bonheur avec le second. Au début, ça semblait être le cas, mais aujourd'hui, elle ne savait plus très bien où elle en était. Elle ne se sentait plus tout à fait maîtresse de ses émotions, et cela lui faisait honte. Une angoisse terrible l'étreignait — l'angoisse de ce qui pourrait arriver à Joey si elle n'était plus là pour s'occuper de lui. Il ne faudrait pas compter sur son père. Kit avait d'autres responsabilités... bien plus importantes à ses yeux. Il ne jurait que par Laura. Sa fille était tout pour lui.

— Nicki, quelque chose ne va pas ? lui demanda Maggie avec sollicitude.

— Laura est revenue s'installer avec eux, répondit Alice.

— Oh, Nicki, non ! Depuis quand est-elle là ? Et pourquoi ?

Nicki leur résuma brièvement la situation.

— Laura n'a pas précisé la raison de ce retour. Elle a juste dit qu'elle avait besoin de prendre du temps pour réfléchir et choisir réellement sa voie… un baratin absolument ridicule !

Sa voix vibrait de colère à peine contenue.

— A vingt-six ans, elle devrait avoir dépassé ce stade, mais Kit ne s'en aperçoit pas. Laura sait exactement quels arguments employer pour le culpabiliser. Elle se régale. Mon pauvre Joey ne comprend pas ce qui se passe ni pourquoi son père ne s'intéresse plus à lui, tout à coup. Hier soir, Laura a même eu le toupet de suggérer que Kit travaillait beaucoup trop. Elle lui a rappelé qu'il rêvait de tout vendre, autrefois, pour aller vivre en Italie. Elle insinuait, évidemment, que Joey et moi l'avions empêché de réaliser ce rêve.

Nicki remarqua que ses amies l'observaient avec différents degrés de compassion dans le regard. Comme elle pouvait s'y attendre, ce fut Maggie qui prit sa main entre les siennes.

— Ne te laisse pas faire, lui dit-elle avec douceur.

Montre-lui que tu vois clair dans son jeu. Et tiens compte aussi du fait qu'il doit se sentir terriblement partagé...

— Oh, épargne-moi tes sermons, Maggie ! riposta Nicki d'un ton cinglant. Le fait de filer le parfait amour pour la seconde fois ne te rend pas experte en relations humaines, que je sache !

Nicki se rendit compte qu'elle était injuste, mais les excuses qu'elle aurait voulu faire à Maggie restèrent bloquées dans sa gorge. Elle se crispa quand son amie serra brièvement sa main puis la libéra, tandis qu'Alice s'exclamait d'un ton faussement léger :

— Stella, tu ne nous a pas parlé de Hughie ! La vie au campus lui plaît toujours ?

— Hum, il prétend que oui, répondit prudemment Stella. Mais... tu sais comment sont les garçons.

Elle haussa les épaules, mais son front était barré d'un petit pli soucieux. De toute évidence, Hughie avait des problèmes, même s'il affirmait stoïquement le contraire.

En un sens, l'éclat de Nicki avait jeté sur la soirée un froid qui s'accordait assez bien à l'humeur secrète de Stella. L'amitié qui les unissait toutes les quatre depuis si longtemps semblait donner des signes d'essoufflement. Le désir d'Alice de faire plaisir à tout le monde, l'euphorie de Maggie, l'emportement de Nicki... tout cela l'avait agacée.

Ce lien amical synonyme de soutien, de réconfort mutuel, lui paraissait soudain contraignant et réducteur.

Il leur imposait à chacune un rôle préétabli, et Stella n'était pas sûre d'avoir toujours envie de jouer le sien.

L'idée que leur amitié puisse s'étioler pouvait paraître inconcevable et, en même temps, elle lui trouvait une sorte d'attrait mystérieux, lié à la perspective de pouvoir redéfinir son propre rôle, d'être enfin libre de devenir cette femme qui n'avait jamais eu l'occasion de s'épanouir.

— Parle-nous un peu de ce projet de déménagement, Maggie, demanda Alice.

Bien entendu, elle cherchait à détendre l'atmosphère. Alice détestait les conflits, et l'agressivité de Nicki la déconcertait profondément.

— Je croyais qu'Oliver adorait cet appartement ?

— Il s'y plaît beaucoup, en effet, admit Maggie, mais…

— Mais tu as enfin réussi à le convaincre qu'il te faut plus de place pour tes fringues, conclut Nicki qui voulait se faire pardonner sa manifestation de mauvaise humeur.

Les trois autres s'esclaffèrent. Le penchant de Maggie pour les vêtements avait toujours constitué entre elles un sujet de plaisanterie.

— Ma foi, ce n'est pas tout à fait ça, répondit Maggie. Il va nous falloir de la place, mais…

— Zoé m'a dit que vous cherchiez une propriété avec un peu de terrain, intervint Alice.

— Oh, non ! s'écria Stella. Tu ne vas pas nous faire le numéro du retour à la terre ! En tout cas, ne compte pas sur moi pour te suivre sur ce terrain-là ! Je vous connais, toi et tes idées saugrenues…

— Comme la fois où tu nous as toutes embarquées dans la troupe de théâtre locale et qu'on a dû se déguiser en hommes ! rappela Alice en riant.

— Ce n'est pas ma faute s'ils manquaient d'éléments masculins ! rétorqua Maggie.

— Après ça, il y a eu les cours de salsa !

Maggie esquissa un sourire.

— Là, on a bien rigolé, quand même ! Surtout pendant le week-end à Barcelone !

— Pour ça, c'était génial ! admit Nicki avec une grimace comique. Je garde un souvenir particulièrement ému de l'épisode où nous avons dû t'arracher aux griffes de ce fougueux Espagnol qui te déclarait sa flamme…

— Pitié ! Inutile de me rappeler les détails ! supplia Maggie en rougissant.

Alice regarda ses amies avec affection. Si Stella et Nicki taquinaient volontiers Maggie, il fallait reconnaître que, grâce à sa fantaisie, son esprit aventureux et ses idées farfelues, elles avaient passé ensemble quelques moments inoubliables.

— Bon, allez ! lança Nicki en écartant délibérément ses soucis pour se mettre au diapason du petit groupe. Tu as suffisamment prolongé le suspense. Quelle est cette grande nouvelle que tu voulais nous annoncer solennellement ?

Sous le regard attentif de ses amies, Maggie sentit son cœur battre plus vite. Ces trois femmes avaient partagé ses joies et ses peines, ses succès et ses échecs. Elles étaient sa famille d'élection. Elle comptait sur leur soutien, sur leur expérience — elle qui en manquait cruellement.

Elle prit une profonde inspiration, embrassant du regard leur petit groupe — Stella, la plus équilibrée, la plus solide du lot, Alice, si sensible et si maternelle, Nicki, aux prises avec ses propres soucis mais sans doute la plus apte à la comprendre, puisqu'elle avait eu Joey à quarante-trois ans.

— Je suis enceinte, leur dit-elle avec émotion. Nous attendons un enfant, Oliver et moi.

Le silence qui suivit sa déclaration la fit sourire.

— Impressionnant ! dit-elle en riant. Vous en restez sans voix. Je crois...

Nicki repoussa brusquement sa chaise et se mit debout, le teint blême.

— Non, c'est impossible ! Tu ne peux pas !

Les trois autres la regardèrent, et le sourire de Maggie vacilla légèrement. Elle avait pâli, elle aussi, et ses yeux s'étaient embués, tandis que ceux de Nicki lançaient des éclairs.

Alice les observait, impuissante et passablement désorientée. La révélation de Maggie et la réaction de Nicki l'avaient stupéfiée. Stella devait ressentir à peu près les mêmes sensations car elle restait muette, elle aussi.

— Tu ne peux pas être enceinte, poursuivait Nicki. Tu as dépassé la ménopause, nous le savons toutes, et...

— J'ai suivi un traitement spécial... une fécondation

assistée, coupa Maggie. Et c'est à cause du bébé que nous voulons déménager.

Son désarroi évident faisait peine à voir, songea Alice.

— Nicki, je t'en prie ! murmura Maggie d'un ton suppliant.

Cette réaction la prenait totalement au dépourvu. Sa voix tremblait sous l'effet du choc. Afin de meubler le silence pesant qui s'était installé autour de la table, elle bredouilla encore quelques mots.

— L'appartement est trop petit. J'ai compris l'importance que ce bébé avait pour Oliver quand il a accepté de déménager…

Si elle avait espéré détendre un peu l'atmosphère, elle en était pour ses frais. Au lieu de rire de sa plaisanterie, ses trois amies la dévisageaient avec une incompréhension plus ou moins accentuée. Alice semblait médusée, Stella évitait son regard, tandis que Nicki…

La gorge soudain sèche, Maggie scruta les traits hermétiques de son amie, tout en s'efforçant de surmonter son malaise.

— Je pensais que vous seriez contentes pour moi, dit-elle d'un ton dépité.

— Oui, oui, bien sûr. Seulement… la surprise est de taille !

Comme d'habitude, Alice essayait, tant bien que mal, d'arrondir les angles.

— C'est le moins qu'on puisse dire, ajouta Stella avec sa franchise brutale. Moi, j'ai du mal à t'imaginer en train de pouponner, Maggie. A mon avis, tu n'as jamais eu la fibre maternelle. Es-tu bien sûre… ?

— Evidemment, qu'elle est sûre ! lança Nicki sur le ton du persiflage. Maggie est toujours sûre de ce qu'elle fait — du moins, sur le moment. Hélas, elle ne prend pas toujours la peine de se projeter dans le futur… De combien de mois es-tu enceinte, au juste ?

— De… Ça fait juste un mois.

— Un mois ?

Nicki se tut soudainement. Et Maggie ne put déchiffrer l'expression de son visage.

— Quatre semaines ! reprit-elle. Es-tu consciente de la fragilité d'une grossesse à ce stade-là, Maggie ? Surtout à ton âge ! D'ailleurs, demain matin, au réveil, tu pourrais très bien découvrir que tes rêves de bébé se sont envolés.

— Nicki ! lança Alice, qui observait avec inquiétude le visage livide de Maggie.

L'hostilité explicite et inattendue de Nicki les avait toutes choquées — surtout Maggie, qui se mit à protester d'une voix mal assurée :

— Enfin, Nicki, qu'est-ce que tu racontes ? Qu'est-ce qui ne va pas ?

Nicki savait que sa réaction était excessive, qu'elle reportait sur Maggie toute la colère qui bouillonnait en elle depuis quelque temps, et qu'elle aurait pu trouver un moyen de s'exprimer de façon moins agressive. Mais il était trop tard, maintenant, pour retirer ses paroles acerbes. Du reste…

L'égoïsme inconscient de Maggie la mettait dans une rage folle qui s'ajoutait à sa souffrance — une souffrance qu'elle croyait avoir réussi à dominer et qui reprenait toute sa vigueur, lui broyant littéralement les entrailles.

Du coin de l'œil, elle aperçut les regards qu'échangeaient Alice et Stella, tandis que Maggie la dévisageait comme si elle n'en croyait pas ses oreilles.

— Ce qui ne va pas ? répéta Nicki d'un ton sarcastique. Faut-il vraiment te le dire ? Tu as cinquante-deux ans, Maggie ! Pendant la trentaine d'années où tu étais fertile, tu as choisi tout autre chose que la maternité. Tu répétais que les bébés, ce n'était pas ton truc. Tu t'en souviens ? A mon avis, Dan ne l'a pas oublié, lui ! Il crevait d'envie d'avoir un enfant, et tu n'en voulais pas, à l'époque ! Mais voilà : tu as rencontré un homme beaucoup plus jeune que toi, et tout a basculé.

Elle reprit brièvement son souffle, et poursuivit sur sa lancée :

— Je ne veux pas te décourager, mais, d'après les statistiques, une relation de ce genre a peu de chances de durer très longtemps. Certes, Oliver est amoureux de toi, actuellement — personne ne peut le nier. Mais qu'adviendra-t-il si vous vous quittez ? Tu te vois élever seule un enfant ? Les jeunes filles ne se posent pas ces questions, mais c'est par manque de maturité. Toi, tu n'as pas cette excuse, même si tu essaies de te comporter comme une gamine. Ce qui me conduit à une autre réflexion : les lois de la nature n'ont donc aucun sens pour toi, Maggie ?

— Que veux-tu dire par là ? Que seules les femmes naturellement fertiles ont le droit d'avoir des enfants ?

— Evidemment, non ! Mais il y a une énorme différence entre une femme médicalement incapable de concevoir et quelqu'un qui a refusé l'opportunité d'avoir des enfants et qui, une fois la ménopause installée, change brusquement d'avis. « Tiens, j'ai envie d'avoir un bébé, en définitive ! » Que représente un enfant, pour toi ? Un signe extérieur de réussite ? L'équivalent d'un bon lifting ou d'une injection de Botox ? Une cure de rajeunissement magique ?

— Tu es injuste, protesta Maggie. Ma démarche n'a rien à voir avec ce genre de truc.

— Vraiment ? Désolée, mais je ne te crois pas. Je crois que tu veux un enfant pour plaire à Oliver, et rien de plus. Parce que tu te dis…

— Parce que je me dis quoi ? Qu'avoir un enfant de lui serait le meilleur moyen de le garder ?

Elles s'affrontèrent du regard pendant un instant, et ce fut Nicki qui détourna les yeux la première. Elle s'assit, prit son verre d'une main qui tremblait légèrement, et but une gorgée de vin.

— A quelle date dois-tu accoucher, Maggie ? demanda timidement Alice.

— Fin octobre. Ils font une prise de sang quinze jours après… l'intervention. J'ai eu beaucoup de chance. En général, il faut faire plusieurs tentatives avant de tomber enceinte.

— J'ai lu des articles sur ce traitement, dit Stella, dans

l'espoir d'atténuer un peu le degré d'intensité émotionnelle. Mais je n'ai pas vraiment compris ce qui se passait.

— Ce qui se passe, c'est qu'on fait croire à une jeune femme fertile que ses ovules vont être donnés à une jeune femme stérile, répondit sèchement Nicki, avant même que Maggie ait pu ouvrir la bouche.

— La femme dont j'ai reçu les ovules n'avait émis aucune restriction quant à l'âge de la bénéficiaire, précisa calmement Maggie.

— C'est un énorme pas à franchir, dit Alice avec douceur.

— Je sais, répondit Maggie. Voilà pourquoi je comptais sur votre assistance et votre soutien.

— Je regrette, mais ce sera sans moi, déclara Nicki.

Elle termina son vin et posa son verre sur la table. Sous son maquillage impeccable, son visage paraissait crispé.

— Nicki, intervint gentiment Alice, je suis sûre que Maggie a pensé à tout.

— Vraiment ? A moins qu'elle suive simplement une nouvelle mode ? Que cherches-tu à prouver, au juste, Maggie ? Laisse-nous deviner : d'abord, un jeune amant, puis un bébé. Tout est si facile pour toi, n'est-ce pas ? Tu décides ce que tu veux et tu l'obtiens immédiatement — qu'il s'agisse d'une nouvelle voiture, d'un nouveau mec ou d'une nouvelle vie ! T'es-tu jamais demandé ce que ressentira cet enfant quand les autres, à l'école, prendront sa maman pour sa grand-mère et se moqueront de lui ?

As-tu songé que tu ne seras peut-être plus là quand il aura particulièrement besoin de toi, à l'adolescence ?

Incapable de regarder Nicki ou Maggie, Alice laissa le silence se prolonger. Stella, l'air fâché, semblait sur le point de leur passer un savon. Redoutant un désastre imminent, Alice s'écria fébrilement :

— Moi aussi, j'ai une nouvelle à vous annoncer !

— Ne nous dis pas que tu es enceinte, toi aussi ! lança Stella avec une grimace comique. Quoique, dans ton cas, ce ne serait pas si surprenant que ça. Tu as la fibre maternelle chevillée au corps, et nous savons toutes que ton Stuart est un véritable étalon !

Alice s'empourpra, Maggie esquissa vaillamment un petit sourire en coin, mais Nicki conserva son expression inflexible.

— On hésitait toujours à passer chez vous à l'improviste, au cas où vous seriez au lit ! poursuivit Stella.

— Vous aviez même installé un verrou intérieur dans votre chambre, à cause des enfants ! ajouta Maggie.

— Tu te souviens qu'il voulait acheter un matelas d'eau ?

— Bon, arrêtez un peu ! protesta Alice en souriant à son tour. On était jeunes, à l'époque : il y a prescription ! Et puis je ne suis pas enceinte. Vous n'y êtes pas du tout. Je me suis inscrite à une université pour adultes, et j'ai été admise.

Il y eut un bref silence, pendant lequel les trois autres l'observèrent affectueusement, d'un air plus ou moins amusé. Estimaient-elles que sa nouvelle était sans importance ou bien qu'il lui manquait quelque chose pour mener son projet à bien ?

Pourquoi lui arrivait-il de penser que ses meilleures amies la traitaient avec une certaine condescendance, comme si elle n'était pas tout à fait leur égale ? Pourquoi avait-elle généralement l'impression que les gens ne manifestaient guère de respect pour elle et pour ses aspirations ?

— Mon Dieu, Alice, si je m'étais doutée que tu avais autant de temps libre, je t'aurais embauchée dans l'une de mes associations ! lança Stella avec entrain.

— Quelle bonne nouvelle ! Je suis contente pour toi, dit simplement Maggie.

— Tu es beaucoup plus courageuse que moi, maugréa Nicki. J'ai déjà bien du mal à aider Joey à faire ses devoirs… l'une des joies qui t'attendent, Maggie !

— Ma foi, c'est un désir très ancien mais que je n'avais jamais envisagé de réaliser, dit Alice, ignorant délibérément le dernier trait de Nicki.

Ses propres désirs… Elle commençait seulement à en prendre conscience, tout comme le sentiment d'avoir été dépossédée d'elle-même par un mariage précoce.

Jadis, elle aurait immédiatement fait part de cette impression à ses amies, mais, à présent, elle éprouvait une certaine réticence à le faire, à livrer les petits secrets de son âme à leurs probables critiques. Somme toute, elles n'avaient pas vraiment accueilli sa nouvelle avec enthousiasme, n'est-ce pas ? L'annonce était tombée plutôt à plat.

— Il faut que j'aille aux toilettes, chuchota Maggie avant de se lever.

En traversant la salle du restaurant, elle refusa de s'apitoyer sur son sort, même si la réaction de ses amies était extrêmement frustrante.

Nicki la regarda s'éloigner, la mine revêche, puis se tourna vers les deux autres.

— Ne me dévisagez pas comme ça ! leur dit-elle. Vous savez bien que j'ai raison ! Si Maggie avait voulu des enfants, elle aurait très bien pu en avoir avec Dan… Bon, écoutez, je dois m'en aller. Voici de quoi régler ma part de l'addition, dit-elle en poussant quelques billets vers Stella.

— Nicki…, protesta Alice, peinée.

Mais Nicki se leva en secouant la tête.

— Oh ! là, là ! soupira Alice en la regardant partir.

— Je comprends ce qu'elle veut dire, déclara Stella, mais elle y est tout de même allée un peu fort.

Comme Alice l'observait d'un air perplexe, elle précisa :

— Il est fort probable, en effet, que Maggie veuille un enfant pour de mauvaises raisons. Elle a toujours eu un caractère impétueux, n'est-ce pas ? Elle ne devrait pas se comporter comme une gamine.

Alice fronça les sourcils en discernant une pointe d'amertume dans la voix de Stella. Mais qu'avaient-elles donc, ce soir ? Pourquoi la discorde s'était-elle installée entre elles ?

— Ce serait affreux si Maggie et Nicki se fâchaient,

dit-elle, cherchant désespérément un reflet de sa propre inquiétude sur le visage de son amie. Elles ont toujours été si proches, toutes les deux. Nous avons toutes été si proches. Notre amitié est une part importante de nos vies, n'est-ce pas ? insista-t-elle d'un ton pathétique.

Dans les toilettes des dames, Maggie fit couler de l'eau fraîche sur ses poignets, et s'efforça de reprendre contenance.

Le chagrin et la colère lui avaient mis le feu aux joues. Ce n'était pas ainsi qu'elle avait imaginé cette scène. Les liens d'affection, la gaieté qui les unissaient toutes les quatre depuis si longtemps semblaient s'être envolés en fumée…

Quand elle regagna leur table, Alice lui dit d'un air embarrassé :

— Nicki nous a chargées de te dire au revoir. Il fallait qu'elle parte ; je crois qu'elle s'inquiétait pour Joey. Il a un peu peur de Laura, semble-t-il.

Maggie comprit immédiatement qu'Alice mentait. Nicki était partie à cause d'elle. A cause de son bébé !

Comme si elle déchiffrait ses pensées, Alice ajouta :

— Ne fais pas trop attention à ce qu'elle a dit. Tu nous as toutes prises au dépourvu, et Nicki…

— Personne n'ignore à quel point Nicki souhaitait avoir un enfant. Elle restait même avec son salaud de mari uniquement pour se faire faire un gosse. Tenez, voilà un cas d'irresponsabilité flagrante, s'il vous en faut un : Carl la battait et la maltraitait régulièrement. Nous nous en doutions, mais elle mentait pour le protéger, et elle aurait eu un enfant de lui, même si les statistiques prouvent que la plupart des hommes qui battent leur femme maltraitent aussi leurs gosses !

— Voyons, Maggie, on peut comprendre que tu sois bouleversée, mais ce n'est pas...

— Ce n'est pas quoi ? Ce n'est pas bien de ma part de critiquer Nicki, alors qu'elle, elle peut me dénigrer autant qu'elle le veut ?

— Oh, Maggie ! dit Alice d'un ton suppliant. Stella ne voulait pas dire ça. Nous sommes amies depuis si longtemps... Nous n'allons pas laisser une broutille nous...

— Une broutille ? C'est comme ça que tu vois mon bébé, Alice ? Comme un détail futile, sans importance ? C'est ainsi que vous me traitez ? Eh bien, laissez-moi vous dire que cet enfant — l'enfant d'Oliver, mon enfant — est plus important pour moi que tout au monde, y compris votre amitié !

— Maggie, calme-toi ! intervint Stella. Ça ne fait du bien ni à toi ni au bébé que tu te mettes dans des états pareils. Demandons plutôt l'addition et rentrons nous coucher. Tout ira mieux, demain.

— Tu as raison, dit Alice avec un soulagement évident. De toute façon, tu ne voulais pas rentrer tard, n'est-ce pas, Stella ?

Dehors, sur le parking du restaurant, elles s'embrassèrent et s'étreignirent, comme d'habitude, mais leurs gestes étaient empreints d'un certain embarras.

— Tu sais, je ne peux pas m'empêcher de penser que Nicki n'a pas tout à fait tort, dit Stella, tandis qu'Alice quittait le parking pour la reconduire chez elle. En fait, Maggie n'a jamais eu la fibre maternelle. Et, si elle a fait ça, c'est à cause d'Oliver…

— Elle n'a jamais dit qu'elle voulait des enfants, Stella, mais elle était drôlement sympa avec les nôtres. Mes jumeaux, en tout cas, l'adoraient. Ils la trouvaient tellement drôle !

— Pour ça, elle a toujours été rigolote, admit Stella.

Essayant de se faire pardonner la dureté de sa réaction, Alice ajouta avec un sourire :

— Tu te souviens de notre groupe pop ? C'était une idée de Maggie. Un orchestre révolutionnaire, entièrement féminin. On a donné plus de deux concerts au foyer des jeunes. C'est comme ça que tu as rencontré Stuart, non ?

— Ne m'en parle pas ! maugréa Alice. Quand je pense à nos tenues de scène, avec ces coiffures et ce maquillage ! Et aux leçons de musique payées par nos parents, ravis de notre brusque désir d'apprendre !

— Je revois la tête de mon pauvre papa quand il nous a surprises dans son garage, en train de gratter nos guitares électriques, renchérit Stella.

Elles s'esclaffèrent, et l'expression de Stella s'adoucit.

— C'était le bon temps, reconnut-elle.

— Ouais. On se prenait pour des rebelles géniales, mais, en fait, comparées aux jeunes d'aujourd'hui, on était terriblement naïves !

— On t'a trouvée drôlement émancipée quand ton histoire avec Stuart a commencé à devenir sérieuse. Au fait, comment a-t-il pris ta décision d'aller à l'université ? Je sais qu'il s'absente souvent...

— Je ne lui en ai pas encore parlé, avoua Alice. Tu sais comment il est. C'est un homme affectueux, généreux, gentil comme tout...

— Mais ? demanda Stella, jouant sa partition.

N'était-ce pas le rôle qui lui était dévolu ? Celui de confidente.

Tout n'était peut-être pas si rose chez les Palmer, songea-t-elle. Stuart n'avait jamais fait mystère de son tempérament fougueux, et Stella s'était parfois demandé si les exigences d'un homme aussi porté sur le sexe n'avaient pas fini par lasser son épouse. Au début d'une idylle, la chose est stimulante et flatteuse, mais qu'en est-il, au bout de trente ans de mariage ?

— Mais... mais rien.

Alice secoua la tête.

Elle n'avait pas envie de dénigrer Stuart. Certes, elle le trouvait parfois un peu autoritaire, macho et condescendant à son égard, mais, en regard de ce que Nicki avait enduré avec Carl, elle n'avait vraiment pas à se plaindre.

— Tu sais, dit-elle à Stella, je n'avais jamais entendu

Maggie faire allusion au calvaire que Nicki a enduré avec Carl.

— Ma foi, c'est un sujet que nous n'aimons pas beaucoup aborder. Sans doute parce que nous étions là quand ils se sont connus et que nous n'avons pas pris conscience de ce qui se passait. Pourtant, on voyait Nicki toutes les semaines ; on aurait dû remarquer que quelque chose n'allait pas.

— Elle avait trop honte pour nous en parler. Carl avait même réussi à lui faire croire que, s'il la frappait, c'était parce qu'elle l'y incitait. C'est dire l'image qu'elle devait avoir d'elle-même, la pauvre ! C'est Maggie qui a fini par découvrir le pot aux roses et par l'arracher aux griffes de cette brute.

Elles arrivaient devant la maison de Stella. Alice s'arrêta le long du trottoir.

— Qu'allons-nous faire pour réconcilier Maggie et Nicki ? demanda-t-elle d'un ton hésitant.

La réponse de Stella fut immédiate et sans équivoque.

— Rien ! Sinon croiser les doigts en espérant que les choses s'arrangent d'elles-mêmes.

— Tu crois sincèrement que c'est possible ?

Tout en ouvrant sa portière, Stella se retourna vers Alice.

— Je n'en sais rien, avoua-t-elle.

4

— Hughie est arrivé ? demanda Stella à Richard en se débarrassant de son manteau pour aller remplir la bouilloire.

— Je l'ai entendu rentrer, tout à l'heure. Il est monté directement dans sa chambre. Tu as passé une bonne soirée ?

— Non !

Richard posa son journal pour regarder son épouse. Quand il l'avait rencontrée, c'était une jeune éducatrice au franc-parler, un tantinet râleuse. Ils appartenaient au même groupe de randonnée, et il l'avait courtisée assidûment pendant deux ans avant de la demander en mariage. Sa mère, veuve depuis longtemps, avait d'abord manifesté une certaine hostilité envers elle — hostilité qui s'était dissipée à la naissance d'Hughie.

— Que s'est-il donc passé ? demanda-t-il avec curiosité.

Tout en lui tendant une tasse de thé, elle soupira.

— Maggie nous a annoncé qu'elle était enceinte.

— A son âge ! s'exclama Richard.

Il adorait Hughie, mais il n'avait jamais été enclin à

pouponner, songea Stella. Elle avait assumé seule les biberons nocturnes et la corvée de couches. Sans en éprouver la moindre frustration, d'ailleurs, car son bébé lui avait immédiatement inspiré un amour passionné, inconditionnel, sans commune mesure avec l'affection raisonnable et mesurée qu'elle éprouvait pour Richard.

— Je n'aimerais pas me trouver dans leur situation, dit-il.

— Ma foi, ça ne risque pas de nous arriver ! répliqua Stella d'un ton narquois.

Elle avait conscience que ce n'était pas très élégant de souligner ainsi l'apathie croissante de leur vie sexuelle. Richard avait tout de même cinquante-sept ans ; ils étaient mariés depuis vingt-sept ans et, de toute façon, la bagatelle n'avait jamais été une priorité dans leur couple.

Cela dit, elle avait le même âge que Maggie. Et Maggie était loin de considérer que sa vie sexuelle était terminée ! Pas plus qu'Alice et Nicki… Non, aucune de ses amies ne se contentait d'un rapport sexuel tous les deux mois… et encore ! Stella avait le sentiment d'être devenue un individu asexué, censé se satisfaire de sa condition.

Son visage maussade s'éclaira brusquement quand la porte s'ouvrit, et elle accueillit son fils avec un sourire radieux. Hughie mesurait un mètre quatre-vingt-douze, et il avait un corps musclé de rugbyman. Mais il avait encore, par moments, l'expression d'un petit garçon.

— Vous avez une minute ? demanda-t-il à ses parents.

Stella vit aussitôt qu'il était nerveux, et elle sentit son

cœur se serrer. Voilà une émotion à laquelle Maggie allait devoir s'habituer : cette conscience permanente de la vulnérabilité d'un enfant — son enfant.

— Naturellement, dit-elle. Veux-tu une tasse de thé ? Je viens tout juste d'en préparer.

— Non, merci... Ecoutez... c'est pas facile de vous annoncer ça. Je sais que vous allez être... Enfin, voilà : Julie est enceinte et l'enfant est de moi.

Sans trop savoir comment, Stella se retrouva assise, tandis que Richard bondissait de son fauteuil, comme mû par un ressort.

— Et tu prétendais que nous avions un fils intelligent, Stella ? cria-t-il, visiblement furieux. Est-il nécessaire d'avoir le Q.I. d'un Einstein pour mettre un préservatif, nom de nom ?

— J'en ai mis un... Il a éclaté.

Stella vit sa pomme d'Adam bouger quand il avala sa salive, et elle éprouva pour lui un irrépressible élan de tendresse. Hughie la regardait de ses grands yeux confiants, comme s'il attendait d'elle une solution magique. Elle dut faire un énorme effort de volonté pour ne pas lui demander s'il était sûr que l'enfant était de lui.

Manifestement, Richard n'éprouvait pas les mêmes scrupules, car elle l'entendit poser brutalement la question qui lui brûlait les lèvres.

Hughie blêmit instantanément, et fustigea son père du regard.

— Evidemment, voyons ! Julie était... j'étais le premier,

maugréa-t-il d'un air furibond. D'ailleurs, je ne vois pas pourquoi je te le dis : ça ne te regarde vraiment pas.

— Peut-être, mais ce qui me regarde, c'est que notre malin de fils se soit débrouillé pour mettre sa petite amie enceinte, alors qu'il est en première année de fac ! Je croyais que c'était pratiquement terminé, entre vous !

— Ben oui, c'était... C'est terminé.

— C'est terminé ?

Stella songea qu'elle ne comprenait rien à la mentalité actuelle des jeunes qui s'engageaient dans une relation sexuelle et se séparaient au bout de quelques mois. De son temps, les choses étaient bien différentes.

— Et... et alors ?

— On a rompu, mais ça ne change rien au fait que je suis le père de ce bébé, expliqua Hughie. Evidemment, je tiens à assumer mes responsabilités, dit-il fièrement.

— Evidemment ! acquiesça Stella, sans savoir exactement ce qu'il entendait par là.

— Tu comprends, Julie veut garder le bébé.

— Je comprends, dit Stella d'une voix monocorde.

— Je vais être obligé de l'aider... financièrement, je veux dire.

— Tu as intérêt ! lança Richard d'un ton féroce. Et si tu comptes sur moi pour mettre la main à la poche, laisse-moi te dire que tu te...

— Richard ! lui dit Stella d'une voix apaisante. A mon avis, nous devrions prendre contact dès demain avec les parents de Julie, pour discuter de la situation.

— Non, impossible ! lança Hughie. Ça ne servirait à rien.

— Mais pourquoi donc ? demanda Stella.

— Le père de Julie ne veut rien savoir. Il l'a mise à la porte. Il dit qu'il ne veut plus la voir.

— Quoi ?

Stella était scandalisée, cette fois. Ses fonctions dans les services sociaux lui avaient fourni maintes occasions de constater ce qui peut arriver à des jeunes filles enceintes abandonnées par leur famille. Elle éprouva immédiatement un élan de compassion pour Julie.

— Bon, où est-elle, en ce moment ?

— Ici, répondit Hughie d'un air embarrassé. Là-haut, dans ma chambre. M'man… qu'est-ce que je pouvais faire d'autre ? Je me sens responsable. Je ne peux pas l'abandonner comme ça !

— D'accord, Hughie. Je comprends. Tu ferais mieux d'aller la chercher et de nous l'amener, dit Stella avec un soupir.

Dès que son fils eut franchi la porte, Richard explosa.

— Pas question ! Il n'est pas question que nous la gardions ici, Stella !

— Qu'est-ce qu'on peut faire d'autre ? répliqua Stella avec sa logique coutumière. A mon avis, ce ne sera pas pour longtemps. Son père reviendra sans doute sur sa décision, et…

— Permets-moi d'en douter. Je le connais : il était dans la même cellule de réflexion que moi, il y a deux ans. Il vient d'une petite ville minière du nord du pays, où les mentalités sont restées plutôt archaïques, si tu vois ce que je veux dire. Et puis, c'est un type aigri. Il n'avait vraiment pas la cote dans le groupe.

Stella fronça les sourcils.

— Tu ne m'avais jamais dit que tu connaissais le père de Julie !

Richard haussa les épaules.

— Le programme terminé, chacun s'en est allé de son côté. Ce n'est vraiment pas le genre de type avec qui tu as envie de maintenir le contact. Bref, à mon avis, il va camper sur ses positions. Je me souviens encore de ses discours moralisateurs... Il doit se sentir déshonoré !

— Ça ne change rien au fait que Julie est sa fille...

Stella se tut quand la porte de la cuisine s'ouvrit. Hughie et Julie se tenaient sur le seuil. Avec son pantalon immense et son ample T-shirt, il était difficile de voir qu'elle était enceinte. Mais elle était d'une pâleur alarmante, et il était évident qu'elle avait pleuré. Elle semblait même sur le point de fondre de nouveau en larmes.

Stella s'avança vers elle.

— Julie, ne t'en fais pas, dit-elle fermement en la prenant dans ses bras. Hughie nous a tout expliqué. Mais, dis-moi, c'est vraiment terminé entre vous deux ?

Sans prêter attention au regard furibond de son fils, Stella attendit patiemment que Julie lui réponde.

— Oui. Je... Nous... Je donnerai le bébé à l'adoption, murmura-t-elle d'une petite voix entrecoupée de larmes, mais je ne voulais pas avorter, comme mon père me l'a conseillé.

Elle se mit à sangloter pour de bon, et Stella s'efforça de la calmer.

— Julie, ça va aller, dit-elle d'un ton rassurant. Personne ne peut t'obliger à faire quoi que ce soit. Au fait, quand dois-tu accoucher, exactement ?

— Dans trois mois.

Stella crut qu'elle avait mal entendu.

— Trois mois ? répéta-t-elle. Non… tu dois te tromper…

— Si, si, dans trois mois, répéta Julie. N'est-ce pas, Hughie ? Dis-leur !

Hughie confirma ses dires d'un hochement de tête, et Stella s'efforça de ne pas perdre son sang-froid.

— Enfin, Julie ! Tes parents… Quand leur en as-tu parlé ? demanda-t-elle d'un ton perplexe.

Trois mois ! Julie avait-elle consulté un obstétricien ? Pris rendez-vous à l'hôpital ? Avait-elle… ?

— Je le leur ai dit tout à l'heure, quand Hughie est venu chez nous. Jusqu'ici, j'avais trop peur qu'ils m'obligent à faire une IVG.

Elle parlait d'un ton obstiné. Elle semblait fière d'elle, comme une gamine qui se vante d'avoir été plus maligne que les adultes.

Stella se sentit de plus en plus accablée.

Il était, effectivement, bien trop tard pour une IVG. A dix-sept ans, encore en terminale et enceinte de six mois, Julie se retrouvait à la porte de chez elle.

— Qu'est-ce que je vais devenir ? Je ne veux pas rentrer chez moi ! Mon père…

De grosses larmes brillaient dans ses yeux, et ses joues étaient barbouillées de mascara.

— Ecoute, pour le moment, tu vas t'installer chez nous, dit Stella, le plus calmement possible.

Par-dessus la tête baissée de Julie, elle vit le regard reconnaissant de son fils, et sentit des larmes lui piquer les yeux.

— Merci, m'man, dit-il d'un ton bourru, en s'approchant pour la serrer dans ses bras. J'avais dit à Julie que tu prendrais la situation en main !

Il faudrait, évidemment, s'arranger avec les parents de Julie, trouver une solution pour lui permettre de rentrer chez elle, mais ce n'était pas le moment d'en discuter. La jeune fille avait l'air épuisé et, depuis qu'elle connaissait l'état d'avancement de sa grossesse, Stella se faisait du souci pour elle.

Ils habitaient une grande maison où les chambres ne manquaient pas. A l'étage, il y avait même un studio indépendant que la mère de Richard avait occupé durant les dernières années de sa vie. Ils pourraient donc loger Julie sans la moindre difficulté. Du moins, jusqu'à ce qu'elle retourne dans sa famille.

Certes, Hughie avait raison de vouloir assumer ses responsabilités, mais les parents de Julie en avaient également quelques-unes !

*
* *

— Mmm… Tu m'as manqué.

— Je ne me suis absentée que quatre heures ! répliqua Maggie, à demi étouffée sous les baisers d'Oliver.

— Quatre heures, quinze minutes et quelques secondes, corrigea-t-il en prenant son visage dans ses mains.

Son regard était irrésistiblement attiré par la bouche de Maggie. Elle avait la bouche la plus séduisante, la mieux dessinée, la plus adorable qu'il ait jamais vue. Du reste, à ses yeux, tout en elle était sublime.

— Comment ça va, le *club* ? demanda-t-il en l'attirant de nouveau contre lui, une main au creux de ses reins, l'autre posée sur son ventre encore plat. Tes amies se sont précipitées chez elles pour tricoter la layette, je suppose ?

A sa grande stupéfaction, Maggie fondit brusquement en larmes.

— Les hormones de la grossesse, dit-elle d'un ton d'excuse.

— Dis-moi plutôt ce qui te fait de la peine, lui dit gentiment Oliver.

— Tu es beaucoup trop perspicace, murmura Maggie.

— Nous avons conclu un pacte, non ? Pas de dissimulation entre nous, pas de simagrées. On ne se cache rien.

Il porta la main de Maggie à ses lèvres, et déposa un baiser sur sa paume ouverte, en ajoutant :

— Notre amour mérite mieux que ça. On était d'accord là-dessus.

Des larmes montèrent encore aux yeux de Maggie, mais pour une tout autre raison, cette fois. Elle était toujours surprise de constater que la joie et le chagrin peuvent provoquer la même réaction physique.

— Comment pourrais-je oublier ce pacte-là ? murmura-t-elle en levant sur lui un regard rayonnant d'amour.

Après l'échec de son mariage, elle avait développé des réflexes d'autodéfense qu'elle avait progressivement intégrés dans son mode de vie. Les femmes d'un « certain âge », même déterminées, même entreprenantes étaient beaucoup plus vulnérables que celles de la génération suivante. Particulièrement lorsque, comme Maggie, elles transgressaient un tabou social en tombant amoureuse d'un jeune homme. Pour toutes ces raisons, Maggie se protégeait de tout débordement émotionnel, contrôlant presque à l'excès ses moindres élans affectifs. Le fait d'admettre aussi ouvertement l'intensité de ses sentiments constituait une dérogation rarissime à cette règle de conduite. Oliver en déduisit que quelque chose — ou quelqu'un — lui avait vraiment fait du mal.

— Raconte-moi, insista-t-il.

— C'est Nicky, avoua-t-elle d'une petite voix entrecoupée. Elle m'en veut parce que je suis enceinte.

— Elle t'en veut ? Comment ça ?

Oliver se rembrunit. Il connaissait la place importance que Maggie gardait dans son cœur pour ses amies. Elle lui avait raconté toute l'histoire : les joies et les chagrins partagés, les anecdotes du lycée, la solidarité entre les quatre femmes dans les moments difficiles. Il savait aussi que Maggie se faisait une joie de leur annoncer la nouvelle, et son petit sourire crispé dissimulait mal un terrible désenchantement.

— Elle dit que je suis trop vieille. Elle prétend que je prive une femme encore fertile d'une occasion d'enfanter. Elle affirme que je fais ça uniquement pour… pour te garder.

— Pour me garder ? s'exclama Oliver. Maggie, ce qui serait difficile, ce serait plutôt de te débarrasser de moi, et tu le sais parfaitement. Tu sais combien je tiens à toi, combien je t'aime. Tu sais ce que je pense… ce que je crois. Tu es la femme de ma vie. Tu es ma destinée. Et si l'un de nous deux peut être soupçonné de tout faire pour retenir l'autre, c'est moi.

Maggie commençait à se détendre. Oliver affichait une conviction étonnante. Jamais elle n'aurait pu raconter cela à ses amies. Quelle femme croyait encore au destin, à leur âge ? Comment imaginer que l'amour puisse transcender le temps, les frontières entre générations ? Elle-même avait bien de la peine à le croire, et si un autre qu'Oliver lui avait tenu ce genre de propos, sans doute lui aurait-elle ri au nez !

— Nicki redoute surtout que je ne sois pas consciente des problèmes liés au fait d'être une maman âgée. Elle ne comprend pas que je veuille un enfant aujourd'hui, alors que je refusais d'en avoir avec Dan.

Oliver la dévisagea un instant.

— Il est peut-être temps de lui avouer la vérité à ce sujet ? suggéra-t-il gentiment.

Maggie s'écarta de lui en secouant la tête.

— Ce n'est pas si simple que ça. Nicki a toujours beaucoup admiré Dan. Ils étaient très amis, avant que je le rencontre. En fait, c'est elle qui me l'a présenté. Je ne voudrais pas…

— Détruire ses illusions ? avança Oliver.

Il avait l'habitude de hausser un sourcil quand il posait une question. Maggie se demanda si leur enfant allait hériter de cette manie.

Le simple fait de penser au bébé à venir lui chavirait le cœur.

— Quel est le plus important pour toi, Maggie ? Ses illusions ou votre amitié ? Tu ne crois pas qu'elle serait blessée, de son côté, si elle apprenait que tu la juges trop fragile pour lui dire certaines vérités ?

— Il ne s'agit pas seulement de ménager mes amies…

— Il s'agit de protéger Dan, acheva Oliver à sa place. Evidemment, c'était ça ton principal souci.

— Ce n'est pas sa faute s'il est stérile. La nouvelle l'a plongé dans un grand désarroi.

— Un désarroi qui l'a incité à aller se consoler ailleurs ! dit Oliver d'un ton sarcastique.

— Ecoute, tu n'es pas juste avec lui. Essaie de te mettre à sa place. Il avait toujours rêvé d'avoir des enfants, de fonder une famille, mais il ne se passait rien. Loin de se décourager, il faisait tout son possible pour me remonter le moral.

— Jusqu'au jour où il a appris que c'était lui qui ne pouvait pas te donner d'enfants — et non l'inverse.

— J'ai l'impression qu'il a eu une aventure pour vérifier le diagnostic de stérilité, répondit Maggie. C'était une sorte de refus — ou une façon de faire son deuil d'un vieux rêve. Ensuite, il s'est éloigné de moi parce qu'il craignait que mon amour pour lui se transforme en pitié…

— Ça fait combien de temps qu'il t'a quittée, Maggie ?

Tout en posant la question d'une voix acerbe, Oliver se demanda si cette petite pointe de jalousie tenace envers l'homme qui l'avait précédé dans la vie de Maggie disparaîtrait un jour. Il savait combien elle avait souffert au moment du divorce et, pour lui, Dan était coupable, non seulement de lui avoir causé du chagrin mais d'avoir ébranlé sa confiance en elle — car elle s'était longtemps reproché l'échec de leur mariage.

Plus jeune, Maggie aurait pu se sentir flattée d'une telle manifestation de jalousie, mais Dan représentait une part importante de son passé, une part d'elle-même. Même pour plaire à Oliver, elle ne pouvait pas renier ce qu'elle avait partagé avec Dan. Mais pourquoi continuait-elle à le protéger ainsi ?

Sans doute était-ce une simple habitude et rien de plus, se dit-elle aussitôt pour se rassurer. Néanmoins, Oliver avait soulevé une question à laquelle elle allait devoir réfléchir.

Quoi qu'elle ait pu dire, un moment auparavant, sous

le coup du chagrin et du ressentiment, l'affection qui la liait à ses amies lui était précieuse. Certes, la réaction de Nicki l'avait profondément peinée, mais elle ne changeait rien à la valeur qu'elle accordait à leur amitié. Ça, elle pourrait le lui dire. En revanche, elle se sentait incapable de lui avouer la vérité au sujet de Dan. Pourquoi ? Pour protéger Nicki ou pour défendre son ex-mari ?

— Pardonne-moi, murmura Oliver d'un air contrit.

Un peu embarrassée, Maggie secoua la tête. Manifestement, il avait pris son silence méditatif pour un signe de réprobation.

Elle alla aussitôt vers lui, l'enlaça tendrement et posa la tête sur sa poitrine. Il lui avait tant apporté, avec une telle générosité... Après Dan, elle s'était crue incapable d'aimer encore et de cicatriser ses blessures.

— Tu devrais tout dire à Nicki, insista Oliver.

— A mon avis, sa réaction ne concernait pas seulement le fait que je n'aie jamais eu d'enfant avec Dan, dit Maggie. Je me fais du souci pour elle. Je l'ai trouvée tellement tendue, tellement... différente de ce qu'elle est d'habitude...

— C'est possible, mais c'est pour toi et notre bébé que je m'inquiète.

Leur bébé... l'enfant auquel, d'après sa meilleure amie, elle n'avait pas droit.

Ce stade de la vie qu'elles venaient de franchir constituait un passage périlleux, songea Maggie — une phase transitoire qui, à bien des égards, était devenue taboue. Maggie avait le sentiment que leur génération, qui avait repoussé tant de limites et offert tant de libertés aux femmes, se devait de remporter ce pari comme elle en avait gagné beaucoup d'autres.

Cette traversée sur les eaux tumultueuses d'une période mouvementée était sans doute aussi traumatisante, aussi déterminante, sinon plus, que celle de la puberté.

Personne, à sa connaissance, ne tenait de journal intime pour décrire avec esprit les mille et un tracas de leur tranche d'âge soumise à d'énormes bouleversements hormonaux. Les femmes « d'un certain âge », selon une formule qui faisait horreur à Maggie, se divisaient obligatoirement, semblait-il, en deux groupes : celles qui se raccrochaient hardiment — ou de façon ridicule, selon les différents magazines — à une jeunesse en pleine débâcle, et celles qui se résignaient à vivre par procuration, en se contentant d'apporter leur soutien à autrui.

Mais pourquoi devrait-il en être ainsi ? se demanda Maggie. Etait-il écrit quelque part qu'il n'y avait pas d'autre choix ? Les femmes privées de leur jeunesse mais en possession de toutes leurs facultés conservaient-elles un tel pouvoir qu'il fallait les bafouer et les humilier, les persuader qu'elles n'étaient plus bonnes qu'à seconder les plus jeunes ? Maggie ne connaissait pas la réponse. Ses pairs, les femmes issues de la période du baby-boom, une période d'optimisme et de prospérité, représentaient une formidable puissance.

Une bonne fée nommée Espérance s'était penchée sur leurs berceaux, après les terribles épreuves de la guerre que leurs parents avaient endurées. Il n'y avait pas de limite à ce qu'elles pouvaient accomplir — à ce qu'elles pouvaient devenir.

Pour Maggie, le fait de pouvoir concevoir un enfant avec l'homme qu'elle aimait était un fabuleux cadeau, un événement digne d'être fêté, applaudi, admiré — et certainement pas l'inverse.

— Allons nous coucher, lui chuchota Oliver à l'oreille.

Elle sourit à la dérobée. Combien de fois avait-elle échangé ces mots-là avec Dan, aux premiers temps de leur mariage ? Les jeunes amants se réconcilient toujours sur l'oreiller, et Oliver était jeune — par rapport à elle, en tout cas. La liste des choses autorisées ou déconseillées qu'ils avaient reçue à la clinique ne leur interdisait pas les rapports sexuels — à condition de ne pas exagérer.

La découverte de l'infidélité de Dan lui avait brutalement ôté tout appétit sexuel, et elle pensait ne jamais retrouver ce désir quand Oliver lui avait prouvé le contraire. Il lui avait rendu la vigueur de sa jeunesse, réappris le plaisir d'aimer et d'être aimée. Dans ses bras, elle avait aussi découvert que le plus puissant aphrodisiaque au monde, c'était un partenaire amoureux et attentif à votre plaisir.

Dan avait été un amant fougueux, habile et talentueux, mais c'était Oliver qui l'avait initiée aux raffinements de la sensualité.

— Allons-y, répondit-elle tout bas, l'œil pétillant. Le médecin m'a recommandé de veiller à ne pas manquer de sommeil, ajouta-t-elle d'un ton dégagé.

— Du sommeil ? Ce n'est pas à ça…

Comme elle s'esclaffait, Oliver l'observa du coin de l'œil.

— Tu me fais marcher ! dit-il, tandis qu'ils montaient à l'étage en se tenant tendrement par la taille.

En arrivant chez elle, Alice aperçut la voiture de Stuart garée devant la maison. Aussitôt, elle ressentit un petit pincement au creux de l'estomac. Elle savait qu'il devait rentrer dans la soirée, mais elle ignorait à quelle heure.

Quand elle l'avait rencontré, son métier de pilote de ligne avait fait l'unanimité. Il était différent des jeunes gens qu'elle et ses amies avaient l'habitude de fréquenter, et si beau qu'elle se demandait pourquoi il l'avait choisie.

— Parce que tu es ravissante, sympa, adorable, et qu'il est dingue de toi, espèce d'andouille ! lui avait dit Nicki en riant.

— Ouais, et il t'a trouvée irrésistible avec ce pantalon ultramoulant, avait ajouté Maggie en la faisant rougir.

Les tenues qu'elle avait choisies pour leurs « concerts » avaient probablement plus d'importance que leur musique, songea Alice. Stuart devait être de cet avis parce qu'il s'était empressé de lui demander de s'habiller autrement.

— Il n'y a qu'un seul homme pour lequel je veux que tu sois sexy : c'est moi ! avait-il déclaré avec cette maturité stupéfiante qui la captivait.

Désormais, Stuart n'était plus pilote de ligne mais

instructeur au sein de la même compagnie aérienne, ce qui ne l'empêchait pas de remplacer, de temps à autre, un commandant de bord absent.

— Tu ne te fais jamais de souci ? Je veux dire… avec toutes ces hôtesses qu'il fréquente…

A cette question récurrente, elle répondait par un petit rire, en secouant la tête. Mais elle n'était pas rassurée, bien sûr ! Surtout pendant les premiers temps de leur mariage. Stuart avait un tempérament fougueux. Mais il lui prouvait aussi de mille et une façons à quel point il tenait à elle. Cette somptueuse maison, par exemple, qu'il avait décidé d'acheter en apprenant qu'ils allaient avoir des jumeaux, et dont le prix avait terrifié Alice.

Après la naissance, il avait troqué sa grosse voiture contre un modèle beaucoup plus petit, et lui avait offert un somptueux 4x4 familial pour lui permettre de transporter confortablement les enfants, en toute sécurité. Stuart avait toujours payé sans rechigner pour les leçons d'équitation de Zoé, son poney et toutes les autres activités extrascolaires de leur progéniture. Il octroyait à Alice une allocation mensuelle extrêmement généreuse, et les cadeaux qu'il lui rapportait de ses voyages faisaient généralement l'admiration de ses amies.

Non, Stuart ne la négligeait jamais, ni au lit ni ailleurs, ce qui n'était pas si courant, à en juger par les confidences de plusieurs autres femmes. Elle lui en savait donc gré, naturellement. Mais la maison, l'argent, la voiture étaient des biens matériels qu'elle aurait volontiers troqués contre l'opportunité de passer une soirée à parler avec Stuart, d'égale à égal. C'eût été la preuve qu'il ne la considérait pas seulement comme son épouse et la mère de ses enfants mais comme un être humain à part entière.

Quand elle rentra, elle le trouva dans la cuisine, et ne put s'empêcher de le trouver exceptionnellement séduisant avec sa chevelure aux reflets argentés. Il chaussait ses lunettes de lecture d'un air dégagé, comme s'il n'en avait pas réellement besoin. C'était son côté séducteur vaniteux qu'Alice connaissait bien.

En la voyant, il plia son journal et se leva.

— Tu es là depuis longtemps ? lui demanda Alice.

— Deux heures, environ. Comme je me suis rappelé que c'était le jour de ton repas entre copines, je suis allé faire un tour au club de musculation.

Contrairement à elle, son mari fréquentait assidûment les salles de sport afin de conserver une silhouette mince et musclée. A un moment donné, elle avait exprimé le désir de l'imiter, mais il l'en avait dissuadée, affirmant qu'elle lui plaisait comme elle était.

Il avait les traits tirés, ce soir, mais elle se garda bien de le lui dire. Elle savait à quel point il détestait ses propres faiblesses, ses fragilités. Sans doute parce que son père, pilote de combat décoré pour sa bravoure pendant la Seconde Guerre mondiale, avait été un véritable macho, vénéré par son épouse et les trois sœurs aînées de Stuart. Fils unique, Stuart avait été élevé dans une famille où, si les hommes jouissaient d'un statut privilégié, ils devaient aussi se montrer forts et même héroïques en toutes circonstances.

Le père d'Alice était un vétéran de la même guerre, mais il l'avait plutôt subie et en avait gardé des séquelles sur le plan nerveux et psychologique. Alice se rappelait le souci permanent de sa mère qu'il ne fût pas dérangé par le bruit ou quelque activité déstabilisante pour lui. Ainsi, dans sa famille, tout tournait également autour du patriarche, à peu près comme chez Stuart, même si les contraintes étaient différentes.

Dans une certaine mesure, Alice savait qu'ils avaient reproduit ce modèle dans leur propre foyer. Quand Stuart était à la maison, elle s'arrangeait souvent pour éloigner les enfants afin qu'il puisse se reposer…

Comme elle ne voulait pas lui révéler de but en blanc les projets qu'elle nourrissait, elle opta pour une approche indirecte.

— Je suis contente que tu aies quelques jours de congé, commença-t-elle.

— Hélas, ce n'est pas le cas ! coupa-t-il d'un air maussade. J'ai toute une série de réunions en ville, cette semaine.

Il parlait en lui tournant le dos, comme pour éviter qu'elle vît son visage.

Alice éprouva soudain une curieuse impression — une sorte de tiraillement semblable à celui que provoque un bouton encore invisible mais déjà sensible, à fleur de peau.

Elle n'avait, pourtant, aucune raison de réagir ainsi. Après tout, Stuart voyageait continuellement. Ce malaise provenait sans doute du fait qu'elle guettait le moment opportun et rassemblait tout son courage pour lui annoncer qu'elle s'était inscrite à l'université.

— Combien de temps comptes-tu t'absenter ?

— Pour l'amour du ciel, Alice, je n'en sais rien ! Aussi longtemps qu'il le faudra. Pourquoi ces questions ? A quoi bon en faire toute une histoire ?

— Je n'en fais pas une histoire ! C'est juste parce que… enfin, je voulais te parler de quelque chose.

— Si c'est à propos de cet abruti que tu as embauché et qui se prétend jardinier, inutile d'en parler. Vire-le, un point, c'est tout.

— Stuart, ce n'est pas à propos du jardinier. C'est… c'est à propos de moi !

Ayant réussi à capter l'attention de son mari, Alice sentit croître son appréhension.

— A propos de toi ? dit-il en se retournant, le front barré d'un pli. Qu'est-ce que ça veut dire ? Ecoute, Alice, on ne pourrait pas remettre cette discussion à plus tard ? Dans l'immédiat, je n'ai vraiment pas envie de me livrer à un exercice d'introspection…

Il avait l'air de plus en plus agacé. Mais elle ne baisserait pas les bras pour autant.

— Non, je n'ai pas envie de remettre ça à plus tard, Stuart. C'est trop important pour moi. Voilà : je me suis inscrite… à une formation universitaire.

— Quoi ?

Il la regardait d'un air interdit, comme s'il n'avait pas très bien saisi ce qu'elle venait de dire.

— Je croyais qu'il s'agissait d'un événement important,

maugréa-t-il. Mais enfin, Alice ! Tu n'écoutes donc jamais ce que je te dis ? Je t'explique que j'avais du boulot par-dessus la tête, et tu viens m'enquiquiner avec des âneries.

Alice sentit son estomac se contracter. Elle se mettait très rarement en colère, mais là…

— Tu t'en fous, alors ? demanda-t-elle posément.

Il haussa brièvement les épaules.

— Je ne vois pas vraiment l'intérêt de faire ça, mais c'est ton problème.

— Oui, répondit Alice, encore plus calmement. En effet.

Changeant de sujet, elle demanda :

— Tu disais que tu allais peut-être t'absenter quelques jours ?

— Oui.

Stuart s'était retourné et entreprenait de défroisser son journal.

— C'est assez difficile, en ce moment, ajouta-t-il d'une voix sourde, passablement tendue. La direction est en train de prendre de nouvelles décisions. Même toi, je suppose que tu es au courant des changements qui touchent l'aéronautique ? Des contraintes qu'elle subit ? Tu lis tout de même un peu les journaux — et pas seulement la presse féminine ? Dieu sait que nous en recevons des tonnes, à en juger par les factures.

En voyant son dos crispé sous sa chemise blanche, Alice retint une réplique cinglante. Stuart était, en principe, un homme calme et rationnel — comme est censé l'être un pilote —, mais, exceptionnellement, il pouvait se livrer à quelque explosion d'agressivité verbale parfaitement gratuite et injustifiée. Le fait de le pousser dans ses retranchements ou de lui demander des excuses l'amenait invariablement à se murer dans un silence buté dont elle ne le tirait qu'au prix d'interminables cajoleries. Or, ce soir, elle s'en sentait tout bonnement incapable.

— Tu ne devineras jamais ce qui s'est passé, au cours du dîner, lui dit-elle, tout en allant remplir la bouilloire. Maggie nous a annoncé qu'elle est enceinte. Ça nous a stupéfiées — surtout Nicki.

Alice se raidit brusquement quand Stuart vint se placer derrière elle et l'enlaça par la taille, tout en effleurant son oreille d'un baiser.

— Tu ne changeras jamais, n'est-ce pas, Alice ? dit-il en mordillant voluptueusement son lobe délicat, sans remarquer sa crispation subite. Nous pourrions être envahis par les martiens que tu te soucierais encore bien davantage de tes petites affaires.

Combien de temps Stuart avait-il passé à se moquer d'elle ou à la rabaisser d'une manière ou d'une autre, au cours de leur vie commune ? Il ne s'en lasserait donc jamais ? se demanda-t-elle avec amertume.

— Viens, allons nous coucher, ajouta-t-il. Tu m'as manqué.

Un bref instant, elle fut tentée de refuser et de se dégager de son étreinte, mais il l'avait déjà prise par la main et l'entraînait vers le couloir. Comme toujours, elle renonça à toute rébellion. A quoi bon provoquer des tensions entre eux ? Mieux valait éviter de le contrarier. Sa mère lui avait donné l'exemple et, à son tour, elle avait transmis le message à Zoé — à savoir que les hommes sont des êtres qu'il faut choyer, dorloter, cajoler. Et que les femmes sont là pour leur être agréables…

« Tu favorises toujours les jumeaux. Ce sont tes chouchous ! »

Combien de fois Zoé l'avait-elle accusée de lui préférer ses deux frères ? En fait, il ne s'agissait absolument pas de préférence mais plutôt de conformité à une certaine règle…

La plupart des gens la considéraient comme une mère idéale, irréprochable. Mais qu'était-ce, au juste, qu'une mère parfaite ?

— Où avez-vous dîné ? lui demanda Stuart.

— Au nouveau bar à vin. On y sert de la cuisine italienne.

Stuart l'embrassa et sourit.

— Et tu n'as pas mangé d'ail ! C'est bien, ça, ma grande. Un bon point pour toi.

Alice sentit sa mâchoire se crisper et un froid insidieux se répandre dans ses veines. Mais Stuart était aussi sourd au langage de son corps qu'inconscient de la condescendance avec laquelle il la traitait.

— Non, s'il te plaît, n'éteins pas la lumière ! murmura Oliver quand Maggie sortit les jambes du lit et tendit la main vers l'interrupteur de la lampe de chevet.

C'était Dan qui l'avait incitée à dormir nue, mais elle était encore un peu embarrassée quand Oliver la regardait dévêtue. Peut-être parce qu'elle était plus âgée que lui et qu'elle n'avait plus un corps de jeune fille ?

— Je vais juste dans la salle de bains…

— Pourquoi ne veux-tu jamais que je te regarde, Maggie ? J'aime ton corps. Il est magnifique.

En fait, il ne la quittait pas des yeux, captivé par la grâce de ses mouvements, ses courbes voluptueuses. Elle se trouvait vieille, mais sa peau laiteuse de rousse gardait toute sa fraîcheur, toute sa fermeté. Au début de leur idylle, il lui avait suggéré de porter des vêtements fluides et soyeux, sans rien en dessous. A son expression, il avait pu voir qu'elle était choquée. Du moins avait-il enfin trouvé une chose à laquelle Dan ne l'avait pas initiée… Cette sollicitation n'obéissait à aucune motivation perverse ou autoritaire — simplement à l'amour qu'il éprouvait pour elle, à la joie que lui procurait sa présence, à sa sensualité naturelle, au désir qu'elle lui inspirait. Et maintenant, le fait de savoir qu'elle portait leur enfant ajoutait une dimension nouvelle à ses sentiments, une profondeur dont il n'avait encore jamais fait l'expérience.

Dans la salle de bains, Maggie regarda sans rien dire le reflet d'Oliver qui venait la rejoindre près du lavabo. Debout derrière elle, il enlaça sa taille et respira avec volupté le parfum de sa peau.

— Je t'aime, Maggie, murmura-t-il en la faisant pivoter vers lui pour l'embrasser tendrement.

— Moi aussi, je t'aime, répondit-elle avec sincérité.

Comment aurait-elle pu ne pas l'aimer ? Elle ferma les yeux sous ses caresses. Les mains d'Oliver emprisonnèrent ses seins, tandis qu'il promenait sa bouche le long de son cou. Une vague de désir la submergea, embrasa ses sens. Dans le miroir, elle vit ses seins gonfler et se soulever en cadence. Cette grossesse allait sans doute transformer son corps. Dans huit mois, environ, un bébé téterait avidement ces seins qu'Oliver pétrissait avec amour. Cette perspective l'emplissait d'allégresse.

Ici, elle se sentait protégée ; elle pouvait ignorer le monde extérieur. Mais elle savait que Nicki ne serait pas la seule personne à la critiquer.

Depuis quelque temps, la presse reflétait une opinion générale de plus en plus hostile aux grossesses tardives et provoquées, comme la sienne. Le débat était passionné sur les implications morales de cette situation. Une situation qui ne manquait pas d'une certaine ironie, Maggie en était consciente. Paradoxalement, les filles de sa génération avaient utilisé la pilule pour éviter des grossesses non désirées et, aujourd'hui, cette même génération défiait encore la nature, mais pour la raison inverse.

Oliver gémit, lui prit la main et la plaça sur son sexe en érection. Une érection d'homme jeune, où les veines saillaient le long de la verge dure et gonflée. Ce spectacle la fit frissonner de sensualité. Lentement, elle se mit à le caresser avec les doigts, se défendant contre l'intrusion des souvenirs d'une autre vie, d'un autre homme. Sans le lâcher, elle s'agenouilla, le prit lentement dans sa bouche, caressa le gland avec ses lèvres, en savoura le goût, la texture, avant de promener sa langue le long de son membre durci.

Au-dessus d'elle, Oliver laissa échapper un cri étouffé, et enfouit les mains dans ses cheveux en prenant soin de ne pas entraver ses mouvements. Le tenant toujours, Maggie lécha l'extrémité de son pénis à petits coups de langue pour le faire frissonner de désir avant de le reprendre entièrement dans sa bouche. Elle l'enveloppa de sa chaleur humide, accéléra et amplifia le mouvement de va-et-vient, de plus en plus profondément. Une sorte d'ivresse commençait à s'emparer d'elle quand Oliver se retira avant d'avoir joui, glissant les doigts dans la moiteur de son intimité.

Il la pénétra enfin avec précaution.

Maggie s'étonnait toujours d'atteindre aussi facilement l'orgasme, avec lui. C'était comme un défi au reste du monde.

Oliver l'avait soulevée du sol, et il la porta pendant qu'ils faisaient l'amour. Il la laissa ensuite toucher de nouveau terre et embrassa passionnément sa bouche. Aux premiers temps de leur liaison, comme elle refusait fréquemment la pratique du cunnilingus, il s'en était étonné et lui en avait demandé la raison.

Elle avait trouvé difficile de lui expliquer qu'à son époque, ce genre de pratique était beaucoup plus rare que pour les femmes de la génération actuelle. Il s'agissait d'un plaisir qu'une femme accordait et s'accordait dans quelque circonstance exceptionnelle, un moment de désir intense, plutôt qu'un élément naturel du rituel amoureux.

— J'aime ton goût, ton odeur, ton désir qui m'enivre, lui avait-il dit passionnément. S'il te plaît, ne me prive pas de ce plaisir, Maggie !

Main dans la main, ils regagnèrent leur lit, et Oliver insista pour la border avant de se coucher près d'elle.

— Oublie Nicki et les autres, lui chuchota-t-il à l'oreille, en lui souhaitant bonne nuit.

Oublier ? Maggie craignit que ce fût impossible.

— Stuart…

Dans l'obscurité de la chambre, Alice tenta de prendre la main de Stuart, mais il s'éloigna d'elle et lui tourna le dos..

— Laisse tomber ! dit-il avec brusquerie. Pour l'amour du ciel, nous n'allons pas nous livrer à un examen approfondi des raisons de cette défaillance ! Bon sang, ça arrive à tout le monde ! Inutile d'en faire tout un drame.

Elle ? En faire tout un drame ?

Alice dut se retenir pour ne pas lui faire remarquer que c'était lui, et pas elle, qui avait voulu faire l'amour. Elle était consciente de son malaise, et avait instinctivement envie de le réconforter. Certes, elle se doutait bien qu'il allait la repousser — lui qui n'admettait pas la moindre manifestation de faiblesse…

De l'autre côté du lit, Stuart regardait fixement au-dessus de lui dans la pénombre. Jamais, en plus de trente ans de mariage, il n'avait eu la moindre « panne ». Jamais, au grand jamais.

Ses yeux le brûlaient comme s'ils étaient pleins de sable. Il avait le corps crispé, paralysé par un terrible sentiment d'impuissance. Naturellement, il savait ce qu'il lui arrivait. Naturellement ! Comment aurait-il pu l'ignorer ? Il n'avait pas besoin de dépenser une fortune en psychanalyse pour le comprendre. Le miracle résidait plutôt dans le fait que ça ne se soit pas produit plus tôt !

Il eut l'impression d'entendre la voix de son père qui l'avait exhorté, tout au long de son enfance :

— Sois un homme, Stuart !

Etre un homme... Son père, lui, avait été un homme, un vrai. Stuart avait grandi avec la conviction qu'il ne pourrait jamais rivaliser avec lui. Son père appartenait à un club très fermé de privilégiés, dont l'accès lui serait toujours interdit. Son père était un héros décoré de multiples médailles, entouré de compagnons d'armes avec lesquels il honorait le souvenir de ceux qui avaient eu moins de chance au combat.

Stuart se souvenait parfaitement du comportement différent qu'il avait avec ses amis militaires. A la maison, c'était un personnage distant et autoritaire qui exhortait constamment Stuart à prouver sa virilité. Il était mort peu de temps après la naissance des jumeaux.

— Un homme doit avoir des fils, Stuart, avait-il déclaré avec satisfaction, en apprenant que les futurs bébés étaient des garçons.

Des fils… Encore une preuve de virilité, pour un homme.

Bien sûr, ce n'étaient que des bêtises — un point de vue parfaitement ridicule, à l'époque actuelle. Stuart était conscient de l'égalité entre hommes et femmes. L'égalité…

Il ferma les yeux et grimaça de douleur. Une envie le prit soudain de se blottir dans la chaleur de sa femme assoupie, d'accepter le réconfort qu'elle lui offrait. Mais comment aurait-il pu, alors qu'il savait…?

Qu'allait-elle dire quand elle l'apprendrait ? Allait-elle le mépriser ? Rompre avec lui ? L'accabler de reproches ?

Lui en voudrait-il, si c'était le cas ?

Ce qui s'était passé, il avait essayé de l'éviter, mais, depuis le début — dès son premier rendez-vous avec Arlette Malcombe —, il avait su que l'inéluctable allait se produire. Au premier regard, tout était déjà dit. Désormais, il se trouvait dans une situation inextricable.

5

— Un monsieur m'a demandée au téléphone ? Qu'est-ce que ça veut dire ?

La voix courroucée de Laura effraya Joey, qui alla se réfugier dans un coin.

— Quel monsieur, Joey ? Qu'est-ce qu'il a dit ? demanda la jeune femme, les joues enflammées, le cœur battant la chamade sous l'effet de la colère.

Sous l'effet de la colère — pas de l'excitation, bien sûr. Il n'était pas question de céder à ce genre d'émotion.

Machinalement, elle serra les poings. Ce devait être Ryan. Qui d'autre aurait pu l'appeler ici ? Il avait dû obtenir le numéro par le service du personnel. Mais il n'avait aucun droit de lui téléphoner, aucun droit de…

— Qu'est-ce qu'il a dit ? Est-ce qu'il t'a donné son nom ?

Sa voix monta d'un ton, martelant les mots, effrayant de plus en plus le gamin.

— Mais enfin, il t'a bien dit comment il s'appelle ? insista-t-elle, trop absorbée par sa propre angoisse pour remarquer celle du petit.

En l'occurrence, elle ne voyait en lui qu'un gosse

énervant qui refusait, sans doute par jeu, de lui fournir une information primordiale pour elle.

— Joey ? s'exclama-t-elle en le saisissant par le bras et en le secouant légèrement, avec impatience.

Elle le lâcha presque aussitôt, mais trop tard. Nicki avait fait irruption dans la cuisine au moment crucial.

— Lâche-le tout de suite, Laura !

Nicki s'élança comme une furie au secours de son fils chéri. Elle s'agenouilla pour le prendre dans ses bras à l'instant même où Laura le libérait.

— Comment oses-tu lever la main sur mon enfant ? hurla-t-elle. Ça va aller, maintenant, Joey. Tu ne risques plus rien, dit-elle en berçant son fils contre elle, sous le regard méprisant de Laura.

— Bravo ! Tu fonces au secours de ton précieux chérubin ! Mais moi, je me souviens qu'il n'y avait personne pour me protéger contre tes agressions, quand j'étais enfant !

— Quoi ? Je ne t'ai jamais fait le moindre mal ! répliqua Nicki.

— Tu mens ! affirma Laura avec un sourire entendu. Comme toujours, d'ailleurs. Mais, pour ta gouverne, je ne faisais aucun mal à Joey. Et, si j'étais toi, au lieu de le traiter comme un bébé, je prendrais la peine de lui expliquer comment prendre correctement un message au téléphone.

— Ce n'est pas ma faute ! dit Joey d'une voix larmoyante. Le monsieur n'a pas dit son nom. Il a juste demandé si tu étais là.

Laura avait terrorisé son fils pour un simple coup de téléphone ? Nicki était scandalisée.

— Il rappellera ! lança-t-elle.

— Qu'est-ce que tu en sais ? Et qu'est-ce qui te dit que j'ai envie de lui parler ? En fait, c'est tout le contraire. Je ne suis pas comme toi, vois-tu : je n'ai aucune intention de m'engager dans une liaison avec un homme marié.

En écoutant cette tirade, Nicki devint toute pâle. A voix basse, elle demanda à Joey d'aller jouer dans sa chambre en attendant l'heure de l'école.

Par-dessus la tête blonde du garçon, les deux femmes s'affrontèrent du regard, refusant l'une et l'autre de déposer les armes.

— Qu'es-tu en train d'insinuer, Laura ? demanda Nicki, dès que la porte se fut refermée sur Joey.

Laura lui jeta un regard cynique et amer. A présent, il n'était plus question de faire marche arrière, même si tout cela lui déplaisait souverainement. Ces paroles, cette souffrance, cette angoisse bouillonnaient en elle depuis trop longtemps pour être maîtrisées, en cet instant.

— A ton avis ? répliqua-t-elle. Tu sais parfaitement de quoi je parle. Inutile de me mentir. J'étais là ! Je t'ai entendue. J'avais eu une autorisation spéciale de quitter l'école parce que je ne me sentais pas bien. J'ai essayé de dire à la directrice que ça ne servait à rien, qu'il n'y avait personne pour s'occuper de moi. (Elle esquissa un sourire sans joie). En fait, ma mère était retournée à l'hôpital depuis quelques jours, pour permettre à mon père de prendre un peu de repos. Mais ce n'était pas du repos qu'il prenait, ce jour-là, dans la chambre d'amis, hein, Nicki ? Il était couché sur le lit pendant que tu…

— Ça suffit !

Bouleversée, horrifiée, Nicki se boucha les oreilles des deux mains. Laura se jeta sur elle pour l'en empêcher.

— Non ! Tu vas m'écouter ! hurla-t-elle en lui saisissant les poignets. Comme j'ai dû vous écouter, tous les deux, ce jour-là ! As-tu la moindre idée du dégoût qu'on peut ressentir à entendre son père jouir en gémissant dans les bras de sa catin ? J'ai tout entendu : chaque mot, chaque bruit… chaque bruit ! répéta férocement la jeune femme.

Des larmes de rage inondaient son visage. Une expression de fureur et de dégoût déformait ses traits. La puissance de son émotion faisait vibrer l'air de façon presque palpable.

Nicki, en revanche, était pétrifiée. Elle dut lutter contre une brusque sensation de nausée. Comment faire pour arrêter le flot d'obscénités qui sortait de la bouche de sa belle-fille ?

— Laura, protesta-t-elle, ce n'était pas comme ça ! Tu ne peux pas comprendre…

— Non, en effet ! s'écria Laura. Je ne comprends pas comment mon père a pu avoir envie de coucher avec toi dans la maison de ma mère, alors qu'elle était en train de mourir à l'hôpital. Tu ne pouvais pas attendre, hein, Nicki ? Tu voulais désacraliser ma maison, ma mère — c'était une telle nécessité que tu ne pouvais même pas attendre qu'il te déshabille. Je t'entendais le supplier de te prendre tout de suite, d'assouvir ton désir. Et lui aussi, je l'entendais… Ma mère était à l'agonie, et vous deux, vous forniquiez comme des bêtes dans la chambre d'amis. Tu ne pouvais pas attendre qu'elle soit morte : tu voulais prendre sa place tout de suite !

— Ce n'est pas du tout ça, murmura Nicki, le teint blême. Laura, s'il te plaît, écoute-moi.

— T'écouter ?

Laura eut un rire âpre.

— Lui aussi, il veut que je l'écoute ! Mon patron… C'est à cause de lui que j'ai dû venir me réfugier ici — le seul endroit au monde où je sois capable de résister à la tentation, parce que tu es là, Nicki. Chaque fois que je te vois, je me rappelle ce que tu as fait et comme je t'ai haïe pour ça, comme je continue à te détester ! Un homme marié avec une femme mourante. Etait-ce bon, pour toi, de savoir qu'elle agonisait ? Ça te procurait un petit plaisir supplémentaire ? Tu pensais à elle, pendant que mon père te…

Une gifle l'interrompit au beau milieu de sa phrase. Elle porta une main à sa joue, le regard étincelant de mépris. Puis elle se précipita vers la porte du jardin, et l'ouvrit à la volée.

Figée sur place, Nicki entendit la BMW démarrer en vrombissant. Elle était glacée de la tête aux pieds et, en même temps, elle transpirait abondamment. Un filet de sueur ruisselait entre ses seins, sous son T-shirt — tout comme ce jour-là…

Fermant les yeux, elle s'adossa au mur de la cuisine.

Kit s'était adressé à son agence pour trouver une aide-ménagère, et elle avait mis deux mois à découvrir la perle rare susceptible de lui convenir. Pendant ce laps de temps, bien sûr, ils s'étaient téléphoné à plusieurs reprises, et elle s'était efforcée de limiter leurs rapports au domaine strictement professionnel. Lui aussi, du reste, faisait cet effort.

Après l'expérience de son mariage, elle n'avait pas la moindre envie d'entamer une autre relation. Kit était marié à une femme très gravement malade. Et Nicki devait songer à sa situation professionnelle. Et puis, elle n'était pas du genre à rechercher des liaisons... Bref, elle avait trouvé mille raisons pour refuser d'admettre ce qu'il lui arrivait.

Kit avait gardé ses distances, lui aussi, et elle commençait à croire que tout danger était écarté quand, un soir, il avait fait irruption dans son bureau, alors qu'elle s'apprêtait à partir. Visiblement anxieux, il lui avait expliqué que sa fille Laura devenait de plus en plus rebelle. Ne sachant plus à quel saint se vouer, il venait, tout simplement, lui demander conseil. Nicki s'était sentie à la fois flattée et inquiète. Finalement, elle avait accepté l'invitation de Kit à venir chez eux pour rencontrer sa fille.

A l'époque, Laura avait treize ans — le plus mauvais âge, sans doute, pour perdre sa mère. Et Nicki avait éprouvé un réel désir de la réconforter. Avec ses cheveux blonds comme les blés, l'adolescente ressemblait beaucoup à son père, et sa détresse manifeste donnait envie de la protéger. Néanmoins Nicki s'était efforcée de la traiter en adulte.

Apparemment, elle avait agi de façon subtile car Laura s'était assez vite confiée à elle. Elle avait même pris l'habitude de l'appeler au bureau, en sortant du lycée.

Malgré ce début d'intimité, Nicki avait continué à garder ses distances avec Kit — comme lui avec elle. Ainsi, jusqu'à la période des fêtes, elle s'était félicitée d'avoir su maîtriser les sentiments qu'il lui inspirait.

Deux jours avant Noël, Kit lui avait demandé de l'accompagner dans les magasins et l'aider à choisir un cadeau pour Laura. Nicki n'avait vu aucune raison de refuser. Au moment où il réglait ses achats, la vendeuse leur avait demandé innocemment si c'était pour leur fille.

Ils s'étaient regardés un bref instant, et Nicki avait senti son cœur s'emballer. La gorge sèche, elle était partie en courant, effrayée par son propre trouble. Kit l'avait rattrapée sur le trottoir. C'était une journée glaciale, avec un vent d'est très vif qui rabattait ses mèches sur son visage. Kit les avait écartées d'un geste tendre, en effleurant sa joue.

— Vous ne pouvez pas savoir à quel point j'aimerais que les choses soient différentes, lui avait-il dit d'une voix assourdie par l'émotion. Si j'étais libre, Nicki, nous pourrions…

S'interrompant, il l'avait alors embrassée, presque par surprise. Elle lui avait rendu son baiser avec fougue, avec passion, cédant à un désir qu'elle n'avait aucun droit d'éprouver.

Honteuse, bouleversée, elle s'était vite arrachée à ses bras, et était restée pétrifiée, tremblante, au bord du trottoir. Puis elle lui avait dit qu'elle ne voulait plus jamais le revoir. Il l'avait alors suppliée de ne pas le rejeter totalement, dans l'intérêt de Laura. Elle avait fini par céder, à condition que ce qui venait d'arriver entre eux ne se reproduise jamais. Kit lui avait donné sa parole et, par la suite, ils avaient pris grand soin de ne jamais se retrouver seuls ensemble.

Sans jamais s'autoriser à l'admettre vraiment, ils ne pouvaient ni l'un ni l'autre chasser le rêve qu'ils entretenaient en secret : celui d'être un jour réunis.

Cette année-là, la santé de Jennifer avait suivi un parcours en dents de scie, des périodes de rémission alternant avec des crises de plus en plus pénibles. L'état de son cœur, initialement endommagé par une crise de rhumatisme articulaire aigu, avait empiré après la naissance de Laura, pour devenir une maladie chronique et mortelle. La médecine pouvait seulement lui accorder un sursis, prolonger sa vie de quelques mois, avec des périodes d'accalmie qui lui permettaient de regagner son domicile pour quelques jours.

Sans le vouloir, Nicki s'était trouvée entraînée dans leur cercle familial. Mme Fulton, l'aide ménagère, n'était pas là continuellement et, de toute façon, Jennifer n'appréciait guère la présence de personnes inconnues. Elle était à un stade très avancé de sa maladie, et Kit prenait soin d'elle avec dévouement. Nicki avait parfois l'impression que Jennifer avait percé son secret. Un jour, durant son dernier été, elle avait exprimé l'espoir que Kit se remarie et soit heureux. Elle avait ajouté qu'il serait bon pour Laura d'avoir une seconde maman.

Nicki n'avait pas répondu, mais, pour la première fois, ce week-end-là, elle s'était confiée à sa meilleure amie. Maggie l'avait serrée très fort dans ses bras, et avait pleuré avec elle. Peu de temps après, elle les avait inscrites toutes les deux dans un centre de thalasso, pour lui faire oublier un peu ses soucis. A l'époque, Maggie traversait, elle aussi, une grave crise de couple, puisque Dan avait une liaison. Mais Nicki ne devait l'apprendre que plus tard.

L'année suivante, Nicki avait accepté, bon gré, mal gré, de passer Noël avec Kit et sa fille, qui n'allait pas très bien. Jennifer était de nouveau à l'hôpital, et son état se dégradait de jour en jour. Kit et Nicki se comportaient avec une distance un peu gauche, si bien qu'un jour, Laura avait pris la jeune femme à part, et lui avait demandé pour quelle raison elle n'aimait pas son père !

L'autocensure que Nicki s'infligeait commençait à ébranler ses forces. Elle perdait du poids, devenait irritable, mais, comme Kit, elle s'en tenait strictement à leur engagement.

Au printemps suivant, l'état de Jennifer s'améliora, mais, d'après le médecin, c'était la dernière fois. Quand Kit annonça ce verdict à Nicki, la jeune femme perçut nettement le soulagement qu'il éprouvait — soulagement pour Jennifer, qui souffrait tellement, depuis si longtemps, et pour Laura qui avait passé l'essentiel de sa vie à voir sa mère agoniser. Mais aussi pour eux, bien sûr. Et, comme cette réalité le culpabilisait énormément, il devint presque agressif avec Nicki.

Profondément blessée d'être rejetée au moment précis où elle aurait tellement voulu lui apporter son soutien, la jeune femme s'épancha de nouveau auprès de son amie.

— Il s'en veut, lui dit Maggie, confirmant ses propres soupçons. Laisse-le traverser cette épreuve à sa manière.

Nicki suivit les conseils de son amie, et resta à l'écart de Kit et de sa famille.

Kit souhaitait que Jennifer meure tranquillement chez eux, dans son lit, comme elle en avait toujours émis le vœu, mais une crise inopinée l'obligea à regagner l'hôpital. Nicki discerna une note de désespoir dans sa voix, quand il l'appela pour lui demander son aide. Les médecins avaient promis de renvoyer Jennifer chez elle dès que possible. En attendant, Kit voulait rester à l'hôpital auprès de sa femme, mais il avait laissé la maison dans un état lamentable, et Mme Fulton ne pouvait pas venir.

Nicki entra avec la clé que Kit lui avait confiée.

A l'intérieur, l'air semblait chargé de douleur, et la jeune femme eut soudain envie de pleurer. Elle se sentait proche de Jennifer, et sa souffrance lui allait droit au cœur. La dernière fois qu'elles s'étaient vues, Jennifer lui avait dit qu'elle n'en pouvait plus de lutter ; elle avait hâte que son calvaire prît fin.

— Je voudrais qu'il me soit permis de mourir, Nicki, lui avait-elle confié. Kit et ma petite Laura ont besoin de vivre. Cet univers confus, à mi-chemin entre vie et mort, où nous nous trouvons tous les trois, ne peut être bon pour personne. Il est temps que cela se termine.

Nicki était à l'étage, en train de refaire le lit dans la chambre d'amis actuellement utilisée par Kit, quand il rentra chez lui. Elle ne l'avait pas entendu arriver, et le découvrit, immobile, sur le pas de la porte, en train de l'observer.

— Jennifer ? demanda-t-elle avec anxiété.

Il secoua la tête.

— La crise est passée, mais… (Il marqua une pause.) Elle rentre à la maison demain. Elle a toujours dit qu'elle voulait mourir dans son lit.

L'expression de son regard bouleversa Nicki. D'un geste instinctif, elle alla vers lui, effleura sa joue.

— Nicki !

Son cri ressemblait à un appel, une véritable explosion de détresse. Soudain, il l'attira contre lui et l'embrassa avec une telle frénésie qu'elle fut incapable de le repousser. De toute évidence, l'émotion qui l'animait allait bien au-delà d'un simple désir sexuel ; elle obéissait à une nécessité infiniment plus profonde, plus complexe. Nicki comprit son déchirement et l'oubli auquel il aspirait.

A quel moment ce besoin d'exorciser le chagrin s'était-il mué en désir ? Nicki n'aurait su le dire. La réalité, c'était qu'ils s'embrassaient et se caressaient, à présent, comme des amants.

— Non, Kit ! protesta-t-elle au bout d'un instant, ignorant la fièvre qui la tenaillait déjà.

Mais il passa outre, suppliant d'une voix âpre :

— S'il te plaît, ne me repousse pas — pas maintenant ! J'ai tellement besoin de toi… S'il te plaît, s'il te plaît, Nicki !

Toute volonté, en elle, avait alors été anéantie, balayée par le désir.

Le chagrin et l'angoisse de Kit, et tous ces longs mois d'autocensure, de culpabilisation se dissipèrent ensuite comme par magie. L'aspect sexuel de leur relation se combinait à la tendresse dans un moment d'intense émotion. Ils vivaient une union des âmes et des corps qui transcendait toute inhibition, toute convention.

Bouleversée, euphorique, Nicki resta ensuite un long moment serrée contre lui, la tête vide. La honte arriva plus tard, quand son corps émergea finalement de sa torpeur béate.

Il fallut une semaine à Nicki pour trouver le courage de venir voir Jennifer, après son retour de l'hôpital. Quand elle arriva enfin, Kit se montra froid et distant avec elle.

Elle comprit intuitivement qu'il se sentait coupable et qu'il lui en voulait — alors qu'elle se reprochait continuellement ce moment de faiblesse dont il avait été l'instigateur.

Qu'ils n'aient été amants qu'une seule et unique fois

avant d'officialiser leur union ne changeait rien à l'affaire : les circonstances dans lesquelles la chose s'était produite lui faisait horreur. Nicki sentit qu'elle ne parviendrait jamais à se débarrasser de ce fardeau.

Si Kit avait été capable d'en parler, s'ils avaient cherché ensemble un moyen de s'affranchir de cette erreur humaine, peut-être en serait-il allé autrement. Mais Nicki savait que, secrètement, malgré l'amour qui les unissait, ils continuaient à se reprocher l'un à l'autre ce qu'ils avaient fait.

Au début, quand Kit et Laura s'éloignèrent d'elle, Nicki respecta leur besoin de pleurer Jennifer ensemble. C'était la période des vacances, et Kit emmena sa fille en voyage. Des jours, des mois, des semaines passèrent sans qu'il reprenne contact avec elle, et Nicki attendit patiemment.

— Laisse-lui du temps ! lui répétait Maggie.

Le jour de son anniversaire, au mois d'octobre, elle reçut un bouquet de roses pastel avec un petit mot écrit de la main de Kit. « Merci… d'être toi », disait-il simplement.

Elle passa de l'allégresse au désespoir, tout au long de la journée, en se demandant où il était, si elle le reverrait un jour, et quand.

Il téléphona le soir même, pour lui dire qu'il aurait aimé venir la chercher et l'emmener dîner, mais que Laura n'allait pas assez bien pour supporter le voyage de retour.

Elle n'avait rien soupçonné. Elle s'était toujours si

bien entendue avec Laura… Il ne lui serait jamais venu à l'idée que l'adolescente puisse la prendre en grippe et faire tout son possible pour les séparer.

— Où vas-tu ?

Tout en prenant sa clé de voiture sur le bureau, Maggie gratifia Oliver d'un petit sourire contrit.

— Voir Nicki.

Devant son air mécontent, elle secoua la tête.

— Je ne peux pas en rester là, Oliver. C'est ma meilleure amie. On a traversé tant de choses, ensemble. Je dois absolument…

— La calmer ?

— Non. Enfin, on verra bien. Si mon amitié est aussi importante pour elle que la sienne l'est pour moi, on devrait pouvoir trouver un compromis, non ?

— Et si vous n'y arrivez pas ?

— Ne dis pas ça, je t'en supplie !

Nicki contempla la tasse de thé froid posée devant elle sur la table. Elle n'avait aucun souvenir de l'avoir remplie. Joey était parti pour l'école depuis une demi-heure, avec la maman de l'un de ses copains.

Nicki ignorait totalement où se trouvait Laura et, du reste, ça lui était bien égal. Quant à son mari… Elle eut un petit sourire amer en pensant à lui. Le veinard, il était en déplacement !

Elle se figea en entendant frapper à la porte de la cuisine. Qui que ce soit, elle ne voulait pas de visite. Elle ne voulait voir personne. C'était au-dessus de ses forces. Mais la poignée tourna sous ses yeux, la porte s'ouvrit et la voix de Maggie lui parvint.

— Nicki ! Ce n'est que moi, Maggie…

Tout au long du trajet, Maggie s'était répété ce qu'elle allait dire, mais ses mots choisis avec précaution s'évanouirent à la vue du visage blême et barbouillé de larmes de son amie.

— Nicki, qu'est-ce qui t'arrive ? Qu'est-ce qui se passe ?

Nicki ferma les yeux. Décidément, Maggie était toujours là, en cas de crise. Elle était là le jour où Carl l'avait battue comme plâtre, au point qu'elle pouvait à peine ramper sur le sol. Et aussi quand elle avait pris la décision déchirante de ne plus revoir Kit… Aujourd'hui, elle était encore là !

A quoi bon essayer de lui dire qu'il ne se passait rien ? Maggie la connaissait trop bien — et depuis trop longtemps. Les yeux toujours fermés, elle grommela :

— Je ne veux pas en parler.

De part et d'autre de la table, elles se regardèrent.

Maggie tira une chaise et s'assit en face d'elle.

— Trouve quelque chose de plus original, Nicki. Tu ne veux jamais parler de tes problèmes. Je ne connais personne de plus renfermé que toi.

— Et moi, je ne connais personne de plus casse-pieds que toi !

Nicki entendit l'écho de bien d'autres affrontements similaires résonner dans sa propre voix. La facilité avec laquelle elles retombaient l'une et l'autre dans leurs rôles respectifs — des rôles dont elles ne s'étaient jamais départies, depuis l'enfance — l'agaçait prodigieusement.

Elle se revit à l'âge de huit ans, en larmes dans un coin de la cour de sa nouvelle école, essayant d'échapper aux moqueries d'un groupe d'enfants. Evidemment, c'était Maggie qui avait volé à son secours, lui offrant discrètement un mouchoir et dispersant ses tourmenteurs en les traitant dédaigneusement d'imbéciles.

Une impression de « déjà vu » s'empara d'elle, tandis qu'elle regardait du coin de l'œil Maggie sortir un paquet de mouchoirs de son sac et le pousser vers elle sur la table.

— C'est Laura qui t'a mise dans cet état ? Tu ne devrais pas lui permettre de te traiter comme ça. Cette fille est odieuse. Tu te laisses trop facilement malmener, Nicki, et Laura a toujours été une vraie peste.

Nicki releva la tête et cligna des yeux pour refouler ses larmes.

— Tu crois ? A moins que ce soit moi, la peste ?

Elle se moucha brutalement.

— Je me croyais définitivement sortie du rôle de victime, depuis mes séances de psy. Mais, ces temps-ci, je recommence à m'interroger, à me demander si je ne provoque pas la discorde, s'il y a quelque chose en moi…

Elle se leva, et se mit à arpenter la cuisine sous l'œil inquiet de Maggie.

— Tu n'es pas responsable des défauts des autres, Nicki. Laura est malade de jalousie, depuis que vous êtes ensemble, son père et toi. Nous le savons tous. A ses yeux, tu as usurpé la place de sa mère, et...

— Non ! coupa Nicki en faisant brusquement volte-face. Aux yeux de Laura, je ne suis pas coupable d'avoir pris la place de sa mère mais d'inciter son père à trahir sa première femme et le couple qu'ils formaient. Je l'ai appris ce matin.

Elle détourna les yeux, et ajouta d'une voix sourde :

— Et, le pire, c'est qu'elle a raison. Oh, mon Dieu, si je pouvais rejouer une partie de ma vie et éliminer ce jour-là ! Même si Laura m'en veut terriblement pour ce qui s'est passé, elle est loin de me détester autant que je me déteste moi-même !

— Mais de quoi parles-tu ? demanda Maggie.

Nicki secoua la tête d'un air agité, et croisa les bras devant elle, comme pour se défendre. Son comportement ressemblait beaucoup à celui qu'elle avait le jour où Maggie l'avait découverte recroquevillée dans un coin de sa chambre, le visage en sang, dans la maison qu'elle partageait alors avec Carl.

Aujourd'hui, elle ne saignait pas, mais un désespoir identique assombrissait son regard.

Oubliant provisoirement ses propres émotions, Maggie se dirigea vers elle, la ramena fermement jusqu'à la table et la fit asseoir.

— Raconte-moi ce qui s'est passé, Nicki. Je te préviens : je ne partirai pas tant que tu ne m'auras pas parlé.

— C'est une longue histoire.

— Pas de problème. J'ai tout mon temps.

Le temps... Il avait été leur pire ennemi, songea Nicki. Le sien, celui de Kit, et celui de Jennifer, aussi.

Son visage se décomposa brusquement.

— Tu sais que Kit et moi... que je suis tombée amoureuse de lui quand Jennifer était encore en vie, dit-elle brusquement.

— Bien sûr ! répondit Maggie. Je sais aussi que vous étiez déterminés l'un et l'autre — mais surtout toi, Nicki — à conserver une relation strictement platonique. Nous en avons souvent parlé. Je t'admirais énormément pour ça. Je n'aurais sans doute pas eu la même force que toi.

— Tu me disais que je ferais mieux de chercher quelqu'un d'autre — un homme qui serait libre de m'aimer.

— J'aimais bien Kit, mais je n'avais pas envie que tu gâches ta vie à l'attendre.

— Nous étions convenus tous les deux que nous ne pouvions avoir aucune relation physique tant que Jennifer était encore en vie.

Nicki réprima un frisson.

— Je ne voulais pas faire quelque chose que nous pourrions regretter plus tard.

— Je sais, assura doucement Maggie. Je te prenais pour une vraie sainte.

— Une sainte !

Nicki se mordit la lèvre, puis se leva et se remit à marcher de long en large.

— Oh, non, j'étais tout sauf ça ! J'ai fait une chose atroce, une chose épouvantable, Maggie. Je me suis rendue coupable de la pire des trahisons. J'ai trahi Jennifer, j'ai trahi Kit et Laura, j'ai trahi notre amour, mais surtout, surtout, je me suis trahie moi-même. Je crois que Kit ne m'a jamais pardonné ça, et je sais que je ne me le pardonnerai jamais, moi non plus. C'est quelque chose qui me ronge en permanence. J'y pense chaque fois que je regarde Kit, chaque fois que je regarde Joey. La plupart du temps, j'arrive à vivre avec, mais, quelquefois... Tu ne peux pas savoir ce que c'est que de vivre avec un tel poids sur la conscience. Il m'arrive de souhaiter que nous ne nous soyons jamais rencontrés, Kit et moi. De penser que notre amour est moche, souillé...

En écoutant son amie, Maggie sentit une inquiétude croissante l'envahir. Certes, Nicki avait traversé une période très difficile, au début de sa relation avec Kit. Elle avait aussi souffert d'une dépression passagère, après la naissance de Joey, mais tout était rapidement rentré dans l'ordre, et ils semblaient heureux ensemble, tous les trois.

En revanche, la Nicki qui lui parlait en ce moment, celle qui avait réagi de façon si véhémente à l'annonce de sa grossesse, débordait, manifestement, de colère et d'émotions négatives. Pourquoi ? Que s'était-il passé ? Qu'est-ce qui pouvait perturber Nicki à ce point ? Et comment les tourments de son amie avaient-ils pu lui échapper totalement ? se demanda Maggie. Avait-elle été trop absorbée par sa propre vie, ses propres amours ? A présent, c'était son tour de se sentir coupable.

— Nicki, tu ne peux pas dire ça, voyons ! Vous étiez faits l'un pour l'autre, Kit et toi. Tu m'as dit un jour que le destin vous avait rapprochés, que vous en étiez convaincus tous les deux.

— Oui, répondit Nicki du bout des lèvres. C'est incroyable, les excuses qu'on peut trouver à sa propre conduite, n'est-ce pas ? A mon avis, tu as dû te dire que ta grossesse était un événement écrit d'avance, plutôt que le résultat d'une manipulation de ta part !

L'espace d'un instant, Maggie fut tentée de riposter vertement ; elle aurait pu rappeler à Nicki que Kit avait tenu à l'épouser à la suite d'un rapport non protégé, de crainte qu'elle fût enceinte.

Mais il y avait quelque chose de si vulnérable dans le comportement de son amie qu'elle jugea vital de la ménager.

— Ecoute, dit-elle gentiment, j'ignore ce qui s'est passé entre Laura et toi, ou ce que vous avez pu vous dire…

— Mais tu voudrais le savoir, n'est-ce pas ? Tu aimerais entendre tous les petits détails sordides de l'affaire !

La voix de Nicki prit des inflexions aiguës, et son visage s'enflamma. Sérieusement inquiète, Maggie tenta de la calmer.

— Nicki, je n'ai pas envie…

— Tu n'as pas envie de quoi ? Tu n'as pas envie de

perdre ton temps à m'écouter ? Tu te fiches pas mal de ce que je pense, de ce que je ressens, de ce que j'endure ? Oui, bien sûr, et Kit s'en fiche tout autant que toi. Il me déteste pour ce qui s'est passé… Je le sais bien, et c'est pour ça…

Sa colère était retombée, et elle semblait, maintenant, animée de sombres pensées, plongée dans des souvenirs pénibles, comme si elle avait oublié la présence de Maggie. En la voyant serrer de nouveau les bras autour d'elle, Maggie s'aperçut soudain qu'elle était d'une minceur alarmante.

— Je sais bien que Kit m'en veut de ce qui s'est passé ce jour-là ! Il a peut-être raison, du reste. Peut-être qu'au fond de moi, je me doutais qu'il viendrait et que je le tentais… que je le tourmentais.

Nicki tourna légèrement la tête, et Maggie vit son regard plein de souffrance. Elle aurait tant voulu pouvoir la réconforter…

— Quoi qu'il se soit passé, Nicki, murmura-t-elle, et même si les choses te semblent épouvantables, dans l'immédiat…

— Dans l'immédiat ? Mais je ne parle pas d'un événement récent, Maggie !

Elle ferma les yeux et prit une profonde inspiration.

— Je n'ai jamais parlé de ça à personne. J'avais trop honte… Mais je jure que je ne l'ai pas fait exprès, que c'est arrivé malgré moi.

Elle laissa sa voix en suspens, comme si les mots qu'elle

essayait de prononcer l'étouffaient, restaient bloqués dans sa gorge.

— Qu'est-ce qui est arrivé malgré toi, Nicki ? demanda Maggie, tout en se disant qu'elle connaissait déjà la réponse.

— Je n'ai jamais eu l'intention de... d'inciter Kit à rompre son serment et... et à faire l'amour avec moi, ici, dans la maison de Jennifer... pendant qu'elle...

Maggie la regarda avec compassion. Elle savait bien que ce qui s'était passé était inévitable. Comment deux êtres aussi épris l'un de l'autre, qui se trouvaient dans une situation aussi dramatique, auraient-ils pu résister à la tentation ?

Elle savait la valeur que Nicki accordait à la maîtrise de soi et à la force morale. Mais le traumatisme qu'elle avait subi avec Carl faisait d'elle une écorchée vive. Comment aurait-elle résisté à l'amour de Kit ?

— Nicki, je sais que tu as parfois du mal à l'admettre, mais tu n'es qu'un être humain. Vous étiez donc amants, Kit et toi...

— C'est arrivé une seule fois ! Ce n'était pas prémédité, et... je sais que nous n'aurions pas dû le faire, murmura-t-elle d'une voix qui commençait, au grand soulagement de Maggie, à être plus posée.

Nicki releva la tête.

— Je m'en suis terriblement voulu, dit-elle farouchement. Et je sais que Kit ne me pardonnera jamais cette trahison à l'égard de Jennifer. S'il n'a pas respecté son vœu de fidélité, c'est à cause de moi.

Elle esquissa un petit sourire plein d'amertume.

— Tu vois, je suis loin d'être une sainte !

— Tu es beaucoup trop sévère avec toi ! s'exclama Maggie. Kit t'adore, et…

— Vraiment ?

Nicki haussa les épaules d'un geste plein de lassitude.

— Apparemment, j'ai le chic pour choisir des hommes qui ne me conviennent pas. Dan, qui m'a quittée pour toi, ensuite Carl, qui me maltraitait ; et maintenant Kit, qui…

Nicki pinça les lèvres et se détourna.

— Quand il apprendra que Laura était dans la maison, ce jour-là, et qu'elle nous a entendus…

— Quoi ?

Là, Maggie ne put réprimer un mouvement d'horreur.

Nicki esquissa une grimace.

— Eh oui ! Elle était rentrée du collège plus tôt que prévu, mais nous étions trop absorbés par ce que nous faisions pour remarquer sa présence. Elle a tout entendu dans les moindres détails, les plus intimes…

La voix de Nicki se fêla sur les derniers mots.

— Nicki, ce n'est pas ta faute, affirma Maggie.

— Ce n'est pas ma faute ? répéta Nicki avec un rire amer. Bien sûr que si ! Je me tapais son père et elle m'a entendue. Je déteste cette expression ; elle est si… dégradante. Nous ne disions jamais ça, n'est-ce pas ? C'était une expression de mec pour désigner le genre de rapports qui déshumanisent et rabaissent les femmes. Mais les femmes de la nouvelle génération l'utilisent, elles. Laura s'en est servie pour me décrire ce que je faisais avec son père, ce jour-là, pendant que sa mère était à l'agonie. J'essaie d'imaginer ce que j'éprouverais si Joey se trouvait dans cette situation. Je haïrais de toutes mes forces la femme qui lui aurait infligé ça. Elle ne mériterait que de la haine.

La voix de Nicki avait repris ses inflexions aiguës. Maggie pouvait comprendre son angoisse et sa détresse, mais elle avait l'intuition que ses tourments avaient plutôt trait à une question actuelle qui les divisait, Kit et elle, qu'à un événement du passé.

— Viens t'asseoir, dit-elle. Et arrête un peu de te torturer.

Nicki semblait à peine l'écouter. Secouant la tête, elle expliqua d'une voix monocorde :

— Laura me l'a dit ce matin. Il y a eu une scène terrible entre nous.

Elle porta une main à sa bouche, comme pour l'empêcher de trembler.

— Pendant toutes ces années, elle avait gardé ça pour elle.

Un rire presque hystérique secoua le haut de son corps.

— Tu te rends compte ? Toutes ces années pendant lesquelles nous avons pris grand soin de ne rien faire quand Laura était dans les parages… Et voilà qu'aujourd'hui… Je n'en peux plus, Maggie !

Chacune de ses paroles renforçait les appréhensions de Maggie. Certes, il était bien naturel que son amie soit bouleversée, mais sa réaction était excessive, disproportionnée.

— Ecoute, il faut que tu parles de ça à Kit, lui dit-elle.

— En parler à Kit ? Mais je ne peux plus lui parler de rien ! cria Nicki d'un ton exaspéré. Il ne veut plus me parler.

Quand son amie se tourna vers elle, Maggie comprit qu'elle n'avait pas dissimulé assez vite son saisissement.

— C'est comme ça, Maggie, déclara Nicki d'un ton âpre. Tôt ou tard, voilà ce qui finit par arriver. C'est la réalité du monde où ton bébé va naître — un bébé que la nature ne t'aurait jamais permis de concevoir.

— Nicki, s'il te plaît ! murmura Maggie.

L'état mental et émotionnel de son amie commençait à l'inquiéter sérieusement.

— S'il te plaît, quoi ? demanda âprement Nicki.

Il n'y aurait pas moyen de lui faire entendre raison tant qu'elle serait dans cet état d'esprit, songea Maggie.

— Je crois que tu ferais mieux de partir, conclut Nicki d'un ton las. Joey va bientôt rentrer, et je ne veux pas qu'il me voie comme ça.

— Nicki ! s'exclama Maggie.

Elle n'avait pas envie de quitter son amie, mais elle craignait qu'elles en arrivent à s'envoyer au visage des paroles qui détruiraient irrémédiablement leur amitié.

— Nous n’avons plus rien à nous dire, Maggie. Je veux que tu t’en ailles. Pour toi, tout a toujours marché comme sur des roulettes, n’est-ce pas ? Tu es toujours tout miel et tout sourires. Tu ne peux même pas soupçonner ce qu’est la vie pour des gens comme moi. Des gens qui sont toujours perdants, quoi qu’ils fassent… Je te connais, Maggie : tu es venue me voir dans l’espoir de m’entendre dire que j’étais contente pour toi, parce que tu veux toujours que les gens soient contents pour toi, hein, Maggie ? Qu’on soit content pour toi et qu’on t’approuve. Eh bien, je regrette, mais ce n’est pas mon cas. Quant à l’infortuné bébé que tu as décidé de mettre au monde….

Nicki pinça les lèvres, se leva et alla ouvrir la porte du fond.

Sans rien dire, de crainte de prononcer des paroles qu’elle pourrait regretter un jour, Maggie s’en alla.

6

Marcus consulta sa montre avec une pointe d'inquiétude. Encore dix minutes avant sa première opération dans cette clinique privée du centre-ville à laquelle il venait de s'associer.

Hebe s'était mise en colère quand il lui avait révélé ses projets, et leur relation, déjà chancelante, n'y avait pas résisté. Après tous les efforts qu'il avait faits pour sauvegarder cette liaison, il était stupéfait de constater qu'elle lui manquait si peu.

— Une habitude, c'est tout ce qui reste entre nous, Marcus, lui avait dit Hebe d'un ton détaché. Nous sommes restés trop longtemps ensemble. Il est temps de passer à autre chose. Nous avons des objectifs très différents dans la vie ; je m'en aperçois seulement maintenant.

Cette remarque avait été prononcée d'un ton dédaigneux, presque condescendant. Marcus savait très bien pourquoi. La pratique de la médecine n'avait jamais vraiment attiré Hebe.

— Marcus, tu connais mon point de vue. Pas question que j'ouvre un cabinet dans une petite ville de province, affirmait-elle volontiers. Je me suis donné beaucoup de mal pour réussir brillamment mes études de médecine ; ce n'est certainement pas pour en arriver là. C'est la recherche que je trouve enrichissante.

— Au propre comme au figuré, avait conclu Marcus à sa place.

— En effet. Je ne suis pas totalement désintéressée. Pourquoi prétendre le contraire ? Tu es un idiot, Marcus. Et cette lubie de vouloir des enfants ! Ce sont les femmes, pas les hommes, qui sont censées succomber aux impératifs de leur horloge biologique.

Les femmes, peut-être, mais pas Hebe, en tout cas.

— Enfin, Marcus, tu t'imagines bien que si je décide un jour d'avoir un enfant, je ne m'en remettrai pas au hasard : je m'assurerai qu'il ait les meilleurs gènes possibles. Ce qui signifie…

— Que les miens ne sont pas assez bons, avait conclu Marcus d'un ton léger.

Elle l'avait observé d'un air circonspect.

— Tu connais tes faiblesses, n'est-ce pas ? Tu es beaucoup trop sensible. J'aurais dû m'en douter quand tu as choisi pédiatrie, sous prétexte que ton cousin avait perdu un enfant d'une méningite. En fait, il serait beaucoup plus efficace d'essayer de combattre la méningite par la recherche scientifique.

Ils se disputaient continuellement à propos de la spécialité choisie par Marcus. Finalement, il avait renoncé à défendre son point de vue.

Ils se séparèrent sans éclat. Leur liaison était arrivée à

un tel point d'usure qu'elle ne méritait même plus une querelle.

Dès qu'il se retrouva seul, Marcus ressentit pleinement son désir d'enfants. Sans eux, sa vie lui apparaissait comme un désert stérile. Il avait trente ans. Il commençait à détester la vie citadine ; il avait envie d'intégrer un cabinet de groupe ou une petite clinique en province. Il voulait s'intégrer à une communauté — à l'instar de son cousin qui avait puisé dans cette appartenance la force de surmonter sa terrible épreuve.

Marcus savait parfaitement que Hebe détestait ce style de vie. D'ailleurs, on venait de lui proposer un poste prestigieux aux Etats-Unis, et elle l'avait accepté.

Au moment précis où elle lui avait annoncé la nouvelle, il avait compris que tout était bien fini entre eux.

Laura promenait son regard sur le fleuve, les yeux dans le vague. Elle était allée directement de la maison de Nicki au cimetière où sa mère était enterrée, et elle regardait fixement la stèle, sans se soucier du froid qui l'engourdissait. La scène avec Nicki avait réveillé en elle des souvenirs douloureux. Et, dans le même temps, elle ne pouvait s'empêcher de penser à Ryan. Elle brûlait d'entendre sa voix…

Son charme l'avait subjuguée dès leur première entrevue, quand elle était entrée dans son bureau pour un entretien d'embauche. Il n'était pas particulièrement grand, mais il dégageait une sorte de magnétisme auquel il était difficile d'échapper. Aussi Irlandais que son prénom le suggérait, il avait une carrure de rugbyman, d'épais cheveux d'un noir de jais et les yeux les plus bleus qu'elle eût jamais vus — des yeux qui se plissaient malicieusement quand il souriait, en même temps que sa bouche esquissait une moue irrésistible. Et cette flamme, dans son regard, quand il lui avait déclaré qu'il la trouvait désirable…

Laura réprima un frisson. C'était une jeune femme moderne, loin d'être bégueule, et qui se considérait comme sexuellement émancipée, mais le regard de ce Ryan l'avait tétanisée.

Au bout d'une semaine, il l'avait invitée à déjeuner et, un mois plus tard, il lui parlait de son mariage désastreux, lui expliquant que, pour des raisons d'ordre familial et religieux, il ne pouvait se résoudre à divorcer.

A plusieurs reprises, il s'était arrangé pour la retenir au bureau le plus tard possible, et ils avaient terminé la soirée par un dîner aux chandelles. Puis il lui avait demandé de venir chez lui, un samedi, pendant que son épouse et ses enfants passaient le week-end à Cork, dans leur résidence secondaire.

La tentation était forte, et Laura mourait d'envie d'accepter. Mais elle ne pouvait pas se permettre d'agir comme Nicki — la femme qu'elle avait méprisée et haïe pendant si longtemps. Elle avait donc répondu à Ryan qu'elle ne coucherait pas avec lui.

Loin de se vexer, il lui avait déclaré qu'elle se trompait, qu'ils étaient destinés à devenir amants et qu'il avait bien l'intention de la faire changer d'avis. Un peu lâchement, peut-être, Laura avait attendu son prochain déplacement pour démissionner et partir. Elle avait même écourté sa période de préavis — ce qui serait du meilleur effet sur son C.V., songea-t-elle avec amertume.

Ryan lui manquait terriblement. Elle pensait à lui du matin au soir, dormait très peu et se nourrissait à peine. Elle redoutait qu'il l'appelle, et elle redoutait qu'il ne le fasse pas. En fait, elle redoutait surtout qu'il ne le fasse pas.

Une petite bruine pénétrante s'était mise à tomber. Sans prêter attention au froid et à l'humidité, elle resta immobile à regarder le fleuve.

— Julie, tu es sûre que tu ne veux pas m'accompagner ? demanda Stella. Ce sont tes parents, quand même !

La jeune fille secoua vigoureusement la tête.

— Papa a dit qu'il ne voulait plus jamais me revoir. Je le déteste, dit-elle d'un ton de défi. Il voulait m'obliger à avorter.

Stella soupira. Julie était terriblement immature. A dix-sept ans, elle se comportait comme une vraie gamine. Tout en maniant tour à tour la carotte et le bâton pour essayer de lui faire avaler quelque chose au petit déjeuner, Stella s'était souvenue de batailles similaires avec son fils, quand il était petit.

Hughie avait repris, un peu plus tôt, le chemin de l'université. En les regardant se dire au revoir, Julie et lui, Stella avait été frappée par le fait qu'ils se comportaient plutôt comme de bons camarades que comme des amants.

— A notre époque, avait-elle dit à Richard d'un air exaspéré, quand on tombait amoureux très jeune, on se bornait à échanger quelques baisers maladroits et, si les choses devenaient sérieuses, on allait jusqu'à se peloter gentiment. Aujourd'hui, il faut aller jusqu'au bout dès le premier rendez-vous… Ils sont d'une telle désinvolture !

Elle s'était tue en remarquant que Richard l'écoutait à peine. Le silence qui régnait entre eux, d'ordinaire si confortable, la gênait un peu. Cette fois, elle avait l'impression qu'il se désintéressait totalement de la situation, alors que le sujet les concernait tous les deux de très près.

Stella n'avait jamais rencontré les parents de Julie. Tout en roulant en direction de leur quartier, elle se demanda si le portrait que Richard lui avait fait du père de la jeune fille était fidèle. Oui, sans doute, car Richard n'était, certes, pas porté sur l'exagération.

Elle leur avait déjà téléphoné, d'abord pour leur annoncer que Julie était en sécurité chez elle, ensuite pour prendre rendez-vous avec eux.

La maison était située au fond d'une impasse bien entretenue, dans un petit lotissement résidentiel. En garant sa vieille berline le long du trottoir, Stella ne put s'empêcher de la comparer aux deux voitures rutilantes qui se trouvaient dans l'allée. Richard et elle n'avaient jamais été matérialistes. Ils accordaient plus d'importance aux êtres qu'aux biens. Ce quartier calme et impeccable était certainement plus recherché que le leur, avec ses maisons hétéroclites et ses rues bruyantes, songea-t-elle en sonnant à la porte.

La dame qui vint ouvrir était une réplique de Julie en plus âgée, mais une Julie dépourvue de sa pétulance et de sa détermination. Cette femme avait l'air d'un pauvre être opprimé, rabougri, épuisé par la vie.

Julie avait dit à Stella que ses parents s'étaient connus dans la banque où ils travaillaient l'un et l'autre, mais que sa mère avait quitté son emploi après sa naissance, pour s'occuper d'elle. Depuis cinq ans, elle prenait soin de ses parents et de ses beaux-parents âgés.

Elle fit entrer Stella dans une pièce impeccable. Pas un grain de poussière sur la table basse, et chaque coussin était à sa place.

Stella s'assit avec précaution, et refusa la tasse de thé qu'on lui proposait.

— Comment va Julie ? Nous nous faisions tellement de souci pour elle ! C'est une forte tête. Je ne sais pas ce qu'elle vous a dit, mais son père n'avait pas l'intention…

Debout devant la baie vitrée, l'intéressé leur tournait le dos. Stella remarqua le regard inquiet de sa femme.

— Oh, mais si ! lança-t-il d'un ton catégorique. Comme on fait son lit, on se couche. Julie a fait son choix : elle peut aller au diable ! Si elle avait ne serait-ce qu'une once de bon sens, elle nous aurait prévenus à temps…

Stella sentit son cœur se serrer en entendant sa voix frémissante de colère et d'amertume.

— Et si vous êtes venue dans l'espoir de nous faire changer d'avis, laissez-moi vous dire que vous perdez votre temps ! Il n'est pas question que Julie remette les pieds ici, tant que… Votre foutu rejeton est-il conscient de ce qu'il a fait ? demanda-t-il d'un ton furieux. Notre fille devait entrer à l'université. Et, au lieu de ça, qu'est-ce qu'elle fait ? Elle se laisse engrosser, et elle nous cache son état jusqu'à ce qu'il soit trop tard pour réparer les dégâts, nom de Dieu !

— Gerald ! protesta faiblement sa femme. Ton langage…

— C'est une éducatrice. Elle en a entendu bien d'autres. Ces éducateurs, ces assistantes sociales… tous des prêcheurs imbéciles qui nous lient les mains. Ce sont les gens comme vous…

— Il y a longtemps que je ne travaille plus pour les services sociaux, répliqua Stella sans se démonter. Mais peu importe. Je comprends ce que vous pouvez ressentir. Après tout, ce n'est pas uniquement votre problème et votre responsabilité : ce sont aussi les nôtres.

— Sacrée grandeur d'âme, hein ? Dans le milieu où je suis né, il n'y a qu'une personne fautive dans ce genre de situation. Seigneur, après tout ce que nous avons fait pour Julie, l'éducation qu'elle a reçue… alors qu'elle sait… Ma sœur est tombée enceinte à dix-sept ans, et sa vie a été gâchée. J'avais onze ans, à l'époque. Tout le monde la montrait du doigt, la traitait de…

Il laissa sa phrase en suspens.

— Si Julie nous en avait parlé plus tôt, on aurait pu tenter quelque chose.

— Si vous faites allusion à une IVG, Julie ne voulait pas…

— Peu importe ce que Julie veut ou ne veut pas. Je suis son père, et je sais où est son intérêt. J'ai vu ce qui se passe en pareil cas. Elle a eu une existence privilégiée, nous lui avons donné tout ce qu'elle voulait, et voilà notre récompense. Eh bien, elle ne remettra pas les pieds ici, tant que le problème ne sera pas réglé.

— Réglé ? répéta Stella.

— Oui. Evidemment, le bébé devra être adopté.

— Et d'ici là ? demanda Stella.

— C'est votre foutu rejeton qui l'a mise dans ce pétrin : il n'a qu'à se débrouiller.

— Très bien, dit Stella le plus calmement possible. Si Julie ne peut pas revenir chez ses parents, elle est la bienvenue chez nous.

Se tournant vers la mère de la jeune fille, elle ajouta :

— Si vous voulez venir la voir…

— Elle ne veut pas. Inutile d'insister, madame Wilson.

D'accord. Stella se rassura un peu en se disant qu'après tout, elle n'aurait pas à fréquenter cet homme, à l'avenir, puisque les deux jeunes gens n'allaient pas se marier.

La mère de Julie la raccompagna à la porte. En

l'ouvrant, elle jeta un coup d'œil par-dessus son épaule, et chuchota :

— Embrassez ma Julie pour moi, voulez-vous ? Dites-lui que… que je pense à elle.

Ses traits se décomposèrent brusquement.

— Je me fais tellement de souci pour elle. Qu'est-ce qui va lui arriver ?

— Rien, répondit fermement Stella. Elle va habiter chez nous jusqu'à la naissance du bébé et aussi longtemps que nécessaire. Venez la voir quand vous voudrez ; vous serez toujours la bienvenue.

En reprenant le volant, Stella songea avec fatalisme qu'elle s'était bel et bien engagée. Mais comment aurait-elle pu faire autrement ? Julie portait l'enfant de son fils…

Elle se mit à énumérer mentalement ce qu'il y avait à faire. Julie devait voir un médecin. Il faudrait aussi prendre contact avec son lycée, avec l'hôpital — il devait exister des associations de soutien pour les jeunes filles dans sa situation. Puis ils se prépareraient à l'arrivée du bébé… Tiens, puisqu'elle passait devant la maternité, en rentrant, elle allait s'arrêter pour prendre un rendez-vous, décida-t-elle sans tergiverser.

Laura quitta le banc sur lequel elle était assise. Ses membres étaient raides. Elle avait l'impression que le printemps n'arriverait jamais. Tout était gris et terne ; le ciel maussade se reflétait dans le fleuve couleur de plomb, grossi par les pluies diluviennes qui s'étaient abattues pendant l'hiver… Laura avait follement envie de soleil et de chaleur, de lumière et de rires. Fallait-il voir là une métaphore de son besoin d'amour, de chaleur humaine ?… Non, elle devait lire trop de magazines. Elle avait aussi trop de temps pour réfléchir et se livrer à des exercices d'introspection. Jusqu'au jour où elle avait commencé à travailler pour Ryan, ses activités professionnelles avaient accaparé l'essentiel de son temps et de son énergie.

Elle n'avait jamais envisagé son emploi dans cette compagnie comme une situation définitive ; ce n'était qu'une étape de sa carrière. Ses objectifs étaient déjà bien définis : elle avait l'intention de diriger sa propre société de services financiers vers l'âge de trente ans. Elle avait déjà fait plusieurs investissements potentiellement très rentables, destinés à lui permettre de monter son entreprise, par la suite, mais la branche de l'industrie financière où elle travaillait était extrêmement fédérée. Le moindre soupçon de faiblesse de sa part compromettrait ses chances de réussite. Une aventure avec Ryan ne serait pas considérée comme une faiblesse, mais son désarroi actuel le serait certainement. Ce genre d'activité excluait les amitiés et favorisait plutôt les rivalités acharnées. Mais ses relations avec Nicki l'avaient armée pour affronter ce genre de difficulté.

Si elle était revenue au bercail, c'était à cause de la situation qu'elle vivait avec Ryan, mais, à présent, elle s'étonnait de la facilité avec laquelle on peut retomber dans les travers de son adolescence. Cela n'avait rien de bien glorieux ni de réconfortant.

Laura était assez intelligente pour remarquer que, à bien des égards, elle reproduisait avec Ryan le schéma qui avait existé entre sa belle-mère, son père et elle : deux femmes se disputant l'amour exclusif d'un seul homme. Et on était au XXIe siècle !

Au loin, une cloche sonna, égrenant les heures : 17 heures ! Elle n'avait pas déjeuné, mais la perspective de retrouver Nicki à la maison ne lui disait vraiment rien.

Tout au fond d'elle-même, Laura regrettait déjà son emportement — cette régression dans l'adolescence, provoquée par l'attitude hyperprotectrice de Nicki envers Joey. Sa belle-mère, son père et son demi-frère formaient un petit cercle familial dont elle était exclue. Cette constatation avait brusquement ranimé le sentiment de trahison qu'elle avait éprouvé, autrefois, en découvrant que Nicki, à qui elle avait commencé à se confier comme à une amie, était, en réalité, la maîtresse de son père. Comme elle l'avait détestée, alors ! Et cette haine subsistait encore.

Remontant le col de sa veste, la jeune femme reprit le chemin de la ville.

Laura avait parcouru la moitié de la rue principale quand elle entendit quelqu'un l'appeler par son prénom.

— Laura ! J'avais entendu dire que tu étais revenue.

Elle se raidit en voyant Zoé, mais celle-ci n'eut pas

l'air de remarquer cette réaction qui indiquait un désir évident d'être seule.

— Je sors tout juste du travail, et les enfants sont chez maman. Tu as un moment pour prendre un verre ? demanda Zoé en plongeant une main dans ses cheveux d'un geste théâtral que Laura lui voyait souvent faire, au lycée. Il y a un bar sympa au coin de la rue.

Laura hésita.

— On sert à manger dans ton bar ? demanda-t-elle.

Zoé haussa les sourcils.

— Parce que tu manges ? Je me suis souvent posé la question. Tu es tellement mince…

— Question de métabolisme, répondit évasivement Laura.

Le fait d'être amoureuse et de se ronger les sangs devait aussi y être pour quelque chose, songea-t-elle.

— Veinarde ! dit Zoé en poussant la porte du bar. Mes deux grossesses successives n'ont pas arrangé mon tour de taille… Mais dis-moi : qu'est-ce qui te ramène au pays ?

— Je m'y sens chez moi, commença Laura, sans pouvoir vraiment se résoudre à regarder Zoé dans les yeux.

— Des problèmes de cœur ?

Soudain, de manière inattendue, Laura dut s'avouer qu'elle avait envie de se confier à quelqu'un.

— Quelque chose dans ce genre, admit-elle en s'installant à une table.

— Bienvenue au club, dit Zoé. Comment se fait-il que

tout soit si difficile pour nous, Laura ? Ian, mon mari, ne plaît pas du tout à ma mère.

Elle esquissa une grimace.

— Elle trouve surtout que je me suis mariée trop jeune. C'est vrai : j'avais dix-huit ans. Et George est né l'année suivante…

Laura la dévisagea avec stupéfaction. Ainsi, les relations n'étaient pas idylliques entre Alice et Zoé ! Quelle surprise ! Les vilaines, les ingrates, les égoïstes belles-filles n'étaient donc pas les seules à critiquer la femme qui les avait élevées ?

— Evidemment, elle a du mal à me comprendre, reprit Zoé. De son temps, les choses étaient différentes. Mon père la subjuguait ; elle s'est contentée de lui céder. Alors que moi, j'ai pris les devants : j'ai tout fait pour persuader Ian de m'épouser. Il m'a accusée de lui faire du chantage. N'empêche qu'il a craqué.

Elle s'esclaffa en voyant la mine déconcertée de Laura.

— Il voyage à travers tout le pays pour son travail. Je ne l'ai jamais vu respecter les limitations de vitesse ! Un jour, il a été flashé par un radar et, comme il n'avait presque plus de points sur son permis, il m'a demandé de dire que c'était moi qui conduisais la Porsche. J'ai répondu que j'acceptais, à condition qu'il m'épouse. Il s'est mis en colère, mais, apparemment, il tenait plus à son permis qu'à sa liberté !

Elle esquissa un petit sourire d'autodérision.

— Ian ne se prive jamais de me rappeler que je lui ai

forcé la main. Mais moi, c'est la première fois que j'en parle à quelqu'un.

— Je suppose qu'il avait envie de t'épouser mais qu'il refusait de l'admettre, comme tout macho qui se respecte.

— Maman désapprouve totalement ce mariage, poursuivit Zoé d'un ton maussade. Elle ne le dit pas mais c'est évident. Sans aborder directement le sujet, elle me demande, par exemple, si je pense que mon mari me « soutient » suffisamment. En fait, elle veut savoir si je me sens aimée. Qu'est-ce que ça peut bien lui faire, à elle qui ne m'a jamais aimée ? Quand je suis née, elle a été tellement déçue : elle voulait un garçon, bien entendu. Heureusement pour elle, elle a fini par mettre au monde deux splendides spécimens du sexe masculin — ce qui faisait d'elle l'épouse idéale. Par moments, je la déteste à un point inimaginable. Ah, les mères ! Il n'y en a pas une pour rattraper l'autre. Elles feraient mieux de nous aimer, au lieu de nous donner des leçons de vie !

Impressionnée par la véhémence de Zoé, Laura esquissa un sourire.

— Tu devrais faire de la politique, lui dit-elle avec une pointe d'ironie.

— Je suis membre du conseil d'établissement de l'école primaire, répondit Zoé sans paraître remarquer le côté malicieux de la remarque. Ian trouve que c'est une bonne idée.

D'un geste impatient, elle appela la serveuse pour qu'elle prenne leurs commandes.

— Ma mère passe généralement pour un modèle de femme au foyer, mais, en réalité, après la naissance des jumeaux, tout s'est passé comme si je n'existais plus. Sur le plan affectif, elle m'a littéralement abandonnée. Elle ne m'a jamais vraiment aimée. D'ailleurs, personne ne m'a aimée.

Malgré elle, Laura sentit les larmes lui monter aux yeux.

— Moi, ma mère a fait encore plus fort, dit-elle à Zoé en portant à ses lèvres le verre de bordeaux que la serveuse venait de lui apporter. Elle est tombée malade et elle est morte !

— Après quoi, Nicki s'est pointée et t'a piqué ton père. Quelle poisse, hein, cette vie ?

Elles se regardèrent mutuellement avec des yeux de hibou, unies par ces souvenirs accablants.

— Bon, si on parlait d'autre chose ? lança Zoé, après leur troisième verre de vin. De l'homme pour qui tu en pinces, par exemple ?

Désinhibée par l'alcool, Laura oublia sa prudence coutumière.

— Il est marié, dit-elle d'un ton de défi. Et je crois que je suis vraiment amoureuse de lui.

— Tu es amoureuse d'un homme marié ? Moi aussi ! Bienvenue au club ! dit Zoé.

Laura la dévisagea avec des yeux ronds.

— La seule différence, c'est que l'homme que j'aime est marié avec moi, poursuivit Zoé avant de reprendre son verre. Et, pas de chance, il ne m'aime pas.

Pour une fois, elle parlait sans emphase, avec une simplicité désarmante.

— Allons, je suis sûre que tu te trompes, lui dit Laura. Vous avez eu deux enfants, et…

Zoé partit d'un grand éclat de rire, et Laura s'interrompit, déroutée.

— Mon Dieu, Laura, quel rapport entre le fait d'avoir des enfants et l'amour ? Aucun ! affirma-t-elle brutalement. Du reste, c'est moi qui ai eu des enfants, pas Ian. D'accord, il les a engendrés… mais il ne les a pas eus. Cela dit, ça ne l'empêche pas de me critiquer parce que je ne passe pas vingt-quatre heures sur vingt-quatre avec eux ! J'ai fait des études, Laura. J'avais des rêves. J'espérais voyager… vivre… aimer et être aimée. Et me voilà coincée dans la ville. Ça me dégoûte tellement, parfois… et moi aussi, je me dégoûte !

Laura perçut nettement l'angoisse dans la voix de Zoé, et elle essaya de se concentrer sur le menu qu'elle avait choisi. Elle avait besoin de manger quelque chose, mais le vin et les confidences qu'elle échangeait avec Zoé lui faisaient un peu tourner la tête. La sensation d'avoir trouvé une alliée, après s'être crue si seule, en territoire étranger, était totalement inespérée pour elle.

— Ian déteste que je boive. En fait, j'ai l'impression qu'il me déteste, tout simplement. Sa mère était alcoolique.

Elle baissa le ton.

— Je n'ai jamais dit ça à personne. Ian ne veut pas que ça se sache.

Laura prit une profonde inspiration.

— Il y a eu une scène épouvantable entre Nicki et moi, ce matin, confia-t-elle à son tour. J'ai eu l'impression de revivre les pires moments de mon adolescence.

Les deux jeunes femmes échangèrent un sourire complice.

— Ne te retourne pas tout de suite, mais… Il y a un homme, au bar, qui ne te quitte pas des yeux, chuchota Zoé.

— Quoi ? Où ça ?

Machinalement, Laura se tourna vers le bar, le cœur battant. Contre toute logique, elle espérait découvrir le visage de Ryan. Mais ce n'était pas lui, bien entendu. C'était un inconnu qui la regardait d'un air désapprobateur, une expression indéchiffrable dans ses prunelles grises.

— Tu le connais ? demanda Zoé.

Laura secoua la tête. Elle avait soudain conscience de ses cheveux ébouriffés et de ses joues en feu, à cause du vin qu'elle avait bu.

— Il se demande peut-être ce qu'on fait là, toutes les deux, à boire verre sur verre, au milieu de l'après-midi, murmura-t-elle, un peu embarrassée.

— Tu parles ! Tu as un ticket avec lui, ça se voit. Décidément, on a plein de choses en commun, toi et moi — entre autres, la manie de la persécution ! Il faut dire qu'on en a bavé… Remarque, je crois que Maggie n'a pas eu une enfance toute rose, elle non plus.

— C'est vrai, admit Laura. Elle a été orpheline très jeune, et c'est une vieille tante excentrique qui l'a élevée…

Tu sais, après le décès de ma mère, elle m'a fait cadeau d'un journal intime qui fermait à clé, comme une boîte. Elle m'a dit que c'était pour garder précieusement mes meilleurs souvenirs avec ma mère.

— Ouais, dit Zoé avec désinvolture. Combien de temps comptes-tu rester ici ?

— Je ne sais pas. Pour le moment, je suis sans boulot, alors...

— Je suppose que ça ne te dirait rien de t'occuper d'enfants pendant quelque temps ? Jusqu'ici, maman me prenait les petits trois jours par semaine pour que je puisse travailler, mais elle commence à faire des difficultés pour les garder — Dieu sait pourquoi ! Elle devrait être ravie d'avoir ses petits-enfants avec elle. Evidemment, si c'étaient les gosses de l'un de ses fils...

Le regard dans le vague, elle secoua la tête avant de reprendre :

— Elle s'imagine sûrement que je ne peux pas me débrouiller sans elle. Eh bien, je vais lui prouver le contraire. Je trouverai quelqu'un pour garder les enfants à la maison — une nounou qui s'installerait à demeure, et...

— A demeure ? répéta Laura, soudain intéressée. Ecoute, je n'ai aucune formation dans ce domaine, mais j'aime beaucoup les enfants et j'ai donné un coup de main, à l'école de mon quartier, pour du soutien scolaire, en tant que bénévole.

Zoé la dévisagea.

— Tu parles sérieusement ? Tu sais, je ne pourrai pas

te verser un salaire très important parce que je ne gagne pas grand-chose. En fait, je ne travaille pas pour l'argent. C'est plutôt pour ne pas me sentir à l'écart, pour avoir une vie active.

— Je ne plaisante pas, dit Laura. Quand veux-tu que je commence ?

— Ce soir, si c'est possible. Ian est parti plusieurs jours en déplacement, et maman m'a déjà prévenue qu'elle ne pourrait pas garder les enfants, demain.

— C'est d'accord, dit Laura.

Elle avait le tournis, et son estomac menaçait de se soulever. En fait, elle se sentait si nerveuse qu'elle ne pouvait plus rien avaler, même si le bon sens voulait qu'elle mangeât un peu.

— On peut faire un essai sur, disons, trois jours, reprit Zoé. Et, si tout se passe bien, on s'organisera pour une période plus longue.

Elle leva son verre, proposant de sceller leur accord par un toast.

— A nous et au pouvoir des filles. Il est temps de nous unir pour démontrer aux femmes de la génération précédente que nous valons mieux qu'elles, en définitive.

— Au pouvoir des filles ! répéta Laura, le cerveau un peu embrumé.

En reposant son verre, elle constata que l'homme assis au bar la regardait toujours — et son expression n'était vraiment pas celle d'un admirateur !

— Oh ! là, là, tu as vu l'heure ? s'exclama Zoé. Je devrais déjà avoir récupéré les enfants chez maman.

Tiens, voilà mon adresse et mon numéro de téléphone, ajouta-t-elle en griffonnant sur un morceau de papier arraché à son agenda.

Elle le tendit à Laura, puis sortit de son sac un petit vaporisateur. Se tournant à demi, elle le dirigea vers sa bouche ouverte pour se purifier l'haleine.

— Simple précaution, dit-elle. C'est ridicule, évidemment, mais certaines personnes confondent un petit verre de vin de temps en temps avec une conduite alcoolique.

Elle esquissa une moue.

— Enfin, si j'étais alcoolique, j'essaierais de le cacher, non ? Je planquerais des bouteilles dans tous les coins. Si j'avais un problème avec l'alcool, je le saurais, tout de même ! Et dire que la génération d'avant allait à Katmandou chercher des paradis artificiels... Mais ce n'était pas le genre de ma mère, évidemment. Oh, j'ai hâte de lui annoncer que tu vas t'occuper des enfants !

— Tu veux vraiment que je commence ce soir ? demanda Laura.

— Pourquoi pas ? Le plus tôt sera le mieux.

Laura ferma brièvement les yeux, et la tombe de sa mère apparut derrière ses paupières closes. Elle n'était ni croyante ni superstitieuse, mais il lui sembla que quelqu'un, là-haut, veillait sur elle et lui avait offert cette chance sur un plateau. Grâce à sa rencontre avec Zoé, elle allait être débarrassée de Nicki mais aussi de Ryan. Chez son père, il aurait sans doute pu retrouver sa trace, tandis que là...

— Donne-moi une heure, dit-elle avec détermination, tout en prenant son manteau.

En sortant, elle ne put s'empêcher de jeter un coup d'œil sur le type installé au bar. Une trentaine d'années (Ryan en avait quarante), grand et mince, avec de belles mains soignées. Moins fines, peut-être, que celles de Ryan. Mais Ryan avait des mains d'artiste, des mains agiles d'illusionniste — des mains de séducteur.

Sur le pas de la porte, elle hésita un instant, ne sachant trop ce qu'elle attendait. Zoé poussa le battant, et elle s'empressa de la suivre.

Marcus termina son verre et régla l'addition. Ce bar à vin avait été le refuge idéal jusqu'à l'arrivée des deux femmes. La blonde ne l'avait pas laissé indifférent, et cette réaction inattendue le prenait au dépourvu. Ce n'était pas le moment de s'intéresser aux femmes : il devait réfléchir, au contraire, prendre du recul.

Si Hebe était là, elle lui dirait certainement qu'il avait besoin de se défouler physiquement. Et la plupart des hommes lui auraient donné raison. Pourquoi était-il si exigeant ? Faire l'amour sans amour ne l'intéressait guère. Pour s'en tenir aux clichés convenus, son comportement s'apparentait plutôt à une conception féminine des rapports sexuels. Mais la société évoluait, et les hommes n'avaient plus forcément besoin de jouer les machos.

*
* *

— Comment ça s'est passé avec Nicki ? demanda Oliver.

Maggie posa les dépliants des agences immobilières qu'elle était en train de parcourir, et laissa échapper un soupir.

— Elle était dans un état épouvantable quand je suis arrivée ; il y avait eu une scène avec Laura. Oliver…

Elle marqua une pause, le front barré d'un pli soucieux.

— Je suis inquiète pour elle. Pas à cause de sa réaction à propos de ma grossesse, non, c'est pire que ça…

— La présence de Laura la perturbe : tu l'as dit toi-même.

— Je sais bien, mais… il y a autre chose. Je ne sais pas quoi exactement. C'est difficile à expliquer. Par exemple…

Maggie hésita. A cause du code de loyauté qui existait entre elle et ses trois amies.

— Oui ? insista Oliver, en s'approchant pour la prendre dans ses bras.

— Je ne sais pas trop comment formuler ça, dit-elle lentement. En fait, elle a des réactions qui ne lui ressemblent pas — et il ne s'agit pas uniquement de ma grossesse. Elle a toujours été si rationnelle, si… si logique dans sa pensée et son comportement… Et voilà qu'aujourd'hui… Si tu la connaissais aussi bien que moi, tu comprendrais. Tout a changé chez elle : son attitude, sa façon de bouger ou de parler… tout ça est en décalage total avec sa personnalité. Ce n'est plus Nicki. On dirait… on dirait qu'elle est devenue quelqu'un d'autre.

— Autrement dit, tu penses qu'elle pourrait souffrir de troubles psychologiques ?

— Je ne sais pas, dit Maggie d'un ton indécis.

— En tout cas, elle devrait consulter un psy.

— Peut-être… A moins que je me fasse des idées. Si j'en parlais aux autres, elles pourraient…

— Pourquoi n'en parles-tu pas à Kit ? suggéra Oliver. Il est son mari, après tout.

— Oui, dit Maggie, sans grande conviction.

— Qu'est-ce que tu as ?

— Rien. Seulement… Tu comprends, il y a une sorte d'accord tacite entre nous. Je ne me sentirais pas à l'aise si je m'adressais à Kit en cachette de Nicki.

— Mais tu connais Kit depuis des années !

— Là n'est pas la question. Il est, avant tout, le mari de Nicki. Je préfère en parler aux autres filles. Si elles n'ont rien remarqué, ça voudra dire que je me fais des idées, et…

Elle laissa sa phrase en suspens.

— Il y a des choses intéressantes dans les annonces immobilières ? demanda Oliver, conscient qu'il valait mieux changer de sujet.

— Pas vraiment. Mais j'ai quand même quelques bonnes nouvelles. Nous avons le contrat Egerton. Je leur ai dit que tu superviserais toute l'opération car ma grossesse m'empêcherait de la suivre jusqu'au bout.

Ils étaient déjà convenus que, si elle était enceinte,

Oliver prendrait la direction de l'affaire. Maggie avait commencé à le former dans ce but. Il avait, manifestement, un flair artistique plus développé que le sien. Pourquoi ne pas lui laisser reprendre les rênes ?

Elle esquissa un sourire amusé.

— Qu'est-ce que tu mijotes ? lui demanda-t-il.

Elle haussa les épaules en riant.

— Il fut un temps où je n'aurais confié à personne la direction de mon affaire. C'était « mon bébé ». Seulement, maintenant que je m'apprête à en avoir un vrai… Oliver ! protesta-t-elle, tandis qu'il la soulevait dans ses bras. Il faut faire attention, surtout pendant les trois premiers mois.

Bien qu'elle eût mis un point d'honneur à n'en rien laisser paraître, les réflexions brutales de Nicki l'avaient profondément ébranlée.

— Le médecin a dit que tout allait bien, lui rappela Oliver.

— Je sais. En fait, je deviens hyperprudente.

C'était vrai. A tel point qu'elle en voulait à Nicki de ce qu'elle avait dit — de crainte que sa réaction ne fût ressentie par l'embryon. Etait-ce un réflexe qu'elle aurait eu en cas de grossesse naturelle ?

C'était dans des moments comme celui-ci que Maggie éprouvait le besoin de parler à quelqu'un qui était déjà passé par là. Pourtant, au lieu de la rapprocher de ses meilleures amies, cette grossesse semblait l'isoler, faire d'elle une sorte d'anomalie de la nature. Son anxiété augmentait de jour en jour. Serait-elle assez forte pour porter jusqu'au bout l'enfant d'Oliver ? Et, en grandissant, cet enfant ne risquait-il pas de lui en vouloir parce qu'elle n'était pas véritablement sa mère — tout comme Laura en voulait, manifestement, à Nicki ?

Maggie dut reconnaître que le soutien moral de ses amies ne lui avait jamais autant manqué.

7

A l'étage, dans la chambre inoccupée qui lui servait de bureau, Nicki s'efforçait de remplir son formulaire de TVA quand elle entendit pétarader le pot d'échappement de la petite voiture. Car Kit refusait, désormais, de prendre la BMW, ce qui la vexait profondément.

Nicki souffrait d'une horrible migraine, et les chiffres dansaient devant ses yeux sans qu'elle parvînt à les lire. A quoi bon se donner cette peine, du reste ? Rien ne lui semblait digne du moindre intérêt. Une panique irrépressible montait en elle, accompagnée de nausées — symptômes qui lui étaient devenus familiers.

— Nicki ? J'ai vu la lumière allumée, mais je croyais que tu étais partie parce que la voiture n'est pas là.

— C'est Laura qui l'a prise, répondit brièvement Nicki.

— Où est-elle allée ?

Nicki pinça les lèvres.

— Aucune idée. C'est ta fille, Kit, pas la mienne.

— Mais qu'est-ce que c'est que cette nouvelle lubie ? demanda Kit d'un air exaspéré. Pourquoi cette frontière inédite entre ce qui est à toi et ce qui est à moi ?

— C'est comme ça, répliqua Nicki.

Sa migraine devenait insupportable, et elle avait envie de vomir. Refusant de s'écouter, elle se pencha de nouveau sur les chiffres qu'elle distinguait à peine.

Kit la regarda d'un air déconcerté. Ils avaient besoin de se parler, mais, depuis quelque temps, son comportement était tellement irrationnel qu'il n'osait plus aborder aucun sujet.

— Tu rentres bien tard, dit-elle en levant les yeux sur lui d'un air de défi.

— Oui. J'étais avec l'un de nos principaux clients.

Nicki sentit son abdomen se crisper. Avant la naissance de Joey, ils étaient convenus qu'elle réduirait son activité afin de passer plus de temps avec le bébé, mais un déclin des affaires, dans l'entreprise de Kit, l'en avait empêchée. Au début, elle avait pris la situation avec philosophie, mais à présent…

— Je devine la suite, dit-elle avec aigreur. Il ne renouvelle pas son contrat.

— Au contraire ! Il l'élargit considérablement. Et il n'est pas le seul ! On dirait que les affaires reprennent, tout à coup.

En d'autres temps, ce genre de nouvelle aurait enthousiasmé Nicki, et elle se serait jetée dans ses bras. En d'autres temps…

— Je pensais aller fêter ça quelque part, dit Kit. Au restaurant, par exemple…

Nicki lui lança un regard de reproche.

— Je te rappelle que nous avons un fils ! Mais, bien

entendu, tu n'as jamais voulu de cet enfant. Pas plus que du suivant !

— Ce n'est pas vrai, Nicki !

Elle secoua la tête.

— Maggie est venue me voir, aujourd'hui. Je me demande ce qu'elle ressentirait si Oliver lui disait qu'il a changé d'avis, qu'il ne veut plus du bébé qu'elle porte, qu'elle doit s'en débarrasser…

Sa voix avait pris des inflexions aiguës. Elle se leva brusquement. Elle était très pâle, et ses yeux sombres jetaient des éclairs.

— Nicki, je t'en prie ! lança Kit. Je n'ai jamais rien dit de tel.

— Tu ne l'as peut-être pas formulé ainsi, mais tu m'as bien fait comprendre que…

— J'ai seulement émis un doute quant à l'opportunité d'avoir un second enfant, coupa Kit. Joey a déjà neuf ans, et le fait de recommencer à pouponner à notre âge, sans parler des aspects financiers… Oui, tout cela m'est venu à l'idée quand tu m'as appris que tu étais enceinte, mais je n'ai jamais voulu…

— Tu n'as jamais voulu quoi ? Que je fasse une fausse couche ? Tu n'as pas été soulagé quand c'est arrivé ? Ne me raconte pas d'histoires, Kit. Je l'ai bien vu, à ton expression. Et ne me touche pas non plus ! s'exclama-t-elle farouchement, tandis qu'il s'approchait d'elle pour la prendre dans ses bras.

— Nicki, je t'en prie, ne sois pas comme ça ! gémit-il. Je devine ce que tu as ressenti en apprenant que

Maggie attendait un enfant, alors qu'il n'y a que quelques semaines…

— Seize semaines, précisa-t-elle d'une voix sourde. Seize semaines et trois jours, voilà où en serait ma grossesse, aujourd'hui, si… Mais ça t'est bien égal.

Comme elle se taisait, Kit essaya encore de la prendre dans ses bras, mais elle le repoussa sans ménagement.

— Nicki, ma chérie, bien sûr que non, ça ne m'est pas égal.

— Si. Complètement. Tu étais soulagé. Tu étais content. D'ailleurs, tu aurais probablement voulu qu'il m'arrive la même chose pour Joey. Comme ça, tu n'aurais eu que ta fille adorée — la fille de Jennifer…

Découragé, Kit laissa retomber ses bras le long de son corps. Il avait reçu un choc quand Nicki lui avait annoncé qu'elle était enceinte pour la seconde fois, mais, de là à souhaiter qu'elle fasse une fausse couche…

— Ta fille est de retour, lui dit sèchement Nicki, alors que les phares de la BMW balayaient la chambre. Si tu l'emmenais dîner pour fêter ta réussite ? Elle appréciera beaucoup plus que moi. Qui sait, tu vas peut-être même pouvoir lui acheter une voiture, avec tes bénéfices ?

Quand il eut quitté la pièce, Nicki appuya son front sur le mur froid, et posa une main sur sa bouche pour étouffer un sanglot.

Cette fausse couche, elle ne l'avait pas vécue comme un accident regrettable, mais comme un véritable cauchemar. L'épisode avait-il réveillé en elle une fragilité liée à des épreuves trop pénibles, à une angoisse devenue insurmontable ? A présent, la grossesse assistée de Maggie lui apparaissait comme une farce grotesque. Le sort semblait se jouer d'elle, parachever son œuvre par une nouvelle injustice, un ultime pied de nez.

Ses maux de tête devenaient intolérables, tout comme sa panique, son désespoir. Nicki avait parfois le sentiment que la vie ne valait pas la peine d'être vécue. Mais qu'adviendrait-il de Joey si, comme Jennifer, elle venait à mourir ? Qui s'occuperait de lui ? Qui pourrait l'aimer et le protéger à sa place ? Maggie, sa marraine, allait avoir elle-même un enfant. Nul doute qu'à son âge, cette tâche suffirait à l'absorber totalement. Quant à Kit... il s'en moquait éperdument. Il ne se souciait ni d'elle, ni de Joey, ni de cet enfant qui n'avait pas eu la chance de venir au monde... Non, décidément, elle ne pouvait pas abandonner Joey, le laisser seul au monde dans cet univers impitoyable...

— Désolée d'être en retard, m'man ! lança Zoé avec insouciance.

Son haleine empestait l'alcool, et Alice sentit son cœur se serrer. Elle n'avait jamais bu de sa vie, et elle avait du mal à comprendre le comportement de sa fille. En outre, elle s'inquiétait pour elle. Où se situait la limite entre une consommation normale et un abus d'alcool ?

Zoé se baissa pour prendre George dans ses bras. Il se débattit en plissant le nez quand elle voulut l'embrasser. Elle le posa par terre avec brusquerie.

— Oh ! là, là ! Je suis allée prendre un verre, c'est tout ! Il n'y a pas de quoi faire toute une histoire ! D'ailleurs, pour ta gouverne, dit-elle à sa mère, sache que ce n'est pas moi qui en ai eu l'idée. Je suis tombée sur Laura qui m'a entraînée.

— Laura ? répéta Alice en fronçant les sourcils. La belle-fille de Nicki ?

— En personne. Apparemment, Nicki lui en fait voir de toutes les couleurs. Evidemment, elle a toujours été jalouse d'elle, parce que c'est la fille de Kit et de Jennifer.

— Tu es injuste avec Nicki, Zoé !

Alice se demanda si sa fille avait beaucoup bu. Certainement plus d'un verre, songea-t-elle. Alice était convaincue que c'était l'influence de Ian et la vie qu'il menait qui incitaient Zoé à boire.

— Ben voyons ! répliqua la jeune femme d'un air cynique. Ceci explique pourquoi tu juges plus important d'aller dîner avec tes copines que de garder tes petits-enfants. Mais rassure-toi, tu n'auras plus à le faire : Laura va s'installer à la maison pour s'occuper d'eux.

— Quoi ?

La stupéfaction de sa mère lui procura un immense plaisir.

— On y va, les garçons ! dit-elle à ses fils. Il est temps de rentrer à la maison.

Elle se tourna vers Alice.

— Désolée, mais il faut que je m'en aille, m'man. Laura risque de m'attendre. On va d'abord faire un essai, mais je suis sûre que tout se passera bien. Les garçons ont besoin d'une personne jeune et dynamique pour jouer avec eux ; quelqu'un qui ne considère pas que le monde va s'écrouler, sous prétexte que leur mère s'est offert un petit verre de vin !

En finissant de border les enfants, Zoé ne put s'empêcher de leur faire un dernier câlin. Sa mère s'imaginait que c'était Ian qui l'avait incitée à se marier et à fonder une famille, mais, en réalité, l'initiative venait d'elle.

— Tu es très jeune, Zoé, lui avait dit Ian, et si tu t'enchaînes, maintenant, avec des enfants...

— J'ai envie de m'enchaîner, avait répliqué Zoé.

En fait, elle voulait surtout le retenir, s'assurer qu'il ne la quitterait pas.

Elle savait que, malgré son égocentrisme, il aurait du mal à abandonner ses enfants. Son propre père était parti quand il avait dix ans, et il ne le lui avait jamais pardonné.

— Il faut qu'on se marie. Je t'aime trop ! lui répétait-elle passionnément.

Quand elle disait ça, il se moquait d'elle.

— Comment sais-tu que c'est de l'amour ?

— Je le sais, c'est tout.

Elle connaissait, bien sûr, sa réputation de séducteur, et elle refusait d'être une simple conquête qu'il aurait ajoutée à son palmarès. Au premier regard, elle avait voulu cet homme ; elle avait su qu'elle était faite pour lui.

— Ma mère s'est mariée jeune, lui avait-elle expliqué. Et

mon père était le type le plus séduisant du coin — comme toi. Le schéma doit se reproduire, je suppose.

— On dirait que tu cherches à rivaliser avec ta mère. C'est une compétition ou quoi ? lui avait demandé Ian d'un ton sarcastique.

— Comment éviter la compétition mère-fille ? avait rétorqué Zoé d'un ton léger.

A un moment donné, elle avait presque cru le perdre. Son ardeur excessive semblait l'effrayer au point de le faire fuir. Et puis il avait fini par l'épouser, sans doute parce que la plupart de ses amis étaient déjà mariés et pères de famille, et aussi à cause de l'histoire du PV. Il tenait tellement à conduire sa Porsche !

Le jour où il avait enfin capitulé, Zoé s'était empressée de répandre la nouvelle de leurs fiançailles.

— N'oublie jamais que tu m'as forcé la main, Zoé, lui avait-il dit, le jour de leur mariage. Parce que moi, j'ai de la mémoire !

A l'époque, elle ne l'avait pas pris au sérieux.

Pour le garder, elle n'avait rien trouvé de mieux que d'imiter sa mère. Ainsi, elle s'était appliquée à être une maîtresse de maison irréprochable. Mais, contrairement à Alice, elle avait perpétuellement besoin de son mari, tant physiquement qu'affectivement. C'était une passion dévorante qui la consumait jour et nuit. Elle souffrait d'insomnies quand il n'était pas là ; elle se demandait continuellement où il était et avec qui.

Voilà pourquoi, contrairement à sa mère, elle avait besoin de boire un verre de temps en temps. Ça l'aidait à se sentir mieux, plus conforme à l'image qu'elle se faisait d'elle-même — celle d'une personne détachée, qui n'avait pas perpétuellement besoin d'attention.

Le téléphone sonna au moment où elle quittait la chambre des enfants. Elle dévala l'escalier, décrocha précipitamment, et sentit son cœur s'emballer en reconnaissant le numéro du portable de Ian.

— J'étais en train de mettre les enfants au lit, lui dit-elle.

Puis elle ajouta, un ton plus bas, d'une voix lascive :

— J'aimerais que tu sois là pour en faire autant avec toi. Mmm... tu me manques, Ian.

Elle ferma les yeux et respira profondément.

— Si on était ensemble, en ce moment, tu sais ce que je ferais ?

— Bon, ça suffit, Zoé ! lança Ian sèchement. Je n'ai pas beaucoup de temps. J'ai rendez-vous avec un client pour dîner. Mais comment se fait-il que tu couches les enfants aussi tard ?

— J'étais chez maman, répondit-elle immédiatement. Elle avait l'air un peu affolé : ça doit être l'âge qui fait ça. Elle leur cède tout. Elle qui était tellement sévère avec moi...

— Elle leur cède ! Allons, Zoé ! Ce n'est pas elle qui les colle devant la télé pour ne pas être obligée de s'occuper d'eux.

Zoé sentit sa main se crisper sur le récepteur. C'était chaque fois la même chose. Tout ce qu'elle voulait, c'était lui parler d'elle — d'elle et lui —, mais, systématiquement, il s'arrangeait pour changer de sujet. Cela lui rappelait les efforts qu'elle faisait pour attirer l'attention de ses parents, quand elle était petite.

— Tiens, à propos, j'ai aperçu ton père, aujourd'hui, reprit Ian à l'autre bout du fil. Je suis allé déjeuner au Blueprint Café avec Philip Rowle. Il était attablé au fond de la salle.

— Ma mère m'a dit qu'il avait une réunion en ville, dit Zoé avec indifférence.

— Une réunion ? Ma foi, ça avait l'air nettement plus intime ! En fait, il était avec une femme. Il n'a même pas remarqué ma présence.

— Une femme ? Jeune ou vieille ? Mignonne ? Tu la connais ?

— La trentaine. Ravissante. Je ne l'avais jamais vue, répondit laconiquement Ian. Bon, il faut que je te quitte, sinon je vais être en retard. Embrasse les garçons pour moi.

— Mais bien sûr ! Et moi, qui va m'embrasser pour toi ?

Certes, elle adorait ses enfants, mais il lui arrivait de regretter de ne pas être la seule personne à occuper le cœur de Ian.

— Ian, murmura-t-elle, j'aimerais être avec toi…

— Il faut que j'y aille.

Il coupa la communication sans lui laisser le temps d'en dire davantage.

Elle raccrocha à son tour, lentement, comme à regret.

Elle était encore étudiante quand ils s'étaient connus. En qualité d'ancien élève, il était venu faire une présentation de son entreprise à la Corpo universitaire, mais ce n'étaient pas ses qualités d'homme d'affaires qui avaient séduit Zoé. Elle avait découvert — et apprécié — le sexe très tôt, et elle était plutôt fière de sa grande expérience et de ses appétits sexuels.

Après l'enthousiasme initial de la découverte, elle s'était montrée difficile dans le choix de ses amants. Mais, jusqu'à sa rencontre avec Ian, elle n'avait pas encore vraiment connu l'amour. Dans son esprit d'adolescente, l'histoire mille fois entendue du coup de foudre qui avait terrassé ses parents avait fait son chemin. Pour mériter son statut de femme, elle était convaincue de devoir susciter une passion immédiate et dévorante chez un homme plus mûr qu'elle, séduisant et viril, doté d'une situation sociale enviable. Au premier regard, elle avait décidé que Ian était cet homme-là.

A l'université, Zoé faisait partie d'un cercle estudiantin exclusivement féminin qui n'avait rien du club de réflexion où sa mère avait brillé, jadis, au lycée. Il s'agissait d'une joyeuse bande, apparemment moins intéressée par les manifestations d'érudition que par les extravagances de toute sorte où l'alcool avait une place non négligeable.

En jetant son dévolu sur Ian, elle voulait surtout impressionner son entourage, et en particulier sa mère.

Il lui fut facile de découvrir où il habitait et de s'introduire dans sa chambre. Ensuite, elle s'allongea toute nue sur son lit, en attendant son arrivée.

Il ne sembla pas trop déconcerté de la découvrir là, ni particulièrement excité qu'elle fût totalement dévêtue, en train de se caresser langoureusement sans le quitter des yeux. L'idée qu'il pût être homosexuel avait, un instant, traversé l'esprit de Zoé. Mais elle connaissait sa réputation d'homme à femmes. Devait-elle en déduire qu'elle ne lui faisait aucun effet ?

— Je ne sais pas qui vous êtes ni comment vous êtes entrée ici, mais vous avez cinq minutes pour déguerpir, lui déclara-t-il sèchement.

— Et si je reste ?

— J'appelle le service de sécurité.

Elle ne le crut pas.

Pourtant, quelques instants plus tard, il décrochait le téléphone en annonçant simplement :

— Le délai est écoulé.

Zoé était tellement sûre qu'il bluffait qu'elle eut tout juste le temps d'enfiler sa jupe et son T-shirt avant que quelqu'un ne sonne à la porte.

Elle sentit ses joues s'empourprer en voyant la mine goguenarde du vigile, mais parvint quand même à sortir la tête haute.

Elle passa ensuite une nuit blanche à imaginer des scénarios de vengeance et de séduction, car elle avait, plus que jamais, envie de lui. Elle souffrit encore d'insomnies, au cours des nuits qui suivirent. Et puis, la semaine suivante, elle eut la surprise de voir une Porsche ralentir à sa hauteur, sur le campus.

— Montez ! dit l'homme qui se trouvait au volant, en se penchant vers la portière du passager.

C'était Ian.

Zoé s'attendait à tout, sauf à ce qui se produisit ensuite. Ian conduisit à toute allure jusqu'à un bois situé à la périphérie de la ville. Puis il se gara dans un coin désert et lui sauta dessus. Ce fut à peine s'il prit le temps de couper le contact.

Il l'embrassa si violemment qu'elle en eut les lèvres meurtries. En retour, elle lui mordit la bouche, et arracha sa chemise avant même qu'il eût remonté son corsage et dénudé ses seins.

Ils se prirent l'un l'autre avec une férocité qui laissa Zoé pantelante, comblée, persuadée d'avoir enfin trouvé le partenaire idéal… d'avoir enfin trouvé l'amour.

— Alors ? Contente d'avoir obtenu ce que tu voulais ? lui demanda-t-il d'un air narquois.

Puis il ajouta avec une évidente sincérité :

— J'en ai rêvé toute la semaine.

— Moi aussi, répondit Zoé. Et, maintenant que j'y ai goûté, j'en veux encore.

Elle joignit le geste à la parole, le prenant dans sa bouche après une série de caresses expertes.

Elle se souvenait encore de la façon dont il avait frissonné et gémi, de son odeur, de sa peau contre la sienne, de sa chaleur… de tout, dans les moindres détails.

Par la suite, elle l'avait pourchassé de façon éhontée, l'appelant continuellement, allant frapper à sa porte, le retrouvant à son bureau, menaçant de se déshabiller sur-le-champ s'il ne la suivait pas.

— Ouf, mais tu es insatiable ! s'exclama-t-il un jour. Insatiable et dangereuse… Trop dangereuse pour moi.

Zoé avait pris ça pour un compliment…

Machinalement, elle alla se servir un verre, et songea au jour où Ian lui avait parlé de sa mère… et du dégoût que lui inspiraient les femmes qui boivent. Elle avait fondu en larmes, lui disant qu'elle l'aimait à la folie, qu'elle ne pourrait jamais aimer un autre homme.

— Je veux juste être ta femme et la mère de tes enfants, Ian, avait-elle affirmé avec passion.

— Tu es beaucoup trop jeune et, de toute façon, je n'ai pas l'intention de me marier, lui avait-il répondu.

— Je ne suis pas trop jeune, et je pourrais très bien être enceinte, avait rétorqué Zoé.

— Je croyais que tu prenais la pilule.

— Je la prends. Mais un accident peut toujours arriver… En fait, je souhaite de tout mon cœur qu'il en arrive un.

— Et moi, j'y suis tout à fait opposé.

Afin de lui forcer la main, elle avait annoncé à ses amis qu'ils étaient amoureux et presque fiancés. Quand il l'avait appris, Ian s'était mis en colère, et elle avait eu vraiment peur qu'il lui échappe. Mais, aujourd'hui, elle était bel et bien sa femme, et la mère de ses enfants. Même si elle n'avait pas obtenu son amour…

Elle n'avait pas non plus le soutien de son petit groupe d'amies. Zoé connaissait beaucoup de gens, mais elle restait généralement sur la défensive, incapable de se livrer, de s'épancher auprès des autres. Tout le monde estimait qu'elle avait bien de la chance d'être la fille d'Alice. Seule Laura semblait la comprendre.

Evidemment, Alice devait être ulcérée de savoir que Laura, la belle-fille tant décriée de Nicki, allait s'occuper de ses petits-enfants !

Zoé entendit sonner à la porte. Elle alla ouvrir, un petit sourire triomphant sur les lèvres.

— Je suis allée voir les parents de Julie, cet après-midi.

Stella attendit que Richard eût posé son journal.

— Alors ?

— Alors, ça ne se présente pas très bien. Tu avais raison pour son père. Il ne veut pas qu'elle revienne vivre chez eux. Sa mère me fait beaucoup de peine. C'est une timide petite souris qui n'ose pas broncher devant sa brute de mari. D'après ce qu'il dit, sa propre sœur a été fille mère, et il ne supporte pas l'idée que Julie gâche sa vie, comme elle. Il lui en veut de leur avoir dissimulé sa grossesse jusqu'à ce qu'il soit trop tard pour avorter.

— Ma foi, on peut tout de même le comprendre. Le moment est plutôt mal choisi pour avoir un enfant. Et à quoi bon faire tant d'histoires pour le garder si elle n'a pas l'intention de l'élever elle-même ? Sans compter que ses études vont en pâtir considérablement.

— Je suis passée au lycée, avec Julie, tout à l'heure. Ils

vont s'organiser pour lui permettre de suivre des cours spécialement destinés aux jeunes filles dans sa situation. Et, après la naissance, les choses pourront reprendre leur cours normal. Elle semble toujours décidée à poursuivre des études universitaires, ce qui est bon signe.

Stella s'interrompit et fit quelques pas de long en large avant de reprendre :

— C'est encore une gamine, à bien des égards, tu sais ? Je lui avais donné rendez-vous à la galerie marchande, en sortant du lycée. Je l'ai trouvée en arrêt devant une vitrine, et j'ai d'abord cru qu'elle s'intéressait aux articles pour bébés, mais pas du tout ! Ce qu'elle regardait, c'était l'ordinateur juste à côté. Apparemment, quelqu'un lui aurait dit qu'il ne fallait pas se servir d'un téléphone mobile quand on est enceinte, et elle était ennuyée de ne pas pouvoir rester en contact avec ses amies.

Stella esquissa une moue.

— Tu sais comment sont les filles, de nos jours. Elles ne peuvent pas passer plus de cinq minutes sans se parler…

— Donc tu lui as acheté l'ordinateur, conclut Richard à sa place.

— Ma foi, après son départ, nous pourrons nous en servir, bien sûr. Tu te souviens que nous envisagions d'en installer un second ? Avec tout le travail que j'ai pour les associations, ce ne serait pas superflu. Pour le moment, elle peut communiquer par courrier électronique, écouter sa musique et s'en servir aussi pour étudier. Elle est en train de se familiariser avec, là-haut, dans sa chambre.

— Dans sa chambre ? répéta Richard.

— Oui. Comment faire autrement ? Ce bébé, c'est aussi notre responsabilité…

Richard replia son journal d'un air indigné.

— Non, ce n'est pas notre responsabilité ; c'est celle de notre fils — une responsabilité qu'il est ravi de te refiler et que tu acceptes sans trop renâcler, apparemment. Mais Hughie n'est plus un gamin, Stella. C'est un homme, et il serait temps qu'il commence à se comporter comme tel. Etre un homme, ce n'est pas seulement être en mesure de procréer. De mon temps…

— Rich, je comprends bien ce que tu dis, mais, pour l'amour du ciel, est-ce le moment ?

Stella consulta sa montre.

— Il faut que j'y aille. J'essaie de trouver des subsides pour le centre d'hébergement, en ce moment. C'est effrayant de voir le nombre de gens sans abri. J'aimerais seulement…

Stella s'interrompit. Richard avait déjà rouvert son journal. Le jour où elle lui avait fait remarquer qu'ils ne se parlaient presque plus, il lui avait rétorqué :

— Nous sommes mariés depuis vingt-huit ans, Stella. Nous n'avons plus besoin de nous parler.

Curieuse philosophie, avait-elle songé. Mais elle n'avait pas insisté.

Dans son sac, elle avait une liste de préparatifs et de dispositions à prendre pour les visites médicales de Julie et la poursuite de ses études. Le lendemain matin, elle l'emmènerait passer une échographie, puis il y aurait des séances de préparation à l'accouchement sans douleur et des entretiens en vue de l'adoption du bébé.

La sonnette retentit au moment où elle gagnait le couloir. Elle alla ouvrir et découvrit un trio d'adolescentes sur le pas de sa porte. Avant qu'elle ait pu dire quoi que ce soit, Julie descendit précipitamment.

— Ce sont mes amies ! lança-t-elle. Ça ne vous gêne pas qu'elles montent dans ma chambre, hein ?

— Pas du tout, répondit Stella, bizarrement gênée à la vue des jolis petits ventres nus qui dépassaient des T-shirts étriqués.

Ce spectacle lui rappelait l'extrême jeunesse de Julie. Bien qu'elle fût farouchement déterminée à avoir cet enfant, ses projets s'arrêtaient, apparemment, à cette naissance. Le bébé serait adopté, et sa vie reprendrait son cours normal.

— Excusez-moi, je suis en retard, dit Stella en arrivant dans les locaux de l'association.

— Ne t'inquiète pas, lui répondit Paul Howard en venant l'embrasser.

Ils avaient travaillé ensemble à la DDASS, autrefois, et c'était Paul qui avait demandé à Stella de rejoindre l'association, sachant tout ce que sa contribution pourrait leur apporter.

— Viens, je vais te présenter notre nouvelle recrue. Il vient de s'installer dans la région ; je suis sûr qu'il te plaira. Comme toi, il estime qu'une bonne gestion est un élément fondamental de toute organisation efficace. Todd ! appela-t-il en se dirigeant vers un homme qui leur tournait le dos et qui était en pleine conversation avec le trésorier du groupe.

Stella attendit sans trop de curiosité, tout en se faisant la réflexion que certains quinquagénaires portaient encore très bien le jean, tandis que d'autres ne pouvaient plus se le permettre. Le nouveau venu appartenait, manifestement, à la première catégorie. Son jean bien ajusté révélait de belles fesses bien fermes. Quant à ses épais cheveux bruns, parsemés de fils d'argent, ils étaient coupés à la bonne longueur et effleuraient tout juste son col.

Richard, lui, n'était plus du tout à son avantage quand il mettait un jean. Il commençait aussi à se voûter, et… bref, aucune femme ne se retournait plus sur lui. Ce qui devait arriver, en revanche, à l'homme qui venait vers elle, un sourire aux lèvres.

— Todd, je te présente Stella, lui dit Paul. Comme toi, elle ne jure que par les vertus d'une gestion rigoureuse. C'est grâce à elle que nos dossiers sont si bien organisés.

Stella esquissa une moue.

— Cela semble plutôt insipide, je sais bien.

— Pas du tout, dit le nouveau venu avec un chaleureux sourire. A mon avis, l'organisation est une qualité gravement sous-estimée. Mes fils se moquent de moi parce que je ne me retrouve jamais avec des chaussettes dépareillées. Ce qui ne les empêche pas de puiser dans mes tiroirs. Chaque fois que je vais les voir aux Etats-Unis, je suis sûr de revenir avec quelques paires en moins.

— Ils sont partis étudier là-bas ? demanda Stella.

A première vue, elle ne lui donnait pas plus de quarante-cinq ans.

Il secoua la tête.

— Non. Mon ex-femme s'est installée outre-Atlantique avec eux et son nouveau compagnon, il y a déjà une dizaine d'années.

Voyant l'air embarrassé de Stella, il posa une main sur son bras.

— J'ai eu le temps de m'en remettre, même si la situation a été très pénible, au début, car mon fils aîné ne voulait plus entendre parler de moi. A tel point que sa fille avait trois ans quand je l'ai vue pour la première fois ! Ça, ce n'était pas facile.

— Je l'imagine aisément, dit Stella.

Après avoir fait les présentations, Paul s'était éloigné d'eux. Et Todd s'était arrangé pour s'isoler discrètement avec elle. Un bref instant, elle fut tentée de lui faire comprendre qu'elle n'était pas le genre de femme qui se laisse courtiser. Il aurait suffi d'un regard sévère ou d'une remarque cinglante — le genre d'attitude que ses amies auraient attendu d'elle —, mais elle n'en avait aucune envie, en réalité. Pourquoi se serait-elle comportée, une fois encore, comme la plus raisonnable, celle à qui rien ne peut arriver ? Pourquoi se serait-elle interdit de flirter avec Todd ?

Prise d'une audace subite, elle lui sourit et soutint le

regard chaleureux dont il l'enveloppait. Une sensation de vertige, une douce euphorie l'envahirent peu à peu. Soudain, il fit un geste qu'aucun homme n'avait jamais eu vis-à-vis d'elle — pas même Richard. Tendant la main, il écarta une mèche qui lui balayait la joue, et la ramena délicatement derrière l'oreille. Ses doigts effleurèrent sa peau, s'attardèrent une seconde de trop dans ses cheveux.

— Maintenant, je peux voir vos yeux, dit-il avec douceur. De quelle couleur sont-ils, au juste ? Bleus… gris…

Stella s'aperçut qu'elle respirait difficilement.

— Euh, oui. Ils sont bleus.

— Avez-vous des enfants ? demanda-t-il après un bref silence.

Des enfants ? Stella dut réfléchir un instant avant de répondre.

— Oui, oui, j'ai un fils, Hughie, qui étudie à l'université, à soixante kilomètres d'ici… et sa petite amie habite chez nous, actuellement. Elle est enceinte de lui, mais ils s'étaient séparés avant… En fait, c'est une grossesse accidentelle.

Stella se mordit la lèvre. Pourquoi diable lui racontait-elle tout ça ? Certes, il n'était pas question d'en faire mystère, mais elle n'avait pas l'habitude de parler de sa vie privée aux autres membres de l'association. Elle réservait ses confidences à ses amies.

— Ce sont des choses qui arrivent, dit Todd. Je suis bien placé pour le savoir. Nous étions encore étudiants quand notre premier fils est né. Au début des années soixante, il était difficile d'échapper au mariage, dans ce cas-là. Nous nous sommes donc efforcés — surtout ma femme — de tirer le meilleur parti de cette union forcée, mais…

Le début des années soixante ? Il devait donc être plus près de soixante ans que de quarante ! Il ne faisait vraiment pas son âge. Elle aurait mis sa main au feu que ce n'était pas le genre d'homme à passer ses soirées devant la télé sans échanger un mot avec sa compagne, ou à avoir recours au Viagra…

— Vous n'avez qu'une seule petite-fille ? lui demanda-t-elle, s'efforçant de discipliner une imagination qui ne lui avait encore jamais joué des tours pareils.

— Oui, mais j'ai aussi deux petits-fils. Les petits-enfants sont une source d'émotions absolument inattendues. J'avoue que je n'ai pas ressenti la même chose pour mes deux enfants. Nous communiquons pratiquement tous les jours par mail, et j'espère les garder pendant un mois, aux prochaines vacances scolaires. Ils sont devenus l'essentiel de mon existence, alors que, je dois l'avouer, les enfants ne m'avaient jamais passionné. Je n'ai pas été un très bon père : ma carrière et mon ego me préoccupaient bien davantage, à l'époque. Tout est différent quand on est grand-père. Ces trois gamins… Attendez un peu, vous verrez, dit-il à Stella avec un sourire attendri.

— Oh, Julie a déjà décidé de faire adopter le bébé.

Le regard sincèrement apitoyé de Todd la choqua un peu.

— Je suis désolé pour vous, lui dit-il. Ça doit être très déprimant.

— Non, pas du tout, déclara Stella. Je ne pense pas au bébé comme à mon petit-fils ou ma petite-fille.

Paul réapparut à ce moment-là, et entraîna Todd pour lui présenter d'autres gens. Stella aurait alors été incapable de dire si elle se sentait soulagée ou désappointée de le voir s'éloigner.

8

La clinique était bondée quand Maggie arriva. La personne qui la reçut à l'accueil parut surprise quand elle lui dit qu'elle avait rendez-vous avec le Dr Carter.

— Vous êtes certaine ? demanda-t-elle en fronçant les sourcils. C'est le jour de consultation pour les futures mamans…

Maggie sentit ses joues s'empourprer. Les patientes qui attendaient leur tour derrière elle la regardaient avec curiosité.

— Oui, je sais bien, dit-elle.

La jeune femme pinça les lèvres en trouvant son nom dans la liste des rendez-vous du jour.

— Excusez-moi, dit-elle sèchement. Les consultations prénatales, c'est au sous-sol. Il y a une salle d'attente particulière.

Le visage cramoisi, cette fois, Maggie se dirigea vers l'escalier.

Outre les séances de préparation à l'accouchement et les examens médicaux courants, Maggie devait passer plusieurs visites médicales à la clinique spécialisée dans les fécondations artificielles.

Ce matin-là, avant son départ, Oliver lui avait lu un article qui préconisait des cours de yoga pour les femmes enceintes.

— On pourrait y aller ensemble, lui avait-il proposé. Ça te détendrait beaucoup, j'en suis sûr.

— Séances de préparation à l'accouchement, visites médicales, cours de yoga... je commence à avoir l'impression qu'être enceinte est un boulot à temps complet. N'oublie pas que je dois encore m'occuper de l'agence et trouver un nouveau logement...

— Oh, à propos de nouveau logement, j'ai oublié de te dire que l'agence immobilière avait appelé, hier. Nous allons recevoir une fiche sur un bien qui vient d'être mis en vente — bien que, d'après la description, ce ne soit pas vraiment ce qu'il nous faut.

— Pourquoi donc ?

— Eh bien, d'une part parce que c'est immense, et ensuite parce qu'il y a d'énormes travaux à faire.

— Où est-ce ? avait demandé Maggie avec curiosité. Est-ce que tu le sais ?

— A Draycotte, avait répondu Oliver. A l'origine, c'était le manoir du village, et on l'appelle...

— Draycotte Manor !

— Tu connais ?

— Oui. Ma grand-mère habitait Draycotte, et j'avais l'habitude de jouer dans le parc du manoir, quand j'étais petite. A l'époque, la maison était délabrée et inoccupée.

Maggie priait pour qu'Oliver ne remarquât pas son

embarras subit. Elle avait adoré cet endroit, étant petite ; elle y avait même emmené Dan, au début de leur liaison.

— Un jour, quand je serai riche, je rachèterai le domaine pour toi, lui avait-il dit. Pour nous, Maggie, et pour nos enfants.

— Bref, il va falloir trouver rapidement, avait-elle enchaîné à l'adresse d'Oliver, s'empressant d'oublier Draycotte Manor, cette maison bien trop grande dans laquelle il y avait tant de travaux à faire…

— Tu ne veux vraiment pas que je t'accompagne à la clinique, ma chérie ?

Maggie avait secoué la tête.

— N'oublie pas que tu dois aller voir Ralph Frame. Il hésite encore entre plusieurs modèles de bureaux. Tu vas te régaler : sa secrétaire a les jambes les plus longues et les jupes les plus courtes que j'aie jamais vues.

— Et après ? Personnellement, je ne m'intéresse qu'aux femmes d'un mètre soixante en robe de grossesse. En fait, il n'y a qu'une seule femme, une seule paire de jambes qui m'intéressent, et tu sais lesquelles.

Il avait marqué une pause.

— Epouse-moi, avait-il dit à brûle-pourpoint.

— Oliver, avait murmuré Maggie avec un soupir, nous en avons déjà parlé.

— Je sais, tu ne veux pas m'épouser parce que tu crois que je cours après ta fortune.

Il plaisantait, mais son regard était plein de tristesse.

— Je ne veux pas t'attacher, c'est tout.

Il avait rejeté la tête en arrière et fermé les yeux un instant.

— Mon Dieu, Maggie, nous allons avoir un enfant ! Pourquoi refuses-tu de m'épouser ? C'est à cause de Dan ? Parce que tu es encore...

— Non, ça n'a strictement rien à voir avec Dan.

— Ce sont tes amies, alors ? Tu as peur qu'elles te critiquent ?

Maggie avait secoué la tête énergiquement.

— Alors quoi ? Tu sais, pourtant, à quel point je t'aime...

Oui, elle le savait. Il l'aimait. Mais qu'en serait-il dans cinq ans... dans dix ans ? Elle avait été infiniment plus égoïste, infiniment moins raisonnable qu'elle aurait dû l'être en acceptant d'avoir cet enfant. Un mariage ne ferait qu'aggraver son cas. En outre... Lors de son premier mariage, elle avait échangé des vœux d'amour éternel avec Dan, et pourtant... Que se passerait-il si Oliver rencontrait une autre femme ?

La salle d'attente commençait à se remplir, et Maggie mesura l'énorme différence d'âge qui la séparait des autres patientes. Certaines arrivaient par groupes de deux ou trois, le ventre déjà proéminent, unies par une complicité bien naturelle.

Maggie n'avait pas oublié l'envie que lui inspiraient ses amies pendant leurs grossesses, et combien elle s'était sentie exclue, à cette époque. Aujourd'hui encore, elle avait le sentiment d'être en porte-à-faux.

Les consultations avaient commencé. Elle entendit ses deux voisines vanter les qualités du médecin.

— C'est un excellent pédiatre, ce qui explique pourquoi il a été nommé directeur de cette clinique, dit l'une. Le vieux Dr Harris ne faisait vraiment pas le poids !

— C'était un partisan de l'accouchement naturel. Ma mère aussi, d'ailleurs. Après l'avoir entendue raconter mille fois les longues heures de supplice qui ont précédé ma naissance, j'ai préféré demander une césarienne pour Tom !

Maggie les écoutait d'une oreille distraite, tout en regardant la porte de la salle d'attente s'ouvrir.

Quand Stella entra dans la salle d'attente, la première personne qu'elle vit fut Maggie, et son cœur se serra aussitôt. Elle n'avait encore parlé à personne de cette affaire. Elle vit une lueur d'espoir éclairer les yeux de Maggie — lueur qui céda la place à un regard désorienté quand Julie apparut. Avant qu'elles aient pu s'asseoir, une infirmière appela la jeune fille, et Stella eut juste le temps d'adresser un sourire à Maggie.

— Eh bien, Julie, dit Marcus gentiment, en observant l'adolescente au teint pâle qui était assise en face de lui, vous êtes enceinte d'un peu plus de six mois, n'est-ce pas ? Avez-vous réfléchi à ce qui va se passer, après la naissance du bébé ?

— Elle va le faire adopter et retourner en classe, répondit Stella à la place de la jeune fille.

— Est-ce vraiment ce que vous souhaitez, Julie ? demanda Marcus en jetant un bref coup d'œil à Stella. C'est de votre enfant qu'il s'agit. Toutes les décisions concernant son avenir vous appartiennent exclusivement, vous savez ? Nous avons une conseillère sociopsychologique sur place, si vous souhaitez parler à quelqu'un, et les services de la DDASS vous…

— Inutile, docteur, coupa Julie. Je veux faire adopter mon bébé. Je n'aurais pas pu… me faire avorter, comme mon père me l'aurait certainement conseillé, mais je… je n'ai pas envie…

Ses yeux s'emplirent de larmes, tandis qu'elle parlait, et Stella sentit sa colère s'évanouir.

— J'aimerais que vous alliez voir l'infirmière chef avant de partir, dit Marcus. Elle prendra rendez-vous pour vous avec la sage-femme, et elle vous prescrira des séances de préparation à l'accouchement. Vous pourrez discuter ensemble de la façon dont vous préférez accoucher.

— Tout le monde dit que ça va faire très mal, dit Julie d'une voix mal assurée.

— Ma foi, les choses ont tout de même considérablement évolué, répondit prudemment Marcus en regardant enfin Stella comme une alliée. Je ne…

— Les douleurs varient d'une femme à l'autre, Julie, expliqua aussitôt Stella, volant à son secours. J'ai eu de la chance avec Hughie, bien que la sage-femme ait eu un peu de mal à le placer dans la bonne position. Elle m'a affirmé que ce serait un enfant têtu, et elle avait raison ! Il ne faut pas t'inquiéter, Julie, dit-elle calmement. Je suis sûre…

— Je veux que ma mère soit là, dit la jeune fille en tremblant.

Stella et Marcus échangèrent un regard solidaire.

Pendant que Julie voyait l'infirmière, Stella alla s'asseoir à côté de Maggie.

— Julie est enceinte de Hughie, lui expliqua-t-elle à mi-voix. Je n'ai pas encore eu l'occasion d'en parler. Nous ne l'avons appris que très récemment. Son père ne veut plus entendre parler d'elle, alors elle va habiter chez nous, au moins jusqu'à l'accouchement.

— Tu vas être grand-mère, dit Maggie avec un sourire. Oh, Stella…

— Non, coupa sèchement Stella. Julie va faire adopter son bébé. C'est le choix le plus raisonnable, et c'est ce qu'elle souhaite.

— Apparemment, nous sommes des cas spéciaux, elle et moi, dit Maggie avec un soupir. Elle, pour son jeune âge, et moi, parce que je suis trop vieille. Du moins, à en croire Nicki.

Elle marqua une pause et fronça les sourcils. Le moment était peut-être inopportun, mais, plus elle pensait à Nicki, plus le comportement de son amie lui paraissait préoccupant.

— Stella, commença-t-elle d'une voix hésitante, as-tu remarqué quelque chose de différent chez elle, ces derniers temps ? Ce n'est…

— Je sais que sa réaction t'a beaucoup perturbée, Maggie. Mais, à ta place, je ne prendrais pas cela trop à cœur, coupa Stella. Pour tout te dire, tu nous as toutes prises au dépourvu, et…

Elle s'interrompit en entendant appeler le nom de Radford.

Maggie se leva en se disant que c'était sans doute préférable et que cette conversation ne menait à rien. Stella semblait prête à interpréter son inquiétude vis-à-vis de Nicki comme le contrecoup d'une rebuffade. Avait-elle raison ?

— Madame Radford, dit Marcus quand Maggie se fut assise en face de lui. Vous êtes au tout début de votre grossesse, je crois ?

— Oui.

Maggie esquissa un sourire hésitant.

— Vous estimez probablement qu'à mon âge…

Elle laissa sa phrase en suspens.

Marcus avait étudié son dossier médical, et il savait qu'elle avait passé quantité d'examens avant d'apprendre que c'était le sperme de son mari qui n'était pas fertile.

— Vous avez cinquante-deux ans et, à ma connaissance, vous jouissez d'une excellente santé, répondit-il calmement. De surcroît, puisque vous avez conçu grâce à un don d'ovocyte, toute éventuelle anomalie du fœtus aura déjà été écartée. Vous avez donc, statistiquement, les meilleures chances d'accoucher d'un bébé absolument sain.

Ses paroles et son sourire mirent immédiatement Maggie à l'aise.

— Tout le monde n'approuve pas ma démarche, docteur. De plus, l'une de mes amies m'a avertie que, jusqu'au troisième mois, je pouvais faire une fausse couche, dit Maggie d'un air soucieux.

— C'est exact, mais, encore une fois, les probabilités que cela se produise sont réduites par le fait que, dans votre cas, l'ovocyte a été examiné avant d'être fertilisé et implanté. En outre, votre santé est particulièrement contrôlée. Certes, si vous preniez des risques susceptibles de nuire au bon déroulement de la grossesse — comme l'exercice d'un sport violent, par exemple —, le danger existerait bel et bien, mais je ne pense pas que vous ayez des motifs d'inquiétude. A mon avis, votre bébé sera, tout comme vous, en très bonne santé.

Son bébé ! Son bébé…

En quittant la clinique, Maggie s'aperçut que, pour la première fois, quelqu'un avait parlé du bébé comme étant le sien et qu'elle n'avait pas éprouvé le besoin de rectifier. Son bébé… Le sien et celui d'Oliver. Leur bébé !

Maggie rentra chez elle en sifflotant, et ramassa le courrier qui était arrivé pendant son absence. Elle se sentait euphorique et débordante d'amour.

Elle retournerait voir Nicki. Peut-être avait-elle laissé son imagination s'emballer ? Après tout, une femme vit un tel bouleversement hormonal quand elle est enceinte.

Un large sourire illumina son visage. Enceinte… Elle avait tellement de choses à faire. Ils n'avaient pas encore songé à la chambre du bébé ni à ses vêtements. Mais encore fallait-il trouver une maison. Avec un peu de chance, les agences immobilières leur auraient envoyé de nouvelles adresses. Elle se sentait infiniment mieux, depuis sa consultation ; elle avait retrouvé son optimisme habituel, sa vigueur, son enthousiasme.

D'un pas léger, elle gagna la cuisine et se prépara du thé avant de s'asseoir pour ouvrir son courrier. Elle n'attendait pas Oliver avant la fin de l'après-midi. De toute façon, elle avait pas mal de choses à faire, et…

La tasse pleine oscilla dangereusement dans sa main, tandis qu'elle examinait d'un œil incrédule la lettre qu'elle venait de parcourir.

Bouleversée, écœurée, affolée, elle sentit une brusque nausée lui soulever le cœur.

— Non…, murmura-t-elle en secouant la tête.

Elle était tentée de faire une boulette de cette feuille ou de la réduire en confettis pour ne plus jamais la revoir, mais elle savait que chaque mot était déjà imprimé dans sa tête. Elle la posa donc sur la table et, malgré elle, entreprit de la relire pour s'assurer que ce n'était pas un cauchemar.

« Maggie,

» Il fallait que je t'écrive ! J'aurais préféré te parler mais je savais que tu n'écouterais pas. Tu ne sais pas écouter, n'est-ce pas, Maggie ? Tu es trop égoïste pour ça. Tu as toujours été égoïste, je le sais. Je sais absolument tout de toi, Maggie. Je te connais sur le bout des doigts. Je sais tout sur Dan et toi !

» Comment peux-tu supporter de vivre ? Comment peux-tu te regarder dans la glace, chaque matin, en sachant ce que tu as fait ? Le bébé que tu portes appartient à une autre. Tu l'as volé, et tu mérites un châtiment. Tu seras punie pour ça, Maggie ! En grandissant, cet enfant te haïra car tu l'as volé à sa véritable mère.

» Quand je t'ai vue, l'autre jour, j'ai compris que tu ne méritais pas de continuer à vivre. Qu'en penses-tu, Maggie ? Tu sais que j'ai raison, n'est-ce pas ? Réfléchis bien. Réfléchis à ce que tu as fait ! »

Maggie s'aperçut à peine que la porte s'ouvrait et qu'Oliver entrait dans la pièce.

Soudain, il fut debout, devant elle.

— Oliver, chuchota-t-elle d'une voix éteinte, qu'est-ce que tu fais là ?

— Je voulais savoir comment s'était passée la consultation, commença-t-il. Tu... Maggie, qu'est-ce qu'il y a ? Ça ne va pas ? Le bébé... ?

Maggie secoua la tête d'un air hébété.

— Non, le bébé va bien... C'est ça, dit-elle en lui montrant la lettre, les yeux brillant de larmes.

Comme elle, il dut la lire deux fois. Puis il la posa sur la table et déclara :

— Il faut montrer ça à la police.

— Non ! s'écria Maggie.

— C'est une lettre de menace, Maggie. Une lettre

anonyme. La personne qui te l'a envoyée est malade ; elle a besoin d'être soignée.

— Oliver, je ne veux pas alerter la police. Je…

— Pourquoi donc ?

Elle secoua la tête.

— Nous savons tous les deux qui a écrit ça, Maggie. Tu m'as dit toi-même que Nicki…

— Non ! Elle ne ferait jamais une chose pareille. Jamais. Nicki est mon amie ; elle… Oh, Oliver, ça ne peut pas être elle. S'il te plaît, promets-moi de ne pas avertir la police. S'il te plaît, promets-moi de ne rien faire ! supplia-t-elle d'une voix rauque. Oublions simplement cette affaire. Je t'en prie !

— L'oublier ? Enfin, Maggie, c'est impossible ! Le fait que Nicki t'ait envoyé cette lettre prouve qu'elle souffre d'un grave déséquilibre. Elle pourrait même être dangereuse.

— Nous ne savons pas si c'est Nicki !

Mais l'expression d'Oliver révéla à Maggie que sa panique l'avait trahie.

— Qui d'autre, alors ? demanda-t-il d'une voix forte.

— Nicki est mon amie, répéta Maggie, au bord des larmes.

— Vraiment ?

Le visage d'Oliver s'était durci.

— Tu as admis toi-même que sa réaction à l'annonce de ta grossesse t'avait bouleversée.

Comme elle observait un silence têtu, il ajouta d'un ton exaspéré :

— Je ne te comprends pas, Maggie. Je sais tout ce que tu as enduré pour avoir ce bébé, je sais ce qu'il représente pour toi, et pourtant… tu te comportes subitement comme si Nicki était la personne la plus importante de ta vie. Te voilà prête à la protéger aux dépens de notre enfant !

— Oliver, tu exagères !

— Non, je ne crois pas. Et, puisque tu ne sembles absolument pas consciente de la gravité de la situation, je vais agir à ta place. Je porterai moi-même cette lettre à la police.

— Oliver, si tu fais ça…

Maggie laissa sa phrase en suspens. Ils s'affrontèrent du regard. C'était la première fois qu'une dispute provoquait entre eux un silence hostile.

Oliver mourait d'envie de la prendre dans ses bras, mais il était ulcéré à l'idée qu'elle puisse faire passer Nicki avant lui et avant leur enfant.

En proie au plus profond désarroi, Maggie aurait voulu qu'Oliver la comprenne. Comment pouvait-elle croire que sa meilleure amie ait fait une chose pareille ? Pour Maggie, ses amies étaient sa famille d'élection, celle qui l'avait soutenue dans les pires épreuves de sa vie — notamment, après son divorce. L'idée que Nicki puisse être l'auteur de cette lettre était, à ses yeux, une véritable ineptie. Voilà ce qu'elle aurait voulu faire comprendre à Oliver.

Elle avait terriblement besoin de lui, du réconfort de ses bras, de sa chaleur, de son amour, mais elle ne pouvait pas le laisser dénoncer Nicki à la police.

Meurtrie, accablée, elle gagna leur chambre à coucher et se roula en boule au milieu du lit, les paupières closes pour refouler ses larmes.

Oliver la suivit, la regarda un instant, et ne put s'empêcher de la prendre dans ses bras.

— Tu te trompes si tu penses que Nicki passe avant toi et le bébé, lui dit-elle d'une petite voix entrecoupée de sanglots. Ce n'est pas vrai…

— Maggie, Maggie… ne pleure pas, je t'en prie ! murmura Oliver en la serrant étroitement contre lui. Je ne voulais surtout pas te faire de la peine. Mais, bon sang, cette histoire me révolte tellement ! Et je ne sais pas quoi faire.

Elle leva les yeux sur lui, et il l'embrassa, tandis qu'elle l'enlaçait tendrement.

— Je suis toujours aussi fâché contre Nicki, lui murmura-t-il à l'oreille, mais…

— Mais tu es d'accord pour me laisser gérer cette situation moi-même ?

— D'accord, répondit-il avec un soupir. Tu ne réussiras jamais à me convaincre que ce n'est pas elle qui a écrit cette lettre ni qu'il soit normal de la laisser faire, mais je respecterai ta décision.

Ils s'embrassèrent encore, soulagés d'avoir chassé les nuages qui menaçaient de s'amonceler entre eux.

9

Zoé s'éveilla en grognant. Un violent mal de tête lui donnait la nausée, et les battements de son cœur étaient irréguliers.

La bouteille de vin — maintenant vide — qu'elle avait emportée dans sa chambre, la veille au soir, était posée sur la table de nuit, à côté d'une tasse de thé froid.

La jeune femme se redressa tant bien que mal dans son lit, et jeta un coup d'œil sur le réveil : 11 heures du matin ! Ce n'était pas possible !

Les garçons !

Elle repoussa fébrilement les couvertures, et sa migraine redoubla d'intensité. Puis, soudain, elle se rappela que Laura était là, et en éprouva un soulagement fortement mêlé de culpabilité. Son corps tremblait, tandis que son cœur battait à tout rompre. L'hypoglycémie provoquait des engourdissements dans le bout de ses doigts et de ses orteils. Elle se rappela qu'elle avait proposé un dernier verre à Laura, la veille au soir, mais que son amie l'avait refusé en secouant la tête. Alors, elle avait bu seule jusqu'à ce que…

Elle quitta le lit et se dirigea vers la salle de bains.

*
* *

— Encore ! Fais-en encore ! cria William en tirant sur la manche de Laura.

La jeune femme prit patiemment une nouvelle feuille de papier. Qui aurait cru que les simples cocottes en papier qu'elle avait appris à faire étant petite obtiendraient un tel succès auprès de la nouvelle génération ?

Laura avait toujours aimé les enfants. A un moment donné, elle avait même songé à s'orienter vers la pédiatrie ou la puériculture. Mais, en arrivant chez Zoé, elle s'était demandé si elle ne commettait pas une erreur.

Le lendemain matin, ne sachant trop quelles étaient les habitudes des enfants, elle alla frapper à la chambre de Zoé et la trouva profondément endormie — sous l'effet d'un excès d'alcool, manifestement.

Elle se rappela alors la soirée de la veille. Zoé lui avait proposé un dernier verre et, comme elle l'avait refusé, son amie avait paru très contrariée.

— Oh ! là, là ! j'espère que tu ne vas pas être rabat-joie, Laura ! Dans ce style, j'ai déjà mon mari et ma mère. Il n'y a rien de mal à déguster un verre de vin, tu sais ? Il paraît même que c'est excellent pour la santé.

Un verre, peut-être, pensa Zoé, mais une bouteille entière, c'était une autre histoire.

Après la toilette et le petit déjeuner, elle joua à la bataille avec les garçons, pour leur plus grande joie. Ils riaient comme des fous quand Zoé les rejoignit dans la cuisine.

— Oh, bon sang, un peu moins de bruit, vous deux !

s'écria-t-elle en se couvrant les oreilles avec une grimace. Excuse-moi, dit-elle ensuite en remarquant l'expression de Laura. C'est que j'ai une migraine épouvantable. Cette bouteille de vin devait sentir le bouchon…

— Maman, regarde ce que Laura nous a fait ! dit William en brandissant un petit avion en papier.

— Qu'est-ce que c'est que ça ?

Zoé fit un écart quand William lança l'objet sur elle, en guise de réponse.

— Oh, bravo ! dit-elle à Laura avec un petit sourire dédaigneux. Même s'il n'est pas nécessaire d'être ingénieur pour faire ça…

Elle soupira, puis ajouta aussitôt, l'air contrit :

— Ce que je peux être garce, quelquefois ! Je ne sais pas ce que j'ai dans la peau… Enfin, si. C'est ma façon de me rebeller contre le fait d'avoir eu une mère parfaite. Parfaite pour toute autre que moi, bien entendu… En tout cas, je suis contente que tu sois là, Laura. Nous avons beaucoup de choses en commun, toi et moi. Pour commencer, nous sommes toutes les deux victimes de la Bande des quatre. Au fait, merci de t'être occupée des enfants. J'étais complètement affolée quand j'ai vu l'heure, en me réveillant.

— J'ignorais ce qu'ils avaient l'habitude de prendre, au petit déjeuner, dit Laura d'un ton circonspect.

Elle ne se sentait pas forcément prête à accepter la familiarité instantanée que Zoé semblait vouloir lui imposer. Elle était même en train de se demander si sa décision d'accepter ce rôle de baby-sitter n'était pas une erreur…

Elle repensa soudain à la scène de la veille, avec Nicki, et son visage s'empourpra. Elle avait hésité très longtemps avant de vider son sac et, maintenant que c'était fait, elle n'éprouvait pas la satisfaction escomptée.

— Si tu avais vu la tête de maman quand je lui ai dit que tu allais t'occuper des enfants ! lança Zoé d'un ton jubilatoire.

Laura la dévisagea avec stupéfaction.

— Ta mère sait que je suis ici ?

— Bien sûr ! Elle se croyait indispensable ; elle pensait que je ne pourrais pas me débrouiller sans elle. Je lui ai prouvé qu'elle avait tort.

Laura fronça les sourcils. Elle n'avait pas donné de détails à son père quant à l'emploi qu'elle avait trouvé.

— J'aurais dû faire ça depuis longtemps, poursuivit Zoé. Il y a un petit studio au-dessus du garage. Il suffira de le meubler, et tu auras ton indépendance…

Fort heureusement, Laura n'était pas le genre de femme qui plaisait à Ian : elle était trop mince, avec un air trop sérieux. Et cette façon de s'habiller ! Ça pouvait convenir pour s'occuper des enfants, mais sûrement pas pour séduire un homme.

— Si tu m'expliquais ce que je dois faire avec les garçons ? demanda Laura.

— Pardon ? Oh, oui ! Eh bien, Ian tient à ce qu'ils sachent se tenir à table. Quant à leur alimentation… je ne leur donne, bien sûr, que des produits sains et naturels.

Laura ne put s'empêcher de hausser les sourcils. Dans

les placards et le réfrigérateur, elle n'avait trouvé que des surgelés et des plats tout préparés. Néanmoins, elle était d'accord avec Zoé sur la nécessité de se nourrir sainement. Nicki avait toujours pris grand soin des repas qu'elle leur servait et, apparemment, elle continuait à le faire.

Agacée, Laura se rappela que Nicki était son ennemie, et qu'elle n'était pas censée aimer sa cuisine, même si son risotto était à se pâmer !

— Ils vont tous les deux au jardin d'enfants, et ensuite au cours de gym, dit Zoé. Je te donnerai leur emploi du temps. Oh ! là, là ! ma pauvre tête !

— Si tu prenais une tasse de thé avec deux cachets d'aspirine ? suggéra Laura.

— Du thé, oui, mais pas d'aspirine, répondit Zoé en réprimant un frisson. Mon estomac ne le supporterait pas.

Laura achevait de servir le thé quand George arriva en courant dans la pièce.

— Mamie est là ! annonça-t-il joyeusement.

— Oh, non, c'est pas vrai ! gémit Zoé. Elle vient faire sa visite d'inspection. Je parie qu'elle va te…

Sur le seuil de la cuisine, Alice hésita un instant, tandis que George venait lui sauter au cou. Elle s'était interrogée sur l'opportunité de cette visite, et l'avait, finalement, jugée nécessaire dans l'intérêt des enfants.

— Bonjour, m'man, dit Zoé. Je sais pourquoi tu es là.

Ce n'est pas difficile à deviner, hein ? Laura, tu es prête pour l'inspection ?

Laura sentit qu'elle rougissait, mais, à sa grande surprise, Alice paraissait tout aussi gênée qu'elle.

— Laura nous a fait des avions, dit George à sa grand-mère. Regarde !

Alice attrapa l'avion au vol, et esquissa un sourire.

— Mon Dieu, ça me rappelle des souvenirs ! J'en confectionnais pour les jumeaux…

— Ça va : on est au courant ! maugréa Zoé dans le dos de Laura.

— Sais-tu faire des cocottes avec des inscriptions à l'intérieur, quand on les déplie ? demanda Alice à Laura. Je me souviens que nous en faisions, à l'école, et que Nicki…

— Je crois que oui, répondit Laura en riant.

Quand elle ne se tenait pas sur la défensive, Laura était, décidément, une jeune femme charmante, songea Alice. En tout cas, elle avait gagné la confiance des enfants. Légèrement sur ses gardes, Alice observa Zoé. Son visage était pâle, boursouflé, et son humeur exécrable.

— J'ignorais que tu avais l'habitude de t'occuper des enfants, Laura, dit-elle gentiment.

— Maman, tu ne m'avais pas dit que papa était allé en ville pour une réunion ? lança Zoé, détournant grossièrement la conversation.

— Si, en effet, dit Alice.

— Eh bien, il n'était pas en réunion, hier midi. Il déjeunait en tête à tête avec une jeune femme. D'après

Ian, ils étaient tellement absorbés l'un par l'autre que papa ne l'a même pas vu.

Zoé déformait un peu les propos de Ian, mais elle vit qu'elle avait pris sa mère au dépourvu et en conçut un plaisir féroce. Il était temps de faire comprendre à Alice que le pouvoir avait changé de main. Ian gagnait bien plus d'argent que son père, leur maison était beaucoup plus grande que celle de ses parents, son cercle d'amis nettement plus étendu… Quant à la vie sexuelle, il y avait un monde entre la sienne et celle de sa mère.

— Je ferais bien d'emmener les enfants jouer dehors, tant qu'il ne pleut pas, dit Laura avec tact.

Zoé buvait-elle de façon régulière ? se demanda-t-elle avec embarras. Et, dans l'affirmative, Alice était-elle au courant ?

Alice attendit que la porte se fût refermée sur ses petits-fils pour demander à sa fille :

— Qu'est-ce que tu essaies d'insinuer, au juste ?

— Je n'insinue rien du tout, répliqua Zoé. Je te répète simplement ce que Ian m'a dit — à savoir, qu'il a vu papa en train de déjeuner avec une femme. Comme il t'avait dit qu'il avait une réunion, j'ai pensé que ça pourrait t'intéresser. En tout cas, à ta place, je préférerais savoir ! Evidemment, s'il y a quelqu'un dans sa vie, je comprends que ce soit difficile pour toi : tu es entièrement dépendante de lui sur le plan financier, n'est-ce pas ?

Etait-ce réellement sa fille, son enfant, qui tentait ainsi de l'effrayer, de la faire souffrir ? Alice ferma les yeux. Sa réaction instinctive, immédiate, fut de demander à

Zoé pourquoi elle se comportait de cette façon, mais elle connaissait la réponse depuis longtemps. Zoé se comportait ainsi parce que ça lui plaisait — parce qu'elle était Zoé.

— Une réunion, ça peut englober toutes sortes de situations, répondit-elle aussi calmement que possible. Et Ian…

— Jamais il ne me tromperait ! coupa Zoé, déchaînée. Jamais !

Sa voix avait pris des inflexions aiguës qui trahissaient son angoisse et son insécurité. Alice la regarda, submergée par un sentiment familier d'impuissance. Zoé avait le chic pour déclencher et développer des querelles. Tout ça à cause des tourments que sa mère lui aurait infligés, durant son enfance.

Il n'y a pas pire culpabilité que celle d'une mère, songea Alice avec accablement. Aucun sentiment d'échec n'est plus amer que celui d'une femme confrontée au naufrage de son enfant.

— Eh bien, pour ta gouverne…, reprit Zoé.

Elle se tut subitement, porta une main à son ventre et se précipita vers la salle de bains.

Alice lui emboîta aussitôt le pas, son instinct maternel l'emportant sur son irritation. L'alcoolisme de sa fille lui paraissait totalement incompréhensible. Il semblait répondre, notamment, à un phénomène de mode qu'elle trouvait stupide et aberrant.

— Zoé ! Tu as encore bu…

— Et alors ? répliqua la jeune femme d'un ton exaspéré.

Elle se rinça rapidement le visage, et regagna la cuisine, toujours suivie de sa mère.

— Les femmes de ma génération profitent de la vie, expliqua-t-elle. Elles aiment boire, rire et manger, figure-toi ! Est-ce que tu te rends compte à quel point tu es rabat-joie, ma pauvre maman ? Je t'assure que je comprendrais papa s'il te quittait pour quelqu'un d'autre !

Tout en parlant, Zoé sentait la panique monter en elle. Si son père s'en allait, elle se sentirait perdue ; elle perdrait le fragile sentiment de confiance qui lui restait. Le couple que formaient ses parents était son principal repère — un bastion d'amour et de sécurité. Et pourtant, elle ne pouvait s'empêcher d'agresser sa mère.

— Pauvre papa ! dit-elle encore. Il doit s'ennuyer à mourir avec toi.

Alice éprouva une brusque envie de lui répondre du tac au tac, de lui rendre méchanceté pour méchanceté. Mais Zoé était sa fille. Sa fille et aussi celle de Stuart...

Quelle erreur avaient-ils commise ? Comment avaient-ils bien pu engendrer une fille aussi égocentrique, malveillante, cynique ? Alice avait lu quelque part que beaucoup de jeunes adultes de sa génération, élevés dans du coton, surprotégés, se prenaient pour le nombril du monde et étaient incapables de se remettre en cause. La faute incombait donc aux parents, se dit Alice. Elle se sentait à la fois fautive, désorientée et spoliée — privée de la fille qu'elle aurait tant aimé avoir.

— Tiens, au fait, reprit Zoé, tu n'auras plus besoin de venir aussi souvent, m'man. Laura s'occupe très bien des enfants.

Alice eut l'impression de recevoir une gifle.

— Je suis ravie de l'apprendre, Zoé, répondit-elle, néanmoins, dans un sursaut de fierté. Car, vois-tu, je vais avoir moins de temps libre, à partir de septembre. J'entame une formation universitaire de deux ou trois ans.

La stupeur de sa fille aurait dû lui procurer plus de plaisir, songea-t-elle en regardant son visage hébété.

— Tu entames quoi ? demanda Zoé. C'est une blague ! Toi, à l'université ? Mais enfin, pour quoi faire ? A quoi pourrait bien te servir un diplôme ? Ah, j'y suis ! s'exclama-t-elle soudain d'un ton railleur. C'est le syndrome de la femme au foyer, une fois les enfants partis... Ça doit être Maggie ou une autre bonne femme de ta bande qui t'a mis ça dans la tête, hein ?

— En fait, Zoé, c'est moi qui en ai eu l'idée, répondit sèchement Alice. Contrairement à ce que tu sembles imaginer, je suis tout à fait capable de prendre des décisions toute seule.

Laura et les garçons jouaient toujours dans le jardin quand Alice s'en alla. Ses petits-fils se précipitèrent tous les deux pour l'embrasser. Le grand air donnait des couleurs à leurs petits visages qu'Alice trouvait souvent trop pâles. Mais elle sentit son cœur se serrer quand l'aîné, George, lui demanda d'un air anxieux :

— Dis, mamie, est-ce que maman va mieux, maintenant ?

— Elle va bien, répondit Alice d'un ton rassurant.

Elle croisa le regard de Laura, et remarqua la mine embarrassée de la jeune femme.

A en croire Nicki, Laura était un monstre de possessivité, une briseuse de ménage en puissance, une fille qui ne supportait pas l'idée que son père pût aimer quelqu'un d'autre qu'elle. Mais les garçons l'avaient, manifestement, adoptée, et Alice savait ce qui arriverait si elle tentait de contester la décision de Zoé.

La voiture d'Alice s'éloignait dans la rue quand le nouveau téléphone mobile de Laura se mit à sonner. Elle se crispa en voyant le numéro qui s'affichait sur le cadran. Cela dit, tôt ou tard, ils devraient bien se parler...

Tout en surveillant du coin de l'œil les garçons qui jouaient à cache-cache, elle décrocha.

— Salut, papa.

— Laura ! Enfin ! Qu'est-ce qui se passe ? Où es-tu ? Il ne t'est rien arrivé ? Pourquoi est-ce que...

— Papa, papa... Tout va bien, ne t'inquiète pas, coupa la jeune femme. Je suis chez Zoé — la fille d'Alice et Stuart. Je l'ai rencontrée, hier, par hasard, et... Bon, pour te résumer la situation, elle m'a proposé de m'occuper de ses enfants — un petit boulot rémunéré, avec le gîte et le couvert en prime. J'ai accepté pour ne pas me retrouver sous le même toit que Nicki… Voilà. Il faut que je te quitte, maintenant.

Si la conversation se prolongeait, il risquait de l'interroger au sujet de sa dispute avec Nicki, et elle n'avait pas la moindre envie d'en parler. Après tout, ce n'était pas elle qui était en tort, n'est-ce pas ?

10

En sortant de chez Zoé, Alice se rendit en ville. Il n'était plus question de revenir en arrière, à présent. Animée par un sentiment de bravade assez inhabituel chez elle, elle avait décidé de s'offrir un ordinateur car elle en aurait certainement besoin pour sa formation. Avant leur départ, les jumeaux lui avaient appris à envoyer et recevoir du courrier électronique, mais elle hésitait toujours à utiliser le PC de Stuart.

Elle savait bien que ses amies auraient été enchantées de la conseiller dans son achat et de l'aider, ensuite, à surfer sur Internet, mais elle tenait absolument à se débrouiller seule. Elle venait de passer commande dans un magasin quand elle vit Stella, sur le trottoir d'en face, qui sortait d'une boutique d'articles pour bébés.

— Tu cherches quelque chose pour Maggie ? lui demanda Alice avec un sourire.

Elle était si contente de sa propre acquisition qu'elle eut envie d'en parler aussitôt à Stella.

— Tu ne devineras jamais ce que je viens de faire…, commença-t-elle.

Mais, au lieu de l'inciter à poursuivre, Stella se rembrunit, l'air absorbé, comme si elle l'avait à peine entendue.

Stella avait été prise au dépourvu en découvrant Maggie dans la salle d'attente du médecin. A présent, elle était trop préoccupée pour prêter réellement attention à ce que lui disait Alice.

Contrairement à Maggie — la plus spontanée de leur petit groupe —, Stella avait besoin de temps pour assimiler les événements avant d'en discuter avec les autres. Elle aurait nettement préféré annoncer la nouvelle au moment de son choix, mais, maintenant que Maggie était au courant…

— Alice, tu n'as rien prévu de particulier pour le déjeuner ? demanda-t-elle sans préambule. En fait, j'ai quelque chose à te dire.

— Déjeunons ensemble, c'est une excellente idée ! répondit aussitôt Alice.

Elle avait projeté de rentrer tout de suite pour commencer à aménager le débarras qu'elle comptait transformer en bureau et tout préparer avant qu'on ne lui livre son ordinateur, mais l'inquiétude de son amie était perceptible, et il n'était pas question de l'ignorer.

Dix minutes plus tard, elles s'attablaient face à face devant deux bols fumants de potage maison.

— Nous avons appris, récemment, que Julie, l'ex-petite amie de Hughie, attendait un enfant, expliqua aussitôt Stella. Voilà ce que Hughie était venu nous annoncer.

— Oh, Stella, tu as dû être bouleversée !

Alice se doutait à quel point cette situation devait

perturber son amie. Stella était le genre de personne qui tient à ne jamais rien laisser au hasard, et qui s'efforce de prévoir les conséquences de tous ses actes.

— Que… que va-t-il se passer ? demanda Alice sans la brusquer.

— Eh bien, il est trop tard pour… En fait, Julie a déjà pris la décision de garder le bébé, mais elle est assez raisonnable pour envisager de le faire adopter. Ils avaient déjà rompu depuis plusieurs semaines, elle et Hughie, quand elle s'est aperçue qu'elle était enceinte. Et elle a attendu Noël pour lui en parler. Apparemment, elle voulait à tout prix éviter d'être influencée par les pressions extérieures. Comme l'enfant a été conçu pendant les grandes vacances, elle était déjà enceinte de six mois quand nous l'avons su. Avec les vêtements amples que portent les filles, de nos jours, personne ne s'est douté de rien — pas même sa mère ! Hughie a gardé le secret quelque temps, puis il a fini par l'annoncer : il était conscient qu'elle devait recevoir un suivi médical.

— Ma foi, c'est une attitude très responsable, répondit Alice avec tact, comprenant que Stella entendait défendre son fils contre toute critique éventuelle.

— Oh, oui ! Il est tout de même le père, même s'il n'était pas du tout au courant… et Julie a clairement affirmé qu'elle n'avait aucun regret concernant leur rupture.

En écoutant son amie, Alice essaya de s'imaginer ce qu'elle éprouverait si l'un de ses fils se trouvait dans la situation de Hughie. Dans l'absolu, l'idée de séparer un enfant de sa mère lui fendait le cœur. Alors, que dire si ce bébé avait été l'un de ses petits-enfants ? Elle s'abstint, néanmoins, de tout commentaire, par considération pour son amie, d'abord, mais aussi parce qu'elle savait que Stella l'aurait traitée d'incorrigible sentimentale.

— Enfin, maintenant, vous êtes au courant, dit-elle. Et les parents de Julie vont…

— C'est justement le problème ! coupa Stella, devinant ce qu'Alice allait dire. Le père de Julie refuse totalement cet enfant. Il a même carrément mis sa fille à la porte !

— Quoi ? s'exclama Alice, incapable, cette fois, de dissimuler ses sentiments. Oh, la pauvre petite ! Elle a à peine dix-sept ans, n'est-ce pas ?

— Oui, c'est ça. Mais, d'après Richard, le père n'est pas un type très évolué. Je suis allée les voir, et je l'ai trouvé passablement aigri, en tout cas. Naturellement, nous allons garder Julie chez nous, au moins jusqu'à la naissance du bébé. Ce n'est pas la place qui manque, à la maison, tu le sais !

— Oh, Stella ! Seigneur, quelle histoire ! Quand Julie doit-elle accoucher ?

— Dans un peu moins de trois mois. Heureusement, les examens médicaux sont excellents. Et Julie est assez raisonnable pour faire adopter le bébé dès la naissance.

— Oui, bien sûr… C'est la solution la plus pratique, admit prudemment Alice.

Stella pinça les lèvres. « Pratique » était un terme qui en disait long sur les sentiments d'Alice face à la situation. De même que l'hésitation qui avait accompagné sa remarque.

— En l'occurrence, la sensiblerie et l'hyperémotivité ne rendraient service à personne, affirma-t-elle, plus sèchement qu'elle en avait eu l'intention. Julie est encore au lycée, et Hughie entre tout juste à l'université. Sans compter qu'ils ne forment même plus un couple ! Et puis Julie est une vraie gamine. Ces adolescentes veulent se donner des allures d'adulte, mais, en réalité….

Stella s'interrompit brusquement, puis reprit en secouant la tête d'un air exaspéré :

— Je suppose que tu me trouves affreusement fataliste, mais je suis encore sous le coup de l'émotion, figure-toi !

— Comment Richard a-t-il réagi ? demanda Alice.

— Ma foi, tu le connais.

Stella ponctua sa remarque d'un petit haussement d'épaules.

— Il n'a pas dit grand-chose, si ce n'est pour éreinter son fils. Il espère peut-être qu'en se voilant la face, il empêchera les choses d'arriver. Il n'est pas plus prêt à être grand-père que Julie à être mère, maugréa Stella. J'ai essayé d'entraîner la petite dans les magasins, aujourd'hui. Même si le bébé doit être adopté, il va tout de même lui falloir un certain nombre de choses.

— Zoé a dû garder les affaires de Will, dit Alice. Je pourrais lui demander de les céder à Julie ?

— Tu crois ?

Stella regarda son amie d'un air soulagé.

— Ecoute, je voulais aussi te parler de Maggie. Mais je ne sais même pas par où commencer. Ça fait tout de même vingt ans que je…

Elle laissa sa phrase en suspens, et secoua la tête.

— Je me demande si elle est vraiment consciente de ce qui l'attend. Elle passait une visite de contrôle dans la même clinique que Julie.

— T'a-t-elle dit quelque chose à propos de Nicki ? demanda vivement Alice. Se sont-elles réconciliées ?

— Elle m'a dit qu'elle était allée la voir, mais… Ecoute, je n'ai pas réellement envie de prendre parti pour l'une ou pour l'autre, mais quand Maggie a commencé à insinuer qu'à son avis, Nicki devait avoir un problème, j'ai quand même trouvé ça un peu fort. Quand deux personnes ne sont pas d'accord, prétendre que l'autre n'est pas dans son état normal, c'est un subterfuge vieux comme le monde, non ?

Alice fronça les sourcils.

— Je ne la crois pas capable de ce genre d'artifice, dit-elle. Elle est plus sincère que ça. Ce n'est pas une manipulatrice, quand même !

Stella haussa les sourcils.

— Ah bon ? Réfléchis un peu, Alice, et cesse de croire que « tout le monde il est beau, tout le monde il est gentil ». En réalité, Maggie déteste qu'on lui résiste. Rappelle-toi le groupe de rock ! Et ce week-end à Paris… elle t'avait harcelée jusqu'à ce que tu obtiennes des billets d'avion à tarif réduit par l'intermédiaire de Stuart ! Sans parler du jour où elle t'a convaincue de te teindre en rousse…

et le chaton qu'elle nous a refilé en sachant que Hughie ne résisterait pas… J'en passe, et des meilleures !

— Oui, mais ça part toujours d'une bonne intention. Chaque fois, Maggie estimait…

— Maggie estimait… Tu l'as toujours placée sur un piédestal, Alice. Si tu veux mon avis, elle a inventé ce prétendu « problème » qu'aurait Nicki parce que c'est une excellente échappatoire pour elle.

Alice regarda son amie d'un air embarrassé.

— On dirait presque que tu es d'accord avec ce que lui a dit Nicki.

— Ma foi, je n'aurais pas formulé ça de façon aussi… véhémente, mais… oui, je pense qu'elle n'avait pas vraiment tort, d'un point de vue concret. Soyons réalistes, Alice : Maggie s'est toujours arrangée pour faire exactement ce qu'elle voulait, quand elle le voulait. Par exemple… Tu te souviens de ces vacances dans une villa qu'elle avait louée ? C'était juste avant qu'elle apprenne que Dan la trompait. Résultat : c'était elle qui était censée organiser le séjour, et c'est toi qui t'es chargée de tout.

— Ça ne m'a pas dérangée ! affirma Alice.

Les réflexions de Stella l'attristaient et l'inquiétaient. Leur amitié avait toujours été basée sur un soutien mutuel et inconditionnel… Pourquoi se dénigraient-elles brusquement ?

— Donc tu désapprouves, toi aussi, sa décision d'avoir un enfant ? demanda-t-elle après un instant de silence.

— La question n'est pas là, rectifia Stella. Ce qui m'ennuie, chez elle, c'est cette façon qu'elle a de nous distribuer des rôles : toi, la douce femme au foyer, avec la petite famille idéale ; moi, la nana raisonnable, pragmatique, dénuée de toute fantaisie, et maintenant, Nicki la névrosée ! En l'occurrence, ce doit être bien commode pour elle de prétendre que si Nicki n'a pas réagi normalement à l'annonce de sa grossesse, c'est parce qu'elle est elle-même confrontée à de graves difficultés. Je sais bien que Laura est revenue habiter chez son père…

— Elle n'y est plus, coupa Alice.

— Ah bon ? Elle est retournée à Londres ?

— Pas exactement. Il se trouve que…

Alice marqua une pause avant de poursuivre :

— Zoé a proposé à Laura de s'installer chez elle et de s'occuper de ses gamins.

— Quoi ? lança Stella. Zoé a perdu la tête, ma parole !

Alice rougit légèrement.

— En fait, Laura se débrouille très bien avec les enfants, dit-elle avec raideur. Je suis passée chez Zoé, ce matin.

Stella se rendit compte qu'elle avait manqué de tact.

— Excuse-moi, Alice, murmura-t-elle. Je ne voulais pas…

— Ce n'est pas grave, dit Alice avec un sourire. J'ai d'abord réagi comme toi, mais je t'assure que Laura s'y prend très bien avec les petits. Et moi, je ne pourrai plus m'occuper d'eux autant qu'avant quand j'aurai entamé ma formation universitaire. Les cours ne commencent qu'en septembre, mais, d'ici là, je voudrais commencer à me remettre un peu dans le bain. Ce matin, par exemple…

— Oh, c'est vrai, j'avais oublié ! dit Stella d'un ton léger. Tu en as parlé à Stuart et à Zoé, alors ?

— Oui. Mais, avec Stuart, je n'ai encore fait qu'effleurer la question. Il est débordé, en ce moment. Du reste, il est à Londres pour affaires.

Alice se tut, tandis que les paroles de sa fille lui revenaient en mémoire. Elle n'allait quand même pas s'affoler sous prétexte que Ian avait vu son mari déjeuner avec une femme…

— Quant à Zoé, reprit-elle, j'ai dû essuyer ses reproches, l'autre soir, quand j'ai refusé de garder ses enfants à cause de notre dîner au restaurant.

— Et elle se venge en embauchant Laura pour s'occuper d'eux, c'est ça ?

Stella secoua la tête d'un air triste.

— Tu ne devrais pas te laisser malmener par ta fille, lui conseilla son amie. Tu as déjà fait beaucoup trop de choses pour elle. Tu es la grand-mère des garçons, pas leur mère. Et si quelqu'un mérite de s'accorder un peu de temps, c'est bien toi ! Tu nous as déjà dit à quel point cette formation te tenait à cœur.

— Ce n'est pas tant la formation elle-même, avoua Alice avec un soupir. C'est ce qu'elle représente pour moi — le fait de prouver que je suis capable de tenir d'autres rôles que ceux d'épouse et de maman modèles. Tu me trouves égoïste, Stella ? A ton avis, je manque de réalisme ?

— Certainement pas, répondit Stella sans l'ombre d'une hésitation.

— J'espère de tout cœur que Nicki et Maggie se réconcilieront avant notre prochaine rencontre, reprit Alice. J'étais consternée quand Maggie a parlé du soutien qu'elle attendait de nous. Comme si on l'avait laissée tomber.

— Tu sais quel est ton handicap, Alice ? Tu as le cœur beaucoup trop tendre.

Après le départ de son amie, Stella songea qu'Alice ne pouvait, certes, pas être taxée d'égoïsme. Mais elle se faisait sans doute des illusions, si elle espérait que son mari ou ses enfants renonceraient aisément à la sollicitude permanente et indéfectible dont elle faisait preuve à leur égard.

Pour sa part, elle aimait Hughie plus que tout au monde, mais elle ne l'aurait jamais laissé diriger sa vie.

Elle aimait aussi Richard, bien sûr, mais cet amour-là... Stella se sentit quelque peu déconcertée en s'avouant qu'elle ne souhaitait pas trop approfondir la question.

Nicki porta les mains à ses tempes douloureuses, et esquissa une grimace. Son cœur battait de façon désordonnée : elle avait la bouche sèche, et l'angoisse qui l'étreignait était presque comme une présence physique dans la pièce.

Elle consulta sa montre : 13 h 55 ! La matinée s'était envolée sans qu'elle en eût conscience.

L'angoisse n'était pas un phénomène nouveau pour

elle. A l'école, déjà, elle avait redouté les quolibets et la cruauté des autres enfants qui s'en prenaient toujours à la petite nouvelle, encore mal adaptée. Plus tard, jeune mariée victime des agressions d'un mari violent, elle avait passé des soirées infernales à se demander quel motif il allait trouver pour la rouer de coups jusqu'à la faire rouler, inconsciente, sur le sol.

Puis il y avait eu l'angoisse d'être méprisée par les gens s'ils apprenaient que son mari la maltraitait, la crainte d'être considérée comme quelqu'un de faible, incapable d'avoir une vie de couple normale. Mais, grâce à Maggie, elle avait, finalement, appris à surmonter cette frayeur-là, à la reléguer dans le passé, avec son ex-mari.

Hélas, cela n'avait pas mis un terme à ses angoisses. Elle avait eu peur d'aimer Kit et peur, ensuite, de le perdre. Elle avait redouté les conséquences du décès de sa première femme, puis le pouvoir que Laura avait sur lui. Leur rupture, puis leur réconciliation l'avaient plongée dans un état d'angoisse analogue. Elle craignait qu'il ne lui reproche de l'avoir forcé à l'épouser parce qu'ils avaient fait l'amour sans préservatif.

Mais, par-dessus tout, elle avait peur pour Joey. Joey, son petit garçon chéri, qui méritait tellement d'être aimé… Quelle malédiction, pour lui, d'avoir une mère aussi peu efficace !

Mais pourquoi se sentait-elle persécutée de la sorte ? Peut-être parce que cette fausse couche avait révélé chez elle une déficience fondamentale, une incapacité intrinsèque à être mère, à protéger la vie qui germait en elle ?

Son cœur s'emballa encore un peu plus, et elle porta la main à sa poitrine, le souffle coupé, prise de vertige.

— Nicki ?

Il lui fallut quelques secondes pour distinguer la voix de Kit.

Il entra dans la cuisine et s'arrêta net en découvrant la table encombrée de vaisselle sale, les tartines intactes dans l'assiette, et le visage dévasté de sa femme.

— Nicki, ça ne va pas ? lui demanda-t-il.

— J'ai été débordée toute la matinée, prétendit-elle. Il faut bien que l'un de nous deux travaille !

Elle le regarda d'un air belliqueux et, aussitôt, l'atmosphère se chargea d'hostilité. Elle connaissait par cœur son expression accablée, le pli amer de sa bouche — cette bouche qu'elle avait trouvée, un jour, si généreuse, si attirante ; cette bouche qu'elle avait aimé caresser, embrasser, dont les baisers l'avaient comblée.

— J'ai essayé de t'appeler, mais tu ne répondais pas, lui dit Kit, ignorant sa pique. Alors, je suis venu ici pour te dire... j'ai pensé que tu aimerais apprendre que j'avais parlé à Laura. Apparemment, elle a trouvé un emploi chez la fille d'Alice ; elle va s'occuper des enfants et elle sera logée sur place.

Nicki se leva et s'éloigna délibérément.

— Tu es venu exprès pour me dire ça ? demanda-t-elle froidement. Pourquoi ? Laura est ta fille, pas la mienne. Peu m'importe ce qu'elle fait et où elle est, Kit, du moment que ce n'est pas ici ! Elle a tenté de faire du mal à Joey.

Nicki éprouva un brusque sursaut de fureur en revoyant son fils se précipiter dans ses bras pour échapper à Laura. Elle avait retrouvé, l'espace d'un instant, la terreur qui l'étreignait, jadis, quand elle essayait de fuir son ex-mari. Qu'avait-elle donc en elle qui attirait ces êtres violents, dangereux ? S'agissait-il d'un châtiment qu'elle méritait ? Elle serra très fort les bras autour de sa taille et se mit à se balancer en cadence d'avant en arrière. Peut-être était-elle foncièrement mauvaise, mais Joey, lui, ne l'était pas. Il ne méritait pas…

— Ecoute, Nicki. L'autre soir, nous étions tous les deux exaspérés. Nous nous sommes dit des choses…

L'attitude de Nicki le déconcertait. Elle n'avait jamais été rusée ou manipulatrice ; le choix de ses armes était plus cérébral qu'émotionnel. Ils avaient toujours eu des discussions calmes et rationnelles, dépourvues de toute pression d'ordre affectif ou passionnel.

— Ce que tu dis m'est complètement égal, Kit. Je ne veux plus de Laura ici — sous aucun prétexte. C'est à Joey que tu devrais penser, pas à elle ! cria-t-elle. Elle veut détruire notre ménage et, si elle le pouvait, elle détruirait aussi Joey !

— Nicki, tu sais bien que ce n'est pas vrai !

— Ah bon ? lança-t-elle d'une voix où l'amertume se mêlait au défi.

Découragé, Kit la regarda quitter la pièce. Elle claqua rageusement la porte derrière elle, comme pour lui interdire de la suivre. Il reconnaissait à peine la femme dont il était tombé si éperdument amoureux, autrefois.

Peut-être aurait-il pu la soutenir davantage, lors de sa fausse couche, mais il avait été comme tétanisé par la nouvelle.

Alice ouvrit la porte du débarras et prit une profonde inspiration. Elle était rentrée chez elle plus tard que prévu, et n'avait pas tellement de temps devant elle. Elle se dirigea vers le bureau qui avait appartenu à son père, et entreprit d'en vider les tiroirs.

Une demi-heure plus tard, agenouillée par terre, elle se demanda s'il n'aurait pas été plus simple pour elle de se procurer un meuble moderne, spécialement conçu pour l'utilisation du matériel informatique. Elle se serait épargné le souci de trier tout ce fouillis de souvenirs. En se relevant, elle s'aperçut que deux photos avaient glissé d'un des albums qu'elle avait sortis des tiroirs inférieurs. Machinalement, elle se baissa pour les ramasser.

C'étaient des clichés de vacances. Sur le premier, on les voyait, Stuart et elle, un an après leur mariage. Stuart, tout bronzé, séduisant et plein d'assurance, posait dans son maillot des années soixante-dix, tandis qu'à ses côtés, vêtue d'un minuscule Bikini, elle levait sur lui un regard d'adoration. Elle semblait un peu gênée dans ce maillot qu'elle avait acheté à la hâte, après que Stuart lui eut annoncé qu'ils partaient aux Seychelles — une destination terriblement exotique et presque inconnue, à l'époque — pour y fêter leur premier anniversaire de mariage.

Pour leur voyage de noces, ils étaient allés à Venise. C'était moins original, mais elle en gardait un souvenir ébloui. L'air de cette ville lui semblait exhaler un parfum de sensualité. Quand elle avait dit ça à Stella, son amie avait ri en la traitant d'incorrigible sentimentale. Pour elle, l'air de Venise évoquait plutôt des relents de putréfaction !

Durant cette première année de mariage, ils avaient visité une bonne douzaine de villes européennes, et chacun de leurs séjours restait gravé dans sa mémoire comme un pur moment de bonheur. Mais c'était les Seychelles qui l'avaient le plus séduite : cette île paradisiaque entourée d'eaux cristallines dans lesquelles Stuart l'avait persuadée de nager nue avec lui, parmi les poissons multicolores. Elle soupçonnait que Zoé avait été conçue là, lors d'une plongée particulièrement mémorable.

Après une réaction d'enthousiasme à la naissance du bébé, Stuart avait commencé à se montrer jaloux de sa fille. Alice se rappelait qu'elle s'était sentie tiraillée entre un époux qui réclamait toute son attention aux moments précis où le bébé avait besoin d'elle et l'instinct maternel qui l'incitait à s'occuper en priorité de son enfant.

Heureusement, ses amies avaient réagi de façon formidable. Bien qu'elle ait été la première des quatre à accoucher, les trois autres lui avaient apporté tout leur soutien. Stella, notamment. Un jour où Alice n'avait trouvé personne pour garder Zoé, elle avait annulé leur sortie au restaurant et apporté un repas tout prêt à partager chez elle. Le jour de l'anniversaire d'Alice, Nicki lui avait offert un soin complet dans un salon de beauté, et Maggie était venue garder le bébé pour lui permettre d'en profiter.

Avec le temps, certaines pressions extérieures auraient pu finir par provoquer des brouilles, mais elles n'avaient fait, au contraire, que renforcer leur amitié. Alors, pourquoi cette confusion, après tant d'années ? Pourquoi se dressaient-elles les unes contre les autres ?

Alice rangea la photo dans l'album, et entreprit d'examiner la seconde. Celle-ci avait justement été prise au cours du séjour auquel Stella avait fait allusion, une heure plus tôt. C'était Maggie qui avait eu l'idée de louer cette villa pendant un mois d'été, et Alice avait pris un grand plaisir à tout préparer pour que ces vacances soient un régal.

— Tu devrais songer à en faire ton métier, lui avait dit Maggie avec une admiration sincère.

— Jamais ! avait lancé Stuart en riant.

Elle avait ri avec lui, mais, au fond, elle se sentait blessée par sa réflexion.

Oliver avait-il raison ? Avait-elle tort de vouloir protéger Nicki en lui accordant le bénéfice du doute ? C'était une situation qu'elle ne souhaitait pas affronter toute seule, admit Maggie en posant le contrat qu'elle essayait de lire depuis un moment.

Ils en avaient longuement débattu, et leur différend était réglé. N'empêche que cette lettre était bien là, et qu'elle avait insidieusement diffusé son poison. Maggie avait besoin de connaître l'opinion de ses amies qui, contrairement à Oliver, connaissaient Nicki aussi bien qu'elle.

Des quatre, c'était Stella la plus objective, la plus pragmatique. Mais Maggie hésitait à l'appeler. D'une part, parce qu'elle avait perçu l'ambiguïté de son attitude, le jour où elle leur avait annoncé la nouvelle de sa grossesse et, d'autre part, parce que Stella avait de graves difficultés familiales. Alice, en revanche, la comprendrait certainement.

Maggie décida de l'appeler sans attendre.

Alice venait de trouver une nouvelle place pour les albums de photos quand le téléphone sonna.

— Maggie !

Elle sourit en entendant la voix de son amie, puis l'inquiétude la gagna très vite.

— J'espère que tout va bien… que ta grossesse…

— Aucun souci de ce côté-là, affirma Maggie. Ce n'est pas pour ça que je t'appelle. Alice, je… Il y a quelque chose dont je voulais te parler. Je… je me demandais si je pourrais passer chez toi. J'ai besoin de connaître ton opinion… je me fais du souci pour Nicki.

A l'autre bout du fil, Alice resta sans voix pendant un moment, puis se lança :

— Maggie, dit-elle enfin d'une voix embarrassée, je comprends bien ton… ton émotion devant la façon dont Nicki a réagi à l'annonce de ta grossesse, mais… Bon, nous étions toutes déconcertées, et… Tu sais, les hormones de la grossesse ont un effet… Enfin, je veux dire qu'à ta place, je n'accorderais pas trop d'importance aux propos de Nicki. Tu comprends, elle est dans tous ses états, en ce moment. Elle a sûrement dit ça dans le feu de la discussion… on parle quelquefois sans réfléchir. Nous sommes amies depuis si longtemps… Je ne peux pas croire que l'une d'entre nous veuille réellement…

Elle laissa sa phrase en suspens.

— Je vois ce que tu essaies de me dire, Alice, répondit Maggie. Mais je me demande si tu peux comprendre ce que je ressens à l'idée que cet enfant soit la cause de… J'espérais que vous l'entoureriez de votre affection. Et, au lieu de ça, vous le rejetez avant même qu'il soit né !

Fermant les yeux, elle se dit que sa véhémence même venait probablement de confirmer l'hypothèse d'Alice sur son état hyperémotionnel.

— Maggie, bien sûr que nous allons toutes adorer ton bébé, affirma Alice. C'est juste que… Ne te formalise pas de ce que je vais dire, mais, bon, la vie n'est pas rose pour nous, actuellement. Ça ne veut pas dire que nous ne soyons pas heureuses pour toi. Seulement, vois-tu… Ecoute, on se retrouvera dans trois semaines, comme prévu. D'ici là, je suis sûre que Nicki se sera calmée et qu'elle aura changé d'avis.

Le signal d'appel lui indiqua que quelqu'un cherchait à la joindre. Le numéro du portable de Stuart s'afficha sur l'écran.

— Maggie, il faut que je te quitte, dit-elle précipitamment. Stuart essaie de me joindre, et je dois absolument lui parler.

Elle coupa immédiatement la communication, mais c'était déjà trop tard. Stuart avait raccroché.

Maggie regarda le téléphone d'un œil sombre. Elle qui avait espéré pouvoir se confier à ses amies et leur demander leur avis…

Bien que le chauffage central maintînt une température agréable, elle réprima un petit frisson. Elle savait que la plupart des gens la prenaient pour quelqu'un qui ne se laisse jamais abattre, pour une femme optimiste, audacieuse et sûre d'elle. Mais ces gens-là n'étaient pas ses meilleures amies ! Alice, Stella et Nicki la connaissaient beaucoup mieux que quiconque. Avec elles, Maggie n'avait pas besoin de tricher, d'afficher un courage et une solidité à toute épreuve. Elle était sûre de pouvoir toujours se tourner vers elles — et réciproquement. Du moins, c'est ce qu'elle avait cru, jusque-là.

Aujourd'hui, elle était amenée à se demander si elle n'avait pas surestimé l'affection que ses amies lui portaient. Et ce doute subit la bouleversait profondément. Peut-être était-elle seule, tout simplement ?

La lettre de menace était posée devant elle sur la table. Elle la regarda sans la voir, envahie par un désespoir incommensurable. Avait-elle eu tort d'insister pour qu'Oliver la laisse régler cette situation à sa manière ?

*
* *

D'un geste un peu indécis, Alice composa le numéro de Stuart. Elle avait écouté le message par lequel il lui annonçait de façon laconique qu'il était retenu à Londres plus longtemps que prévu et qu'il ne savait pas encore quel jour il rentrerait.

« Ne me rappelle pas ! lui disait-il. Je me rends directement à une réunion et je ne sais pas à quelle heure j'en sortirai. C'est moi qui te téléphonerai. »

Il y avait plus de deux heures qu'il avait appelé, et elle n'avait toujours pas de nouvelles. Elle écouta la messagerie se déclencher. Le portable de Stuart était éteint.

11

Dan esquissa une grimace, tout en manœuvrant pour s'engager dans le petit chemin de terre tout défoncé qui menait au domaine Draycotte. Il conduisait ce 4x4 depuis la veille, et il n'y était pas encore habitué.

C'était une journée d'une douceur étonnante. Une de ces journées qui vous feraient presque croire que l'été est à portée de main, alors que le calendrier indique le contraire.

Il ne savait pas encore pourquoi la vie aux Etats-Unis avait subitement cessé de l'intéresser. Quant à cette décision d'aller jeter un coup d'œil sur le manoir… c'était un pur moment de faiblesse, d'abandon à la nostalgie des jours heureux.

Dan haussa légèrement les épaules. Il avait cinquante-cinq ans et venait de passer dix ans à travailler comme un forcené. Parmi sa clientèle de richissimes propriétaires de New York et des Hamptons, il passait pour un hyperactif, un véritable drogué du travail. Et tout ça pour quoi ?

Il n'était pas à New York, le 11 septembre, mais, comme

tout le monde, il avait été profondément bouleversé par les terribles événements survenus à Manhattan.

Le manoir — juxtaposition de bâtiments anciens, dont certains remontaient au XIVe siècle — apparut au bout du chemin. Les différentes adjonctions faites au cours du temps reflétaient les hauts et les bas des propriétaires qui s'y étaient succédé.

Le domaine était beaucoup trop vaste pour lui, et les travaux indispensables pour doter la maison du confort moderne coûteraient une petite fortune. Même les agents immobiliers s'accordaient sur ce point.

C'étaient les souvenirs qui l'avaient incité à revenir ici, songea-t-il en se garant le long des dépendances presque en ruines. Jamais il ne se laisserait tenter par une telle acquisition, même si les lieux n'avaient pas été classés et qu'un promoteur eût le droit de tout démolir pour reconstruire des logements rentables.

Certes, ce n'était pas l'argent qui lui manquait. Il avait revendu son cabinet d'architecte pour une coquette somme qui faisait de lui un multimillionnaire en dollars. Oui, il possédait l'argent, et les défis ne l'effrayaient pas, bien au contraire. Et puis ces lieux dégageaient une impression de sérénité — comme toutes les choses qu'on peut transmettre d'une génération à l'autre, qui dépassent la durée d'une vie humaine, pour peu qu'on en prenne soin.

Il possédait déjà une propriété en France et une maison en Floride. S'il voulait un pied-à-terre en Grande-Bretagne, il avait intérêt à choisir un appartement neuf, fonctionnel et d'entretien facile plutôt que cet assemblage hétéroclite de rêves et d'espoirs issus du passé.

— Salut !

— Todd !

L'art de séduire ne faisait pas partie des talents de Stella et, pour une fois, elle se surprit à le regretter. Cette rencontre fortuite la troubla à tel point qu'elle sentit ses joues s'empourprer et qu'elle dut fournir un effort considérable pour masquer son émotion.

— J'allais prendre un café à la brasserie américaine, dit-il en désignant un établissement qui avait ouvert récemment, dans le bas de la rue principale. Voulez-vous m'accompagner ?

Il avait ôté ses lunettes de soleil pour lui parler, et il la regardait droit dans les yeux. C'était un moment d'une telle intimité que Stella eut l'impression de se liquéfier sur place. Elle dut lutter un instant avec sa conscience avant d'accepter son invitation. Pour la première fois de sa vie, sans doute, elle déplora de ne pas porter une tenue plus sexy que son jean et sa chemise blanche toute simple.

— Quelle heureuse coïncidence ! lui dit-il d'une voix caressante, en ouvrant la porte du bar et en s'effaçant pour la laisser entrer. Je m'apprêtais, justement, à appeler Paul pour lui demander votre numéro de téléphone.

— Ah… vraiment ?

Elle bredouillait littéralement, et se sentait plus empruntée qu'une collégienne lors de son premier rendez-vous. Heureusement, la rougeur qui colorait ses joues pouvait être mise sur le compte de la chaleur.

Todd leur trouva une table libre dans la salle bondée, et obtint presque facilement de la jeune serveuse au regard hébété qu'elle abandonnât sa conversation avec ses copines pour venir la débarrasser. De quoi forcer l'admiration !

— Que prendrez-vous ? demanda-t-il ensuite à Stella. Je vais aller commander directement au bar, ce sera plus rapide.

Stella opta pour un espresso, et regarda Todd s'éloigner d'une démarche souple. De dos, on ne lui donnait pas plus de trente ans, songea-t-elle, les yeux rivés sur sa taille mince et ses hanches étroites. Elle s'interrogea rêveusement sur le genre de vie qu'il menait.

— Tous ces gamins me donnent l'impression d'être un vieux bonhomme, maugréa-t-il en revenant avec leurs consommations. C'est probablement ainsi qu'ils me voient, du reste ! Après tout, mes petits-enfants auront bientôt leur âge.

Stella commença à boire son café à petites gorgées, tout en se demandant pourquoi elle n'avait pas commandé un thé, comme d'habitude.

— Avez-vous déjà pris vos dispositions pour les recevoir chez vous ? demanda-t-elle à Todd, en devinant qu'il avait très envie de parler d'eux.

— Hélas, non. Il faut que je déménage. Je n'ai qu'une seule chambre dans mon appartement actuel. J'ai fait le tour des agences immobilières, mais, pour être franc, j'aurais bien besoin d'un coup de main. Je n'ose pas vous demander…

Il marqua une pause et attendit, tandis que Stella le regardait, le cœur battant. Il était en train de solliciter son aide. Quelles étaient ses intentions, au juste ? se demanda-t-elle, totalement prise au dépourvu. Ce genre d'aventure n'arrivait jamais aux femmes comme elle : raisonnables, sérieuses et méthodiques, condamnées à des existences qui leur ressemblent. En principe, les hommes comprennent immédiatement à qui ils ont affaire. Et si, par hasard, Todd faisait exception à la règle, elle allait, naturellement, refuser de…

— Je serai ravie de vous rendre service, bien entendu, répondit-elle d'une voix un peu étranglée, mais je vous préviens que je n'ai aucune expérience dans le domaine de l'immobilier.

— Je pensais plutôt à autre chose : le choix d'un quartier agréable à vivre pour des enfants, par exemple.

Il la regardait droit dans les yeux, comme le font les amants. Elle tendit la main vers sa tasse, et s'aperçut qu'elle tremblait. Comme elle tentait de la cacher sous la table, Todd la saisit vivement et la serra dans la sienne.

— Qu'avez-vous ? chuchota-t-il avec douceur. Peur de vous brûler ?

— La tasse est chaude, balbutia-t-elle lamentablement.

Todd souriait sans la quitter des yeux, tout en gardant sa main dans la sienne.

— Vous êtes une femme terriblement séduisante, ajouta-t-il. Mais vous le savez, sans doute. Votre mari a beaucoup de chance.

Stella le regarda d'un air médusé. Jamais personne ne lui avait dit qu'elle était séduisante. Elle aurait voulu que ses copines soient là pour entendre ça !

Reprenant soudain contact avec la réalité, elle dégagea sa main d'un geste brusque, et lança à Todd un regard réprobateur dont, apparemment, il ne tint aucun compte

— C'est vraiment mon jour de chance, reprit-il avec un sourire ravageur. Pas seulement pour les conseils que vous allez me donner, mais parce que j'ai eu le plaisir de passer un moment en votre compagnie. Comment puis-je vous joindre ?

Stella lui donna son adresse et son numéro de téléphone, en se disant qu'il n'y avait aucun mal à l'aider dans sa recherche d'appartement. Ça n'avait rien à voir avec une liaison clandestine, tout de même !

Maggie regardait par la fenêtre de la cuisine, les yeux dans le vague. Elle avait passé une nuit épouvantable : elle s'était réveillée à plusieurs reprises, entre deux cauchemars, les joues baignées de larmes, tandis qu'Oliver s'efforçait de la calmer.

Ce matin, il l'avait suppliée de l'accompagner au bureau.

— Ne dis pas de sottises ! lui avait-elle répondu. Il ne m'arrivera rien, Oliver. Je suis de taille à me défendre, je t'assure ! S'il te plaît, fais-moi confiance et laisse-moi régler cette affaire à ma façon. On s'était mis d'accord là-dessus.

— Je n'aime pas te savoir seule ici.

Mais il ne pouvait pas annuler ses rendez-vous de la matinée, et Maggie souhaitait vraiment résoudre cette question elle-même.

La matinée lui avait paru interminable. Privée de son énergie coutumière, agitée et anxieuse, elle sursautait au moindre bruit, incapable de chasser ses idées noires. Elle tenait absolument à avoir une entrevue avec Nicki, mais, en même temps, elle redoutait d'envenimer les choses. Serait-elle assez forte pour affronter de nouveau son hostilité. En fait, elle essayait de se raccrocher à l'idée que Nicki allait faire le premier pas en vue d'une réconciliation.

A midi, elle avait repoussé son assiette à peine entamée, et maintenant… Elle poussa loin d'elle la lettre repliée, s'interdisant de la relire pour la énième fois. Les phrases restaient imprimées dans sa mémoire, comme une marque au fer rouge.

Comment Nicki avait-elle pu écrire ces choses-là ? Et pourquoi ? Elles avaient toujours été si proches, si complices… La Nicki qu'elle aimait était incapable d'une telle bassesse. Elle avait trop souffert elle-même pour être aussi cruelle…

Mais une pointe de doute continuait à tourmenter Maggie, chaque fois qu'elle songeait à la réaction virulente de son amie — une réaction dont la véhémence lui ressemblait si peu.

Le fait qu'Alice ne l'ait pas rappelée, après leur conversation téléphonique de la veille, l'attristait également. Il lui semblait que Stella et Alice auraient pu deviner combien leur soutien lui était nécessaire, en pareille circonstance. Rien ne l'empêchait de les appeler, bien sûr — sinon la crainte d'être mal reçue.

Son impression de tourner en rond et de ressasser des pensées négatives lui devint brusquement intolérable. Elle avait besoin de sortir, de respirer un peu d'air pur. De s'évader.

Maggie avait simplement l'intention de rouler au hasard, sur les routes de campagne. Quand elle aperçut le manoir, elle comprit que quelque chose, au fond de son subconscient, l'avait sans doute poussée à venir ici, chercher la solitude et la paix. Draycotte Manor était l'un de ces lieux magiques qui aident à se ressourcer dans les moments difficiles de l'existence.

Longtemps, elle avait caressé avec Dan le rêve impossible de s'y installer un jour — au cas où ils seraient devenus millionnaires ! Après leur séparation, elle était revenue y pleurer son amour perdu, y cicatriser peu à peu ses blessures.

Sa dernière visite au manoir datait du jour où, après des mois de lutte et de tourment, elle avait, finalement, accepté l'amour d'Oliver. Toutes les étapes importantes de sa vie étaient, en somme, reliées à cette parcelle d'enfance, comme une chaîne invisible reliant les événements et les êtres.

Profondément absorbée par ses réflexions, elle arrêta sa voiture devant le manoir sans remarquer la Land Rover garée plus loin, sous les arbres de l'allée qui contournait les dépendances.

Les yeux fixés sur un point du mur, en face de lui, Oliver fronça les sourcils. Il était contrarié d'avoir laissé Maggie seule, sachant dans quels tourments elle se débattait. Même s'ils avaient dépassé leur différend initial, il était douloureusement conscient qu'elle ne se fiait pas tout à fait à lui pour la protéger, et qu'elle préférait ne compter que sur ses propres ressources.

Aurait-elle eu la même attitude à l'égard de Dan, ou aurait-elle estimé qu'elle pouvait s'en remettre à lui ?

L'expression d'Oliver s'assombrit encore davantage. Dès le début de leur relation, il s'était rendu compte qu'il ne pourrait jamais s'empêcher de ressentir une pointe de jalousie envers l'ex-mari de Maggie — tout comme elle continuerait à aimer cet homme, tout en refusant farouchement de l'admettre.

Il avait parfois le sentiment de la connaître un peu mieux qu'elle ne se connaissait elle-même. En fait, elle possédait en elle une immense réserve de générosité et d'amour qu'il lui était impossible de ne pas dispenser aux êtres qui lui étaient chers. Le cas de Nicki illustrait parfaitement cette observation. Oliver était convaincu que Maggie savait, tout comme lui, d'où provenait cette lettre anonyme. Contre toute logique, elle avait insisté pour défendre son amie. Pauvre Nicki ! Il ne fallait surtout pas la bousculer.

Pauvre Nicki… Et Maggie, alors ? Ne méritait-elle pas les mêmes égards ? Comment ses amies pouvaient-elles être aussi égoïstes ? Mais sans doute fallait-il tenir compte du fait que Maggie ne leur avait jamais avoué la vérité concernant Dan et ses problèmes de stérilité…

— Oliver ?

Il se tourna vers la porte. Kathy, la secrétaire du cabinet, entra dans le bureau après avoir frappé discrètement.

— Il y a une jeune femme, à côté, qui demande à voir Maggie. Elle voudrait lui soumettre un projet. Elle n'a pas de rendez-vous, mais…

— Je vais la recevoir, répondit Oliver.

Il rejoignit la visiteuse dans la partie réservée à l'accueil des clients.

— Je suis Oliver Sanders, dit-il en lui tendant la main. A qui ai-je l'honneur…?

— Je me doutais que c'était vous, dit-elle d'un air ravi. J'ai appris tant de choses sur Maggie que j'ai déjà l'impression de la connaître. Elle a ouvert ce cabinet à la suite de son divorce, n'est-ce pas ? Je trouve ça admirable. Et vous, vous êtes l'artiste. Ça se voit tout de suite. On m'a souvent dit que j'avais beaucoup de goût, moi aussi.

Son sourire s'estompa, et elle haussa les épaules.

— Malheureusement, reprit-elle, je n'ai pas eu l'opportunité de développer ce talent naturel. Par nécessité, j'ai dû exercer une activité beaucoup plus banale. Tout le monde n'a pas la chance de Maggie. Car elle n'en manque pas, je crois ? Elle le reconnaît elle-même. La preuve, c'est qu'elle vous a rencontré !

Bien qu'elle n'eût cessé de sourire, sa voix avait pris une inflexion légèrement acerbe. Oliver se demanda si elle allait bientôt en venir à l'objet de sa visite.

— Bien entendu, je sais que les prestations de Maggie ne sont pas données, reprit-elle, et mon petit projet va sans doute vous paraître bien modeste.

Elle marqua une pause, et soupira.

— Ce doit être merveilleux de tout réussir et de pouvoir s'offrir tout ce que l'on désire, comme c'est le cas pour Maggie…

Oliver la regarda plus attentivement. Physiquement, elle n'avait rien de particulièrement remarquable, mais son comportement était insolite. Elle était très agitée ; elle arpentait nerveusement la pièce, prenant des objets, puis les remettant à leur place, l'air vaguement contrarié.

— Quel dommage que Maggie ne soit pas là ! dit-elle encore. En fait, c'est elle que je voulais voir. Où est-elle donc ?

— En visite chez un client, répondit Oliver avec aplomb.

— Si vous voulez bien me laisser votre nom et votre numéro de téléphone, je lui dirai de vous appeler, proposa-t-il.

— Oui, bien sûr, répondit-elle d'un air soudain évasif.

Seulement, vous comprenez, j'espérais vraiment pouvoir la rencontrer aujourd'hui. Je pensais qu'elle serait là.

Oliver sentait qu'il était en train de perdre patience.

— Eh bien, je regrette, dit-il, mais c'est impossible.

Cette bonne femme commençait à lui taper sur les nerfs. Curieusement, il l'assimilait à cette histoire de lettre… Pourquoi ne rendrait-il pas lui-même une petite visite à Nicki ? se demanda-t-il. Il avait promis de ne pas aller voir la police, mais rien d'autre.

A son grand soulagement, la jeune femme quitta enfin le cabinet. Après son départ, il entrouvrit la porte du bureau de Kathy.

— J'ai quelque chose à faire en ville, lui dit-il. Je ne sais pas combien de temps je serai absent. Si Maggie appelle, dites-lui… Dites-lui que je l'aime, grommela-t-il dans sa barbe.

12

Bien que la fiche de l'agence immobilière fût posée sur le siège à côté d'elle, Maggie ne prit pas la peine de la consulter. C'était inutile : elle n'était pas venue pour visiter le manoir, mais pour une tout autre raison.

Elle descendit de voiture et respira profondément. A Draycotte, l'air semblait toujours un peu plus vif, un peu plus pur qu'aux alentours. La maison était bâtie sur un petit promontoire, et offrait une belle vue sur les collines alentour, les prés environnants et la rivière qui serpentait paresseusement au fond de la vallée. Le paysage riant, vert et vallonné invitait à la méditation, offrait un véritable havre de sérénité.

Maggie se dirigea vers le petit pavillon d'été, au fond du jardin, qui avait été l'un de leurs sites favoris. Le vent jouait dans ses cheveux aux reflets cuivrés. Elle leva machinalement la main pour écarter une mèche de son visage, et c'est alors que Dan l'aperçut, au sortir de l'écurie qu'il venait d'inspecter. Il s'immobilisa brusquement, le cœur battant à se rompre, aussi affolé qu'un collégien à la vue de sa dulcinée.

Maggie ! Bien qu'elle fût à demi tournée de l'autre côté,

il sut immédiatement que c'était elle. Il l'aurait reconnue entre mille.

Dan ferma les yeux en attendant que le sol eût cessé d'osciller sous ses pieds. Sans doute allait-elle se retourner, le voir, et courir vers lui, cheveux au vent, les bras tendus, le visage radieux.

Il contempla son profil de trois quarts, reconnut le renflement de son arcade sourcilière, ses cils immenses, l'arrondi de sa pommette, l'ovale délicat de sa mâchoire. Il y avait quelque chose en elle qui garderait à jamais la fraîcheur de la jeunesse. Pour Dan, qui s'était habitué aux visages liftés des New-Yorkaises, les traits de Maggie conservaient une authentique jeunesse qui lui alla droit au cœur.

Ce domaine en ruines était leur refuge secret — un lieu qui conservait l'écho de leurs rires, de leurs appels, des prénoms qu'ils échangeaient tendrement. Toutes ces émotions passées semblaient l'assaillir de nouveau.

Maggie hésitait sur la direction à prendre. Le soleil brillait, des effluves printaniers flottaient dans l'air, mais elle frissonna légèrement au souvenir des chagrins d'antan.

Un jour, elle était venue ici avec Nicki. C'était à l'époque où elle essayait de la convaincre qu'elle avait la force de quitter Carl. Des ondes particulières conféraient à cet endroit un pouvoir presque magique ; elle y avait toujours puisé un courage extraordinaire. Mais Nicki avait affirmé en riant qu'elle ne ressentait rien de tout cela…

Nicki ! Instinctivement, Maggie posa une main protectrice sur son ventre encore plat. Le soleil avait disparu derrière un nuage, et une bourrasque se leva brusquement. Maggie frissonna légèrement et décida de ne pas s'attarder. L'heure de sa séance de yoga approchait.

Dan retint son souffle quand Maggie rebroussa chemin. Elle n'avait qu'à tourner la tête vers les écuries pour le voir. Il n'avait qu'à l'appeler par son prénom pour qu'elle se retourne.

Il est des lieux qu'il vaut mieux éviter de revisiter, songea tristement Maggie en manœuvrant pour quitter le parc.

Dan la regarda s'éloigner au volant de son coupé bleu. Il n'aurait jamais dû venir à Draycotte. Quelle mouche l'avait donc piqué ?

Nicki regarda l'horloge murale d'un air stupéfait. Etait-il vraiment 14 h 55 ? Elle promena ensuite les yeux sur son bureau encombré de papiers épars. Qu'avait-elle fait, toute la journée ? Le temps semblait lui filer entre les doigts, inexplicablement. Il était presque l'heure de partir chercher Joey à l'école, mais elle devait d'abord passer à la poste. Son cœur continuait à battre beaucoup trop fort et de façon irrégulière ; elle se sentait de plus en plus désorientée, et luttait contre une nausée persistante.

A l'étage, elle aspergea son visage d'eau froide et examina son reflet dans le miroir. Il lui renvoyait une image méconnaissable d'elle-même, une image effrayante qui ne ressemblait en rien à la femme dont Kit affirmait être épris. Elle sentit son anxiété monter de quelques degrés, et l'étau se resserrer autour de sa poitrine.

Son chemisier était froissé. Elle se contenta de le constater, sans en être contrariée. En fait, elle éprouvait une sorte de satisfaction étrange à se négliger, elle qui avait toujours détesté les signes de laisser-aller. Quelle importance qu'elle change ou pas de chemisier ? Qui se souciait de ce qu'elle portait ? Qui remarquerait la différence ? Pas Kit, en tout cas : il était bien trop préoccupé par sa fille chérie.

Oliver tourna dans la rue qui menait chez les Young. Depuis qu'il avait quitté son bureau, il ne cessait de répéter ce qu'il allait dire à Nicki pour lui faire comprendre qu'elle avait dépassé les bornes. Comment pouvait-on envoyer une lettre anonyme aussi venimeuse à quelqu'un dont on se prétendait l'amie ? Quelle mouche l'avait donc piquée ? Il eût été parfaitement justifié de remettre ce message à la police, et Oliver avait bien l'intention de le dire à Nicki — ainsi qu'à Kit, s'il était là. Nicki devait comprendre qu'il n'était pas disposé à prendre sa défense. La priorité, pour lui, c'était de protéger Maggie et leur enfant à naître.

Cependant… cependant… Brusquement, il arrêta sa voiture quelques maisons avant celle de Nicki.

Il avait fait une promesse à Maggie. Or, sans respect de la parole donnée, que devient la confiance mutuelle, indispensable en amour ? Il se sentait cruellement partagé entre son besoin de protéger la femme qu'il aimait et celui de tenir sa promesse.

De mauvaise grâce, il manœuvra pour faire demi-tour. Il repartait en sens inverse quand son portable sonna. Se garant le long du trottoir, il coupa le moteur pour répondre.

— Oliver, où es-tu ?

La douce voix de Maggie suffit à lui remonter le moral.

— En voiture. Pourquoi ?

— Je voulais te demander... Est-ce que tu peux rentrer de bonne heure ?

— Que se passe-t-il ? Il ne t'est rien arrivé ?

A l'autre bout de la ligne, Maggie esquissa un sourire. Elle avait passé trop de temps à se lamenter, à déplorer l'effondrement inexplicable d'une vieille amitié. Son énergie serait mieux employée auprès de l'homme qu'elle aimait.

— Non, non, tout va bien, dit-elle à Oliver. Tellement bien que j'ai envie de faire la fête, ce soir. Mais, d'abord, je voudrais qu'on aille acheter quelques articles pour bébé... A propos du bébé, j'ai réfléchi à notre futur logement. Ce qu'il nous faudrait, c'est une maison dans le genre de celle d'Alice et Stuart. Qu'en penses-tu ?

— Je n'en pense que du bien, répondit Oliver, soulagé de la trouver aussi enthousiaste, aussi dynamique.

— Tant mieux ! (Maggie éclata de rire.) Parce que j'ai un peu anticipé ta réponse en demandant à un agent immobilier d'en chercher une pour nous. A quelle heure crois-tu pouvoir rentrer ? Je meurs d'envie d'aller faire un tour. Et pas seulement d'aller faire un tour, ajouta-t-elle plus bas, d'un ton plein de promesses.

— J'arrive ! dit Oliver avec ferveur.

— Alors, que pensez-vous de Draycotte Manor ? demanda l'agent immobilier. Je suis désolé de ne pas avoir pu vous accompagner.

— Aucune importance, je vous assure, répondit Dan. De toute façon…

Il laissa sa phrase en suspens. Il n'avait pas la moindre intention d'acheter le domaine, évidemment. Ce n'était pas pour ça qu'il était allé le voir. Pareille acquisition serait une folie, et celui qui s'y risquerait devrait avoir des ressources inépuisables.

— Le manoir et les terres sont pratiquement à l'abandon, grommela-t-il.

— Les héritiers des derniers propriétaires sont disposés à négocier, affirma le jeune homme avec empressement. En fait, je peux vous obtenir, dès aujourd'hui, une entrevue avec leurs fondés de pouvoir…

— Non, non, coupa Dan. Je ne suis pas vraiment…

— Ecoutez, la nuit porte conseil. En fait, le terrain seul pourrait représenter un bon investissement si certaines parcelles deviennent un jour constructibles.

— Allons, tout ce qui pouvait être construit a été vendu depuis bien longtemps, répliqua Dan. Il ne reste que des prés plus ou moins inondables où l'on pourrait tout juste cultiver du cresson.

L'agent immobilier haussa les épaules. Il s'était désintéressé du sujet à l'instant où il avait compris que l'affaire ne se ferait pas.

Bizarrement, au lieu de manifester le désir de visiter autre chose, Dan se surprit à ajouter :

— A mon sens, le prix demandé est totalement irréaliste, mais une entrevue avec les fondés de pouvoir n'engagerait à rien, n'est-ce pas ?

Le négociateur acquiesça avec un sourire.

— Je vais vous arranger ça, dit-il.

Nicki avait attendu plus longtemps que prévu au bureau de poste, et elle pressa le pas pour rejoindre sa voiture, garée quelques rues plus loin. La petite institution privée que fréquentait Joey se trouvait à l'extérieur de la ville. Elle jouissait d'une excellente réputation, et ses anciens élèves intégraient sans difficulté le contingent des grandes écoles. Kit avait un peu tiqué quand Nicki avait exprimé son intention d'inscrire leur fils dans le privé.

— Laura est allée à l'école municipale et au lycée, ce qui ne l'a pas empêchée d'obtenir ses diplômes, lui avait-il rappelé.

— C'était il y a pas mal de temps, avait répliqué Nicki avec impatience. La situation est différente, aujourd'hui. Primo, l'école que fréquentait Laura a fermé. Tous les élèves des quartiers sud se retrouvent dans le même établissement. Je veux ce qu'il y a de mieux pour Joey, et j'ai bien l'intention de le lui offrir.

Elle était à mi-hauteur de la rue principale quand elle vit Dan qui arrivait dans sa direction. Un bref instant, une impression de « déjà-vu » la submergea, et elle se figea sur place.

— Dan !

En murmurant son nom, elle éprouva un élan d'allégresse qui lui rendit subitement ses vingt ans, l'ivresse et la ferveur de son premier amour.

— Nicki !

Un sourire éclairait le visage de Dan. Il était sorti avec elle deux ou trois fois avant de rencontrer Maggie. Leur brève idylle — qui ressemblait plutôt à une sorte de camaraderie affectueuse — lui avait laissé de bons souvenirs, et il était content de la revoir.

— Tu es revenu, chuchota-t-elle.

Toute tremblante, étourdie, elle osait à peine le regarder. Pendant longtemps, elle l'avait considéré comme le garçon le plus séduisant qu'elle ait jamais rencontré. Et elle le trouvait encore très bel homme, même si quelques fils d'argent parsemaient, maintenant, ses cheveux noirs.

— Effectivement, répondit-il avec chaleur. Je ne sais pas ce qui s'est passé, au juste. Toujours est-il qu'un beau jour, à New York, cette quête effrénée d'argent m'a paru bien vaine. Et me voilà de retour, à la recherche d'un endroit où habiter et de quelque chose à faire. Tiens, voilà ma carte de visite. Comme ça, tu pourras me joindre si tu en as envie. J'ai l'impression que rien n'a changé, ici, en dix ans. Surtout quand je te regarde, Nicki…

Il voulait juste lui faire un petit compliment, mais, à sa grande surprise, le visage de Nicki se décomposa brusquement, et ses yeux s'emplirent de larmes.

— Nicki !

Sa réaction le prit au dépourvu. A la fois inquiet et embarrassé, il la regarda sans trop savoir comment réagir.

— Tu te trompes, Dan, dit-elle avec véhémence. Tout a changé, en réalité.

L'expression de son visage était déroutante. Il sentit qu'elle n'allait pas bien du tout.

— Je… Il faut que j'y aille, dit-elle. J'allais chercher mon fils Joey à l'école.

— Ton fils ?

— Oui. Il est né peu de temps après ton départ.

Dan eut le sentiment qu'elle attendait un commentaire de sa part, mais il ne trouva rien de particulier à dire. Elle semblait trop tourmentée pour soutenir une véritable conversation.

— Comment vont les autres ? demanda-t-il après un bref silence. Le reste du groupe… Maggie ?

Il avait prononcé son nom rapidement, par crainte de laisser paraître son émotion.

— Maggie ? Elle va bien, répondit sèchement Nicki. Très bien, même. Elle s'épanouit, comme on dit.

— Elle s'épanouit ?

— Exactement. Elle est enceinte. Ce n'est pas un miracle

de la nature mais un effet du progrès scientifique… Elle a un amant beaucoup plus jeune qu'elle ; alors elle tient à lui donner un enfant… Bon, il faut que je te quitte, Dan. Je ne veux pas être en retard à l'école !

Sans rien dire, Dan la regarda s'éloigner. Maggie était enceinte. Maggie avait un jeune amant. Maggie…

Laura fronça les sourcils en voyant son petit frère tout seul sur le trottoir. Elle passait par hasard devant son école, au volant de la voiture de Zoé, en revenant du supermarché.

Elle avait accepté cet emploi sur un coup de tête, mais elle se rendait compte que ce ne serait pas une sinécure.

Ses amis londoniens riraient, probablement, s'ils la voyaient. Laura, l'ambitieuse qui rêvait de créer sa propre entreprise, travaillait comme jeune fille au pair ! Mais, pour l'instant, elle préférait cette solution à celles qui incluaient Nicki ou Ryan.

Ryan ! Le simple fait de penser à lui la mettait dans tous ses états. Comment pouvait-elle éprouver un désir aussi intense pour un homme avec qui elle n'avait jamais eu de rapport sexuel — pas même un simple flirt ? Pourtant, elle rêvait nuit et jour de le sentir contre elle, en elle, de savourer le contact de sa peau, la morsure de ses dents, la chaleur de son corps, son odeur, ses caresses…

Avec un gémissement de frustration, elle se ressaisit rapidement et reporta son attention sur la conduite de la voiture.

Jetant un coup d'œil dans le rétroviseur, elle vit que Joey attendait toujours au bord du trottoir.

Elle fronça les sourcils. Nicki protégeait son fils comme une vraie mère poule — ou, plus exactement, comme une tigresse. Si Kit était chargé d'aller chercher le gamin à l'école et qu'il était en retard, il pouvait s'attendre à de sévères remontrances.

Depuis qu'elle avait vu comment Nicki traitait son père, elle se sentait presque tenue de le défendre. Cette mégère le rabrouait de façon inadmissible, elle qui prétendait l'aimer, jadis, au point d'aller le retrouver chez lui, dans sa chambre, pendant que sa femme agonisait à l'hôpital…

Laura freina brusquement et fit demi-tour dans la rue. Ce n'était pas à elle de s'occuper de son frère, mais enfin…

Elle coupa le moteur et descendit de voiture.

Le soulagement qu'elle découvrit sur le visage de Joey lui donna une petite pointe de remords. Il était le portrait craché de Kit, et il semblait presque trop gentil, trop sensible, comme le sont souvent les jeunes garçons avant d'avoir découvert la dureté de la vie. Un bref instant, Laura éprouva une ridicule envie de le prendre dans les bras, ce petit frère auquel elle était, en définitive, rattachée par les liens du sang. Il avait l'air tellement vulnérable, tout seul devant la grille de l'école, à la merci de n'importe quel pervers.

— Laura…

Une imperceptible fêlure, dans la voix de l'enfant, trahissait son soulagement.

— Tu n'es pas venue avec la voiture de maman ?
— Non, répondit la jeune femme.

Nicki aperçut une voiture inconnue garée devant l'école, au moment où elle s'arrêtait. Elle sortit précipitamment, affolée, en voyant une femme se pencher vers son fils chéri. Elle ne reconnut sa belle-fille qu'au moment où Laura se redressa brusquement et tendit la main, comme pour…

— Tu n'as pas intérêt à le toucher ! hurla-t-elle en se jetant entre Joey et sa demi-sœur. Je te déconseille fortement de lever la main sur mon fils !

Laura eut un mouvement de recul en entendant la voix aiguë, presque hystérique, de sa belle-mère.

Choqué, lui aussi, Joey s'était mis à trembler. Evidemment, Nicki interpréta son désarroi comme un rejet vis-à-vis de Laura.

— Ne t'approche plus jamais de Joey ! dit-elle d'une voix sourde, en attirant son fils contre elle. Laisse-le tranquille.

Elle entraîna précipitamment l'enfant, sans laisser à Laura le temps de lui faire remarquer que c'était elle qui l'avait laissé tout seul sur le trottoir. Nicki se conduisait vraiment comme une folle. Une folle ou une ivrogne, peut-être ? Laura la regarda s'éloigner et secoua la tête. Décidément, ses relations désastreuses avec Nicki s'ajoutaient à la liste de ses déboires actuels, songea-t-elle avec une pointe de mélancolie.

13

— Ta séance de yoga s'est bien passée, Julie ? demanda Stella avec une jovialité un peu forcée, en regardant la jeune fille chipoter dans son assiette.

De toute évidence, Julie était beaucoup trop menue, et elle se nourrissait très mal pour une future maman. Elle préférait grignoter des barres chocolatées en dehors des repas plutôt que de manger correctement pendant les repas.

Le regard absent, elle coupait son escalope de poulet en morceaux de plus en plus petits.

— Ce n'est pas juste ! s'exclama-t-elle soudain, en repoussant délibérément son assiette. Je déteste être comme ça ! Je déteste être enceinte ! Mes amies sortent presque tous les soirs ; elles profitent de la vie, elles s'amusent en boîte de nuit. Je n'ai jamais eu envie de faire un bébé. Ce n'est pas ma faute. C'est la faute de Hughie !

Au grand dam de Stella, elle abandonna son repas et se leva.

— J'ai l'air d'une grosse vache. J'ai horreur de ça, et je n'ai pas envie d'être là…

Elle quitta la pièce, secouée de sanglots bruyants.

Stella voulut lui emboîter le pas, mais Richard la retint en secouant la tête.

— Laisse-la tranquille, dit-il. Pauvre gamine ! C'est une réaction naturelle.

— Mais tu as entendu ce qu'elle a dit sur Hughie ? demanda Stella, indignée. Ces reproches…

— Et alors ? répliqua Richard. Ces reproches, il les mérite un peu, non ? Pour Julie…

— Oh, bien sûr, ça ne m'étonne pas de toi ! s'écria Stella. Tu es toujours prêt à critiquer Hughie, au lieu de lui montrer que tu es fier de lui.

— Je ne le critique pas, Stella ; je constate simplement un fait. Hughie est le père du bébé, il l'a admis lui-même. Quant à lui montrer que je suis fier de lui — eh bien, à mon avis, tu l'encenses suffisamment comme ça. Et ça ne date pas d'hier.

Sous le regard interdit de Stella, Richard déplia son journal et se mit à lire tranquillement.

Stella s'apprêtait à riposter vertement quand son téléphone portable sonna. Elle regarda l'écran et vit que le numéro de son correspondant ne s'affichait pas.

— Allô ? dit-elle un peu sèchement.

La voix qu'elle entendit la fit tressaillir.

— Stella, c'est Todd. Pouvez-vous parler ?

Maggie se laissa tomber sur la banquette du restaurant avec un petit soupir de soulagement. Peut-être auraitelle dû éviter d'aller faire des courses après sa séance de yoga, songea-t-elle en ôtant discrètement l'une de ses chaussures pour masser son pied endolori.

C'était Oliver qui avait eu l'idée de l'emmener dîner en ville au lieu de rentrer directement à la maison.

Tandis qu'il revenait à leur table avec leurs boissons, la porte du restaurant s'ouvrit, et Marcus entra dans la salle. Maggie l'aperçut, et lui adressa un chaleureux sourire.

Marcus hésita un instant, puis s'approcha. Maggie fit rapidement les présentations, et Oliver invita le médecin à se joindre à eux pour l'apéritif.

— Ma foi, je ne voudrais pas vous importuner, dit Marcus.

En fait, bien que son travail occupât l'essentiel de son temps, il ne se sentait toujours pas intégré à la communauté de la ville. Les autres praticiens du groupe étaient plus âgés que lui, mariés et installés avec leur famille et leur cercle d'amis. A trente ans, il ne se trouvait plus assez jeune pour fréquenter les bars de la région, mais, après avoir pris ses repas tout seul pendant plus d'une semaine, il ressentait le besoin d'avoir un peu de compagnie.

Ses associés lui avaient recommandé cet établissement ; il avait donc décidé d'aller y dîner, sans imaginer qu'il risquait d'y rencontrer l'une de ses patientes.

Comme si elle devinait ses pensées, Maggie s'arrangea pour lui faire comprendre que leur conversation ne porterait, en aucune façon, sur ses activités de médecin. Si bien qu'il se détendit un peu.

La lecture du dossier médical de Maggie lui avait déjà

appris qu'elle avait un compagnon plus jeune qu'elle. Il ne marqua donc aucun étonnement en le voyant, même si le fait qu'il parût très épris l'intriguait un peu. Pour sa part, il n'avait aucun préjugé contre les liaisons entre femmes mûres et hommes jeunes. Mais les statistiques démontraient qu'elles ne duraient pas longtemps.

Alice poussa un petit cri de triomphe, tellement elle se sentait fière d'avoir réussi à faire ce qu'elle voulait sur son ordinateur. La seule ombre au tableau, c'était qu'elle n'avait personne avec qui partager le plaisir de cette victoire.

Elle jeta un coup d'œil au téléphone. Maggie comprendrait sans doute son allégresse, même si elle se moquait un peu d'elle.

Esquissant un sourire, Alice composa le numéro de son amie. Le message impersonnel du répondeur eut vite raison de son euphorie. La maison lui parut soudain déserte et sans âme.

Stuart devait rentrer le soir même. Quand elle avait enfin réussi à le joindre, il s'était contenté de lui indiquer l'heure de son train, et avait abrégé la conversation, comme s'il n'avait pas très envie de parler.

Voilà pourquoi elle aurait aimé parler à son amie. Malheureusement, Maggie savait ce qu'une femme ressentait lorsqu'elle était trompée. Elle avait déjà vécu ce traumatisme. A l'époque, Alice croyait comprendre l'épreuve que son amie endurait, mais pouvait-on réellement mesurer les émotions d'autrui ?

Son petit sentiment de triomphe s'était envolé, cédant la place au découragement et à l'anxiété. Stuart avait-il vraiment une maîtresse ? Et si c'était le cas... Elle contempla d'un œil morne l'écran de son ordinateur.

Machinalement, Stella s'éloigna pour répondre à Todd, et prit soin de refermer la porte du salon derrière elle. Elle avait conscience de glisser sur la pente de la dissimulation et du subterfuge, mais c'était plus fort qu'elle...

— Todd, murmura-t-elle d'une voix troublée.

Le simple fait de prononcer son nom lui procura un frémissement de plaisir, et sa main se crispa sur l'appareil.

— Pourriez-vous venir me rejoindre, ce soir ? Il faut que je vous voie, Stella... S'il vous plaît...

Sa voix rauque, sensuelle, lui transmettait un message sans équivoque — une voix lourde de promesses.

— Ce soir ? Je... je...

— 20 heures ? En ville ?

— Je... Oui, répondit-elle d'une voix à peine audible.

Sa main tremblait tellement, au terme de cette conversation, qu'elle put à peine couper la communication. Elle avait le visage brûlant, ses joues devaient être écarlates.

— Stella ?

Richard avait ouvert la porte et la regardait.

— Je… j'ai failli oublier, commença-t-elle.

Sur ces entrefaites, Julie apparut dans l'escalier, coupant court au mensonge qu'elle s'apprêtait à formuler.

Elle ne faisait rien de mal en acceptant un rendez-vous avec Todd, se dit-elle dans l'espoir de se rassurer. Ce n'était qu'un ami, rien de plus. Un ami ? Mais alors, pourquoi sa voix lui faisait-elle cet effet ?…

Ses rapports avec Richard n'avaient jamais été passionnés, mais, jusqu'à présent, ça ne lui avait pas posé de problème. Elle s'était satisfaite de cette relation paisible et sans histoire.

Quand avait-elle commencé à se dire que cette tranquillité n'était peut-être qu'un leurre, une façon de camoufler la médiocrité de leur amour, de masquer l'ennui et la monotonie de leur vie de couple ? Depuis sa rencontre avec Todd ?

Elle se sentait tellement mal à l'aise qu'elle s'efforça de penser à autre chose.

— J'ai de bonnes nouvelles pour toi, Julie ! lança-t-elle. En faisant mes courses, ce matin, je suis tombée sur une amie dont la fille va sans doute pouvoir te prêter un landau et de la layette…

— Non !

Julie avait exprimé son refus avec une telle véhémence que Stella en resta bouche bée.

— Julie ! protesta-t-elle, consternée.

— Non, répéta Julie avec emportement. Non, non et non ! Pas question d'utiliser des affaires minables pour mon bébé ! Je veux un landau comme ceux qu'ont les vedettes, dans les magazines, et… et un porte-bébé en peau de mouton, c'est trop classe.

— Julie, il est question d'un enfant que tu as décidé de faire adopter, pas d'un accessoire de mode ! lui rappela Stella d'un ton acerbe.

Elle se félicita mentalement d'avoir eu un garçon plutôt qu'une fille.

— Oh, c'est toujours la même rengaine ! s'écria la jeune fille. Vous… mon père… vous êtes tous pareils. Vous croyez tout savoir, hein ? Ben, vous vous trompez !

Sur ces mots, elle sortit en coup de vent, faisant claquer la porte si violemment que le battant en trembla sur ses gonds.

— Tu entends ça ? demanda Stella à Richard. La gratitude, ce n'est vraiment pas son fort. Un landau comme les vedettes… Et puis quoi, encore ?

— C'est une gamine, Stella, et elle a la trouille, déclara Richard calmement. Tu l'as sûrement remarqué ?

Stella fronça les sourcils. Ça ne ressemblait pas à Richard de la contrer ainsi, surtout sur un sujet d'ordre psychologique. Et pourtant, il l'avait fait à plusieurs reprises, ces derniers temps.

— Je m'aperçois surtout que Julie se conduit comme une enfant gâtée, riposta-t-elle. Elle pourrait se rendre compte de la chance qu'elle a.

— La chance qu'elle a ? D'être enceinte à dix-sept ans ? Ben voyons ! Combien de fois a-t-elle dû se demander ce qu'allait lui coûter cette rébellion opiniâtre ? A sa place, crois-tu sincèrement que tu n'aurais jamais douté ? Que tu n'aurais pas paniqué ? Et, sans prendre parti pour ou contre l'avortement, elle a dû regretter, à certains moments, de ne pas avoir fait ce choix-là !

Sa tirade achevée, Richard secoua la tête.

— Bon, eh bien, je sors, déclara-t-il. Je vais à une réunion du club de pétanque.

Stella et Hughie avaient bien ri quand Richard s'était mis à jouer aux boules avec les résidents de la maison de retraite qu'il avait connus dans le cadre de son travail. Mais Richard, stoïquement fidèle à lui-même, n'avait prêté aucune attention à leurs railleries. Il jouait depuis deux ans, et il faisait, désormais, partie du comité d'administration du club.

Richard sortait, ce qui signifiait qu'elle n'avait pas besoin de lui mentir : elle était libre d'aller retrouver Todd !

Plus le train se rapprochait de chez lui, plus Stuart se sentait mal à l'aise. Il redoutait le moment où il allait devoir annoncer à Alice qu'il souhaitait divorcer, que la vie qu'ils menaient ensemble depuis si longtemps était terminée. Il n'essayait même pas de se convaincre qu'elle comprendrait. Comment serait-ce possible ? Il le comprenait à peine lui-même. Il savait seulement qu'il en était au point de non-retour.

Pourtant, il avait fait tout son possible pour que cela ne se produise pas. Mais, au bout du compte…

La femme qui était assise en face de lui le regardait

depuis un moment. Elle avait, bien sûr, remarqué son beau visage hâlé, ses dents blanches et régulières, ses tempes argentées, la distinction qui émanait de toute sa personne. Dès qu'elle vit l'alliance qu'il portait à la main gauche, elle soupira d'un air déçu. Un homme marié. Mais l'expérience lui avait enseigné que ce sont souvent les meilleurs.

Le train ralentit progressivement. Stuart descendait à la prochaine gare. Il observa d'un œil morne le joli paysage de carte postale. Le sandwich qu'il avait acheté au vendeur ambulant lui restait sur l'estomac…

La tentation de ne pas descendre du train était si forte qu'il faillit, un instant, y succomber.

Le train de Stuart arrivait en gare. Alice sentit son estomac se contracter.

Au début de son mariage, il lui arrivait souvent d'avoir peur que son mari cesse de l'aimer. Mais, depuis une dizaine d'années, elle avait cessé de se poser cette question. Leurs rapports sexuels étaient, peu à peu, devenus plus routiniers qu'excitants. Pour être honnête, elle les subissait presque comme une corvée. Elle n'avait jamais eu un tempérament de braise, et son plaisir était intimement lié à son sentiment amoureux. Si on lui avait dit, six mois plus tôt, que l'appétit sexuel de Stuart allait décliner, elle se serait sentie plutôt soulagée. Et voilà que c'était arrivé. Mais, curieusement, elle se sentait beaucoup plus anxieuse et vulnérable que soulagée.

Son mari s'était toujours beaucoup absenté, mais, jusqu'ici, elle n'avait jamais songé à s'en inquiéter. Tandis qu'aujourd'hui...

Etait-ce à cause des réflexions désobligeantes de Zoé ? Ou de la remarque de Stella sur son statut d'épouse comblée qui avait touché une corde sensible ? C'était difficile à dire. Alice savait juste qu'elle était affreusement jalouse. Jamais elle ne se serait crue capable de sentiments aussi intenses.

Le train s'était arrêté, et déversait une partie de ses passagers. Au terme d'une journée pluvieuse, le ciel s'était éclairci. Un ruban d'or ourlait l'horizon, et le soleil couchant dardait des rayons aveuglants. Alice mit quelques minutes à distinguer son mari.

Stuart marchait lentement, tête baissée, l'air accablé. Tout, dans sa démarche, indiquait sa réticence à rentrer chez lui... et à la retrouver ?

— Ian, je te présente Laura. Je t'ai déjà parlé d'elle. Nous nous connaissons depuis toujours. Elle a accepté de s'occuper des garçons quand je ne suis pas là.

Laura retint son souffle sous le regard attentif de Ian — un regard de séducteur qui la détaillait avec insolence. C'était un bel homme, indiscutablement. Un homme à femmes que certaines auraient pu qualifier de bombe sexuelle. Mais, pour sa part, Laura était totalement insensible à son charme.

Zoé le couvait littéralement du regard, avec un mélange

de convoitise et d'inquiétude évidentes. Laura le vit plisser le nez d'un air contrarié, comme s'il remarquait que l'haleine de sa femme empestait l'alcool.

— Vous allez donc prendre soin des garçons, Laura ? dit-il en se détournant de Zoé pour s'intéresser exclusivement à elle. Vous en connaissez un rayon sur le sujet, c'est ça ?

Laura ne se laissa pas démonter par son attitude provocante.

— Suffisamment, répliqua-t-elle sans sourciller. Ma propre enfance n'est pas si loin, et j'ai été une gamine assez odieuse, je crois. En revanche, William et George sont de véritables amours.

C'était exprès qu'elle les avait désignés par leurs prénoms, et elle constata qu'elle avait fait mouche. Ian changea imperceptiblement d'attitude.

— Vraiment ? Vous me surprenez, affirma-t-il en haussant les sourcils. A en croire ma femme chérie…

— Tu es injuste ! lança Zoé, indignée. Je fais de mon mieux et, si vous ne passiez pas votre temps à me dévaloriser, ma mère et toi…

— A te dévaloriser ?

Ian eut un ricanement méprisant.

— Tu n'as besoin de personne pour ça, Zoé.

Il se tourna de nouveau vers Laura.

— A propos, où sont-ils, les garçons ?

— Là-haut, dans leurs lits, répondit Laura. Zoé ne savait pas trop à quelle heure vous rentreriez et, même si c'est un peu démodé, je considère que les enfants devraient se coucher tous les soirs à la même heure.

— De manière à vous laisser plus de temps libre, hein, les filles ? Dis-moi, Zoé, combien de bouteilles as-tu descendues, entre hier et aujourd'hui ?

Son hostilité était presque palpable.

Zoé recula d'un pas.

— Si je bois, c'est parce que tu me laisses tout le temps seule, riposta-t-elle d'un ton accusateur. Tu le sais très bien. Si tu m'emmenais avec toi en voyage…

— Tu as deux enfants, l'as-tu oublié ?

Laura en avait assez entendu. Certes, il était difficile de prendre la défense de Zoé, mais elle n'avait pas non plus l'intention de rester là et d'assister à cette scène cruelle et cynique.

— Je vais jeter un coup d'œil là-haut, pour m'assurer que tout va bien, déclara-t-elle en quittant la cuisine.

Quand elle entra dans la chambre des garçons, le couple se querellait toujours, au rez-de-chaussée.

— Papa est rentré.

Assis très droit dans son lit, George prêtait l'oreille, tandis que son frère cadet dormait à poings fermés dans son petit lit.

— Il ne va pas faire pleurer maman, hein ? demanda George d'une voix anxieuse.

Il avait un regard tourmenté, inhabituel chez un enfant de son âge. Son angoisse faisait peine à voir. Laura savait ce que c'était que de rester éveillée dans son lit à écouter sa mère pleurer — même si, à l'époque,

Jennifer ne pleurait pas à la suite d'une dispute, mais parce qu'elle savait qu'elle allait mourir. S'asseyant sur le lit, elle écarta les cheveux bruns qui retombaient sur le front du garçon.

— Les adultes pleurent aussi, parfois, lui dit-elle.

Il la regarda du coin de l'œil, comme s'il n'était pas dupe. Son air inquiet lui rappela l'expression de Joey, tout seul devant l'école.

Nicki avait eu une réaction totalement injustifiée et vraiment disproportionnée... Laura fronça les sourcils, perplexe. Malgré tout ce qu'elle reprochait à sa belle-mère, elle devait reconnaître que Nicki avait su tenir le coup, face à ses crises d'adolescente. Portes claquées, bouderies, scènes ou insultes, rien ne la faisait sortir de ses gonds. Aujourd'hui, pourtant...

George avait fini par se rendormir, et les éclats de voix, en bas, s'étaient tus. Zoé avait tenu à attendre Ian pour dîner, et Laura sentait son estomac qui commençait à gargouiller. Elle quitta la chambre sur la pointe des pieds, et redescendit.

La porte de la cuisine était ouverte, et la jeune femme se figea sur le seuil en découvrant la scène qui se déroulait devant elle.

A demi allongée sur la table de la cuisine, la tête renversée en arrière, Zoé cambrait le dos avec frénésie, le corsage remonté au-dessus des seins, la jupe relevée jusqu'aux hanches. La blancheur de ses cuisses formait un contraste saisissant avec le costume sombre de Ian, qui se tenait debout entre ses jambes.

Pétrifiée sur place, comme hypnotisée, Laura suivit machinalement des yeux le mouvement de leurs hanches. Zoé débitait d'une voix rauque une kyrielle d'obscénités, ponctuées de râles et de gémissements.

— Je veux jouir… Fais-moi jouir, Ian ! dit-elle d'une voix haletante.

— Tu es trop soûle, pauvre conne !

Ce ton glacial, parfaitement détaché sortit Laura de sa paralysie. Elle quitta précipitamment la cuisine et regagna sa chambre, le visage en feu. La scène à laquelle elle venait d'assister ne l'avait pas gênée mais révoltée. Comment Zoé acceptait-elle d'être traitée de cette façon ?

Est-ce ce qui l'attendait si elle cédait, un jour, aux avances de Ryan ? se demanda Laura.

— Stella !

Stella jeta un bref coup d'œil derrière elle, et aperçut Todd, qui la rejoignait.

— Je suis si content que vous ayez pu vous libérer ! lui dit-il. Ecoutez, il fait beaucoup trop froid pour rester dehors. Si nous allions prendre un verre chez moi ?

Stella hésita, le cœur battant, la bouche soudain très sèche. La tête lui tournait comme s'ils s'étaient trouvés sur un manège de montagnes russes. Un verre chez lui ? Elle imaginait déjà l'intimité grisante de l'endroit, et ses pensées commencèrent à s'aventurer dans des directions inattendues, génératrices d'émotions tout aussi surprenantes.

— Todd, je ne crois pas…

Son envie d'accepter devait être évidente. Pourtant, Todd s'empressa de retirer sa proposition, comme s'il craignait de l'avoir offensée.

— Excusez-moi, j'ai parlé sans réfléchir. Je suis tellement perturbé, en ce moment… Que diriez-vous de ce bar, là-bas ?

Stella tourna la tête dans la direction qu'il lui indiquait. Elle pouvait très bien boire un verre en public avec lui, n'est-ce pas ? Il n'y avait aucun mal à cela.

— Oui, bien sûr, répondit-elle.

La salle était bondée, mais Todd leur dénicha une petite table dans un coin discret et faiblement éclairé.

— Mon ex-femme vient de me faire un coup pendable, dit-il, dès que la serveuse leur eut apporté leurs consommations. Vous savez que ma belle-fille avait accepté de me confier les enfants, pendant les vacances ? Eh bien, mon ex-épouse lui a dit qu'à son avis, ce n'était pas une bonne idée. Je me demande ce qu'il lui a pris ! Pourquoi cherche-t-elle ainsi à me nuire ? D'accord, je n'ai pas été un mari idéal, mais elle me l'a fait payer assez cher. Si vous saviez ce que ses avocats ont réussi à m'extorquer !

Stella l'écouta en silence. Il l'avait donc appelée pour lui parler de son ex-femme…

Elle sentit son euphorie initiale céder la place à une sorte d'accablement. Todd continuait à parler, sans paraître remarquer son désappointement. Puis, au moment précis où elle acceptait secrètement l'idée de s'être trompée sur ses intentions, il se pencha au-dessus de la table et lui prit la main.

— Stella ? murmura-t-il soudain, compte tenu de l'état dans lequel je me trouve en ce moment, vous avez sans doute bien fait de refuser de venir chez moi. J'ai tellement besoin de vous ! Non, ne me regardez pas comme ça. Nous ne sommes pas deux gamins immatures qui s'adonnent au jeu de la séduction. Dès l'instant où je vous ai vue, j'ai su ce que je ressentais pour vous — et je sais aussi que c'est réciproque, sinon, vous ne seriez pas là. Nous avons passé l'âge des simagrées. J'ai tellement envie de vous, Stella. Tellement envie de me perdre en…

Stella arracha fébrilement sa main à la sienne.

— Todd, je suis mariée, lui rappela-t-elle d'une voix altérée.

Il lui reprit doucement la main et la porta à ses lèvres.

— Et alors ?

— Je dois m'en aller. Mon… Richard ne va pas tarder à rentrer. Il faut que j'y aille, Todd.

— Très bien… comme vous voudrez. Mais, la prochaine fois…

14

— Je n'arrive pas à croire que nous sommes déjà en avril et que deux mois ont passé depuis notre dernière rencontre. Ça n'a, pourtant, rien d'étonnant : nous avons toutes été un peu débordées, ces derniers temps, dit Alice en confiant sa veste au serveur qui se tenait derrière elle.

Elle balaya du regard la salle du restaurant.

— Maggie et Nicki ne sont pas encore là ? demanda-t-elle à Stella.

— Nicki ne viendra pas. Elle m'a dit qu'elle devait s'occuper de Joey. Mais Maggie va nous rejoindre.

— J'ai aperçu Nicki, en ville, l'autre jour, dit Alice. Elle était sur le trottoir d'en face, mais, quand j'ai réussi à traverser la rue, elle avait disparu. Elle doit m'en vouloir, en ce moment, parce que Laura travaille chez Zoé.

— Oh ! là, là, Alice, tu ne vas pas devenir parano, comme Maggie !

Connaissant Stella, Alice ne réagit pas à sa brusquerie.

— Elles ne se sont toujours pas réconciliées, toutes les deux ? demanda-t-elle.

— Eh bien, je t'ai raconté ce que Maggie m'avait dit, au cabinet médical, et… Tiens, quand on parle du loup…

— Salut, les filles !

Maggie ôta son manteau et embrassa chaleureusement ses amies.

— Tu es resplendissante ! lui dit Alice. Si ma mémoire est bonne, tu dois en être à douze semaines, maintenant ?

— Presque, répondit Maggie en souriant au serveur qui avançait une chaise pour elle.

Avant de sortir, elle s'était promis de ne pas monopoliser la conversation avec des histoires de grossesse.

— Dis-moi, où en es-tu avec l'université ? demanda-t-elle à son tour.

— Eh bien, ça ne commence pas avant début septembre, mais je me suis acheté un ordinateur et, pour le moment, j'essaie d'apprendre à m'en servir.

— Mon Dieu, Alice, tu aurais dû le dire ! Je viendrais volontiers te donner un coup de main. Oliver assume la majeure partie du boulot, à l'agence, alors j'ai tout mon temps… A propos, il va falloir que je me mette en quête d'un collaborateur efficace. Crois-tu que cela pourrait intéresser Zoé ? Je sais bien qu'elle travaille à temps partiel dans une agence immobilière, mais, avec son niveau d'études…

Alice hésita. Cet emploi aurait été idéal pour Zoé, mais elle était si souvent ivre… Comment infliger un tel fardeau à Maggie ? Sans parler du risque d'humiliation pour Zoé…

— Je ne sais pas trop, Maggie… Tu sais ce dont Zoé peut être capable, parfois.

— Ce n'était qu'une simple idée, dit vivement Maggie.

— Nicki pourrait peut-être te trouver quelqu'un, suggéra Stella.

— Peut-être, murmura Maggie, baissant soudain les yeux sur son assiette. En fait, Alice, je m'étais dit que si Zoé avait hérité de tes talents d'organisatrice, elle serait une collaboratrice idéale. A la réflexion, c'est toi qui ferais parfaitement l'affaire. Mais je sais bien que ça ne t'intéresse pas, ajouta-t-elle en riant. Et puis, de toute façon, Stuart n'accepterait jamais que tu travailles.

Alice s'aperçut qu'elle avait réduit son petit pain en miettes.

— Julie doit donc accoucher dans quelques semaines ? reprit Maggie à l'adresse de Stella.

— Nous ne savons pas exactement, répondit Stella. Julie n'est pas très précise sur l'époque de la conception.

Elle regarda subrepticement son portable, en se penchant vers son sac sous prétexte d'y prendre un mouchoir. Todd lui envoyait des SMS plusieurs fois par jour, et elle attendait ses messages avec l'avidité d'une toxicomane. Car elle était dépendante, inutile de le nier, songea-t-elle en regardant l'écran vide avec un vif désappointement.

— As-tu des nouvelles de Nicki ? demanda-t-elle à Maggie, en se redressant.

Maggie sentit son estomac se nouer. Depuis l'arrivée de

la lettre anonyme, Nicki ne lui avait pas donné signe de vie. Logiquement, elles auraient dû éclaircir cette affaire depuis un bon moment, mais, pour tout dire, Maggie ne se sentait pas le courage de mettre un terme à leur amitié. Et la situation était tellement inextricable qu'elle ne voyait pas d'autre issue. Elle se sentait à la fois blessée par l'attitude de Nicki et un peu coupable de ne pas avoir été présente quand son amie avait besoin d'elle…

Comment expliquer des sentiments aussi confus à Alice et Stella ? Tout particulièrement à Stella, dont elle sentait toujours la désapprobation tacite.

Enfin, pour être tout à fait honnête, elle n'avait pas envie de s'entendre reprocher, une seconde fois, de réagir de façon disproportionnée.

— Pas vraiment, répondit-elle d'un ton faussement dégagé.

La serveuse venait d'apporter deux cafés, et un thé pour Maggie. La santé du bébé valait bien une petite privation comme celle-là. Mais, s'il s'agissait de sacrifier Nicki…

Marcus leva les yeux de son journal en voyant la jeune femme qui entrait dans le bar. Son visage lui disait vaguement quelque chose, mais il mit un moment à reconnaître en elle l'une des deux femmes qui buvaient du vin à une table du fond, quelques semaines auparavant. Ce soir, en tout cas, elle était plus sobre, constata-t-il en voyant la serveuse lui apporter une tasse de café. Sobre et seule… comme lui.

Laura jeta un coup d'œil glacial à l'homme qui lui souriait, et faillit rougir comme une collégienne. Elle était venue dans ce bar pour échapper un moment à la présence étouffante de Zoé. Le seul motif qui la retenait encore de quitter son service était un sentiment de responsabilité envers les enfants. Le comportement dégradant de Zoé en présence de son mari l'écœurait et la déprimait ; elle aurait préféré mourir que se trouver un jour dans un tel état de dépendance et d'avilissement.

Décidément, ce n'était pas une bonne idée de venir seule ici, jugea-t-elle en se voyant contrainte de repousser les avances de deux jeunes gens trop entreprenants. Elle déposa quelques pièces de monnaie sur la table, puis se leva et partit précipitamment, sous le regard déçu de Marcus.

Stella jeta un coup d'œil circonspect autour d'elle avant d'entrer dans l'immeuble où habitait Todd. Il l'avait appelée juste après le déjeuner pour lui demander de venir boire un verre avec lui en début de soirée.

Machinalement, elle rejeta en arrière ses cheveux récemment coupés. Le coiffeur l'avait décidée à adopter une coiffure plus moderne et, par la même occasion, elle avait renouvelé sa garde-robe. C'était inévitable, de toute façon, parce qu'elle avait pas mal maigri, ces derniers temps. Elle mettait cette perte de poids sur le compte de toutes les allées et venues occasionnées par la présence de Julie, plutôt que sur son désintérêt pour la nourriture… En tout cas, le jean couture et le T-shirt blanc qu'elle portait ce soir lui dessinaient une silhouette de jeune fille.

Quand la porte de l'appartement s'ouvrit, elle sentit son cœur bondir dans sa poitrine comme un oiseau pris au piège.

Comme elle, Todd portait un jean et un T-shirt blanc, mais il était pieds nus et venait, manifestement, de prendre une douche, à en juger par ses cheveux humides.

Sans un mot, il s'effaça pour la faire entrer, et ils se frôlèrent au passage. Pour la première fois de sa vie, Stella sentit son corps réagir avec sensualité à l'odeur d'un homme. Les sens embrasés, elle éprouva soudain une envie délirante de s'arrêter devant lui et d'enfouir son visage contre son corps pour le respirer, pour absorber l'essence de sa virilité. Cet élan presque irrépressible la fit frémir de joie et l'affola tout à la fois.

Sans la quitter des yeux, Todd referma la porte et s'adossa au battant. Puis il prit la main de Stella, et l'attira vers lui.

— J'attends cet instant depuis le jour où mon regard s'est posé sur vous, dit-il à mi-voix. Cet instant et tous ceux que nous allons passer à nous découvrir, à nous délecter l'un de l'autre, Stella. J'espère que vous me désirez autant que je vous désire… Dites-moi, Stella… avez-vous envie de moi ?

Tout en chuchotant d'une voix rauque, il l'embrassa

légèrement sur la bouche, puis la regarda fixement, comme s'il cherchait à deviner ses pensées. Enfin, il esquissa un sourire, et l'embrassa à plusieurs reprises, de façon de plus en plus appuyée.

Dans un bref éclair de lucidité, Stella se rendit compte qu'elle était — littéralement — entre les mains d'un amant très expérimenté.

D'un mouvement adroit, Todd changea de position, de sorte que, sans trop savoir comment il s'y était pris, Stella se retrouva à son tour le dos plaqué à la porte. Avec le corps de Todd appuyé contre le sien, elle ne pouvait rien ignorer de l'effet qu'elle produisait sur lui. Jamais elle n'avait fait ce genre de choses avec Richard — même à l'époque où ils étaient un jeune couple. Certes, ils s'étaient embrassés, caressés, mais il n'y avait jamais rien eu entre eux d'aussi torride.

Todd prit un de ses seins en coupe dans sa main, et Stella sentit la pointe se durcir. Un jour, il y avait bien longtemps de cela, Richard s'était extasié sur le galbe parfait de ses seins.

Richard. L'évocation de son mari lui fit l'effet d'une douche froide, éteignant l'incendie que Todd avait si savamment allumé en elle. Soudain prise de remords, elle eut honte de ce qu'elle faisait. Si une relation était en train de se nouer entre elle et Todd, elle voulait être libre de la vivre au grand jour.

— Non !

A en juger par l'expression de Todd, il ne voulait pas croire à son refus.

— Non, répéta-t-elle fermement. Il me faut du temps.

Elle en avait besoin pour se séparer de Richard, pour mettre un terme à une vie de couple qui était devenue une habitude confortable, une routine dont elle s'était contentée parce qu'elle n'avait rien de mieux… jusqu'à Todd.

Malgré son évidente déception, il n'essaya pas de la retenir…

Par mesure de précaution, elle s'était garée à quelques rues de là, dans le plus grand parking du centre-ville. Elle était en train d'ouvrir sa portière quand elle vit Maggie, qui se dirigeait vers elle.

— Stella ! s'exclama chaleureusement son amie. Je sors de l'épicerie orientale qui reste ouverte toute la nuit. J'avais une irrépressible envie de petits oignons marinés…

Elle laissa sa phrase en suspens. Elle venait de percevoir les effluves d'eau de toilette qui imprégnaient les vêtements de son amie. Une eau de toilette spécifiquement masculine. Mais ce n'était pas tout. Les lèvres de Stella étaient gonflées par les baisers et, de toute évidence, l'homme qui avait embrassé son amie aussi passionnément n'était pas Richard.

Les deux femmes se regardèrent un instant sans rien dire. Ce fut Stella qui détourna les yeux la première.

— Il vaut mieux que je rentre, dit tranquillement Maggie. Sois prudente, Stella.

En s'installant au volant, Stella sentit ses joues s'embraser, mais elle ne prononça pas le moindre mot.

Maggie la regarda s'éloigner, l'air songeur.

— Alors, où allons-nous fêter ça ? demanda Oliver à Maggie, avec un petit sourire espiègle.

— Fêter ça ? répéta-t-elle d'un air faussement étonné.

— La date de la conception remonte à douze semaines et un jour, dit-il en riant. Tu le sais aussi bien que moi : j'ai vu les jours barrés sur le calendrier.

Douze semaines et un jour. Maggie poussa un soupir de bien-être en se blottissant dans ses bras.

— Nous n'arrêtons pas de fêter ça, depuis que nous avons appris la nouvelle, lui rappela-t-elle.

— Et alors ? Serait-il interdit de manifester notre joie ?

— Non…

Maggie avait relégué dans un recoin caché de son esprit le chagrin que lui avait causé Nicki. Elle y pensait de moins en moins.

— J'ai rendez-vous pour une échographie, annonça-t-elle. L'accouchement est programmé pour la mi-octobre. Ils vont le programmer pour éviter toute complication.

— As-tu des projets pour aujourd'hui ? s'enquit Oliver, tout en terminant son petit déjeuner.

— Pas vraiment, répondit-elle. J'ai l'intention d'appeler les agents immobiliers pour les secouer un peu. Et puis je ferai quelques courses, dans l'après-midi.

— Une brusque envie de petits oignons marinés ?

— Mais non !

Elle était dans la salle de bains, à l'étage, quand elle entendit une voiture s'arrêter, en bas. Le temps de descendre, le véhicule était déjà reparti.

Une lettre avait été glissée sous la porte. Posée à l'envers sur le carrelage, elle semblait assez inoffensive, mais Maggie ressentit à son égard une méfiance instinctive. Elle se baissa lentement pour la ramasser. Sur l'enveloppe, il n'y avait que son prénom, tapé à la machine. Elle la décacheta d'une main tremblante.

« Douze semaines, Maggie. Je n'aurais jamais cru que tu parviendrais jusque-là. Tu as réussi à me surprendre ! Ne reprends pas trop vite confiance, malgré tout. Je n'ai pas changé d'avis. »

C'était tout. Mais c'était déjà beaucoup.

Maggie déchira la lettre en mille morceaux et alla la jeter à la poubelle. N'était-ce pas la place qui lui convenait le mieux ?

Cette fois, Nicki était allée trop loin. Pourtant, au lieu d'effrayer Maggie, ce nouveau message l'avait projetée au-delà de l'angoisse, dans un état de colère libérateur. Son cœur battait à tout rompre, et elle fut tentée d'aller trouver Nicki pour lui rappeler que les lettres anonymes sont du ressort de la police. Puis elle songea qu'il fallait être vraiment perturbé pour faire un truc pareil. Nicki méritait plus de pitié que de colère, en définitive. Plutôt que provoquer une confrontation, il valait mieux feindre l'indifférence. Et s'abstenir d'en parler à Oliver.

Stella posa son journal avec un petit soupir exaspéré. Depuis une heure, les percussions de la musique techno provenant du studio de Julie ébranlaient les murs de la maison. Stella se considérait comme quelqu'un de patient, mais, cette fois, elle n'en pouvait plus. Elle se leva, quitta le salon, et monta l'escalier d'un pas décidé.

Devant la porte, elle prit une profonde inspiration avant de frapper.

Pas de réponse. Elle attendit, compta jusqu'à dix, et frappa de nouveau. Puis elle tourna la poignée et entra.

La musique, déjà assourdissante au rez-de-chaussée, atteignait ici des degrés insoutenables. Ne voyant pas Julie dans le petit salon attenant à la chambre, Stella alla éteindre la sono. Dans le silence qui suivit, elle perçut un faible gémissement.

— Julie !

Elle trouva la jeune fille recroquevillée sur le carrelage de la salle de bains, les bras serrés autour de son ventre, les joues sillonnées de larmes.

— Julie ! Qu'est-ce qu'il y a ? C'est le bébé qui arrive ? demanda-t-elle, le plus calmement possible.

En principe, l'accouchement n'était prévu que pour la

semaine suivante, mais le corps de Julie était parcouru de soubresauts qui évoquaient indiscutablement une série de contractions.

— Viens, dit Stella. Je t'emmène à l'hôpital.

— Non ! gémit la jeune fille. Non… Je ne peux pas… Je ne peux pas bouger. Ça fait trop mal.

A force de cajoleries, de menaces et de pure détermination, Stella parvint à la faire descendre, puis à l'installer dans sa voiture.

Une fois au volant, elle se sentit aussi épuisée et tendue que Julie.

— Je veux maman ! dit Julie d'une voix entrecoupée de sanglots, tandis que Stella tournait la clé de contact.

— Je l'appellerai dès que nous arriverons à la maternité, promit Stella.

Elle aurait voulu avertir l'hôpital de leur arrivée, mais la conduite exigeait toute son attention, et Julie n'était pas en état de téléphoner. Finalement, en s'arrêtant devant la porte des admissions, elle eut la chance de trouver un aide-soignant qui passait par là avec un fauteuil roulant. Voyant l'état de la jeune fille, il accepta de la conduire à l'intérieur pendant que Stella allait garer sa voiture.

Quand elle revint à la maternité, Julie avait déjà été emmenée en salle d'accouchement. Ressortant pour utiliser son portable, Stella composa le numéro que la mère de Julie lui avait donné, mais n'obtint pas de réponse. Elle laissa un message, puis essaya le domicile des parents. Elle se sentait prête à affronter la fureur du père, mais, cette fois encore, elle n'eut qu'un répondeur.

Hughie, comme toujours, avait débranché son portable, et Richard n'avait même pas pris la peine d'emporter le sien. Pendant qu'elle essayait désespérément de joindre quelqu'un, un numéro s'afficha sur son écran. C'était celui de Todd, mais, pour une fois, il ne provoqua en elle aucune excitation fébrile. Elle avait bien d'autres préoccupations. Elle choisit donc de ne pas répondre, et rejoignit le service d'obstétrique.

— Où en est Julie ? demanda-t-elle à l'infirmière d'une voix inquiète.

— Tout se passe bien. Elle vous réclame. Vous voulez venir l'assister ?

Julie la réclamait ? Stella supposa que l'infirmière l'avait prise pour la maman de la jeune fille, mais, comme elle était la seule personne présente, elle accepta de fournir à Julie le soutien dont elle avait besoin.

Dix minutes plus tard, elle lui tenait la main, et écartait de son front des mèches humides de sueur, tout en s'efforçant de l'encourager.

— J'ai mal. J'ai mal ! hurla Julie, tandis que Stella la félicitait pour son courage et son endurance. Je déteste ça ! Je vous déteste et je déteste ce foutu bébé !

Stella échangea un sourire entendu avec la sage-femme.

— Je disais à peu près la même chose, au moment d'accoucher de mon premier enfant, confia la sage-femme à Stella. J'avais l'impression de le haïr comme je n'avais jamais haï personne. Jusqu'au moment où il est né et où je l'ai pris dans mes bras. Ensuite… Oui. Allez, Julie…

Non ! Ne poussez pas ! Pas encore... Respirez à fond. Voilà, c'est bien. Encore une fois... Oui. Je sais que ça fait mal, mais vous avez beaucoup, beaucoup de courage.

L'accouchement fut assez rapide, finalement. Mais, quand Julie fournit l'effort ultime pour mettre son enfant au monde dans un hurlement déchirant, Stella se sentit aussi exténuée qu'à l'arrivée d'un marathon. Elle éprouvait, pourtant, une véritable euphorie, une exaltation dont elle n'avait jamais fait l'expérience.

— Bravo, Julie, ça y est ! Oui, vous avez un superbe petit garçon, dit la sage-femme en plaçant le bébé sur le ventre de la jeune maman.

A cet instant, Stella sentit son cœur chavirer inexplicablement.

Avec Todd, elle avait cru, récemment, découvrir le grand amour — l'harmonie des corps et des cœurs —, mais elle comprit instantanément qu'elle s'était trompée. L'amour de sa vie était d'une autre nature ; il l'inondait littéralement d'une joie incomparable, donnait un nouveau sens, un nouvel objectif à son existence. Elle n'aurait su analyser ou expliquer ce qu'elle ressentait. Rien qu'en venant au monde, son petit-fils venait de déplacer toutes ses priorités, de la faire passer d'un état émotionnel à un autre. Les sentiments qu'elle avait éprouvés pour Todd n'existaient déjà plus.

Le bébé ressemblait à son père. C'était tout le portrait de Hughie à la naissance.

Une vague d'amour la submergea, et ses yeux s'emplirent de larmes. Ce minuscule bébé était l'enfant de son fils. Son petit-fils… une part d'elle-même… un tout petit maillon d'une immense chaîne.

Stella réprima une folle envie de le prendre dans ses bras et de le serrer contre elle.

La sage-femme aida Julie à se redresser, et demanda à Stella, gentiment mais fermement, de quitter la pièce.

— Il faut les laisser faire connaissance, maintenant. Et Julie a besoin de sommeil.

En gagnant le corridor d'un pas incertain, Stella avait l'impression de marcher sur un petit nuage. Elle venait de connaître une expérience si merveilleuse, si bouleversante qu'elle ne pourrait jamais plus être tout à fait la même. Elle sortit son portable de sa poche. Elle devait raconter ça à Richard et à ses amies. Todd avait encore essayé de la joindre. Sans la moindre hésitation, elle effaça son numéro et ne prit pas même la peine de répondre. Ce qu'elle trouvait grisant, passionnant, nécessaire, voire essentiel, vingt-quatre heures plus tôt, lui semblait, à présent, totalement dénué d'intérêt. Son comportement avec Todd avait été celui d'une autre femme. Une femme avec qui elle n'avait plus rien en commun.

15

— Stuart, qu'est-ce qu'il y a ?

— Il n'y a rien du tout, Alice.

— Tu me caches quelque chose, j'en suis sûre ! Depuis ton dernier séjour à Londres, tu n'es plus le même.

Elle avait déjà fait allusion au fait que Ian l'avait vu déjeuner avec une jeune femme, mais Stuart s'était contenté de hausser les épaules en disant qu'il s'agissait d'une collègue. Certes, Alice n'avait aucun motif concret de mettre sa parole en doute. Pourtant…

— La nuit dernière…, commença-t-elle prudemment.

— Oh ! là, là ! Bon, je n'ai pas eu d'érection, reconnut Stuart en passant nerveusement une main dans ses cheveux. Qu'est-ce que ça prouve, bon sang ? ! D'abord, je ne sais pas de quoi tu te plains. On ne peut pas dire que ça t'intéressait tellement, ces dernières années !

Alice le dévisagea d'un air sidéré. Ce genre de propos lui ressemblait si peu.

— Stuart ! protesta-t-elle.

— Stuart, Stuart, répéta-t-il en imitant sa voix. Tu sais où se situe ton problème, Alice ?

— Non, en fait, je l'ignore ! répondit-elle avec la même colère que lui. Mais, apparemment, tu meurs d'envie de me l'apprendre. Alors vas-y : dis-moi où se situe mon problème.

Elle l'entendit jurer entre ses dents, tandis qu'il arpentait la cuisine d'un pas agité, tel un homme pris au piège.

— Tu as passé tellement de temps à te soucier des enfants, à leur tourner autour — surtout Zoé — que tu n'es même plus capable de voir ce qui se passe sous ton nez, lui dit-il.

Alice vacilla légèrement.

— Où veux-tu en venir, Stuart ?

— Alice, je n'ai pas envie d'avoir ce genre de discussion.

— Tu crois que j'en ai plus envie que toi ?

— Ecoute, depuis leur naissance, tu as donné la priorité aux enfants, mais, à présent, ce sont des adultes. Il est grand temps qu'ils deviennent totalement indépendants. Je ne peux pas les entretenir éternellement.

— Les entretenir ?

Cette doléance la laissa perplexe. Elle redoutait d'apprendre que Stuart avait une maîtresse et qu'il souhaitait divorcer, mais, au lieu de cela, voilà qu'il se plaignait des enfants ! Etait-ce une façon détournée d'aborder le sujet de leur séparation ?

Depuis qu'il était rentré de Londres, Alice le sentait s'éloigner chaque jour un peu plus, tandis qu'une souffrance intolérable l'étreignait à l'idée de le perdre. Même leurs étreintes lui manquaient terriblement. La veille au soir, alors qu'il lui tournait le dos et sombrait dans le sommeil, elle était restée longtemps éveillée, à réprimer son désir. Elle se rappela avoir lu dans un magazine que l'énergie du désespoir, lors d'une rupture, donnait à l'acte sexuel une intensité inégalée.

— J'ai bossé comme un fou, pendant des années, pour subvenir à leurs besoins, pour être sûr qu'ils ne manquent de rien, reprit Stuart. Regarde où ils en sont, aujourd'hui ! Après des études ruineuses, les jumeaux font le tour du monde… à mes frais ! Quant à Zoé, elle s'est mariée avant même d'entrer dans le monde du travail. Je me demande bien pourquoi elle a fait une école de commerce !

Son exaspération évidente déconcerta Alice. Stuart ne s'était jamais plaint de dépenser trop d'argent pour sa famille. En fait, elle s'imaginait qu'il était fier de la réussite scolaire de leurs enfants…

— Alice, j'ai réfléchi, reprit-il.

Sa voix manquait d'assurance, comme s'il se sentait mal à l'aise… ou coupable ?

— Cette maison… elle est beaucoup trop grande pour nous deux. On pourrait la mettre en vente et chercher quelque chose de plus modeste. L'entretien de cette propriété est une lourde tâche, et si tu as l'intention d'étudier…

Alice ouvrit de grands yeux.

— Vendre la maison ?

— Ce serait logique. Je ne t'en ai pas encore parlé, mais je suis sur un nouveau projet qui va m'obliger à habiter plus près de l'aéroport, pendant quelque temps. Je serai plus souvent de garde, avec des horaires irréguliers...

— Autrement dit, il faudrait que nous nous rapprochions de Heathrow ? demanda Alice.

C'était Stuart qui avait toujours refusé de s'installer à proximité de l'aéroport. Il voulait que sa famille vive dans un environnement calme et rassurant, quitte à passer lui-même beaucoup de temps en voiture.

— Non !

L'affolement qui perçait dans sa voix et dans son regard la stupéfia.

— Non, répéta-t-il plus calmement. Pas ça... Il est inutile de nous rapprocher tous les deux. Je pensais plutôt chercher une maison plus petite par ici, et louer quelque chose pour moi — un studio, peut-être...

Désemparée, Alice ne trouva rien à dire. En l'espace d'une brève conversation, son univers tranquille venait de basculer vers l'inconnu. Zoé avait-elle vu juste ? Stuart avait-il une liaison ? Alice ne se sentit pas le courage de lui poser directement la question.

— Oui, il a tout juste un mois aujourd'hui, et c'est tout le portrait de Hughie... Non, Julie ! Ne le secoue pas dans tous les sens après son biberon, tu vas le faire vomir. Oh, chérie, tu ferais mieux de me le donner !

Stella joignit le geste à la parole, et prit le bébé qui venait de lui donner raison en régurgitant un peu de lait sur l'épaule de sa mère. Elle regarda Alice, qui était venue lui rendre visite, et dont le regard amusé semblait vouloir dire : « Je l'avais bien dit ! »

En fait, c'était le jour de leur repas mensuel, mais, quand Alice l'avait appelée, Stella s'était exclamée qu'elle ne pouvait pas « laisser Jack toute une soirée ». Malgré son étonnement, Alice n'avait pas insisté.

— Maggie va bientôt passer une échographie, dit Stella sans quitter le petit Jack des yeux. On verra peut-être des clichés de son futur bébé. Elle est venue me donner un cours d'informatique, l'autre jour. Elle a l'air en pleine forme, mais je la trouve moins loquace que d'habitude. A mon avis, elle est encore très préoccupée par ce qui s'est passé avec Nicki.

— Ma foi, tu connais mon opinion là-dessus, répliqua Stella. Elles sont adultes toutes les deux, et c'est à elles de régler cette affaire.

— Oui, mais, maintenant, Nicki a l'air de vouloir faire bande à part.

— Elle est peut-être simplement débordée. Il ne faut pas ressasser cette histoire, tu sais ? Ça ne sert qu'à entretenir un différend qui n'a pas lieu d'être.

Stella faisait des risettes à son petit-fils et, manifestement, son comportement commençait à exaspérer Julie.

— Bon, je vais emmener Jack chez maman ! annonça-t-elle soudain. Mon père doit être au travail.

— Oh, mais…

L'air visiblement contrarié, Stella recula, mais Julie lui prit l'enfant des bras et quitta rapidement la pièce.

— Franchement, Alice, cette gamine ne sait absolument pas s'occuper d'un bébé, déclara Stella, dès que la porte fut refermée. Elle devient de plus en plus têtue et pénible. Par exemple, quand j'ai suggéré le prénom de Jack, elle a refusé de m'écouter. Il a fallu que sa mère lui rappelle que c'était le second prénom de son grand-père. Sa mère !... Elle vient ici tellement souvent que je me demande parfois si elle n'a pas l'intention de s'installer, elle aussi !

— Et Hughie ?

— Il est venu voir son fils à la maison, juste après la naissance. J'ai sorti de vieilles photos. C'est incroyable ce qu'ils peuvent se ressembler. Sauf qu'à son âge, Hughie était peut-être un peu plus lourd. Julie refuse absolument de le nourrir au sein ; j'ai essayé de lui expliquer que c'était important pour Jack, mais, encore une fois, elle a refusé de m'écouter. Enfin, c'est tout de même le plus merveilleux des bébés, tu sais ? Je n'arrive toujours pas à en croire mes yeux.

Stella marqua une pause, comme si elle était incapable de trouver les mots pour décrire ce qu'elle ressentait. Sa première pensée, au réveil, était pour Jack, et c'était lui qu'elle voulait voir avant de s'endormir. Sur la pointe des pieds, elle allait l'embrasser dans son berceau avant de redescendre se coucher.

— Franchement, reprit-elle, Julie pourrait se montrer un peu plus reconnaissante envers moi. Quand je dis ça à Richard, tu sais ce qu'il me répond ? Tout simplement qu'elle est la mère du bébé. Comme si je ne le savais pas ! N'empêche que c'est encore une gamine, et qu'elle a besoin de conseils éclairés.

Stella n'était pas encore prête à en parler, mais elle nourrissait déjà quelques projets pour l'avenir de Jack.

— Mon Dieu, tu as vu l'heure ? s'exclama Alice en se levant brusquement. Il faut que j'y aille, Stella. Je suis ravie d'avoir fait la connaissance de Jack...

Stella était bien la dernière personne qu'elle aurait imaginée en grand-mère gâteuse, mais il fallait se rendre à l'évidence : elle fondait littéralement devant ce bébé. Dans ces conditions, Alice s'était abstenue de faire allusion à l'adoption, prévue initialement.

Après le départ d'Alice, Stella consulta sa montre. C'était bientôt l'heure du biberon. Comme elle n'était pas sûre que Julie ramènerait le bébé à temps, elle décida de lui passer un coup de fil pour la rappeler à ses devoirs.

Sur ces entrefaites, le téléphone sonna. C'était Todd.

— J'espérais que vous me feriez signe, dit-il sans préambule. Vous aviez promis de m'appeler.

— Oh, oui, excusez-moi, Todd. J'ai été réellement débordée, avec Jack.

— Bon, si vous n'avez rien prévu pour ce soir, je vous propose...

— Non, Todd. Je ne peux vraiment pas.

Stella consulta encore sa montre. Le pauvre petit Jack devait mourir de faim.

— Stella, insista Todd. Vous et moi...

Agacée, elle réprima un soupir. Elle avait hâte de raccrocher pour pouvoir appeler Julie.

— Je regrette, Todd, lui dit-elle, mais je ne crois pas… J'aurais aimé vous aider à trouver un nouveau logement, mais, finalement, ça ne va pas être possible. Julie a besoin de moi pour s'occuper du bébé, et…

— Très bien, Stella. Je pense avoir compris le message.

Il parlait avec brusquerie, mais Stella n'y prêta aucune attention, pas plus qu'au fait qu'il lui raccroche au nez. Il était tout de même plus important de veiller aux repas du bébé que de soigner les blessures d'amour-propre de Todd. Le coup de cœur qu'elle avait ressenti pour lui n'avait été, Dieu merci, que de courte durée, et elle avait retrouvé son bon sens coutumier.

— Vous êtes encore en retard, Zoé. C'est la deuxième fois, cette semaine.

— Oh, s'il vous plaît, Andrew, épargnez-moi vos remontrances ! ronchonna Zoé, furieuse de s'être cassé un ongle en allumant son ordinateur. Nous n'allons pas ouvrir avant une bonne demi-heure.

— La question n'est pas là, répliqua Andrew, l'air mécontent.

S'il avait embauché Zoé, c'était surtout pour faire plaisir à son mari, qui possédait de nombreuses relations. Mais, en fait, la présence de la jeune femme n'apportait aucun plus à l'agence, bien au contraire. Il y avait eu l'épisode de cette maison qu'elle avait dénigrée à haute voix, devant les clients du bar le plus proche. Et toutes les fois où elle rentrait ivre, après le déjeuner. La dernière fois qu'il lui avait adressé une remontrance à ce sujet, elle l'avait interrompu pour lui demander d'un ton dégagé s'il aimait réellement se taper des boudins. L'allusion évidente à sa fiancée actuelle, fille d'un promoteur local, l'avait tellement décontenancé qu'il en avait perdu le fil de son propos.

— Des clients sont venus se plaindre, Zoé, reprit-il avec sévérité. Vous deviez envoyer des descriptifs d'appartements à Todd Fairbrother. Il a téléphoné, avant-hier, pour nous dire qu'il n'avait toujours rien reçu.

— Il cherche un appartement avec trois grandes chambres munies de salles de bains et de vastes penderies, plus un bureau, une salle de gym dans l'immeuble, une salle de jeux… Et puis quoi, encore ? répliqua Zoé.

Andrew la fustigea du regard.

— Aujourd'hui, il faudra vous passer de pause déjeuner afin de rattraper les heures où vous n'avez pas travaillé, dit-il sèchement. J'ai rendez-vous à midi avec un client éventuel et les exécuteurs testamentaires du domaine de Draycotte.

Zoé lui adressa un sourire hypocrite. S'il s'imaginait qu'elle allait rester cloîtrée dans ce trou à cafards au lieu d'aller faire un tour au bar, il se fourrait le doigt dans l'œil !

Ian était reparti, et elle s'ennuyait ferme. Laura se consacrait aux enfants de façon exclusive : elle avait carrément refusé de venir la rejoindre après le travail pour aller boire un verre.

— Mais enfin, Zoé, je ne peux pas laisser les garçons !

— Je passerai un coup de fil à maman. Elle doit brûler d'envie de venir vérifier si tu n'as pas maltraité ces malheureux bouts de chou.

— Tu me paies pour veiller sur eux, lui rappela Laura. C'est mon boulot.

— Oh ! là, là, ma pauvre ! Quelle rabat-joie tu fais ! Pas étonnant que tu n'aies pas de mec !

Pour passer le temps, Zoé alla faire un petit tour sur Internet, et jeta un coup d'œil sur son horoscope, puis sur celui de Ian. Elle se rembrunit en apprenant que cette journée serait favorable à son mari, en matière de nouvelles rencontres.

Il était reparti pour trois jours, et son absence la rendait folle. Comment pouvait-il rester aussi longtemps sans baiser ? A moins que, justement, il n'en profite un maximum. Une jalousie atroce, dévastatrice, la minait jour et nuit.

D'un geste rageur, elle tapa sur le clavier de l'ordinateur, et s'aperçut qu'elle venait d'effacer malencontreusement les caractéristiques d'un nouveau bien à vendre qu'elle devait examiner.

Oh, et puis zut ! Il suffirait de les inventer.

*
* *

— Où est-ce qu'on va ?

Laura commençait à connaître assez bien les deux garçons. C'était toujours George qui posait des questions. Il le faisait d'un air anxieux, et écoutait les réponses avec une extrême attention. William, lui, était beaucoup plus décontracté.

— Chez le médecin, répondit la jeune femme patiemment. Tu te souviens, on en a parlé, hier. Il va vous mesurer et vous peser pour voir si vous grandissez bien.

Ce n'était pas tout à fait vrai. George avait, apparemment, souffert de difficultés respiratoires, quelques semaines après sa naissance, et il devait se soumettre à des examens réguliers. Laura ne l'avait appris que récemment, lorsque Ian avait demandé à Zoé si George était allé à sa consultation. D'un air boudeur, la jeune femme avait répondu par la négative, imputant cette omission à sa mère. Puis elle avait chargé Laura d'appeler le cabinet médical pour présenter des excuses et prendre un nouveau rendez-vous.

La jeune femme s'était alors demandé si George n'avait pas une prédisposition aux crises d'asthme. Quand il était inquiet, sa respiration devenait pénible et légèrement sifflante… mais Zoé avait balayé cette suggestion d'un geste désinvolte.

— Oh, je t'en prie, Laura, cesse de le couver comme ça ! avait-elle ajouté. Il n'a rien du tout.

*
* *

Marcus avait passé une semaine éprouvante. A la suite d'un accident de la route, l'une de ses patientes avait accouché prématurément d'un bébé mort-né. Elle avait perdu tellement de sang qu'il avait craint de la perdre également, et il était resté à la clinique avec le mari jusqu'à ce que tout danger fût écarté.

Cette matinée était celle des consultations à échéances régulières. Marcus fronça les sourcils en regardant le premier nom de sa liste : George Chambers.

Il avait déjà manqué trois consultations, bien que la mère ait été avertie qu'il souffrait d'un asthme latent. Avec une grimace, Marcus appuya sur le bouton de l'Interphone.

En entendant le nom de George, Laura ôta gentiment des mains de William les jouets avec lesquels il s'amusait, et guida les enfants vers la porte.

Marcus haussa les sourcils, puis plissa légèrement les yeux en voyant Laura entrer dans son bureau. Il reconnut immédiatement en elle la jeune femme du bar.

— Je suis content que vous ayez pu venir, cette fois, lui dit-il.

Laura le dévisagea sans sourciller.

— Oui, je suis désolée pour cette omission. Je me suis déjà expliquée là-dessus.

Son flegme agaça légèrement Marcus.

— A-t-il eu beaucoup de mal à respirer, ces temps-ci ? lui demanda-t-il en se tournant vers George.

— Il s'essouffle rapidement quand il est anxieux, répondit-elle.

— Je voudrais le faire examiner par un spécialiste, déclara Marcus après avoir ausculté George. Son dossier indique qu'il n'est pas non plus venu à son avant-dernière consultation. Vous étiez aux sports d'hiver, je crois.

— En fait…, commença Laura.

Mais Marcus ne la laissa pas finir sa phrase.

— Madame Chambers, dit-il en la toisant d'un air sévère, l'état de santé de votre fils ne semble guère vous préoccuper, et permettez-moi de vous dire que je le déplore car…

Conscient d'être allé un peu trop loin, il s'interrompit. Mais ce bébé mort-né et le désespoir des parents l'avaient éprouvé, et la femme qui se tenait en face de lui affichait une telle désinvolture qu'il se sentait, malgré lui, révolté.

— Je n'ai aucun renseignement médical sur vous ou votre mari. Y aurait-il des antécédents d'asthme dans l'une ou l'autre de vos familles ?

Laura lui adressa un sourire perfide.

— En fait, reprit-elle, je ne suis pas la maman de George. Je m'occupe momentanément de ces enfants, c'est tout.

Désarçonné, Marcus haussa les sourcils.

— Ah, très bien, murmura-t-il. Excusez-moi. Naturellement, je m'étais imaginé…

Jugeant la séance un peu longue, William tira sur le T-shirt de Laura qui le souleva et l'installa sur ses genoux. Il se blottit aussitôt contre elle et ferma les yeux. Zoé avait tenu à coucher les enfants beaucoup plus tard que d'habitude, la veille au soir ; rien d'étonnant à ce que William soit fatigué, songea Laura.

Marcus remarqua la façon dont le cadet se réfugiait dans le giron de Laura, comme s'il se sentait bien avec elle. Il apprécia aussi la manière naturelle, apparemment instinctive, dont elle s'occupait des enfants. Pour lui, ce n'était pas une qualité négligeable.

— Laura, c'est quoi, l'asthme ? demanda George, sur le trajet du retour.

— Rien de bien grave. Tu n'as aucun souci à te faire, répondit-elle.

Le garçon ne parut pas totalement rassuré.

— C'était le facteur ? demanda Maggie à Oliver.

Il opina d'un air faussement dégagé.

— Rien d'intéressant ?

— A première vue, non, répondit-il en jetant un coup d'œil sur les enveloppes.

Le courrier était arrivé en retard, ce matin. D'ordinaire, Oliver avait le temps de l'intercepter avant que Maggie soit descendue. Il demeurait convaincu qu'ils auraient dû remettre la lettre anonyme à la police, mais Maggie était si épanouie et joyeuse, ces temps-ci, qu'il n'avait pas envie de troubler son bonheur.

— J'ai rencontré Stella qui promenait son petit-fils, hier, lui dit-elle. C'est un bébé superbe — tout le portrait de Hughie au même âge. Oh, Oliver, je suis si impatiente de pouponner, moi aussi !

Oliver posa le courrier sur la table, et la prit tendrement dans ses bras.

— Tu sais, murmura-t-il avec émotion, j'ai parfois l'impression que tout ceci n'est qu'un rêve. Depuis que tu es entrée dans ma vie, tout a changé ; je ne suis plus le même homme. Je sais, pourtant, que c'était mon destin de t'aimer — et cet enfant représente un accomplissement. Quoi qu'il advienne dans le futur, je veux que tu saches une chose : même sans cela, (il posa la main sur le ventre de Maggie), tu m'as offert les meilleurs moments de mon existence. Dire que si Dan n'avait pas été aussi stupide…

— Oliver !

— Non, je tiens à le dire parce que c'est vrai. Si Dan n'avait pas été aussi stupide, je n'aurais jamais pu jouer le moindre rôle dans ta vie.

— Oliver, je t'aime, murmura Maggie d'une voix étranglée.

— Oui, je le sais, dit-il doucement. Oh, Maggie, ne pleure pas.

Du bout des doigts, il essuya les larmes qui coulaient sur ses joues.

— S'il m'arrivait quelque chose, je veux que tu te rappelles toujours ceci : mon seul désir est que tu sois heureuse.

S'il lui arrivait quelque chose ? Maggie le regarda, perplexe.

— Oliver…

— Pardon, je suis idiot, dit-il d'un air contrit. Mais

j'ai tellement envie que tu saches à quel point je tiens à toi… Dommage que les agences immobilières ne nous aient encore rien proposé d'intéressant, ajouta-t-il d'un ton si dégagé que Maggie ne put s'empêcher de rire.

Ils avaient visité une bonne dizaine de maisons, mais aucune ne ressemblait à ce qu'ils cherchaient.

Dans la matinée, Maggie avait rendez-vous avec un client de longue date pour lequel elle allait dessiner les plans d'un bureau. Oliver, pour sa part, devait aller visiter un petit atelier d'ébénisterie.

Ils s'embrassèrent sur le pas de la porte, et Oliver regarda Maggie monter en voiture. On voyait, maintenant, qu'elle était enceinte, et ça lui allait très bien, songea-t-il d'un air attendri.

Nicki était en train de lire le journal quand elle entendit sonner à la porte. Au début de la semaine, Kit lui avait fait remarquer qu'ils n'avaient pas besoin d'être abonnés à tous les quotidiens nationaux. Il se trompait complètement, bien sûr. Elle les jugeait indispensables, ainsi que les magazines qu'elle achetait, désormais, en cachette, lorsqu'elle se rendait en ville.

Elle hésita avant d'aller ouvrir, puis jugea qu'il n'y avait aucun risque, puisque Joey était en sécurité à l'école.

L'homme qui se tenait sur le seuil était un inconnu. Brun, hâlé, de taille moyenne, il portait un costume élégant et ne manquait pas de charme. Sous son regard attentif, elle se sentit légèrement honteuse à cause de sa tenue négligée.

— Bonjour, madame. Excusez-moi de vous déranger, dit l'homme avec un sourire. Pourriez-vous me dire si Laura habite bien ici, actuellement ?

Il cherchait Laura ? Nicki se crispa immédiatement. Son visiteur avait un léger accent irlandais, et il se comportait avec cette assurance tranquille des gens qui ont réussi dans la vie.

— Je sais que cette adresse est celle de son père, ajouta-t-il. Voyez-vous, elle a travaillé pour moi, et aujourd'hui...

Il s'agissait donc de l'ex-patron de Laura, cet homme marié qu'elle préférait fuir.

Nicki se sentait gênée par la façon dont il la regardait. Elle porta machinalement une main à ses cheveux, et baissa les yeux sur ses vêtements fripés. Que lui arrivait-il ? Pourquoi n'était-elle pas coiffée, maquillée, bien habillée... comme avant ? se demanda-t-elle dans un sursaut de lucidité.

— Laura est-elle ici ?

Elle regarda son visiteur d'un air absent.

— Non. Il n'y a personne, répondit-elle distraitement.

Puis elle recula d'un pas, et lui ferma la porte au nez.

Ryan leva la main pour sonner de nouveau, puis se ravisa. A Dublin, il avait une tante excentrique, une grenouille de bénitier qui vivait repliée sur elle-même. Cette femme la lui rappelait un peu.

Quand Laura était partie, il s'était dit qu'elle ne tarderait pas à revenir. Mais il avait déchanté. Et, naturellement, cette résistance inattendue aiguisait son intérêt. Une réunion à l'extérieur de la capitale lui avait fourni l'opportunité de mener sa petite enquête.

En fait, les femmes ne plaquaient pas Ryan Nelson. Lui non plus ne les plaquait pas, du reste. Quand il était lassé d'elles, il leur faisait simplement comprendre qu'il était temps d'en finir. Naturellement, il se cachait derrière son épouse jalouse et sa progéniture. « Tu comprends, n'est-ce pas, ma chérie ? » Un ton fataliste agrémenté d'une petite pointe de regret, et le tour était joué. En général, ses maîtresses n'insistaient pas.

Laura aurait déjà dû figurer dans son palmarès. Il se fit mentalement la promesse de parvenir à ses fins, et s'imagina le ravissement avec lequel elle tomberait dans ses bras quand il sonnerait chez elle.

Il reprit la direction de la petite ville qu'il venait de traverser. Peut-être que Laura y avait trouvé un job ?

Le rendez-vous de Maggie avait été moins long que prévu. C'était une belle journée ensoleillée, et elle eut soudain envie d'aller faire un tour en ville. Mais elle s'aperçut qu'elle roulait en direction de chez Nicki, et s'amusa des tours que lui jouait son inconscient. Quelle ténacité dans ses amitiés ! songea-t-elle. Pourtant, Nicki n'aurait pas pu être plus explicite…

Mais elle se sentait débordante d'optimisme, de joie de vivre, de tendresse. Un jour, son enfant lui demanderait peut-être ce qu'était l'amitié, la loyauté. Elle voulait être capable de le lui expliquer. Peut-être pourrait-elle même montrer à Nicki les clichés de sa dernière échographie… si leur rencontre était moins conflictuelle que les précédentes.

Nicki réprima un soupir en entendant frapper à la porte du fond. Encore ! Elle terminait tout juste ses découpages dans les journaux du jour. C'était à la fois extraordinaire et effrayant de voir tout ce qu'il y avait à découper et à coller dans le dossier qu'elle élaborait. Tous les jours, des dizaines d'enfants disparaissaient — enlevés, séquestrés, voire massacrés. Elle observa avec un sentiment d'amer triomphe tous les articles éparpillés sur la table ; tout ceci prouvait à quel point elle avait raison de se tracasser pour la sécurité de Joey.

Elle fronça les sourcils en relisant un fait divers concernant l'enlèvement d'un enfant sur le chemin de l'école. Décidément, il était peut-être dangereux d'envoyer Joey en classe. Pourquoi ne le garderait-elle pas à la maison ? Elle pourrait lui dispenser elle-même l'enseignement dont il avait besoin…

Un autre article lui tomba sous les yeux. C'était une horrible histoire de haine : un enfant avait tué son demi-frère. Nicki sentit un frisson glacé courir dans le creux de son dos. Joey serait-il jamais en sécurité ? Laura le détestait, c'était évident…

Dehors, Maggie hésita un instant. Puis, songeant à l'amitié qui l'unissait à Nicki depuis l'enfance, elle tourna la poignée. Le verrou n'était pas tiré.

Elle trouva Nicki assise à la table de la cuisine. Des coupures de journaux étaient éparpillées autour d'elle. La main crispée sur ses ciseaux, Nicki leva sur elle un regard réprobateur.

En examinant son amie, Maggie sentit son cœur se serrer. Que lui était-il donc arrivé ? Elle avait l'air… l'air… Maggie secoua imperceptiblement la tête. Que signifiait cette tenue négligée, alors que Nicki avait toujours été méticuleuse, voire un peu maniaque ? Même à l'époque où son premier mari lui faisait subir un véritable calvaire, elle était toujours impeccable.

— Nicki ?

— Qu'est-ce que tu veux ?

— Je… je passais par là, et j'ai eu envie de te voir. De te parler.

Nicki se renfrogna encore davantage.

— C'est impossible. Je suis trop occupée.

Sans rien dire, Maggie regarda le fatras de journaux entassés par terre et sur la table, les coupures de presse éparpillées.

— Nicki…, reprit-elle d'une voix douce.

Mais, sans lui laisser le temps de poursuivre, Nicki

se leva brusquement et brandit ses ciseaux d'un air menaçant.

— Va-t'en, Maggie ! cria-t-elle. Je veux que tu partes immédiatement. Et ne remets jamais les pieds ici. Tu sais très bien que tu n'aurais pas dû faire cet enfant ! Il va lui arriver quelque chose, Maggie. Quelque chose de moche…

Bouleversée, Maggie obtempéra et se dirigea vers la porte du fond qui était restée ouverte. Nicki était devenue une autre femme. C'était à peine si elle reconnaissait en elle son amie d'autrefois.

Tremblante, elle se remit au volant et tourna la clé de contact. Tout en s'éloignant, elle sentit dans son ventre un mouvement à peine perceptible — juste un frémissement. Comme un défi aux propos venimeux de Nicki. Posant une main sur son ventre, elle sourit à travers ses larmes.

16

— Maggie !

Maggie s'immobilisa brusquement en reconnaissant la voix d'Alice.

— Tu es magnifique, lui dit Alice. Et très chic, dans cette tenue. Je me souviens d'avoir porté d'affreuses salopettes de grossesse et de grandes blouses informes, quand j'étais enceinte.

— Tu avais, pourtant, l'air d'une madone ! Evidemment, tu étais jeune, dit Maggie avec un soupir.

Son visage s'assombrit légèrement.

— Je reviens de chez Nicki. Tu sais, Alice, je me fais vraiment du souci pour elle. Pas à cause de notre désaccord, mais... Elle a énormément changé. En fait...

Elle s'interrompit. La vie était déjà assez compliquée sans aggraver encore la situation en parlant des lettres anonymes.

— Maggie, j'avais quelque chose à te demander, lui dit Alice, visiblement très ennuyée.

— Ne me dis pas que ton ordinateur fait un nouveau caprice ! Si tu veux...

— Non, non, ce n'est pas ça. En fait, je me demandais

si tu avais déjà trouvé une maison. C'est que, vois-tu… Stuart voudrait mettre la nôtre en vente. Comme elle semblait vous plaire, à toi et à Oliver…

Elle laissa sa phrase en suspens, et Maggie la regarda d'un air surpris.

— Mais vous adorez cette maison, tous les deux ! Je me souviens encore du jour où vous l'avez achetée. Tu étais folle de joie.

— Je sais, mais il dit qu'elle est trop grande pour nous deux, à présent. Il a sans doute raison. Et puis, tu sais…

Stuart continuait à refuser ses avances et à s'endormir en lui tournant le dos. Le simple fait qu'elle ait dû prendre l'initiative était déjà suffisamment inhabituel pour alimenter ses soupçons et, sur ces entrefaites, voilà qu'il parlait de vendre la maison et de prendre un studio en ville !

Elle ne devait plus se voiler la face. A en croire les magazines et leurs statistiques, Stuart était atteint du « démon de midi ».

Normalement, les premières personnes vers qui elle aurait eu tendance à s'épancher étaient ses amies, mais, depuis quelque temps, un fossé semblait se creuser entre elles, comme si elles avaient cessé de se comprendre. Au lieu de s'exprimer, elle se retrouvait emprisonnée dans un cercle étouffant. Et la stupéfaction de Maggie, quand elle avait appris que Stuart voulait vendre leur maison, n'était pas de nature à la rassurer.

— Stuart travaille sur un nouveau projet, expliqua-t-elle.

Il voudrait louer un petit pied-à-terre près de l'aéroport et acheter, ici, une maison un peu plus modeste.

Retenant son souffle, elle attendit que Maggie devine, sous ce flegme illusoire, l'angoisse qui la tenaillait, qu'elle lui pose des questions, qu'elle lui fournisse l'occasion de s'épancher. Mais son amie se contenta de hocher la tête d'un air entendu.

Alice redressa les épaules et changea délibérément de sujet.

— A propos de maisons, dit-elle d'un ton léger, tu sais que Zoé travaille dans l'immobilier, à l'Agence Sheridan ?

Maggie opina, et Alice l'observa du coin de l'œil, d'un air hésitant. Là encore, l'opinion de ses amies aurait pu lui être utile. Elle se sentait partagée entre la crainte de perturber Maggie en lui annonçant la nouvelle et celle de se montrer lâche en se taisant. Finalement, elle se jeta à l'eau.

— Eh bien, je ne sais pas si tu es déjà au courant, Maggie, mais il semble que Dan soit de retour.

— Dan ?

D'un geste instinctif, Maggie posa une main sur son ventre.

— Non, murmura-t-elle d'une voix altérée. Je l'ignorais.

— Zoé m'a dit qu'il avait plus ou moins l'intention d'acheter le domaine de Draycotte.

Devant la mine consternée de son amie, Alice se reprocha de lui avoir parlé.

— Oh, excuse-moi, Maggie ! dit-elle en posant une main sur son bras. Je ne voulais pas te faire de peine.

— Tu ne m'as pas fait de peine, répondit immédiatement Maggie avec un petit sourire contraint. C'est juste que… j'ai un peu de mal à y croire… Je n'aurais jamais imaginé que Dan reviendrait un jour ici. Je le croyais installé à New York…

— Ecoute, je vais chercher des bouquins à la bibliothèque et, après ça, je prendrai les garçons pour que Laura puisse aller chez le dentiste. Mais on peut tout de même boire un petit café ensemble, si tu veux.

— Ne t'inquiète pas, Alice, ça va.

Dan était de retour. Maggie avait les joues en feu. En fait, ses réactions n'étaient pas très différentes de ce qu'elle avait éprouvé, lors de leur première rencontre, quand Nicki les avait présentés l'un à l'autre.

— Qui est-ce ? lui avait-elle demandé d'une voix étouffée, sentant déjà qu'elle allait tomber amoureuse.

— Oh, une simple connaissance… enfin, un ami, avait répondu Nicki avec désinvolture.

Maggie l'avait crue parce qu'elle avait envie de la croire. Le coup de foudre existait bel et bien : elle en avait fait l'expérience. Elle avait aimé Dan de toute son âme, avec passion. Ses amies la croyaient audacieuse et plutôt libertine, mais, en fait, Dan avait été son premier amant. Son premier amour. Sa trahison lui avait brisé le cœur, et elle lui aurait pardonné s'il avait voulu rester avec elle. Mais le fait de se savoir stérile l'avait profondément ébranlé ;

il avait eu besoin de la quitter pour se retrouver, pour se reconstruire.

Aujourd'hui, il était de retour.

Elle posa les mains sur son ventre où grandissait l'enfant d'Oliver.

— As-tu vu Stella et son petit-fils, ces temps-ci ? demanda-t-elle posément.

Alice comprit qu'elle n'avait pas envie de continuer à parler de Dan.

Machinalement, Laura toucha du bout de la langue son nouveau plombage. Sa langue picotait encore un peu, et sa mâchoire n'avait pas encore retrouvé toute sa sensibilité.

Elle avait toujours eu horreur des séances chez le dentiste, et son aversion pour la roulette était légendaire. En fait, Nicki était la seule à ne pas l'avoir traitée de mauviette. Laura se rappela qu'elle l'avait emmenée chez le dentiste, tandis que sa mère était à l'hôpital.

— Crois-tu que maman a peur de souffrir ? lui avait-elle demandé, dans la salle d'attente.

Elle ne savait pas, alors, ce qu'il y avait entre Nicki et son père. Elle traitait encore Nicki comme une amie.

— Nous avons tous peur de certaines choses, avait répondu la jeune femme. Mais ta maman est quelqu'un de très courageux, tu sais.

— Je voudrais bien être courageuse, avait murmuré Laura. Mais le bruit de la roulette…

Nicki avait jeté un coup d'œil sur sa montre, puis elle s'était levée pour aller dire quelque chose à la secrétaire.

Quelques instants plus tard, elle était revenue avec un petit paquet qu'elle lui avait tendu en lui disant de l'ouvrir. Perplexe, Laura avait obtempéré. A l'intérieur, il y avait un baladeur avec une cassette de son groupe préféré.

— Tu pourras l'écouter pendant que le dentiste te soignera, avait suggéré Nicki.

Laura regrettait parfois d'être rentrée à l'improviste, ce jour fatal. Si elle avait ignoré la liaison que son père entretenait avec Nicki, peut-être aurait-elle réagi différemment, par la suite, quand ils s'étaient mariés…

Plongée dans ses réflexions, Laura s'arrêta devant une vitrine, sans prêter grande attention à ce qui était exposé.

— Vous voilà enfin, ma petite chérie ! Dites-moi tout de suite, et très sincèrement, si je vous ai manqué.

— Ryan !

Laura se retourna et ouvrit de grands yeux. Ryan la contemplait avec son petit sourire nonchalant, une lueur triomphante dans le regard.

— En personne, dit-il avec son léger accent irlandais qui avait fait chavirer tant de cœurs. Je passais dans le coin, et je me suis dit… Non, vous risquez de me prendre pour un menteur. En réalité, vous me manquiez tellement que j'ai soudoyé le dragon du service du personnel pour avoir votre adresse. Si vous saviez ce que ça me fait de vous voir, là, devant moi. Vous avez de la chance que nous soyons dans la rue, sinon…

— Arrêtez, Ryan ! ordonna sèchement Laura.

— Arrêter quoi ? lui demanda-t-il d'un air faussement candide. Arrêter de vous désirer ? Cesser d'être malade à force de penser à vous, à longueur de journée ? Hélas, ma petite chérie, c'est au-dessus de mes forces. Je voudrais bien, mais vous êtes beaucoup trop…

— Ryan…

— Revenez ! dit-il d'un ton suppliant. Revenez-moi, Laura. Laissez-moi vous prouver combien vous m'avez manqué. Ce serait tellement bon, entre nous ! murmura-t-il de façon persuasive. Vous savez bien que vous avez envie de moi et que je vous désire follement.

Laura ferma brièvement les yeux. Cet homme était marié, il avait des enfants. Même s'il ne s'agissait pas, entre eux, d'une histoire d'amour, elle ne voulait pas se conduire comme Nicki.

— Ryan, ce n'est pas bien, commença-t-elle.

— Laura, je vous en prie ! Je voudrais seulement vous parler. Rien de plus, je vous le promets. Venez déjeuner avec moi. S'il vous plaît…

Laura détourna les yeux un instant. Les garçons étaient avec Alice pour le reste de la journée et, ce soir, elle avait quartier libre.

— Bon, d'accord, dit-elle, presque malgré elle.

— A la bonne heure !

Visiblement ravi, Ryan la prit par le bras.

— Ma voiture est de ce côté, ajouta-t-il.

Sa voiture ? Laura fronça les sourcils, mais Ryan l'entraînait déjà.

— Nicki, qu'est-ce qui se passe ? demanda Kit en entrant dans la cuisine, l'air exaspéré.

En arrivant à la maison, il avait trouvé deux hommes en train de mesurer la largeur du portail. Sur sa demande, ils lui avaient expliqué qu'ils prenaient des mesures pour l'installation d'un système de sécurité.

— Je ne sais pas de quoi tu parles, répondit Nicki.

— Je parle de ces types qui prennent des mesures pour installer un système de sécurité.

Nicki détourna les yeux.

— Je tiens à ce que Joey soit bien protégé.

Kit la regarda en fronçant les sourcils. Le carrelage de la cuisine était jonché de coupures de journaux, et Nicki portait les mêmes vêtements depuis le début de la semaine.

— Joey n'est pas en danger, lui dit-il. En fait, le pauvre gosse est tellement couvé qu'il risque seulement d'étouffer. Un enfant a besoin d'un minimum de liberté, tout de même ! Tu ne vois pas ce que tu es en train de lui faire ?

— Je le défends ! cria Nicki. Il faut bien que quelqu'un le fasse.

— Le défendre ? Contre quoi ? demanda Kit. Bon sang ! Nicki…

— Contre Laura, répondit-elle farouchement. Laura lui veut du mal.

Kit dévisagea sa femme avec stupéfaction.

— Ne dis pas de bêtises. Laura ne lui veut aucun mal. Ecoute, je sais que tu te méfies d'elle, Nicki, mais de là à l'accuser de vouloir nuire à Joey ! C'est complètement dingue.

Nicki sentit son cœur se serrer. C'était bien ce qu'elle commençait à soupçonner : elle devait protéger Joey de sa demi-sœur, mais aussi de son père ! Kit se figurait qu'il pouvait la rouler, qu'elle était trop bête pour deviner ce qu'il mijotait. Mais il se trompait. Elle ne les laisserait jamais s'en prendre à Joey. Jamais.

Elle respira profondément.

— Kit, je veux que tu t'en ailles, déclara-t-elle. Il ne faut plus que tu vives ici.

— Quoi ? Qu'est-ce que tu racontes ? Mais enfin, Nicki, je suis ton mari…

— Non ! Tu es le père de Laura, et c'est la seule chose qui compte pour toi. Ta fille est la seule personne au monde qui t'importe. Tu ne tiens ni à moi ni à Joey.

Elle frissonna légèrement.

— Je sais que tu n'as jamais vraiment voulu cet enfant. Tu aurais probablement préféré qu'il ne vienne jamais au monde, comme….

— Nicki !

Horrifié, Kit fit un geste vers elle, mais elle recula instantanément, le regard plein de colère.

— Non. Ne me touche pas ! Ne t'approche pas de moi ! Je ne le supporte plus. Il faut que tu partes, Kit. Je ne veux plus de toi ici.

Kit secoua la tête d'un air accablé. Ce qu'elle disait n'avait vraiment aucun sens. Il reconnaissait à peine en elle la femme qu'il aimait. Rien ni personne, excepté Joey, ne trouvait plus grâce à ses yeux — et certainement pas lui. Depuis quelque temps, Joey était devenu le fils de Nicki bien plus que le sien, car elle l'isolait méthodiquement du reste du monde. Kit avait d'abord eu l'impression qu'elle le tolérait de moins en moins, puis il avait compris qu'elle ne le supportait plus du tout.

Certes, il y avait eu cette crise dans le secteur d'activité où il travaillait. Nicki s'était donné du mal pour subvenir seule à leurs besoins, et sa fausse couche n'avait pas arrangé les choses. A ce moment-là, il aurait peut-être dû se montrer plus attentif, mais l'annonce de cette grossesse l'avait plongé dans une angoisse ingérable. Pendant quelque temps, il avait perçu l'hostilité de Nicki, mais les choses auraient dû s'arranger, au lieu de s'aggraver, à mesure que les affaires reprenaient.

— Ecoute, lui dit-il d'une voix presque suppliante, il faut qu'on parle. Viens t'asseoir avec moi, et…

— Je ne veux pas parler, trancha Nicki. Je veux seulement que tu t'en ailles.

Découragé, il la regarda sans plus savoir que dire.

— Je suis chez moi, lui dit-elle. C'est moi qui paie les traites de cette maison.

Kit sentit son visage s'empourprer. Il détestait ces disputes, ces épouvantables sautes d'humeur dont elle souffrait si souvent, depuis quelque temps. Il devenait impossible de lui parler, de s'expliquer avec elle. Tous ses efforts étaient vains. Il n'en pouvait plus.

— Très bien. Si c'est comme ça que tu vois les choses…, dit-il posément.

Elle avait peut-être besoin de respirer, de prendre un peu de distance. Entre leurs difficultés financières, la fausse couche, le retour de Laura, ils avaient été soumis à rudes épreuves, ces derniers temps.

— Il va falloir que je cherche un logement, reprit-il. Je vais…

— En attendant, tu peux vivre à l'hôtel, répliqua vivement Nicki. Tu dois partir tout de suite, Kit. C'est indispensable.

Il blêmit sous le choc, et la regarda. Elle l'observait comme un ennemi, comme si elle le haïssait de toute son âme. Décidément, il ne la comprenait plus. Ses tentatives de conciliation ne faisaient qu'aggraver les choses… Finalement, il se sentait soulagé à la perspective de ne plus avoir à supporter des scènes incessantes et incompréhensibles.

Zoé affichait une mine boudeuse lorsque Kit entra dans les locaux de l'agence immobilière. Andrew ne l'avait pas autorisée à aller déjeuner. Et, pour s'assurer qu'elle resterait au bureau, il n'était pas sorti, lui non plus.

Elle n'avait pas faim, mais son organisme réclamait sa dose d'alcool quotidienne. Aussi, ce fut d'un air maussade qu'elle écouta la requête de Kit.

— Un appartement ? lui demanda-t-elle en fronçant les sourcils.

Pourquoi cherchait-il un appartement ? Etait-ce pour y installer Laura ? Laura envisageait-elle de la quitter ?

La perspective d'être cloîtrée chez elle avec les enfants la terrorisait. Elle ne pouvait pas se passer de Laura. Elle avait besoin de son amitié, de son soutien, de sa compréhension. Et l'idée que Laura ne l'appréciât que modérément suscitait en elle un mélange de peur et de ressentiment. Les gens s'arrangeaient toujours pour profiter d'elle… Les réflexions illogiques et paranoïaques propres aux alcooliques se bousculaient dans sa tête comprimée par une affreuse migraine.

Consciente d'être surveillée par Andrew, elle fournit à Kit les renseignements qu'il lui demandait.

Nicki avait deux heures devant elle avant la sortie de l'école, mais elle consulta sa montre avec anxiété avant de sonner chez Dan.

Il lui avait donné une carte de visite, lors de leur dernière rencontre, et elle l'avait gardée précieusement dans son sac.

— Nicki.

Dan ouvrit de grands yeux en la trouvant sur le pas de sa porte.

— Je passais dans le quartier, et j'ai décidé de passer te dire bonjour.

— C'est gentil. Entre donc, dit-il en s'effaçant pour lui

céder le passage. Comme tu peux le constater, ce n'est pas très joli, ici : j'ai loué cet endroit meublé. C'était ça ou une chambre d'hôtel… Je peux t'offrir quelque chose ? Une tasse de thé ? Un café ?

— Du thé, s'il te plaît.

Cette visite lui avait demandé un gros effort. Le fait de se laver les cheveux et d'enfiler un tailleur élégant lui avait paru un peu étrange — comme si elle changeait de personnalité.

— As-tu trouvé la maison de tes rêves ? demanda-t-elle pour alimenter la conversation, tandis qu'il lui tendait sa tasse de thé.

— Si l'on peut dire.

Il esquissa une grimace d'autodérision.

— J'ai décidé d'acheter le manoir de Draycotte, mais il faudra pas mal de temps pour le rendre habitable.

Nicki faillit laisser tomber sa tasse.

— Ce vieux manoir dont vous vous étiez entichés, Maggie et toi ? demanda-t-elle d'une voix aigre. Mais il est pratiquement en ruines. Je n'ai jamais compris ce que vous lui trouviez… Je suppose que c'était Maggie qui t'avait convaincu qu'il te plaisait. Elle a toujours été comme ça. Il lui fallait toujours ce qui n'était pas à sa portée. Elle n'a pas changé, du reste.

Dan s'était rembruni, mais Nicki ne remarqua ni son silence ni la froideur de son regard.

— C'est comme ce bébé qu'elle a décidé d'avoir. Elle n'a aucun droit de faire ça. Et je ne me suis pas gênée pour le lui dire ! Si elle voulait réellement avoir des enfants, elle aurait pu en faire avec toi, au lieu de…

— Non, Nicki, elle ne pouvait pas en faire avec moi, déclara Dan en l'interrompant.

Elle le regarda d'un air interdit.

— Que veux-tu dire par là ? Et pourquoi donc ? C'était ta femme, non ? Tu l'avais épousée. Tu l'aimais.

Dan fronça les sourcils en percevant l'amertume dans la voix de Nicki. Il savait qu'elle avait éprouvé une jalousie dévastatrice quand il l'avait quittée pour Maggie. C'était un trait déterminant de son caractère.

— En effet, dit-il. Et, pour être franc, je dois avouer que je l'aime encore.

— Non ! s'écria Nicki. Ce n'est pas vrai. Tu l'as quittée parce que tu voulais des enfants et qu'elle refusait d'en avoir. Elle était trop égoïste. Son métier passait avant tout le reste.

En l'écoutant, Dan se rembrunit encore.

— Non, Nicki. Tu te trompes. Si nous n'avons jamais eu d'enfants, c'est parce que je ne pouvais pas lui en donner. Je suis stérile.

— Je ne te crois pas, déclara Nicki en secouant la tête. Tu dis ça pour prendre sa défense.

Dan renversa la tête en arrière, et se mit à rire amèrement.

— Hélas, c'est plutôt elle qui a tout fait pour me protéger, pour dissimuler cette faiblesse à notre entourage. En réalité, Maggie s'est sacrifiée pour épargner mon amour-propre. Et moi, en guise de remerciement, je l'ai trompée dans l'espoir de prouver que les médecins avaient tort. Comme si l'on pouvait confondre virilité et fertilité ! Je ne voulais pas croire que j'étais stérile. Je m'imaginais qu'il suffisait de changer de femme, de trouver celle qu'il me fallait pour avoir un enfant. Mais il n'y avait qu'une femme au monde qui me convenait, et moi…

Il s'interrompit brusquement.

— Par loyauté envers moi, Maggie a laissé croire à tout le monde que c'était à cause d'elle que nous n'avions pas d'enfants. Je n'ai pas démenti, par lâcheté et par égoïsme. Et, pire encore, je l'ai quittée. Seigneur, quand j'y pense… Si elle veut un enfant, aujourd'hui, c'est son droit, et ce n'est pas moi…

— Ce n'est pas vraiment son enfant, lui rappela sèchement Nicki. C'est l'enfant d'Oliver, et celui d'une autre femme qui a donné ses ovules. Maggie ne fera rien de plus que…

— Rien de plus ? Enfin, Nicki, je croyais que tu étais son amie. Comment peux-tu… Nicki ? demanda-t-il, tandis qu'elle posait violemment sa tasse et sortait en coup de vent.

Etouffant un juron, il la regarda remonter en voiture. Un sentiment de remords et de désir mêlés l'étreignait douloureusement quand il pensait à Maggie portant l'enfant de son nouveau compagnon. Il ferma les yeux. Allait-il enfin s'avouer la raison de son retour ?

La promesse de vente avait été signée le matin même. Il était trop tard pour changer d'avis. Du reste, en avait-il vraiment envie ?

*
* *

Kit regarda autour de lui d'un air abattu. L'appartement qu'il venait de louer était situé au second étage d'un petit immeuble, dans un quartier assez calme. Le loyer n'était pas excessif, car le propriétaire ne souhaitait le louer que pour quelques mois. Il présentait aussi l'avantage d'être meublé, ce qui lui permettrait de s'installer dès que les formalités légales auraient été remplies.

Pour les deux nuits à venir, il avait réservé une chambre à l'hôtel du club de golf local. Mais, tout au fond de lui, il ne pouvait s'empêcher de penser que Nicki allait changer d'avis et lui téléphoner.

Comment en étaient-ils arrivés là ? Leur amour lui avait paru si profond, si évident. Pour lui, Nicki avait été solide comme un roc pendant la maladie de Jennifer, et après son décès. Les épreuves qu'ils traversaient ensemble semblaient les rapprocher davantage — du moins l'avait-il cru. La naissance de Joey, bien que non programmée, lui avait permis de vivre la paternité d'une manière différente. Pour Laura, il avait dû assumer à la fois le rôle du père et celui de la mère, tout en restant l'époux d'une femme mourante. Avec Joey, il pouvait s'en tenir à son rôle de père, qui le comblait.

Après la naissance de Laura, il avait traversé une période pendant laquelle sa vie sexuelle avait été pratiquement inexistante. Jusqu'à l'arrivée de Nicki. Son apparence un peu austère dissimulait une nature passionnée qui s'épanouissait dans l'intimité. Avec elle, il avait pu découvrir l'étendue et la richesse de sa propre sensualité.

Andrew consulta discrètement sa montre, pendant que Kit visitait les lieux. Il avait dû laisser Zoé seule à l'agence, et il se demandait si elle n'avait pas déserté. Hannah, sa petite amie, ne cessait de lui répéter qu'il avait tort de ne pas la virer. Et son père, manifestement, était du même avis.

Le café était bondé, et Zoé avait dû s'installer au bar.

— Une autre vodka ! demanda-t-elle au barman. Une double.

Elle n'allait pas se laisser dicter sa conduite par Andrew ! De toute façon, il n'avait pas le droit de lui sucrer sa pause déjeuner.

Elle prit son verre et fronça les sourcils en découvrant que Hannah, la petite amie d'Andrew, et son promoteur de papa étaient attablés un peu plus loin. Zoé les dévisagea effrontément jusqu'à ce que Hannah tourne la tête de son côté. Visiblement embarrassée, la jeune femme rougit jusqu'aux oreilles et se pencha sur la table pour dire quelque chose à son père. Il leva aussitôt les yeux sur Zoé, et lui lança un regard réprobateur.

Son verre à la main, Zoé quitta son tabouret et se fraya un chemin jusqu'à leur table, d'un pas mal assuré.

— Ça, par exemple, mais c'est la petite chérie d'Andrew ! Et elle est avec son papa !

Elle les gratifia d'un sourire.

— Il ne t'a pas encore sautée ? demanda-t-elle à Hannah sur le ton de la conversation.

La jeune femme, scandalisée, faillit s'étrangler avec sa pizza. Quant à son père, il se leva, l'air menaçant, et commença :

— Si vous ne vous excusez pas immédiatement…

Mais Zoé, déjà à moitié ivre, poursuivit sur sa lancée :

— A ta place, je m'en ferais pas trop, Hannah. Il va sûrement te dire qu'elle est longue comme ça…

Elle joignit le geste à la parole, pour le plus grand plaisir de l'assistance.

— Eh bien, non, elle est comme ça ! s'exclama-t-elle, triomphante, en réduisant la dimension de moitié. Rassure-toi : tu ne sentiras rien du tout.

Andrew fit une grimace en découvrant le bureau désert. Il referma la porte et se dirigea vers le bar du coin. Sur le seuil, il s'immobilisa brusquement à la vue de Zoé, debout près de la table où Hannah déjeunait avec son père.

— Vous êtes ivre ! lançait la jeune femme, au moment précis où il s'approchait.

— Ah bon ? répliqua Zoé en riant. Si tu le dis… Mais moi, demain, j'aurai dessoûlé, tandis que toi, t'auras toujours ton cul de grosse vache et ton air idiot !

— Zoé !

La voix furibonde d'Andrew lui parvint à travers les vapeurs de l'alcool, et elle se retourna en titubant légèrement.

— Andrew, j'étais en train d'expliquer votre petit problème à Hannah…

— Hannah, monsieur Webster, je suis sincèrement désolé, bredouilla Andrew. Quant à vous, vous êtes virée ! hurla-t-il en se tournant vers Zoé.

— Quoi ? Vous ne pouvez pas me faire ça ! cria-t-elle, subitement dégrisée.

— Je vous avais dit de ne pas quitter le bureau. Vous avez déjà reçu plusieurs avertissements, Zoé.

— J'ai juste pris ma pause déjeuner. On ne peut pas me virer pour ça.

— Tirez-vous ! hurla Andrew. Et ne remettez plus jamais les pieds dans mon agence !

— Quoi ? Juste pour avoir dit que vous aviez une toute petite bite ?

Andrew était tellement soucieux de réconforter Hannah qu'il ne prêta pas attention à cette dernière remarque.

— Mmm. Le repas était succulent, déclara Laura, enchantée.

— Je suis content que vous vous soyez régalée, dit Ryan. Vous savez, il y a un nombre incalculable de choses agréables que nous pourrions faire ensemble, ajouta-t-il de façon suggestive.

Laura n'était pas naïve. En acceptant son invitation à déjeuner, elle s'attendait à ce genre de proposition, mais elle se croyait capable de résister à la tentation. Ce qui se révélait, en fait, beaucoup plus difficile qu'elle ne l'imaginait.

Depuis quelques semaines, elle rêvait d'amour vingt-quatre heures sur vingt-quatre. Elle s'était même surprise à fantasmer sur le très charmant pédiatre des garçons, même si elle avait refusé son invitation à dîner.

Et voilà que Ryan venait lui offrir l'occasion idéale de prendre un peu de bon temps sans aucune implication sentimentale.

Mais Ryan était marié.

Quoi qu'il en soit, elle n'avait pas la moindre intention de briser son ménage, n'est-ce pas ? Il s'agissait seulement de quelques galipettes sans conséquence. Et, probablement sous l'effet d'un excellent vin qui émoussait considérablement ses inhibitions, l'horreur que lui inspirait le comportement de Nicki avec son père perdait progressivement de son pouvoir dissuasif. Après tout, quel mal y avait-il à se faire plaisir, comme le suggérait Ryan ? Des maîtresses, il avait dû en avoir à la pelle ; elle ne serait certainement pas la première ! Pour sa part, elle n'avait de comptes à rendre à personne. Pourquoi s'interdirait-elle un plaisir que son corps réclamait avec tant d'insistance ?

— Si nous allions prendre le café dans ma suite ? proposa-t-il.

— Je suppose qu'elle est éclairée aux chandelles et équipée d'un Jacuzzi, avec champagne à volonté ?

— Pour ce qui est des chandelles, je n'en mettrais pas ma main au feu, dit-il en riant. Les détecteurs de fumée risqueraient de donner l'alerte. Mais il y a, bel et bien, du champagne, un Jacuzzi et quantité de miroirs placés de façon stratégique.

Sentant que la partie était gagnée, Ryan fit signe au serveur.

— Mettez ça sur mon compte et faites monter le café dans ma suite, lui dit-il discrètement.

L'étage était desservi par un ascenseur particulier — une cabine immense, toute capitonnée, au diapason de l'ambiance générale. Les portes n'étaient pas encore tout à fait refermées quand Ryan prit la jeune femme dans ses bras et entreprit de l'embrasser ardemment, sans un mot.

Laura jugea son silence beaucoup plus excitant que les propos convenus des amants en pareille circonstance. Sans trop savoir comment, elle se retrouva adossée à la paroi de l'ascenseur, le corps ferme et brûlant de Ryan plaqué contre le sien.

Elle portait un chemisier blanc en coton tout simple, qui n'avait rien de très coquin. Du moins le pensait-elle, jusqu'à ce que Ryan l'eût déboutonné jusqu'à la taille pour libérer un de ses seins et le pétrir entre ses doigts experts. Le mamelon durcit presque instantanément sous ses caresses, suivies de baisers fougueux. En quittant l'ascenseur, Laura aperçut dans le miroir l'image d'une jeune femme aux joues enflammées, passablement décoiffée, dont les seins ronds pointaient de façon arrogante sous le chemisier rajusté à la hâte.

17

Quand Maggie rentra chez elle, elle vit aussitôt la lettre qu'on avait glissée sous la porte et qui semblait l'attendre. Luttant contre une brusque nausée, elle fit un écart pour l'éviter, et gagna précipitamment la cuisine.

Sa journée avait été fertile en émotions intenses, variées et inattendues. Elle avait l'impression de se trouver tout près d'un seuil de tolérance au-delà duquel elle risquait de se trouver sans défense.

La déclaration d'amour d'Oliver, le matin, l'avait profondément émue. La réaction de Nicki à sa visite lui avait causé beaucoup de peine et de regret pour une amitié, apparemment, perdue. Mais c'était le retour de Dan qui la bouleversait le plus.

Certes, leur histoire appartenait au passé, mais elle avait aimé Dan de toute son âme, avec une telle passion, une telle intensité qu'il en resterait toujours quelque chose.

Quand il l'avait quittée, elle avait prié pour qu'il trouve auprès d'une autre ce qu'il souhaitait si ardemment, afin que sa propre souffrance ait, au moins, une raison d'être.

Laissant la bouilloire sur le feu, Maggie regagna le

couloir, comme attirée par cette lettre empoisonnée. Tandis qu'elle se penchait pour la ramasser, son bébé lui donna une série de petits coups de pied frénétiques.

Elle posa doucement une main sur son ventre.

— Tout va bien, murmura-t-elle. Je ne risque rien, et toi non plus. Nous ne sommes pas en danger.

Au lieu de se moquer d'elle quand elle parlait ainsi, Oliver était bouleversé. Ils avaient décidé de ne pas demander quel était le sexe du bébé à naître, mais Oliver était convaincu que ce serait un garçon. Il prévoyait déjà de l'emmener voir les matchs de son équipe de foot favorite.

— Si ça se trouve, il n'aimera pas le football ! lui répliquait-elle en riant.

Mais elle ne riait plus, maintenant. D'une main tremblante, elle retourna l'enveloppe sur laquelle on avait collé des lettres de dimensions variées, découpées dans des journaux, et qui composaient un message court mais significatif : « Maggie — Voleuse de bébés ».

La sagesse lui commandait de brûler la lettre sans la lire. Mais elle n'écouta pas ce conseil de bon sens.

Stella se sentit totalement déconcertée en trouvant la cuisine déserte. Elle avait une réunion, ce soir, au comité, et elle allait être en retard. En fait, elle n'était pas encore sûre de pouvoir s'y rendre. Jack refusait de plus en plus souvent son biberon quand ce n'était pas elle qui le lui donnait.

— Franchement, on peut le comprendre quand on voit la façon dont Julie lui enfonce la tétine dans la bouche ! avait-elle confié à Richard.

— Laisse-la s'occuper de son gosse, Stella ! avait répliqué Richard.

Décidément, il ne comprenait rien à rien…

En se dépêchant, elle aurait peut-être le temps de donner son bain au bébé avant de sortir, songea-t-elle, sans prêter attention aux gargouillements de son estomac.

La porte de l'appartement du haut était ouverte. En franchissant le seuil, Stella entendit les voix de Julie et de Richard. Elle fronça légèrement les sourcils et gagna le petit salon, initialement meublé pour sa défunte belle-mère. Le spectacle qu'elle y découvrit accentua sa perplexité.

Julie était appuyée au mur, un bol de café à la main, tandis que Richard, assis dans un fauteuil, donnait le biberon à Jack. Pour une raison ou pour une autre, le fait que le bébé tétât avidement pendant que les deux adultes bavardaient amicalement acheva d'exaspérer Stella. C'était tout de même incroyable ! D'autant plus qu'elle avait essayé bien des fois d'inciter Richard à s'intéresser au bébé en lui faisant remarquer sa ressemblance avec Hughie, et qu'il ne voulait rien entendre !

— Si vous voulez sortir, ce soir, je peux m'occuper de Jack, déclara-t-elle à Julie.

— C'est bon, je me suis déjà organisée pour le laisser chez maman, répondit la jeune femme.

Avant que Stella ait pu dire quoi que ce soit, Richard intervint à son tour.

— Je croyais que tu avais une réunion du comité, ce soir.

— Oui, mais il n'y a rien de très important au programme : j'aurais pu l'annuler.

Le regard qu'il lui lança la fit rougir imperceptiblement.

Plus tard, dans la cuisine, après le départ de Julie, il lui dit posément :

— Je sais combien tu es attachée à Jack, Stella, mais tu ne dois pas oublier que c'est l'enfant de Julie.

— Sans doute, mais c'est aussi celui de Hughie. Et notre petit-fils ! rétorqua vivement Stella.

— Hughie l'a engendré, d'accord, mais il ne s'y intéresse guère. Il ne se chargera pas de son éducation.

— Non, et Julie non plus, je le sais, répliqua Stella qui voyait là une bonne occasion d'informer Richard de ses intentions. Julie a l'intention de faire adopter Jack, mais ce bébé est notre petit-fils, Richard.

Elle prit une profonde inspiration.

— Je voudrais que nous l'adoptions. Ce ne serait pas difficile, tu sais ? J'en ai parlé avec des amis qui connaissent la question…

— Stella ! Non !

Le ton autoritaire de Richard la dérouta. Elle s'attendait à des protestations de sa part — Richard avait plus ou moins l'esprit de contradiction ; en fait, il avait tendance à s'opposer, par principe, à tout ce qui pouvait bousculer son train-train quotidien. Mais le regard sévère qu'il posait sur elle lui ressemblait si peu que Stella demeura un moment sans voix.

Puis elle songea à toutes les fois où elle avait dû passer outre à l'avis de Richard, dans l'intérêt même de la famille.

— Ecoute, reprit-elle d'un ton persuasif, c'est ce qu'il y a de mieux à faire. Jadis, il était courant que les enfants soient élevés par leurs grands-parents. Et même de nos jours... Regarde Alice, par exemple, qui élève pratiquement les deux enfants de Zoé. Ça n'a rien d'illogique. Julie pourra reprendre ses études et, naturellement, elle verra Jack quand elle voudra. Un jour ou l'autre, bien sûr, elle se mariera et elle fondera une famille...

— Et, ce jour-là, nous serons libres de garder Jack, n'est-ce pas ? C'est bien ce que tu veux dire ?

Stella se rembrunit. Elle ne comprenait pas la véhémence de Richard.

— Eh bien, pourquoi pas ? lui demanda-t-elle. Ça me paraît normal.

— Ah bon ? Et si Julie avait des projets pour Jack, elle aussi ?

— Elle veut le faire adopter, non ? Alors, autant que ce soit par nous. Franchement, Richard, est-ce que tu m'as écoutée ? Tu as vraiment un problème de ce côté-là, tu sais ? Tu n'écoutes jamais personne. Et puis, de toute façon, tu peux dire ce que tu veux : ma décision est prise. Nous allons garder Jack avec nous.

— Je t'ai écoutée, Stella, dit Richard d'un air sombre.

Hélas, ce n'est pas à toi de prendre les décisions pour Jack. C'est Julie…

— Oh, Julie ! Elle est si jeune, Richard ! Elle se déchargera volontiers sur nous de ses responsabilités de mère. Ce qui l'intéresse, avant tout, c'est de pouvoir sortir avec ses copines. N'importe qui peut le constater.

Richard ne s'était pas départi de son air contrarié, mais Stella feignit de ne rien remarquer. Elle était sûre d'avoir raison. Du reste, elle ne supportait même pas l'idée qu'une autre personne qu'elle pût s'occuper de Jack. C'était absolument inconcevable.

— Où est papa ? demanda Joey en regardant la pendule. D'habitude, il est déjà rentré.

— Il… il est parti en voyage d'affaires, répondit Nicki.

Bien sûr, elle allait devoir expliquer à son fils que Kit ne reviendrait pas, mais elle le ferait plus tard. Quand il serait grand, il comprendrait sans doute pourquoi elle avait jugé utile de le protéger.

Tandis qu'il baissait la tête sur ses cahiers, elle le contempla avec amour, le cœur à l'agonie. Oui, il était en sécurité. Mais pour combien de temps ? Et si Kit essayait de le lui enlever ? La gorge sèche, elle lutta contre un sentiment de panique.

Sur le coup, sa conversation avec Dan l'avait contrariée. Mais, en y réfléchissant, elle trouvait préférable de ne pas avoir renoué avec lui. Les histoires d'amour prenaient beaucoup de temps, et elle avait besoin de toutes ses forces, de toute son énergie pour défendre son enfant contre les innombrables dangers qui le menaçaient.

Ce monde n'était pas un endroit convenable pour son fils adoré. La vie sur cette terre était trop périlleuse.

— Maman, quand j'aurai fini mes devoirs, est-ce que je pourrai aller jouer dehors ? lui demanda Joey d'un ton suppliant.

— Non, non ! Pas question ! Tu dois rester à l'intérieur. C'est beaucoup trop dangereux, dehors. Il faut rester dans la maison, avec moi.

Laura gémit de plaisir et s'agrippa des deux mains à la tête du lit, tandis que Ryan, avec une lenteur calculée, la faisait remonter vers les oreillers à chaque coup de reins. C'était une expérience sexuelle unique, fabuleuse, comme elle n'en avait jamais connu, comme elle n'avait même jamais rêvé d'en connaître. Dénuée de toute complication sentimentale, leur étreinte se trouvait réduite à sa plus simple expression, telle une œuvre d'art charnelle, en quelque sorte.

En fait, Ryan avait perfectionné ses talents naturels à la manière d'un virtuose. Subjuguée, emportée dans une spirale de volupté irrésistible, Laura s'était surprise à en réclamer toujours plus, tandis qu'il aiguisait progressivement son désir. Longtemps, bien longtemps avant qu'il l'eût pénétrée, elle avait déjà oublié les raisons qui, la veille, l'incitaient encore à le fuir.

Elle atteignit rapidement l'orgasme, et s'entendit pousser une sorte de cri guttural, tandis qu'une jouissance d'une intensité presque insoutenable déferlait en elle par grandes vagues successives.

Elle se laissait aller contre les oreillers, le souffle court, quand un téléphone sonna quelque part. Ryan jura entre ses dents et la pria de l'excuser.

— Bon sang, j'ai complètement oublié d'éteindre mon portable ! Ça doit être Liam, mon cadet : il veut que je lui lise une histoire avant de dormir.

C'était certainement de l'humour, mais Laura n'avait aucune envie de rire. Comme un automate, elle rassembla ses affaires, alla prendre une douche et se rhabilla. Elle ne se sentait pas très fière d'elle, mais elle devait reconnaître qu'elle était comblée.

Nicki avait-elle éprouvé la même chose, aujourd'hui ?

— Ah, c'est toi !

Zoé examina Laura en plissant les yeux.

— Tu n'as pas envie de rester dans ton nouvel apparte, c'est ça ?

Laura l'observa sans aménité. Le soin excessif avec lequel Zoé articulait chaque mot indiquait un état d'ébriété prononcé. D'ailleurs, la bouteille de vodka et le verre presque vide posés sur la table confirmaient qu'elle avait bu.

— Les garçons sont couchés, je présume ?

— Sû... rement.

Zoé haussa les épaules.

— J'en sais rien, en fait. Ils sont chez maman. Je lui ai passé un coup de fil, et elle est venue les chercher. Alors, quand est-ce que tu t'installes dans ton appartement ?

— Quel appartement ? Ecoute, Zoé...

— L'apparte que ton père est venu louer, aujourd'hui, à l'agence ! lança Zoé d'un ton hargneux. Et, si tu t'imagines que je ne vois pas clair dans ton petit manège, tu te fourres le doigt dans l'œil, ma belle. Tu cherches à me piquer Ian, hein ? Ben, faut pas...

— Zoé ! dit sèchement Laura. Je ne veux pas te piquer Ian. Et, en ce qui concerne cet appartement, tu dois te tromper.

— Je ne me trompe pas. La seule erreur que j'ai faite, c'est de te faire confiance et de croire qu'on était amies, dit Zoé d'une voix de moins en moins intelligible.

Laura la regarda reprendre la bouteille presque vide et verser le reste d'alcool dans son verre.

— Je ne pense pas..., commença-t-elle.

Mais Zoé l'interrompit aussitôt.

— Je te paie pas pour penser, dit-elle méchamment. Je te paie pas non plus pour te taper mon mari. Décidément, vous êtes toutes pareilles. Tout le monde est pareil, gémit-elle entre deux hoquets, s'apitoyant jusqu'aux larmes sur son propre sort.

Laura se dit qu'elle aurait sans doute éprouvé plus de compassion si elle n'avait pas déjà assisté à ce genre de scène au moins dix fois.

Refusant d'en entendre davantage, elle monta dans sa chambre et appela son père. Cette histoire d'appartement était sans doute une invention de Zoé, mais…

— Papa ? dit-elle en entendant la voix de Kit. Ecoute, je sais que tu vas te demander ce qui me prend, mais je voudrais savoir si tu es pas allé à l'agence où travaille Zoé, aujourd'hui.

Elle l'entendit soupirer au bout de la ligne.

— Ecoute, lui dit-il, je ne peux pas te raconter les détails au téléphone, répondit-il, mais… bon, Nicki et moi, nous avons décidé de mettre un peu de distance entre nous. Et je suis passé à l'agence pour chercher un appartement à louer.

— Où es-tu, en ce moment ?

— J'ai retenu une chambre à l'hôtel du Golf pour une nuit ou deux.

— J'arrive !

En passant devant la cuisine, Laura aperçut Zoé affalée sur une chaise. Elle parlait toute seule, et ne la vit même pas sortir.

Stella arriva à la réunion avec un peu de retard. Du coin de l'œil, elle aperçut Todd, et fut soulagée qu'il ne vienne pas vers elle. Chaque fois qu'elle pensait au comportement ridicule qu'elle avait eu avec lui, des sentiments d'incrédulité et de remords s'emparaient d'elle. Comment avait-elle pu se croire éprise de lui ? Dieu sait ce qui aurait pu se passer ou ce qu'elle aurait pu manquer en entamant une liaison avec cet homme ! Elle aurait risqué de perdre Jack. Rétrospectivement, cette idée lui faisait froid dans le dos.

La réunion fut trop animée, le programme trop chargé pour permettre aux participants de bavarder entre eux. Elle revit Todd avant de partir, mais il était absorbé dans une discussion, apparemment intime et passionnante, avec un autre membre de l'association. Une femme, bien sûr.

Quand elle passa devant eux, il la snoba délibérément. Elle comprit qu'il cherchait à la vexer et, loin d'en prendre ombrage, elle réprima simplement un sourire.

Comment l'idée de quitter son mari pour lui avait-elle pu seulement lui traverser l'esprit ? Le couple solide et stable qu'elle formait depuis si longtemps avec Richard représentait le foyer idéal pour élever Jack.

Stella consulta sa montre. Dans une dizaine de minutes, elle serait de retour. Evidemment, Jack dormirait à poings fermés. Elle pourrait tout de même monter le voir, sur la pointe des pieds…

— Je vais juste aller jeter un coup d'œil sur le petit, annonça-t-elle en s'arrêtant brièvement dans la cuisine pour ôter sa veste.

— Il n'est pas là, lui dit Richard.

— Quoi ? Où est-il ? Que s'est-il passé ? Je me disais bien que je n'aurais pas dû sortir…

— Calme-toi, Stella. Jack va très bien. Julie a téléphoné,

il y a une demi-heure, pour nous dire qu'elle avait décidé de passer la nuit chez ses parents. Sa mère est seule.

— Ah bon ! Eh bien, je ferais mieux d'aller chercher le petit en voiture…

Elle tendait déjà la main vers sa veste, mais Richard l'arrêta.

— Non, Stella. Tu ne peux pas, dit-il d'un air à la fois apitoyé et exaspéré.

— Bien sûr que si ! Il faut que j'y aille, que je le ramène chez nous… chez lui. Ses affaires sont ici, il a son petit lit…

— C'est quand il est avec Julie qu'il se trouve chez lui. Tu dois comprendre ça et l'accepter, Stella. Sinon…

Richard se tut et secoua la tête.

Il y avait une expression dans ses yeux qu'elle ne comprenait pas — qu'elle ne voulait pas comprendre, s'avoua-t-elle secrètement.

— Bon, je suppose que nous ne pouvons pas l'empêcher de dormir chez sa mère, dit-elle finalement, mais elle aurait pu nous en parler, au lieu de faire ce qui lui passait par la tête. Il faudra que je lui en parle quand elle reviendra. Ce n'est pas bon pour le petit de bouleverser ainsi sa routine. J'ai réfléchi, Richard, il faudrait lui acheter un véritable landau. Je ne me vois vraiment pas promener Jack dans ce machin à trois roues auquel Julie tenait absolument. On en trouve, maintenant, qu'on peut aussi installer à l'arrière de la voiture.

— A mon avis, Stella, tu ferais mieux d'abandonner ce genre de projets, je t'assure.

— Oh, Richard, dit-elle avec un soupir. Tu ne changeras jamais. Franchement, si je t'écoutais, on ne ferait rien !

Elle secoua la tête et alla remplir la bouilloire. Il faudrait qu'elle discute un peu avec Nicki pour connaître son avis sur l'institution privée que fréquentait Joey. En matière d'instruction, on ne s'y prenait jamais assez tôt. La compétition était rude pour obtenir des places dans les meilleurs établissements. A l'époque où Hughie allait en classe, ils n'avaient pas eu les moyens de l'envoyer dans le privé, mais la situation n'était plus la même, aujourd'hui.

— Papa, qu'est-ce qui se passe ? Comment vas-tu ? demanda Laura, inquiète, en embrassant son père.

— Moi, ça va, répondit-il. Mais je me fais du souci pour Nicki.

Laura lui adressa un regard incrédule.

— Pourquoi te ferais-tu du souci pour elle, alors que…

— Laura, je sais ce que tu penses de Nicki et du fait que je l'aie épousée, mais, en l'occurrence…

Il marqua une pause.

— Le fait que Maggie soit enceinte l'a profondément perturbée, et c'est ma faute.

Laura le dévisagea d'un air interdit.

— Je ne comprends pas. Qu'est-ce que tu veux dire par là ?

— Il y a quelques mois, Nicki était enceinte, elle aussi. Nous ne l'avions pas fait exprès. Et moi… Enfin, à ce moment-là, mon affaire était au bord de la faillite, et Nicki devait bosser comme une damnée pour payer les traites et faire tourner la maison. Je ne voyais pas très bien comment on s'en serait sortis avec un enfant de plus. J'ai eu quelques mots malheureux qu'elle a dû mal interpréter.

— Nicki était enceinte ? répéta lentement Laura. Et tu lui as conseillé…

— Non, non, dit Kit en secouant la tête. Non, elle a fait une fausse couche naturellement, quelques jours après que je lui ai fait part de mes inquiétudes concernant cette grossesse.

Laura réfléchit un instant. Malgré tous les défauts qu'elle avait pu trouver à Nicki pour justifier son attitude envers elle, jamais elle ne l'aurait accusée d'être une mauvaise mère. Elle essaya de se mettre à sa place et d'imaginer ce qu'elle ressentirait elle-même si l'homme qu'elle aimait se montrait contrarié par la naissance prochaine d'un enfant qu'ils auraient conçu ensemble. Sans doute serait-elle terriblement déçue et considérerait-elle cette réaction comme de la lâcheté.

— A cause de ça, Nicki s'est persuadée que je n'aimais pas Joey, que je n'avais pas désiré sa naissance.

Kit secoua la tête.

— Rien de ce que je lui dis ne semble plus l'atteindre, Laura. Elle a tellement changé que je la reconnais à peine.

— Cette fausse couche a dû la perturber.

— Oui, certainement. Elle m'a avoué un jour qu'elle avait pris ça comme un châtiment pour m'avoir épousé. Qu'elle aurait dû rompre avec moi, comme elle en avait eu l'intention.

— Rompre avec toi ?

Kit opina d'un air sombre.

— Après le décès de ta mère, comme il devenait de plus en plus évident que tu n'admettais pas notre relation, Nicki avait décidé qu'il valait mieux nous séparer. Pour ton bien. Je me sentais déchiré entre elle et toi. Quand ta mère nous a quittés…

— Je vous ai entendus, Nicki et toi, faire l'amour dans la chambre, pendant que maman était à l'hôpital. Je l'ai raconté, récemment, à Nicki.

— Oh, Laura…

Kit fit un pas vers elle et la prit dans ses bras.

— C'était ma faute, là aussi. Nicki m'avait fait promettre que nous ne ferions rien ensemble, du vivant de Jennifer. Parce qu'elle craignait de ne plus pouvoir se regarder dans la glace. Seulement, ce jour-là…

Il s'interrompit un instant, puis reprit d'une voix altérée :

— Elle me suppliait d'être fort pour deux, de ne pas oublier mon serment de fidélité envers ma femme, mais j'avais terriblement besoin d'elle. Jour après jour, dans cette chambre d'hôpital imprégnée d'odeurs de maladie et de mort, j'avais soif de sa fraîcheur, de sa santé. Elle n'a jamais souhaité que les choses se passent ainsi, et après… J'aimais énormément ta mère, Laura, mais, à la longue, la maladie finit par transformer les sentiments. J'éprouvais pour elle une tendre affection mêlée de compassion. Ce n'était plus vraiment l'amour qui peut unir un homme et une femme dans des circonstances normales. Nicki me disait qu'elle s'en voulait de voler la place d'une autre. J'ai cru que j'allais la perdre, à ce moment-là.

Incapable de dire un mot, Laura s'efforça d'assimiler ce qu'elle venait d'apprendre. Ainsi, ce n'était pas Nicki qui avait incité son père à trahir, mais lui qui avait succombé à une tentation trop forte. Comme elle-même l'avait fait, quelques heures plus tôt, avec Ryan. Un enfant ignore tout de la puissance incontrôlable du désir, mais elle n'était plus une enfant, désormais.

— J'ai sans doute commis une faute, reprit Kit d'un air accablé, mais je ne crois pas que Jennifer m'en aurait tellement voulu. Elle n'aurait sans doute pas souhaité non plus que nous nous sentions coupables. En fait, je me suis rendu compte à quel point j'aimais Nicki au moment où j'ai failli la perdre parce qu'elle refusait toujours de changer d'avis.

— A cause de moi, je suppose.

— En partie, oui. Elle craignait de te faire du mal. Elle aurait voulu te donner tant de choses, Laura. Elle avait eu une enfance malheureuse, un premier mariage catastrophique ; il lui semblait donc essentiel de t'aider à prendre confiance en toi. Malgré tout ce que tu as pu croire, elle a toujours tenu à ce que ta maman ne devienne pas un sujet tabou, et à ce que tu puisses en parler librement avec elle, garder son souvenir vivant dans ton cœur.

A mesure qu'il parlait, Laura se remémora des bribes de conversations et une foule de situations positives, de détails significatifs qu'elle avait volontairement saccagés, à l'époque, dans son désir de blesser Nicki. Elle se rappela aussi une réflexion innocente d'une camarade de classe, qui l'avait tourmentée pendant longtemps : « Tu aurais aimé que Nicki soit réellement ta mère, hein ? » En fait, elle avait raison, mais Laura avait toujours refusé de s'avouer qu'elle rêvait d'une mère qui ne fût pas toujours épuisée, confinée dans son lit. C'était, à ses yeux, un désir qui prouvait son égoïsme, son manque de cœur, et qui la submergeait de honte.

Cette évocation lui fit monter les larmes aux yeux — des larmes brûlantes qu'elle laissa couler librement afin de laver sa conscience, sa mémoire, d'un fardeau trop longtemps ignoré. Elle pleura sur l'enfant qu'elle avait été, sur l'affection qu'elle avait refusée à Nicki, sur la mère qui avait trop souffert pour jouer efficacement son rôle, et aussi sur la femme qui aurait pu représenter tant de choses pour elle, si elle ne l'avait pas farouchement refusé.

— J'ignore comment et pourquoi la situation s'est dégradée à ce point, dit Kit avec accablement. Nicki entretient maintenant une véritable obsession à propos de Joey. Cet enfant est autant le mien que le sien, mais on pourrait en douter en voyant la manière dont elle se comporte.

— Papa, si tu retournais la voir, si tu essayais de lui parler ? suggéra Laura, oubliant, pour le moment, ses propres émotions.

Kit secoua la tête.

— C'est encore trop tôt. Nous nous comportons comme deux écorchés vifs. Il va nous falloir du temps.

— Mais elle t'aime, et tu l'aimes aussi !

— C'est ce que je croyais, jusqu'ici, dit-il amèrement. Mais, d'après elle, j'ignore ce qu'est l'amour. Elle s'imagine que c'est pour mon plaisir que je travaille comme un forcené. Alors que, si je le pouvais, je vendrais mon affaire, j'achèterais quelques arpents de terre en Italie, et j'irais, avec elle, cultiver des oliviers.

— Tu lui as parlé de ce rêve ?

— Comment veux-tu que je fasse ? Elle s'est décarcassée pour me permettre de remonter la pente. J'ai une fameuse dette envers elle.

— Tu la rembourserais peut-être bien mieux en étant heureux, suggéra Laura. Certes, tu ne peux pas partir en Italie, alors que Joey est encore à l'école, mais rien ne vous empêche d'acheter quelque chose là-bas et d'y passer les vacances, en attendant.

— Peut-être, dit Kit. On verra !

Le portable de Laura se mit à sonner pendant qu'elle rentrait chez Zoé.

— Je peux te parler ? lui demanda Ryan.

— D'accord, répondit-elle en se garant le long du trottoir. Mais ça ne servira pas à grand-chose. J'ai passé un bon moment avec toi, Ryan…

Il voulut prendre la parole, mais elle ne lui en laissa pas la possibilité.

— Je ne connaîtrai peut-être jamais d'expérience sexuelle plus extraordinaire que celle-là, reprit-elle, mais, pour tout dire, je peux m'en passer. Par contre, je serais incapable de vivre dans la culpabilité.

— Non, tu ne pourras pas t'en passer, riposta Ryan.

— Mais si, je t'assure ! Et, si tu insistes, je préviendrai ta femme que nous avons une liaison.

Il y eut un silence, puis Ryan déclara d'une voix où perçait une profonde contrariété :

— C'est du bluff.

— Pas du tout. Mais tu n'as pas la moindre envie de me mettre à l'épreuve, n'est-ce pas ? Après tout, tu trouveras toujours une volontaire pour partager ton lit et soigner ton ego. Tandis que moi, je ne trouverai jamais un moyen satisfaisant de soulager ma conscience.

Elle s'attendait à ce qu'il entame une controverse, mais, au bout d'une seconde, il lui raccrocha simplement au nez.

18

Zoé avait du mal à fixer son attention sur la route. Elle s'était réveillée avec une seule idée en tête : aller dire à cet enfoiré d'Andrew qu'il n'avait pas le droit de la virer comme ça !

Au croisement, une voiture déboucha de la droite. Zoé donna un coup de volant pour l'éviter, et adressa un geste insultant au conducteur.

Une horrible migraine lui martelait les tempes. Décidément, le mélange vin-vodka ne lui réussissait pas.

Elle s'engagea sur la rocade à quatre voies qui contournait la ville, et enfonça la pédale d'accélérateur sans se soucier des limitations de vitesse. Elle se mit à rire quand le monteur vrombit, propulsant la voiture à une allure folle, sans remarquer le camion qui déboîtait, devant elle, pour doubler un véhicule plus lent.

Alice dressait une liste des livres dont elle aurait besoin pour ses cours quand le téléphone sonna. Elle aurait fait n'importe quoi pour se distraire de ses obsessions.

Avant de partir, ce matin, Stuart l'avait avertie d'un ton âpre qu'il rentrerait probablement très tard. La tentation de rétorquer : « Comme d'habitude ? » avait été si forte qu'elle s'étonnait encore d'y avoir résisté. Mais la peur l'emportait, chez elle, sur tout autre sentiment. Et s'il ne rentrait pas du tout ? S'il appelait simplement pour annoncer qu'il ne reviendrait plus ? Sa main tremblait quand elle décrocha le téléphone. A cause, peut-être, de l'intensité de son monologue intérieur, elle mit quelques secondes à assimiler ce qu'on lui disait. Finalement, elle comprit que Zoé avait eu un accident de voiture.

— Comment… ? Est-ce que… ? Puis-je la voir ? demanda-t-elle, tandis qu'une série d'images atroces défilait devant ses yeux.

— Par chance, ses blessures sont sans gravité, lui répondit son interlocuteur. Mais elle est commotionnée et couverte de contusions.

— Puis-je la voir ? répéta Alice d'une voix entrecoupée.

Il y eut une courte pause, dont elle profita aussitôt.

— J'arrive tout de suite ! lança-t-elle avant de raccrocher.

Elle courut jusqu'à la cuisine et prit son trousseau de clés. Lui avait-on dit toute la vérité ? Zoé n'était-elle pas grièvement blessée ? Alice n'avait jamais compris pourquoi sa fille voulait une voiture aussi rapide.

Elle voyait mal. Elle dut actionner le gicleur et l'essuie-glace avant de s'apercevoir que ce n'était pas le pare-brise qui était sale, mais sa vision qui était brouillée par les larmes.

Zoé ! Pourvu, pourvu qu'elle n'ait rien ! Sa petite fille chérie, tellement désirée et pourtant si difficile à élever. Petite, elle était plus casse-cou que les garçons, et il fallait l'emmener régulièrement aux urgences... Mais un accident de voiture, tout de même !

Alice frissonna quand l'hôpital apparut au bout de la rue. Elle tourna à l'entrée du parking qui, heureusement, n'était pas complet, à cette heure-là, puis se gara à la hâte et gagna les urgences au pas de course.

Nicki regarda d'un air sinistre son fils adoré qui dormait profondément dans son lit. Incapable de trouver le sommeil, elle avait arpenté sa chambre une bonne partie de la nuit, tourmentée par des angoisses incontrôlables. Vers minuit, elle avait soudain compris ce qu'elle devait faire. Elle n'avait pas d'autre solution pour protéger son enfant, lui épargner toutes les atrocités qui menacent un être humain sur cette Terre. Une fois sa décision prise, une merveilleuse sensation de paix et de certitude s'était emparée d'elle. Tout allait s'arranger. Tout allait rentrer dans l'ordre.

Elle s'était appliquée à broyer finement les comprimés de somnifère avant de les mélanger à la boisson favorite de Joey. Elle avait un certain nombre de choses à faire — des choses importantes. Elle ne voulait pas qu'il se réveille et qu'il s'affole pendant ses préparatifs.

Sa main tremblait un peu quand elle l'avait réveillé pour lui donner son verre de lait au sirop. A demi assoupi, il avait avalé docilement la boisson, puis s'était rendormi. Elle était restée un moment allongée près de lui pour s'assurer qu'il dormait profondément, avant de sortir la voiture et de se rendre au grand supermarché ouvert vingt-quatre heures sur vingt-quatre.

Hormis la caissière, il n'y avait pratiquement pas de personnel, et Nicki avait craint un instant de ne pas trouver le tuyau dont elle avait besoin. En cherchant bien, elle avait fini par en découvrir un morceau roulé sur une étagère. Elle avait fait le plein d'essence avant de rentrer, ne sachant pas quelle quantité il faudrait. Sa détermination n'avait pas faibli. Elle se sentait dans un état d'euphorie proche de l'exaltation mystique.

Puis elle s'était rendue dans un coin du jardin dont elle avait fait la sépulture secrète du bébé qui n'avait jamais vu le jour, pour regarder le ciel se teinter peu à peu des premières lueurs de l'aube. Un immense soulagement l'avait envahie à l'idée que c'était sa dernière aube, ses dernières heures d'angoisse pour son fils chéri.

Elle embrassa tendrement Joey dans son sommeil, et lui sourit. Il avait l'air si paisible…

— Mmm. Est-ce que je dois vraiment aller travailler ?

Oliver déposa un baiser dans le cou de Maggie. Elle

le repoussa tendrement, tout en riant parce qu'il la chatouillait.

Réveillée de bonne heure par les petits coups de pied du bébé, elle avait secoué son compagnon pour lui faire partager cette expérience tellement émouvante. Et l'émotion avait été si forte qu'ils s'étaient retrouvés enlacés, en train de faire l'amour.

Comblée et satisfaite, Maggie tourna la tête pour regarder son compagnon, et une pointe de remords lui serra le cœur. Oliver avait l'air si jeune…

— Eh bien, non… je ne vais pas aller au bureau, ce matin, dit-il en serrant Maggie contre lui.

Elle enfouit la main dans ses cheveux, en poussant un profond soupir.

— Si tu savais comme je t'aime, et comme je suis heureuse de t'avoir rencontré ! lui dit-elle.

Il redressa la tête pour la regarder. Ce genre de déclaration était rarissime — sans doute parce que Maggie ne voulait pas galvauder ces mots-là.

— Non, dit-il d'un ton bourru qui masquait mal son émotion. C'est moi qui ai de la chance.

Elle se pencha pour l'embrasser.

— Tu es sûr que tu ne veux pas aller travailler ? lui demanda-t-elle d'un air candide, en chuchotant les mots contre ses lèvres. Pourtant, c'est aujourd'hui que tu dois voir Amelia Ainsworth, l'épouse du célèbre footballeur ?

Elle s'esclaffa en voyant son expression. La jeune femme en question, ex-mannequin devenue photographe, s'était adressée à leur cabinet pour l'aménagement d'un grand atelier qu'elle voulait adjoindre à leur nouvelle maison.

— Amelia Ainsworth, répéta Oliver à mi-voix. Comment ai-je pu l'oublier ? C'est ta faute, Maggie. Si tu ne m'avais pas distrait…

Maggie riait encore en quittant le lit.

— Tu es une fine mouche, lui dit Oliver, une demi-heure plus tard, en terminant son petit déjeuner. Si je ne te connaissais pas aussi bien, je pourrais même te soupçonner de vouloir m'éloigner pour quelque motif inavouable.

Maggie esquissa une grimace.

— C'est exactement ça.

Et c'était vrai, même s'il croyait à une plaisanterie.

Quand il prit sa veste et se pencha pour l'embrasser avant de partir, elle se sentit légèrement coupable. Elle s'en voulait de lui faire des cachotteries, mais il n'aurait pas apprécié ses projets et, pour tout dire, elle n'avait pas la moindre envie de se disputer avec lui. Elle se sentait partagée entre son souci d'honnêteté à l'égard d'Oliver et la nécessité de clarifier une relation antérieure.

Depuis plusieurs jours, elle savait que cette démarche était indispensable, et elle ne pouvait la différer davantage.

*
* *

— Je viens voir ma fille, Zoé, expliqua Alice à l'infirmière de service. L'hôpital vient de m'appeler. Elle a eu un accident de voiture, et…

— Quel est son nom de famille ?

— Palmer. Zoé Palmer. Euh, non… Pardon. C'est Chambers. Palmer est son nom de jeune fille…

Après avoir consulté sa liste, l'infirmière fronça les sourcils.

— Zoé Chambers. Oui, voilà… Vous pouvez la voir si vous le désirez, madame Palmer. Mais seulement quelques minutes parce que le médecin doit passer avec une infirmière pour lui faire une prise de sang.

— Une prise de sang ? Mais qu'est-ce qu'elle a, exactement ? Au téléphone, on m'a dit qu'elle ne souffrait que de contusions sans gravité.

— Par ici, dit l'infirmière en passant devant elle sans lui répondre.

Elle la guida le long d'un couloir, et s'arrêta tout au fond. La porte de la chambre était ouverte, et Alice aperçut sa fille allongée sur le lit. Elle avait les yeux fermés, une pommette enflée par un hématome, des éraflures sur le front et les joues. La main qui reposait sur les couvertures était bandée, et il y avait du sang séché collé dans ses cheveux.

Alice se précipita à son chevet.

— Zoé…, murmura-t-elle, bouleversée.

Zoé ouvrit immédiatement les yeux.

— Maman. Enfin, te voilà ! Tu en as mis, du temps ! Ça fait des heures que j'ai demandé à te voir… J'espère que tu n'as alerté personne, surtout pas Ian… Il ne doit pas savoir…

Tout en parlant, Zoé se pencha pour saisir le bras de sa mère. Alice sentit alors une forte odeur d'alcool.

Elle eut un mouvement de recul instinctif, et une brusque appréhension lui serra le cœur. Il était à peine 9 heures du matin ! Zoé n'avait pas pu boire au réveil, tout de même !

— Maman, réponds ! Tu n'as rien dit à Ian, n'est-ce pas ?

— Non, non. Je n'ai rien dit à personne, affirma Alice, très pâle.

Elle détestait les affrontements, mais il fallait qu'elle sache si sa fille avait pris le volant en état d'ébriété. Elle voulait en avoir le cœur net.

— Ecoute, commença-t-elle, il me semble…

Elle s'interrompit en sentant Zoé tressaillir. Puis elle tourna la tête, et découvrit sur le pas de la porte un policier en compagnie d'un médecin en blouse blanche.

— Qu'est-ce qu'il fout là, cet enfoiré de flic ? Je n'ai rien fait de mal ! s'écria Zoé d'une voix suraiguë. Je suis à l'hôpital. Dites-le-lui, espèce d'abruti ! ordonna-t-elle au médecin. C'est pas parce que j'aime bien prendre un petit verre de temps en temps que j'ai provoqué l'accident. C'est la faute de ce foutu routier : s'il n'avait pas déboîté comme ça… De toute façon, je ne dirai rien du tout. Vous ne pouvez pas me forcer. Dis-leur, maman, dis-leur qu'ils ne peuvent pas m'obliger…

Incapable de prononcer le moindre mot, Alice observait

la jeune femme déchaînée qui proférait des menaces et des exigences aussi puériles qu'incohérentes. Les insultes et la grossièreté de sa fille la firent rougir de honte.

— Calmez-vous, madame. Nous allons juste vous faire une prise de sang, lui dit posément le médecin.

— C'est ça ! Pour pouvoir dire que j'étais en état d'ébriété, hein ? J'exige de parler d'abord à mon avocat, compris ? Je connais mes droits, figurez-vous ! Vous ne pouvez pas m'obliger à rester ici. Je veux rentrer chez moi. Maman, ramène-moi… tout de suite !

— Zoé ! supplia Alice, au comble du désarroi.

— Vous ne quitterez pas cet établissement avant que tous les examens nécessaires aient été effectués, déclara fermement le médecin. Vous avez une sacrée chance d'être encore en vie, vous savez ! Dans l'autre voiture, il y avait une mère de famille avec ses trois enfants. Elle les conduisait à l'école. Vous rouliez tellement vite que vous avez traversé le terre-plein central et démoli le rail de sécurité.

Il se tut pour jeter un bref coup d'œil sur Alice, qui laissa échapper une petite exclamation de détresse.

— Oh ! là, là, vous exagérez ! protesta Zoé. J'ai à peine accroché cette foutue bagnole, et si la bonne femme n'avait pas conduit comme une cloche, elle aurait pu m'éviter.

— Zoé !

— Quoi, Zoé ? reprit la jeune femme en singeant sa mère. Bon sang ! je me demande bien pourquoi je t'ai fait appeler. Tu ne me rends vraiment aucun service. Et si tu te figures que je vais…

Elle s'interrompit brusquement, et s'affala en travers du lit. Machinalement, Alice s'écarta pour permettre au médecin d'intervenir. Ce faisant, elle entendit sa fille vomir bruyamment.

— Pourriez-vous me raconter ce qui s'est passé ? demanda-t-elle au policier, pendant que le médecin appelait une infirmière. Qu'est-ce qui va arriver à ma fille ?

Le policier fronça les sourcils.

— Eh bien, si l'Alcootest se révèle positif, elle fera l'objet de poursuites pour conduite en état d'ivresse. Elle a de la chance de ne pas être poursuivie pour blessures ou homicide involontaires, dit-il sévèrement. Les deux véhicules sont bons pour la casse, mais il n'y a aucun dommage corporel. Le chauffeur du poids lourd affirme que c'est un miracle. Votre fille va subir un interrogatoire en règle, mais plusieurs témoins ont déjà affirmé qu'elle conduisait de façon très dangereuse.

Alice blêmit. Elle ne pouvait pas se charger seule de cette affaire. Elle allait devoir appeler Stuart, puisque Zoé refusait absolument d'avertir Ian.

Zoé avait cessé de vomir, et Alice l'entendit affirmer, entre deux hoquets :

— Tout ça, c'est à cause de ce salaud d'Andrew ! S'il ne m'avait pas virée, hier… Ils vont être ravis d'apprendre ça, lui et sa grosse vache de fiancée ! Et cette garce de Laura, aussi. Elle attendait une occasion pour mettre le grappin sur Ian, cette sainte-nitouche qui passe son temps à pleurnicher que je bois trop.

Submergée par la honte, Alice essaya de la faire taire.

— Zoé, je vais être obligée d'appeler ton père, commença-t-elle.

Zoé se mit aussitôt à hurler.

— Non, non ! Il ne faut pas. Il ne faut rien dire à papa !

— Je ne peux pas faire autrement, déclara Alice. Apparemment, tu vas avoir besoin d'un avocat pour te défendre. Je ne vois pas…

— Oh, ça, c'est bien toi ! s'exclama Zoé. Cette pauvre chère petite maman si douce, si fragile, qui ne peut rien faire sans le soutien d'un homme fort… mais tout ça, c'est du bidon, hein ? Tu fais semblant d'être comme ça pour les mettre dans ta poche, c'est tout.

Zoé s'effondra sur le lit en sanglotant.

Alice se remémora alors toutes les fois où elle était intervenue pour éviter à Zoé d'avoir à assumer ses bêtises. Elle avait menti pour elle, elle avait volé à son secours… Aujourd'hui, elle ne pouvait rien faire. De toute évidence, l'état dans lequel se trouvait sa fille ne provenait pas d'un dîner un peu trop arrosé, la veille, mais d'une nuit entière passée à boire. A quoi bon se voiler la face ? Zoé était bel et bien alcoolique.

— Je vais téléphoner à ton père, répéta-t-elle en se levant.

*
* *

Les hurlements de Zoé l'accompagnèrent tout le long du couloir. Une fois assise dans sa voiture, elle sortit son portable et composa le numéro de Stuart.

Quand une voix enregistrée lui apprit que ce numéro n'était plus attribué, elle crut avoir commis une erreur. Mais, à la troisième tentative, elle cessa de nier l'évidence. Il ne lui restait plus qu'à appeler la compagnie aérienne.

Quand elle demanda le bureau de Stuart Palmer, son interlocuteur marqua une longue pause avant de répondre :

— Désolé, madame, mais ce nom ne figure pas dans la liste des personnes qui travaillent chez nous. Etes-vous certaine de ne pas vous tromper ?

Alice se retint de rire, et demanda Nancy Lucas, la secrétaire du service dans lequel travaillait Stuart.

Nancy était une vieille fille entièrement dévouée à la compagnie, et qui ne se privait pas d'envoyer promener les épouses « désœuvrées » des pilotes, « toujours prêtes à appeler leurs maris au moindre contretemps d'ordre domestique ». Alice sentit son estomac se nouer légèrement quand elle obtint son poste.

— Bonjour, Nancy, c'est Alice Palmer, annonça-t-elle. Excusez-moi de vous déranger, mais je dois parler à Stuart de toute urgence. La standardiste n'a pas pu me le passer, et son portable ne fonctionne pas. Peut-être pourriez-vous lui transmettre un message de ma part ?

Le silence fut si long qu'Alice faillit raccrocher.

Elle s'apprêtait à le faire quand elle entendit Nancy bredouiller :

— Alice… Madame Palmer… Je suis désolée, mais Stuart… M. Palmer ne travaille plus ici. Je… il vaut mieux que je vous passe le service du personnel, ajouta-t-elle précipitamment. Ne quittez pas, s'il vous plaît.

La jeune femme qui prit l'appel déclara d'une voix impersonnelle et sans le moindre embarras qu'elle ignorait totalement où se trouvait M. Palmer.

— Mais est-il exact que mon mari ne travaille plus pour cette compagnie ?

— C'est exact, en effet.

Alice prit une profonde inspiration.

— Ma… notre fille vient d'avoir un accident. Je dois absolument parler à mon époux. Il a dû vous laisser un numéro où le joindre.

— Je regrette, répondit la jeune femme. Je ne suis vraiment pas en mesure de vous renseigner. Oh, à propos, ajouta-t-elle d'un ton pincé, s'il reprend contact avec vous, il faudrait lui rappeler qu'il ne nous a toujours pas rendu son téléphone de fonction. Naturellement, nous avons demandé l'annulation de son abonnement.

Profondément ébranlée, Alice coupa la communication.

Elle était seule pour affronter une situation totalement inédite pour elle, sans aucun moyen d'alerter son mari…

Elle quitta la voiture, respira un bon coup, et regagna rapidement les urgences.

*
* *

Laura avait déposé les garçons au jardin d'enfants. Elle avait trois heures de liberté devant elle avant d'aller les rechercher pour le déjeuner.

Les propos de son père concernant Nicki accaparaient toutes ses pensées. Elle ressentit soudain un vif désir d'aller voir sa belle-mère. N'avaient-elles pas mille choses à se dire ?

Avant de tourner la clé de contact, Maggie relut la lettre pour la énième fois.

Avec ses caractères dépareillés collés de travers sur le papier, le texte ressemblait à un collage d'enfant maladroit. Il n'en restait pas moins effrayant.

« Tu vas mourir et ton bébé aussi. Tu n'as plus le droit de vivre. Tu es une voleuse et une criminelle. »

Maggie connaissait le message par cœur. Les mots étaient imprimés dans sa tête de façon indélébile. Elle savait qu'Oliver ne serait pas d'accord avec sa démarche, mais elle ne voyait aucune autre alternative. Elle devait tenter, une fois encore, de s'expliquer avec Nicki.

Elle démarra sans se laisser le temps de changer d'avis.

Draycotte Manor lui appartenait ! Il avait signé tous les papiers.

En quittant le bureau du notaire, il cligna légèrement les yeux, ébloui par un soleil éclatant. Une pointe de remords l'assaillit à l'idée qu'il avait pu blesser Nicki, quand elle était venue le voir. Pourquoi n'irait-il pas lui présenter des excuses, lui expliquer que ses paroles avaient dépassé sa pensée, sous l'effet des sentiments très vifs qu'il éprouvait encore pour Maggie ? se demanda-t-il en déverrouillant la portière de sa voiture.

Nicki avait eu du mal à porter Joey dans la voiture. Compte tenu du temps qu'il lui avait fallu, elle redoutait qu'il se réveillât pendant l'opération, mais, heureusement, il n'en fut rien.

Sa bouche tremblait convulsivement quand elle se pencha sur lui pour attacher sa ceinture de sécurité. Puis elle se ravisa. Là où ils allaient, il n'en avait pas besoin. Ils ne subiraient plus, ni l'un ni l'autre, la moindre entrave.

Les artisans qui s'occupaient du portail automatique l'avaient prévenue qu'ils ne pourraient pas terminer le travail avant la semaine suivante, mais ça lui était bien égal, maintenant.

Avant de monter elle-même dans la voiture, elle vérifia que tout était en ordre. La porte du garage était fermée à clé et les fenêtres closes.

Nicki respira profondément, s'installa au volant et fit tourner le moteur. Puis elle recula son siège au maximum, et installa son fils sur ses genoux. Combien de temps cela prendrait-il ? Elle espéra que ce ne serait pas long. Les vapeurs d'essence commençaient déjà à envahir l'habitacle. Elle ferma les yeux et appuya ses lèvres sur le front de son enfant.

19

— Je ne vois pas pourquoi vous en faites toute une histoire ! dit Julie. Pourquoi je ne serais pas restée chez ma mère puisque j'en avais envie ?

— Toutes les affaires de Jack sont ici, rétorqua Stella. Ses biberons, le stérilisateur…

— Maman en a acheté un. Et elle dit que les tétines ne sont pas bien adaptées. C'est pour ça qu'il est ballonné.

Stella resta un instant muette, ébranlée par l'hostilité qui perçait dans la voix de Julie.

— Nous devions l'emmener chez le pédiatre, ce matin, lui rappela-t-elle, s'efforçant de se ressaisir.

— Maman s'en est chargée. Il a encore pris un kilo. Papa n'en revenait pas.

— Ton père a vu Jack ? demanda Stella, incapable de dissimuler son incrédulité.

— Il est rentré plus tôt que prévu. Maman dit qu'elle a trouvé une photo de papa quand il était bébé et qu'ils se ressemblent comme deux gouttes d'eau, Jack et lui.

— Cet enfant est tout le portrait de Hughie ! affirma Stella.

Mais Julie n'eut pas l'air de l'entendre. Se détournant d'un air maussade, elle sortit le bébé de son petit lit.

— Je dois aller faire des courses, annonça Stella le plus aimablement du monde. As-tu besoin de quelque chose ?

Julie secoua la tête et s'éloigna sans un mot.

A l'approche du rond-point, Maggie pesta devant les panneaux de déviation qui l'obligeaient à faire un long détour.

Elle s'interrogea un moment. Elle avait rendez-vous à l'hôpital, un peu plus tard, pour une visite de contrôle qu'elle ne voulait pas manquer. Peut-être pourrait-elle reporter au lendemain cette visite à Nicki ? Mais, comme pour l'en dissuader, le bébé lui envoya un sérieux coup de pied.

— Très bien, murmura-t-elle à contrecœur. Si c'est ce que tu souhaites…

Elle s'engagea sur le rond-point, et suivit la déviation.

En découvrant le portail automatique à demi installé chez Nicki, elle haussa légèrement les sourcils. Le quartier était l'un des plus tranquilles de cette petite ville sans histoires où tout le monde se connaissait plus ou moins et où la sécurité n'était, certes, pas un souci majeur.

La voiture de Nicki n'était pas garée à sa place habituelle, au bout de l'allée de gravier. Maggie s'arrêta, cependant, puis coupa le moteur et sortit.

Nicki aimait le jardinage et cultivait toujours des plantes délicieusement parfumées dans les plates-bandes qui bordaient l'allée. Mais, cette fois, une odeur bien moins agréable dominait leurs effluves délicats. Depuis le premier mois de sa grossesse, Maggie était particulièrement sensible aux émanations de gaz d'échappement. Réprimant un haut-le-cœur, elle regarda autour d'elle.

Il ne lui fallut pas longtemps pour distinguer le voile de fumée grisâtre qui s'échappait par-dessous la porte du garage. Son cœur fit une violente embardée, et elle s'immobilisa brusquement, les jambes flageolantes. Instantanément, sans savoir comment ni pourquoi, elle devina l'horrible vérité, et se demanda quel instinct étrange avait pu la pousser jusque-là. Puis elle se ressaisit et courut vers le garage. Elle secoua désespérément la porte verrouillée, tout en appelant Nicki à tue-tête. Puis elle se précipita vers la maison, essaya toutes les portes et les trouva, évidemment, fermées à clé. Elle fit alors le tour du garage en courant, sachant qu'il y avait une petite porte latérale et une fenêtre, de l'autre côté.

La porte était fermée, mais, par la fenêtre, elle aperçut la voiture de Nicki et, à l'intérieur... Elle n'avait pas le temps d'attendre les secours — pas une minute à perdre. Elle ramassa une pierre sur le sol, et la projeta de toutes ses forces sur la vitre.

Le bruit du verre qui se brisait lui arracha un sanglot de soulagement. Mais elle devait encore s'introduire dans le garage...

Elle arracha tant bien que mal les morceaux de vitre

cassée afin de pouvoir passer par la fenêtre, sans prêter attention au sang qui coulait de ses mains coupées. Comment parviendrait-elle à respirer dans cette pièce enfumée ? Il fallait d'abord qu'elle réussisse à passer par l'ouverture avec son gros ventre, d'une manière ou d'une autre…

Elle se hissait péniblement sur le rebord quand Laura arriva en voiture. Voyant le nuage de fumée et Maggie, qui se contorsionnait, elle s'arrêta dans un grand crissement de pneus, et rejoignit son amie au pas de course.

— Maggie ! Qu'est-ce que tu fais ? s'écria-t-elle en la tirant en arrière.

— Nicki est là-dedans, enfermée dans la voiture… avec Joey ! cria Maggie d'une voix entrecoupée. Elle a fermé toutes les issues.

— J'ai les clés, dit Laura. Ne respire pas ça, Maggie.

— Je ne peux pas la laisser, il faut que j'y aille ! cria Maggie en se débattant pour regagner la fenêtre.

Laura dut employer la force pour l'écarter de là.

— Appelle plutôt les pompiers, lui dit-elle en courant vers la porte.

Sa main tremblait quand elle inséra la clé dans la serrure. C'était Nicki qui lui avait remis ce double, d'assez mauvaise grâce, d'ailleurs.

Laura fut prise d'une quinte de toux quand elle ouvrit la porte. A travers les gaz d'échappement, elle distinguait à peine la voiture de Nicki. Elle entendit Maggie, un peu plus loin, expliquer aux pompiers ce qui se passait. Luttant contre l'asphyxie, elle se précipita vers la portière du conducteur. A travers l'écran de fumée, elle aperçut la silhouette inerte de sa belle-mère, qui tenait dans ses bras son petit garçon immobile.

En s'engageant dans l'allée, Dan découvrit d'abord les deux voitures. Il aperçut ensuite Maggie, le visage noirci et strié de larmes, les mains et les bras maculés de sang. Sans le voir, elle se précipita à l'intérieur du garage d'où s'échappait une épaisse fumée grise.

Il descendit de voiture et la rejoignit. Elle eut un mouvement de surprise en le voyant se baisser pour arracher le tuyau d'échappement.

— Dan, les portières sont verrouillées ! cria-t-elle quand il se releva. Nicki est à l'intérieur, avec Joey.

— As-tu appelé les pompiers ? lui demanda-t-il.

Maggie opina.

Il vit alors qu'elles étaient deux. Une jeune femme, de l'autre côté de la voiture, essayait vainement d'ouvrir les portières.

— Sortez toutes les deux ! leur cria-t-il. Maggie, dans ton état, tu n'aurais pas dû entrer là-dedans.

— Qu'allez-vous faire ? demanda la plus jeune.

— Essayer de briser la vitre arrière.

— La vitre arrière ?

Dan la regarda brièvement.

— En cassant le pare-brise, je risquerais de déclencher les airbags. Faites sortir Maggie.

Laura obtempéra sans discuter, et entraîna Maggie

dehors. Elles s'immobilisèrent en entendant la vitre arrière éclater. Maggie essaya de se dégager, mais Laura la retint fermement.

Déjà, les pompiers arrivaient dans un hurlement de sirènes, suivis par un véhicule du SAMU. Laura les regarda approcher, songeant qu'elle devait appeler son père au plus vite. Maggie frissonnait à côté d'elle : son ventre épanoui semblait aussi saugrenu que le soleil radieux de cette journée printanière.

Quelques secondes plus tard, tandis que les secours s'activaient, une femme policier vint leur suggérer d'aller s'asseoir dans la maison.

Assommée, la vue étrangement brouillée, Laura reprit Maggie par le bras et la guida vers l'entrée. Il lui fallut quelques instants pour trouver la bonne clé.

— Si vous mettiez de l'eau à bouillir pour faire du thé, mignonne ? suggéra gentiment l'agent de police, tandis qu'une auxiliaire du SAMU venait les rejoindre afin d'examiner Maggie.

— Elle est arrivée ici la première, expliqua Laura d'une voix saccadée. Elle a cassé une vitre pour essayer d'entrer…

— C'est ça, lui dit doucement l'infirmière. Allez-y, pleurez un bon coup…

Laura porta une main à sa joue et s'aperçut qu'en effet, elle pleurait.

— Nicki, ma belle-mère, et mon petit frère…

— Les gars sont en train de les sortir de là, dit la femme, mais je ne sais pas…

Son expression confirma les craintes de Laura.

— Venez vous allonger à l'étage, dit-elle à Maggie.

— Je ne peux pas ! Je dois m'en aller. Je devrais être à la clinique pour ma séance de préparation à l'accouchement.

— Ils comprendront que vous n'ayez pas pu venir. Nous allons nettoyer un peu ce sang, et je vais m'assurer que le petit va bien, quoique, à première vue (elle posa une main sur la petite bosse qu'on voyait bouger, sur le ventre rond de Maggie), il semble en pleine forme.

Comment une femme pouvait-elle ôter la vie à son propre enfant, après avoir pris tant de peine pour la lui donner ? se demanda Laura devant le spectacle si émouvant que Maggie offrait, en cet instant.

De son côté, Dan regardait les pompiers sortir de la voiture les corps inertes de Nicki et de son fils. Un silence pesant régnait dans le garage encore imprégné d'une odeur insoutenable.

— Madame Palmer, asseyez-vous, je vous en prie.

Alice regarda le médecin d'un air un peu embarrassé, et prit le siège qu'il lui désignait.

— Je voudrais vous parler de ma fille, dit-elle. Elle a eu un accident, ce matin. Elle est à l'hôpital.

Marcus attendit patiemment la suite.

— Le problème, voyez-vous, poursuivit Alice, c'est qu'elle... Il paraît... enfin, elle avait bu.

Marcus fronça les sourcils. Si elle venait lui demander d'intercéder en faveur de sa fille…

— Je savais qu'il lui arrivait d'abuser de l'alcool. Je culpabilise tellement ! Si j'avais réagi plus tôt… Mais je… Je préférais me cacher la réalité. A l'hôpital, on m'a dit que c'était un miracle qu'il n'y ait pas eu de morts. La conductrice de l'autre voiture emmenait ses trois enfants à l'école.

Sans même s'en rendre compte, elle s'était mise à pleurer. Des larmes de honte et d'angoisse roulaient librement sur ses joues.

— Son haleine sentait encore l'alcool, quand je suis arrivée dans sa chambre, reprit-elle. A 9 heures du matin, elle était déjà ivre !

Dans sa voix, Marcus perçut la stupéfaction, l'accablement d'une mère qui n'avait sans doute jamais rien bu de plus qu'une coupe de champagne à l'occasion des fêtes.

— Elle refusait qu'on avertisse son mari, alors c'est moi qu'on a appelée. A l'hôpital, j'ai bien vu ce qu'ils pensaient d'elle… et de moi. Elle a vomi. Elle insultait le médecin et le policier de service.

Alice se mordit la lèvre, et leva sur Marcus un regard implorant.

— Je ne sais vraiment pas quoi faire… comment lui venir en aide. Il doit exister des traitements…

Marcus se détendit un peu en comprenant qu'elle sollicitait, pour sa fille, une aide purement médicale.

— Certes, il y en a, dit-il. Mais il faudrait d'abord

mesurer la gravité de son état. Et, pour cela, il faut qu'elle aille voir un médecin.

— Mais elle n'ira pas ! affirma Alice, visiblement affolée. Elle n'est pas consciente de ce qui lui arrive. Elle…

Alice s'interrompit. Marcus voyait bien qu'elle le suppliait de lui fournir un espoir, une solution — n'importe quelle solution pour tirer son enfant de ce mauvais pas.

Il réprima un soupir. Hélas, c'était impossible.

— Je suis désolé, dit-il. Avant de recevoir un traitement quelconque, votre fille doit admettre qu'elle en a besoin.

— Elle en a réellement besoin, affirma Alice. A l'hôpital, on m'a dit…

— Elle en a peut-être besoin, mais, tant qu'elle n'a pas accepté de le reconnaître elle-même, nous ne pouvons absolument rien faire pour elle, répéta Marcus avec fermeté. D'une part, l'éthique professionnelle nous interdit d'obliger quelqu'un à subir un traitement qu'il refuse et, d'autre part, l'expérience a prouvé qu'aucun soin ne peut être efficace si le patient refuse d'admettre son état de dépendance.

Alice le regarda d'un air accablé.

— Autrement dit, il faudrait que Zoé vienne vous voir spontanément et vous avoue qu'elle est… qu'elle a un problème d'alcoolisme ?

— Exactement. Je comprends votre désarroi, dit gentiment Marcus. Il existe des associations où les gens échangent des idées, des conseils. La parole a souvent un effet salutaire. Je peux vous fournir plusieurs adresses, si vous le souhaitez.

— Mais Zoé a besoin d'aide ! murmura Alice d'une voix pitoyable. C'est une femme mariée ; elle a deux jeunes enfants…

Marcus secoua la tête. Il comprenait ce qu'Alice essayait de lui dire.

— Si vous tentiez d'avoir une véritable discussion avec elle ? Si vous lui expliquiez que vous vous faites du souci pour elle, que vous êtes prête à la soutenir pour l'empêcher de se détruire et de faire du mal à ceux qui l'aiment ? Son mari pourrait peut-être…

— Ian ?

Alice haussa les épaules.

— Elle ne veut même pas qu'il soit prévenu.

— Je ne peux pas vous être d'un grand secours, et je le regrette, dit Marcus, comme pour clore la visite. Toutefois, si votre fille acceptait de venir me voir… En fait, la décision de se soigner n'appartient qu'à elle.

Alice se retrouva dans la rue, le regard perdu dans le vague.

Le cabinet était situé en face de l'agence immobilière où Zoé travaillait — où Zoé avait travaillé, plus exactement. Comme elle avait la migraine, elle chercha un comprimé d'aspirine au fond de son sac. Peut-être pourrait-elle aller prendre une tasse de thé. Quelle heure était-il ? Elle consulta sa montre, et s'aperçut que c'était l'heure du déjeuner. Elle n'avait pas très faim, mais ça lui ferait sans doute du bien de manger un peu. Elle vit un petit groupe de jeunes gens entrer dans le bar le plus proche... Mais n'était-ce pas l'un des endroits favoris de Zoé ? Si quelqu'un la reconnaissait...

Il y avait un petit café, cent mètres plus loin. Elle se dirigea de ce côté, comme une étrangère en pays inconnu, isolée de tous, le cœur serré par l'angoisse.

— Alice... Alice !

Stella dut appeler son amie plusieurs fois avant qu'elle ne se décide à tourner la tête vers elle.

— Oh ! là, là, Seigneur, quelle journée ! maugréa-t-elle, tout en se hâtant de rejoindre Alice, qui restait immobile, comme clouée sur le trottoir. Le comportement de Julie me dépasse littéralement. Hier soir, elle a emmené Jack chez sa mère, et puis elle a décidé de passer la nuit là-bas, comme ça, sans même m'avertir. Si j'étais sa mère, je t'assure qu'elle m'entendrait ! Quand je pense à tout ce que j'ai fait pour elle... Quant à Richard, inutile de compter sur lui : il ne lève pas le petit doigt. Franchement, il pourrait tout de même... Alice ! Mais où vas-tu ?

Terriblement vexée, elle resta bouche bée, tandis qu'Alice lui tournait le dos et partait dans la direction opposée, sans un mot d'explication.

— Ça, par exemple ! grommela Stella.

Mais elle n'avait pas le temps de lui courir après pour lui demander des explications. Elle avait des courses à faire. Elle avait aussi décidé de se mettre au régime — et Richard n'y échapperait pas, lui non plus ! Ils devaient absolument perdre un peu de poids, tous les deux, s'ils voulaient être en mesure de courir après un petit bout de chou plein de vie. Naturellement, Richard allait faire la grimace. Comme tous les hommes, il détestait le changement ; il se passerait difficilement des gratins et des pâtisseries maison. Stella esquissa un sourire en songeant aux petits plats qu'elle préparait, autrefois, pour Hughie, et que Jack allait adorer, à coup sûr, quand il serait grand.

Elle avait reparlé, ce matin, à son amie de la DDASS, et celle-ci lui avait confirmé qu'il était préférable pour Jack d'être adopté par des membres de sa propre famille plutôt que par des inconnus.

— A condition que sa mère veuille le faire adopter, bien entendu, avait-elle ajouté.

— C'est son intention, depuis le début, avait affirmé Stella.

Tout en formant mille projets, elle se dirigea d'un pas léger vers le supermarché.

Dès qu'ils en surent davantage, Laura appela son père. Il arriva au moment où le véhicule de police s'éloignait. Il freina au bout de l'allée, dans une grande gerbe de gravier. L'ambulance et le camion des pompiers étaient déjà partis.

— Nicki ? Joey ? demanda-t-il en se précipitant vers Laura. Où sont-ils ?

Tout en parlant, il regardait la maison, comme s'il

espérait, contre toute attente, voir sa femme et son fils apparaître sur le seuil.

— Ne t'en fais pas, papa, répondit gentiment Laura. L'ambulance les a emmenés à l'hôpital.

— Je veux les voir.

— Je t'accompagne, dit Laura.

L'équipe du SAMU lui avait proposé de monter dans l'ambulance, mais elle préférait attendre son père.

Un peu plus loin, Oliver réconfortait Maggie en la serrant éperdument contre lui.

Dan les observait en silence. Maggie s'était tournée instinctivement vers lui, sous le coup de l'émotion. Aussi naturellement que s'ils ne s'étaient jamais quittés, il l'avait prise dans ses bras, séchant ses larmes et lui répétant qu'elle avait fait tout ce qui était humainement possible de faire. La tête au creux de son épaule, elle avait sangloté sans retenue, profondément bouleversée.

Quand Oliver était arrivé, Dan avait gentiment repoussé Maggie pour aller l'accueillir et le mettre au courant. C'était lui qui l'avait appelé, un quart d'heure plus tôt.

Un bref instant, ils s'étaient mesurés du regard, et Dan avait ressenti un violent pincement au cœur en discernant, dans les yeux de cet homme encore jeune, une expression de défi, une résolution inébranlable.

C'était sa faute s'il avait perdu Maggie ; il ne pouvait s'en prendre qu'à lui-même, songea-t-il en les regardant tous les deux, étroitement enlacés.

*
* *

Sur le chemin de l'hôpital, Laura dut s'arrêter au jardin d'enfants pour récupérer George et William. Elle n'avait réussi à joindre ni Zoé ni Alice, et ses messages étaient restés sans réponse. Bien qu'elle essayât de se comporter le plus naturellement du monde, son humeur semblait déteindre sur les garçons — surtout l'aîné — dont l'intuition la surprenait toujours.

— Est-ce que maman va bien ? Elle n'est pas… elle n'est pas fatiguée, hein ? demanda George très vite, tout en observant Kit du coin de l'œil.

Laura eut un élan de compassion pour lui en comprenant ce qu'il voulait dire par « fatiguée ». Pauvre petit bonhomme ! Combien de fois avait-il vu sa mère ivre morte ?

— Elle va très bien, Georgie, répondit Laura d'un ton faussement enjoué.

Elle se tourna vers Kit.

— Je vais d'abord t'accompagner à l'hôpital, papa. Je te rejoindrai quand j'aurai déposé les garçons chez leur grand-mère. Zoé doit encore être au travail.

Comme son père se taisait, elle le regarda d'un air indécis. Il devait être terriblement bouleversé, incapable d'assimiler réellement ce qui s'était passé. Elle avait eu elle-même beaucoup de peine à croire les gens du SAMU, quand ils étaient venus leur annoncer que Nicki et Joey respiraient encore — mais à peine.

— Nous allons les conduire à l'hôpital, mais ils sont vraiment entre la vie et la mort — surtout le petit…

En faisant un mouvement, Laura entendit crisser dans

sa poche la lettre qu'elle avait prise sur la table de la cuisine, en partant. Elle était adressée à son père — ce qu'elle lui expliqua à mi-voix, tout en conduisant.

— Naturellement, je ne l'ai pas lue, lui dit-elle, mais j'ai pensé... Enfin, je ne savais pas si la police demanderait...

Elle s'interrompit, incapable d'exprimer clairement ses pensées. Qu'est-ce qui avait bien pu passer par la tête de Nicki pour qu'elle eût l'idée de se supprimer, et surtout de tuer son fils qu'elle adorait ?

Ils arrivaient à l'hôpital, et Kit descendit de voiture.

— Je te rejoins le plus vite possible, lui dit Laura.

— Pourquoi on passe par là ? Il y a eu un accident ? demanda William.

— Je vous emmène tous les deux chez votre grand-mère, annonça Laura, sans répondre à sa question.

— Laura ? Je ne vous attendais pas, dit Alice en se penchant pour embrasser les garçons.

— Je suis désolée, commença Laura, mais...

— On est allés à l'hôpital ! lança William en courant vers la salle de jeux.

— Vous les avez emmenés à l'hôpital ?

Alice pâlit légèrement.

— Oh, je ne crois pas que ce soit une bonne idée, Laura ! Est-ce Zoé qui vous a appelée ? Le médecin m'a dit qu'elle ne sortirait pas ce soir...

— Zoé ? demanda Laura d'un air de totale incompréhension.

— William dit que vous venez de l'hôpital… Oh, Laura, je ne peux pas m'empêcher de songer à cette pauvre femme qui était dans l'autre voiture, avec ses enfants. Heureusement que Zoé n'a blessé personne.

Laura respira profondément.

— Alice… je ne suis pas allée à l'hôpital pour voir Zoé. En fait, je croyais qu'elle était au travail. J'ai juste déposé mon père. Il y a eu…

Elle hésita une seconde. Une amitié de longue date unissait Alice et sa belle-mère. Il était normal qu'elle sache.

— Je… Il fallait que papa aille voir… Il est arrivé… Il s'est passé quelque chose, bredouilla-t-elle. C'est… c'est Nicki et Joey. Je devais aller chercher les garçons au jardin d'enfants, sinon je serais restée, moi aussi… J'espérais que vous pourriez les garder… J'ignorais complètement que Zoé…

En écoutant Laura, Alice sentit qu'elle était au courant de l'alcoolisme de sa fille.

— Zoé avait bu, et elle n'était pas en état de conduire, dit-elle, le plus calmement possible.

Elle fronça les sourcils, comprenant soudain ce que Laura venait de lui annoncer.

— Laura, qu'est-ce qui se passe ? Il est arrivé quelque chose à Nicki et Joey ?

La jeune femme opina.

— Je ne peux rien dire de plus pour le moment, Alice…

Excusez-moi, murmura-t-elle, les yeux brillant de larmes. Il faut que je retourne à l'hôpital. Je suis désolée pour Zoé. Pouvez-vous garder les enfants, ce soir ? Je devrai peut-être rester avec papa. Ça dépendra...

D'une voix brisée, elle ajouta :

— Ils ont dit qu'il n'y avait pas beaucoup d'espoir, surtout pour Joey...

— Oh, Laura !

Elle se retrouva soudain dans les bras d'Alice, qui l'étreignait avec une affection toute maternelle — ce genre d'affection qui lui avait terriblement manqué, alors même qu'elle refusait farouchement celle de Nicki.

— Nicki a essayé de se suicider avec Joey, murmura-t-elle.

En prononçant cette phrase terrible, elle avait du mal à y croire elle-même. C'était comme si elle jouait un rôle dans une tragédie.

— Quoi ? s'exclama Alice, tout aussi incrédule. Oh, non ! Oh, Laura, quelle horreur ! J'aimerais pouvoir venir avec vous...

— Non. Les enfants ont besoin de vous ici, lui dit Laura en s'efforçant de ravaler ses larmes.

Après son départ, Alice resta longtemps immobile sur le pas de la porte. La nouvelle qu'elle venait d'apprendre avait pratiquement balayé tous ses soucis personnels. Nicki...

Un frisson glacé la parcourut. Maggie les avait averties que Nicki n'était pas dans son état normal, mais, stupidement, égoïstement, elles avaient refusé de la croire, jugeant que le problème venait plutôt d'elle. En l'écoutant, peut-être auraient-elles pu éviter le pire, songea Alice, consternée.

Zoé avait eu un accident de voiture ! Laura eut de la peine pour les enfants, ainsi que pour Alice. La pauvre femme avait, manifestement, beaucoup de mal à en parler.

Comment peut-on se détruire ainsi avec l'alcool ? se demanda-t-elle avec perplexité. Selon certaines théories, l'état de dépendance — à l'alcool, notamment — était favorisé par une vulnérabilité particulière due à une prédisposition congénitale.

En était-il de même pour le suicide ? L'infanticide ?

Laura fut prise d'un tremblement irrépressible. Il lui semblait invraisemblable qu'une femme d'apparence aussi solide, aussi équilibrée que Nicki pût commettre pareille folie.

Sans l'intervention de Maggie, les secours seraient arrivés trop tard. Elle avait fait preuve d'un courage incroyable en cassant cette vitre et en essayant d'entrer dans le garage, au risque de se blesser ou de compromettre la suite de sa grossesse.

Laura sentit des larmes lui piquer les yeux. Elle avait toujours envié Nicki pour la façon dont elle savait créer des liens d'amitié forts, indestructibles.

*
* *

— Maggie, je comprends très bien ce que tu ressens, dit posément Oliver. Mais ça ne sert absolument à rien que tu restes ici. Tu as entendu ce que les médecins ont dit. Il vaut mieux rentrer à la maison. Nous appellerons demain matin pour savoir si Nicki et Joey peuvent recevoir des visites.

— Non, répéta Maggie avec obstination. Je reste ici avec elle. Elle a besoin de moi. Il faut que tu comprennes… Dans un sens, nous l'avons toutes laissée tomber. Si nous avions été plus attentives, elle n'aurait jamais… J'ai une dette envers elle ; je veux qu'elle sache combien elle est aimée…

— C'est l'affaire de Kit.

— Bien sûr, mais c'est aussi la nôtre. La mienne, en particulier !

— Maggie, si tu essaies de te culpabiliser…

— Non, ce n'est pas du tout mon intention, déclara fermement Maggie. Mais je regrette de ne pas avoir suivi mon intuition. Je sentais que quelque chose n'allait pas, que Nicki n'était pas dans son état normal, et j'ai refusé de l'admettre… Ecoute, si tu rentrais à la maison ? Je pourrais t'appeler…

— C'est ce que Dan aurait fait, à ma place ? demanda Oliver.

Maggie le dévisagea.

— Pardonne-moi, lui dit-il aussitôt. Seulement, en le trouvant ici, j'ai…

— Il venait dire bonjour à Nicki, expliqua Maggie tranquillement. Ils se connaissent depuis très longtemps.

Oliver, tu n'as rien à craindre de Dan, je t'assure. Ce que nous avons vécu ensemble, lui et moi, représente une bonne partie de ma vie, mais c'est du passé, tandis que toi et ce bébé que j'attends, vous êtes mon présent et mon avenir.

— Oh, Maggie ! murmura Oliver avec émotion, en l'attirant contre lui pour l'embrasser.

— Rentre à la maison, lui répéta Maggie. Je te promets que tout ira bien. Du reste, s'il m'arrivait quelque chose — je ne vois pas très bien quoi, car l'échéance est encore lointaine —, je me trouverais à l'endroit idéal !

Alice était toujours sur le pas de la porte quand la voiture de Stuart apparut dans l'allée, cinq minutes plus tard.

Tandis qu'il descendait de voiture, elle l'observa avec attention. Il avait l'air fatigué. Elle attendit qu'il l'eût rejointe pour lui dire :

— J'ai essayé de te joindre toute la journée.

— Ah bon ? Ce foutu portable… j'ai encore dû l'éteindre par mégarde, répondit-il d'un air absent.

— Non, Stuart, sûrement pas, dit-elle calmement. Je n'ai pas pu te joindre parce que ta ligne est coupée. Pourquoi m'as-tu caché que tu avais perdu ton emploi ?

20

Stuart se figea. Son pire cauchemar était en train de se réaliser : Alice avait découvert la vérité avant qu'il ait retrouvé un bon job, une situation digne de lui. Pour le moment, il devait se contenter d'un boulot merdique : il pilotait de vieux appareils en piteux état appartenant à une nouvelle compagnie de fret aérien à bas prix, pour un salaire de misère, avec des horaires inhumains. Il devait, en outre, effectuer lui-même toutes les tâches administratives et servir de coursier, tandis qu'une demi-douzaine de jeunes loups aux dents longues le talonnaient comme une meute enragée.

Alice crut un instant qu'il allait lui tourner le dos et déguerpir sur-le-champ. Mais il se balança légèrement sur ses talons, et secoua la tête en murmurant :

— Aïe…

— J'ai cru que tu me trompais. Ian t'a vu déjeuner avec une femme séduisante.

Dans le silence qui suivit, Alice prit conscience de l'absurdité de ses soupçons, par rapport à tout le reste.

— Une femme séduisante ?

Stuart la regarda, visiblement interloqué.

— Est-ce que tu divagues ? Qui voudrait d'un raté comme moi ? Une véritable épave qui n'arrive même plus à bander… Tu parles ! La seule femme avec qui on a pu me voir, c'est Arlette Malcombe. Elle était chargée de m'annoncer mon licenciement.

A en juger par sa réaction, il ne mentait pas. Alice éprouva aussitôt un immense soulagement vaguement teinté de remords.

— Stuart, allons nous asseoir. J'ai quelque chose à te dire.

Quand elle lui eut expliqué que leur fille avait eu un accident parce qu'elle était en état d'ivresse, il se montra à la fois incrédule et exaspéré.

— Oh ! là, là, ce n'est pas parce qu'elle a bu un verre qu'elle a eu cet accident, Alice ! Bon sang, j'ai eu un oncle alcoolique, alors je sais de quoi je parle ! Mon père avait tellement honte de lui qu'il a complètement coupé les ponts. Ce type est mort à l'asile. Il était fou à lier !

— Un oncle alcoolique ? Tu ne m'avais jamais dit ça.

— Mon père nous avait interdit de mentionner son nom. Un foutu parasite doublé d'un froussard. Papa disait toujours qu'il s'était mis à boire pour se défiler au moment de la guerre. Il se pointait quelquefois chez nous ivre mort, et il injuriait son frère : il lui reprochait d'avoir été le chouchou de leur mère. Mes grands-parents avaient honte de lui, eux aussi. A mon avis, sa mort leur est apparue comme un soulagement.

— Oh, Stuart !

Alice éprouva immédiatement un élan de compassion pour cet homme qui avait été détesté et rejeté par les siens.

— Le médecin que je suis allée voir aujourd'hui m'a dit que l'alcoolisme peut être héréditaire, murmura-t-elle.

— Le médecin ? Quel médecin ? Bon sang, Alice, c'est un bon avocat qu'il faudrait à Zoé, pas un foutu toubib !

Tout en écoutant son mari pester, Alice se demanda s'il se rendait compte que sa réaction trahissait son angoisse. Stuart n'avait jamais su gérer les crises.

— De vous deux, Stuart peut paraître le plus fort, lui avait déclaré un jour Maggie, mais, en réalité, tu es beaucoup plus solide que lui. Chaque fois que vous traversez une crise, c'est toi qui fais face, mais tu as été tellement conditionnée par ton éducation que tu le places sur un piédestal.

A l'époque, cette réflexion l'avait contrariée, mais elle était restée gravée dans sa mémoire.

— D'accord, j'admets que Zoé a tendance à trop boire, mais, pour être tout à fait honnête, Alice, je pense que tu y es pour quelque chose. Tu as toujours été beaucoup trop faible avec elle, et...

— Zoé n'a pas tendance à trop boire, Stuart, coupa Alice. Elle est carrément alcoolique.

— Oh, ça y est, nous voilà en plein drame ! Avec les femmes, c'est toujours pareil. De toute façon, ce n'est pas notre problème mais celui de Ian. Zoé est sa femme, à présent.

— D'accord, mais elle reste quand même notre fille, et la mère des garçons, et la sœur des jumeaux ! Quant au « problème », comme tu dis, personne d'autre qu'elle ne pourra le régler — c'est le médecin qui l'affirme. Nous pouvons lui apporter notre aide et notre soutien, si elle les sollicite, mais elle doit d'abord admettre qu'elle en a besoin, c'est-à-dire reconnaître sa dépendance.

— Ma parole, voilà que tu verses dans la psy ! Ecoute, Alice, je te l'ai déjà dit : si Zoé a provoqué un accident parce qu'elle conduisait en état d'ébriété, elle a besoin d'un bon avertissement de la part de son mari, et aussi d'un excellent avocat. Heureusement pour elle, Ian pourra lui offrir ce qu'on trouve de mieux.

Stuart se tut en voyant Alice secouer la tête.

— Qu'est-ce qu'il y a ? Cette petite gourde n'a quand même pas reconnu ses torts ?

Alice faillit lui rétorquer que, hélas, Zoé ressemblait beaucoup trop à son père pour ça.

— Il y a un hic, dit-elle. Zoé refuse absolument de mettre Ian au courant. Inutile d'être devin pour comprendre qu'il y a de l'eau dans le gaz, en ce moment.

— Cacher ça à son mari ? C'est hors de question, voyons ! Et si tu avais un peu de plomb dans la tête, Alice, tu aurais déjà prévenu Ian, au lieu de perdre ton temps à consulter un toubib. Evidemment, il va falloir que ce soit moi qui l'appelle. Comme si je n'avais pas assez de soucis comme ça ! Tu te rends compte que nous allons probablement perdre cette maison, si je ne trouve pas bientôt un boulot correct ? J'ai dû l'hypothéquer pour payer les études de Zoé et les frais du mariage.

— Tu ne me l'as jamais dit !

— Ça n'aurait servi à rien d'en faire toute une histoire. A l'époque, je pensais faire un coup fantastique avec ces actions que j'ai rachetées à Tom Bracegirdle.

Alice fronça les sourcils en l'écoutant. Stuart avait une fâcheuse tendance à être trop confiant avec ses anciens camarades de l'armée de l'air ; elle ne s'était pas rendu compte qu'il avait perdu des sommes aussi considérables.

— Stuart, je crois réellement qu'il vaut mieux ne pas semer la discorde en appelant Ian, dit-elle.

Mais Stuart fit mine de ne pas l'entendre.

Tout en se tracassant pour Zoé, elle n'en éprouvait pas moins le besoin de rejoindre Maggie et Stella au chevet de Nicki. En ce moment, elles devaient se serrer les coudes. C'était, pour elles quatre, une question de survie.

Les appareils de réanimation émettaient un ronflement continu dans la salle de soins intensifs. Nicki et Joey étaient installés côte à côte dans des lits équipés d'un matériel impressionnant. Des remèdes destinés à combattre les effets du traumatisme qu'ils avaient subi les maintenaient dans un profond sommeil.

Laura confia à Maggie que, selon le médecin, Nicki semblait souffrir depuis un certain temps d'une dépression non diagnostiquée.

— Papa m'a raconté que ça lui était déjà arrivé à deux reprises. Alors, évidemment, sa fausse couche doit l'avoir…

— De quoi parles-tu ? demanda Maggie, stupéfaite. Quelle fausse couche ?

— Oh, Maggie, excuse-moi. Je pensais que tu étais au courant. En fait, il s'agissait d'une grossesse inopinée à propos de laquelle papa avait eu quelques mots malheureux parce qu'elle tombait à un moment particulièrement délicat. Apparemment, la fausse couche s'est produite quelques jours après leur discussion, et Nicki en a rendu papa responsable.

Nicki était donc tombée enceinte, et elle n'en avait rien dit à personne. Maggie se reprocha de ne pas l'avoir deviné. Absorbée par ses propres préoccupations, elle avait fait preuve d'un égocentrisme impardonnable.

— La lettre que Nicki a laissée à papa révèle une véritable obsession paranoïaque concernant Joey, poursuivit Laura. Elle s'est mis dans la tête qu'il était en danger, que son père ne l'aimait pas et que je le détestais. En se suicidant avec lui, elle voulait, paradoxalement, le protéger.

Les deux femmes se regardèrent. Songeant à la détresse et à la solitude de son amie, Maggie ne put s'empêcher de pleurer doucement, à petits sanglots étouffés.

— Si Nicki est dépressive, il devrait être possible de la soigner, non ? demanda Laura d'un air anxieux.

— Certainement, répondit aussitôt Maggie.

— Quand je lui ai ramené les garçons, Alice m'a appris que Zoé était aussi ici, à l'hôpital.

Maggie haussa les sourcils d'un air perplexe. Laura hésita un instant, visiblement embarrassée.

— Je ne sais pas si tu l'as remarqué, dit-elle, mais Zoé est... Enfin, elle a pris le volant après avoir trop bu, et elle a provoqué un accident. Il n'y a pas eu de blessés, seulement...

— Si tu essaies de me dire avec tact que Zoé a un problème d'alcoolisme, tu te donnes du mal inutilement, déclara Maggie. Nous sommes toutes conscientes qu'elle en est à un stade critique. Il était difficile d'en parler devant Alice parce que c'est toujours un sujet tabou. A notre époque, les jeunes femmes qui buvaient n'étaient pas légion.

Elle songea qu'en temps normal, elle aurait immédiatement appelé Nicki pour débattre avec elle du meilleur moyen d'aider Alice et sa fille...

Laura s'absenta un moment pour aller chercher quelque chose à boire et, soudain, Maggie crut discerner chez Nicki un infime mouvement — un petit soupir à peine perceptible. Elle réagit immédiatement en lui prenant la main et en la serrant doucement entre les siennes.

— Oh, ma Nicki, murmura-t-elle, je m'en veux de ne pas avoir compris, de ne pas avoir su lire entre les lignes, et surtout, surtout, de ne pas t'avoir donné l'amitié dont tu avais tant besoin.

Elle tressaillit en la voyant ouvrir brusquement les yeux.

— Joey…

Maggie la rassura d'une légère pression de la main, et s'écarta pour lui permettre de voir le lit où dormait son fils.

— Il est ici avec toi, chérie, et il va bien. Vous êtes tous les deux tirés d'affaire.

Nicki referma presque instantanément les paupières.

La gorge serrée, Maggie refoula tant bien que mal ses larmes.

Quelques secondes plus tard, Kit arriva en compagnie d'une infirmière.

— Je vais prendre ta place, Maggie, dit-il, tandis que l'infirmière contrôlait les appareils et surveillait l'état des patients. J'ai vu le psychiatre : il attribue le geste de Nicki à une sévère dépression. Je m'en veux tellement d'être passé à côté sans rien voir ! Dire que j'ai failli les perdre tous les deux…

— Tu traversais une période très difficile, répondit doucement Maggie. Et si quelqu'un doit se reprocher quelque chose… Nous aurions pu nous douter qu'elle n'allait pas bien, nous aussi.

— Dès qu'elle ira mieux, les médecins lui prescriront un traitement à base d'antidépresseurs associés à une psychothérapie.

— Nous serons là pour vous soutenir, promit Maggie.

Elle embrassa tour à tour Nicki et Joey, puis donna à Kit une brève accolade.

En sortant de la salle, elle rencontra Laura qui revenait.

— Je suis allée voir Zoé, dit la jeune femme à Maggie. Elle veut signer sa décharge et rentrer chez elle. Elle refuse catégoriquement d'admettre qu'elle conduisait en état d'ivresse… Comment vont Nicki et Joey ?

Maggie esquissa un sourire.

— Apparemment, ils sont tirés d'affaire. Le spécialiste a dit à ton père que la dépression dont souffre Nicki peut être soignée.

En regagnant le hall central, Maggie vit Dan qui venait vers elle. Elle sentit son cœur battre un peu plus vite.

— Maggie, je viens prendre des nouvelles de Nicki et Joey.

— Leur état s'améliore. Mais tu pourras tenir compagnie à Kit et à Laura, lui dit-elle. Moi, je rentre à la maison.

— Tu prends la route toute seule ? Est-ce bien raisonnable ?

A en juger par son expression, Maggie comprit qu'il allait insister pour la raccompagner.

— Je vais appeler Oliver pour qu'il vienne me chercher, précisa-t-elle vivement. Et puis, tu sais, je suis juste enceinte — pas malade.

Elle regretta instantanément ses paroles en voyant le regard de Dan s'assombrir.

— Oh, excuse-moi ! s'exclama-t-elle en tendant instinctivement la main vers lui.

Il eut un mouvement de recul, et ses traits se crispèrent.

— Non, Maggie, dit-il fermement. Je ne pourrais pas supporter que tu me touches. J'ai mis dix ans à m'en rendre compte, mais je sais, aujourd'hui, que tu es la femme de ma vie — la seule qui ait jamais compté pour moi. Tu ne peux pas imaginer à quel point j'aimerais revenir en arrière. Je n'ai pas le droit de te dire ces choses-là, j'en suis conscient. Tu vis avec un autre, désormais, et vous êtes bien ensemble. Je voudrais seulement que tu saches qu'en cas de besoin… je serai toujours là pour toi.

Incapable de prononcer le moindre mot, Maggie hocha simplement la tête. S'il savait combien de nuits elle avait passées à rêver de l'entendre un jour dire ces mots-là ! Combien de nuits à souffrir, à pleurer son absence… Cet immense chagrin d'amour avait fini par s'atténuer, avec le temps, sans jamais disparaître tout à fait. Mais c'était un secret enfoui tout au fond d'elle-même, une petite ombre sur son bonheur qu'elle était bien décidée à garder pour elle afin de ne causer aucune peine à Oliver, qui lui avait tant donné.

— Il faut que je te quitte, dit-elle à Dan. Oliver va s'inquiéter.

Dan la regarda s'éloigner, luttant contre la tentation de lui dire qu'à la place d'Oliver, il serait resté près d'elle au lieu de s'inquiéter. Mais, connaissant Maggie, il se dit que cette remarque aurait été déplacée. C'était probablement elle qui avait tenu à venir seule à l'hôpital. Quand elle s'y mettait, elle pouvait se montrer la plus têtue et la plus indépendante des femmes.

*
* *

— De toute façon, j'ai décidé d'annoncer ce soir à Julie que nous adoptions Jack.

Richard secoua la tête.

— Stella, je ne pense pas que ce soit une bonne idée… commença-t-il d'un ton circonspect.

La sonnerie du téléphone l'interrompit. Stella, qui se trouvait à côté de l'appareil, décrocha immédiatement. Richard la vit bientôt se décomposer.

— Oui, oui, je comprends, murmura-t-elle d'une voix mal assurée.

Elle raccrocha, et se tourna vers lui.

— Je dois aller à l'hôpital… C'était Alice. Elle dit que Nicki… Nicki…

Incapable de dire un mot de plus, elle porta une main à la bouche, et ses yeux se remplirent de larmes.

— J'y vais tout de suite, Rich !

Maggie était sur le point de partir quand Alice et Stella arrivèrent à l'hôpital. Les trois femmes s'étreignirent en silence, avec une immense émotion.

— Comment vont-ils ? demanda Stella dès qu'elle fut capable de parler. Est-ce qu'ils…

— Ils sont tirés d'affaire tous les deux, assura Maggie. Nicki a repris conscience pendant que j'étais là. Elle a même parlé…

Ses yeux s'emplirent encore de larmes.

— Oh, Maggie, si seulement on t'avait écoutée ! dit Alice d'une voix sourde.

Stella secoua la tête.

— Toi, Alice, tu la croyais ; c'est moi qui m'y refusais. Je n'aurais jamais dû douter de ton discernement, Maggie. Sans ma stupidité…

— Il ne faut pas dire ça, voyons Stella, la gronda gentiment Maggie. En réalité, nous étions toutes tellement absorbées par nos propres préoccupations que nous en avons…

— Négligé notre amitié, acheva Alice à sa place. Je m'en suis rendu compte tout récemment. C'est comme si nous avions commencé à creuser des fossés entre nous, à…

Elle s'interrompit, et baissa la tête d'un air accablé.

— Il paraît que le nouvel âge critique n'est plus la quarantaine mais la cinquantaine, dit Stella. Et c'est vrai que nous avons été des quadragénaires épanouies, non ? Eh bien, je ne sais pas ce qu'il en est pour vous, mais, pour moi, la cinquantaine a été une période très différente. J'ai commencé à remettre tout un tas de choses en question, à me demander ce que j'avais fait de ma vie, si je ne m'étais pas contentée de jouer un rôle préétabli qui ne me correspondait pas vraiment.

Stella marqua une pause et regarda tour à tour ses deux amies.

— Je me trompe peut-être, mais il me semble que, depuis quelque temps, nous avons toutes traversé une sorte de crise…

Elle se tut, attendant leur réponse.

Alice jeta un coup d'œil à Maggie, puis se jeta à l'eau.

— Le lendemain de mes cinquante ans, j'ai passé une bonne partie de la journée à broyer du noir, avoua-t-elle. Je vous en voulais terriblement, à toutes les trois. J'avais l'impression d'être la demeurée du groupe ; je détestais la condescendance dont vous faisiez preuve envers moi. Vous aviez chacune une personnalité forte, un rôle social, tandis que moi, j'étais seulement la femme de Stuart, la mère de mes enfants. On ne pouvait me définir qu'en fonction de ma famille, comme si je n'existais pas en tant qu'individu.

Un silence suivit cette confession. Maggie se rendit compte que les deux autres l'observaient.

— J'avais beaucoup de mal à supporter d'être la seule à ne pas avoir d'enfants, avoua-t-elle enfin à mi-voix. J'ai longtemps cru que j'étais au-dessus de ça : j'avais mon agence, puis j'ai eu Oliver… mais, à mes yeux, il y a quelque chose de miraculeux dans le fait de donner la vie. Je sais bien que n'importe quelle vache, n'importe quelle souris, poule ou moustique — bref, toute créature femelle sur cette terre — a reçu le même don de la nature. Mais c'était plus fort que moi, plus fort que tout. Je n'osais pas vous en parler ; vous aviez déjà vos enfants, et puis, à mon âge…

Elles restèrent un long moment sans rien dire, dans une communion de doute et de souffrance. Alice, la première, s'efforça de mettre un baume sur leurs blessures mutuelles.

— Pour progresser, murmura-t-elle d'une petite voix indécise, il faut parfois sortir de son cocon.

Comme les deux autres la dévisageaient, elle expliqua avec une petite grimace :

— J'ai lu ça dans un magazine.

Pour un témoin quelconque, le spectacle de ces trois femmes d'âge mûr en train de s'esclaffer au milieu du hall des urgences pouvait paraître déplacé. Mais, pour Stella, Alice et Maggie, ce fou rire commun était le meilleur remède au monde.

Quelques instants plus tard, quand leur hilarité se fut calmée, Maggie se tourna vers la porte et aperçut Oliver.

— Je vous quitte, dit-elle aux deux autres. Appelez-moi.

En rejoignant son compagnon, elle songea soudain qu'elle avait omis de parler à Alice et Stella des lettres anonymes. En définitive, ça n'avait plus d'importance. Nicki les avait écrites sous l'effet d'une grave dépression ; sans doute fallait-il les considérer comme des appels au secours. Des appels qui ne resteraient plus sans réponse, désormais.

21

Zoé contempla son verre vide d'un œil morne. Elle était toute seule à la maison. Après avoir signé sa décharge, elle était revenue de l'hôpital en taxi.

Elle tressaillit en entendant la porte d'entrée s'ouvrir et se refermer bruyamment.

Ian fit irruption dans la cuisine.

— Ah, tu es là ! s'écria-t-il. A l'hôpital, on m'a dit que tu avais déguerpi.

Zoé sentit monter en elle un mélange familier d'excitation et de peur.

— Qui t'a prévenu ? Oh, je m'en doute : ça doit être ma chère mère, cette casse-pieds qui se mêle de tout !

— En réalité, c'est ton père : « Monsieur C'est-pas-ma-faute ». Ta mère vaut cent fois mieux que lui, affirma Ian.

— Ne parle pas comme ça de mon père… Ian ? Où vas-tu ? demanda Zoé en le voyant tourner les talons.

— Là-haut. Je vais prendre les affaires des gosses. Ensuite, j'irai les chercher chez ta mère. Je te quitte, Zoé, et j'emmène les enfants avec moi.

Le souffle coupé, Zoé le dévisagea.

— Tu ne peux pas faire ça ! s'écria-t-elle, prise d'un tremblement subit. Ce sont mes enfants. Tu ne peux pas ! Ian !

Elle repoussa sa chaise et s'avança vers lui en titubant. Comme elle posait une main sur son bras, il la repoussa violemment. Déséquilibrée, elle faillit tomber à la renverse.

— Ne me touche pas, lui dit-il calmement.

— Tu ne peux pas faire ça, répéta-t-elle en sanglotant. D'ailleurs, tu n'auras pas le temps de t'occuper d'eux.

— M'occuper d'eux ? Je paie Laura pour ça, non ?

— Ah, oui, Laura ! Ce ne sont pas les gosses qui t'intéressent, hein ? s'écria Zoé. C'est elle, bien sûr ! Tu veux la sauter, c'est ça ?

Elle se précipita sur lui d'un pas incertain, toutes griffes dehors.

Ian esquiva le coup avec une aisance pleine de mépris.

— Je ne te permettrai jamais de baiser quelqu'un d'autre que moi ! Jamais ! cria-t-elle en pleurnichant.

— Tu me dégoûtes, tu sais ? dit-il d'un ton dégagé, en s'arrêtant près de la porte. Je ne laisserai pas mes enfants grandir avec une mère comme la mienne, une ivrogne qui…

— Je ne suis pas une ivrogne ! hurla Zoé. Je ne suis pas une ivrogne…

La laissant s'époumoner toute seule dans la cuisine, il grimpa l'escalier au pas de course et entreprit de vider l'armoire des garçons.

Zoé le rejoignit dans leur chambre, l'air égaré.

— Ian, je t'en prie ! murmura-t-elle. Si je bois, c'est parce que je t'aime. J'ai besoin de toi, et tu n'es jamais là… On est tellement bien ensemble… Viens au lit… Tu sais comment c'est, entre nous.

— Je n'ai plus envie de toi, Zoé.

— Bien sûr que si ! Tu as tout le temps envie de moi ! affirma-t-elle en riant.

Elle s'approcha et le caressa de façon appuyée, le prenant au creux de sa main.

— Ote tes sales pattes !

Il la repoussa avec une telle brutalité qu'elle alla s'écrouler contre la porte.

— Ne refais jamais ça, espèce de sale ivrogne ! dit-il, le regard plein de dégoût.

Tandis qu'elle sanglotait par terre, effondrée, il redescendit et quitta la maison en emportant les bagages des enfants.

Laura mettait la clé dans la serrure quand son portable sonna. Pensant que c'était son père, elle se crispa légèrement. Ils s'étaient mis d'accord pour qu'elle revienne provisoirement habiter chez lui. Les médecins les avaient avertis qu'à leur sortie de l'hôpital, Nicki et Joey auraient besoin de soins attentifs. Laura avait aussitôt proposé de faire tout son possible pour se rendre utile. Mais, dans l'immédiat, elle n'entendit que les élucubrations de Zoé, au téléphone.

— T'as pas intérêt à me piquer Ian, espèce de garce ! hurlait la jeune femme, déchaînée. Il est à moi !

Laura, qui était épuisée, n'avait pas la moindre envie de se disputer avec Zoé. Elle réussit, cependant, à l'écouter jusqu'au bout avant de réfuter posément, en bloc, ses accusations absurdes.

Dix minutes plus tard, son téléphone sonna de nouveau. Cette fois, c'était Ian. Poliment mais fermement, Laura lui dit qu'elle ne pouvait pas continuer à s'occuper des enfants, et lui en expliqua brièvement la raison.

— Ça signifie que je dois me débrouiller seul, c'est ça ? Merci beaucoup ! lança-t-il avant de lui raccrocher au nez.

— Julie…

Stella se força à sourire quand la jeune femme entra dans la cuisine. Elle ne voulait surtout pas se fâcher avec elle ; après tout, c'était la mère naturelle de Jack. En l'adoptant, elle aurait besoin…

— Où est Jack ? demanda-t-elle d'un air inquiet, en s'apercevant que le bébé n'était pas là.

La tentative de suicide de Nicki l'avait bouleversée, et son assurance habituelle en était émoussée.

— Je l'ai laissé à maman, répondit Julie en s'asseyant. Sa cousine doit passer à la maison, et elle voulait le lui présenter.

Stella se sentit un peu contrariée à l'idée qu'une autre

se permît d'exhiber son petit-fils chéri. Elle se réconforta en songeant que, bientôt, il serait tout à elle.

— Julie, je sais que tu envisages de faire adopter Jack, commença-t-elle, et nous…

— J'ai changé d'avis. Je vais le garder.

— Changé d'avis ?

Stella eut l'impression que le sang se figeait dans ses veines. Son cœur se mit à battre de façon désordonnée. En proie au plus total désarroi, incapable de réfléchir clairement, elle lutta contre une brusque nausée. Ce n'était pas possible. Julie ne voulait pas vraiment dire ça. Elle ne pouvait pas… Stella secoua fébrilement la tête.

— Julie, tu n'y penses pas ! dit-elle. Tu ne pourras pas l'élever toute seule. Tu n'as même pas dix-huit ans ! Tu dois terminer tes études, tu…

— Je ne vais pas l'élever toute seule. Mes parents vont m'aider. En fait…

Julie détourna brièvement les yeux, puis ajouta d'un ton dégagé :

— Papa est complètement gaga de son petit-fils. Maman et lui vont l'adopter. Ensuite, on ira s'installer au Canada. Papa a trouvé un emploi intéressant, là-bas. Il dit que c'est l'occasion rêvée pour nous tous de prendre un nouveau départ. Nous sommes allés voir des gens de la DDASS ; ils nous ont encouragés dans ce sens.

Elle se leva.

— Papa m'a demandé de revenir à la maison. Je comptais vous l'annoncer, ce soir.

— Julie, tu ne peux pas faire ça ! répéta Stella d'une

voix tremblante, tout en s'efforçant de paraître calme et maîtresse d'elle-même.

Ses membres, son visage étaient étrangement engourdis et, paradoxalement, elle avait l'impression qu'un étau lui broyait le cœur et le corps.

— Hughie est le père de Jack, ajouta-t-elle plus sèchement. Tu n'as pas le droit d'organiser l'avenir de Jack sans le consulter.

— Je l'ai consulté, répliqua Julie. Il n'y voit aucune objection. Mais, de toute façon, même s'il n'était pas d'accord, ça ne changerait rien. Papa s'est renseigné : Hughie n'a absolument aucun droit en ce qui concerne Jack.

— Julie, tu ne peux pas nous faire ça ! répéta obstinément Stella.

La jeune femme la défia résolument du regard.

— Si, je peux ! affirma-t-elle en haussant le ton. Et ce n'est pas vous qui m'en empêcherez. Le fait que Hughie soit votre fils ne vous donne aucun droit sur Jack. J'en ai ras le bol de vous entendre critiquer tout ce que je fais. Jack est mon bébé, pas le vôtre ! Et puis la sage-femme m'a dit que la plupart de vos idées étaient complètement dépassées et que je ne devrais pas en tenir compte... Bon, je vais rassembler mes affaires. Papa vient me chercher dans une demi-heure.

Stella était livide. Rien ne l'avait préparée à une telle souffrance.

Elle serra le poing, et l'appuya très fort contre sa bouche pour étouffer la plainte qui montait en elle.

C'était un cauchemar. Elle allait se réveiller. Julie ne pouvait pas lui enlever Jack !

Elle était toujours clouée sur sa chaise quand Richard rentra, une heure plus tard. Elle avait entendu Julie descendre l'escalier pour aller ouvrir à son père. Leurs pas s'étaient approchés de la cuisine, puis s'étaient arrêtés. Maintenant, la maison était vide, déserte, abandonnée.

Richard observa sa femme un bref instant, puis il alla remplir la bouilloire.

— Julie est partie… avec Jack, dit Stella d'une voix sans timbre. Ses parents vont l'adopter et l'emmener au Canada.

Brusquement, elle fondit en larmes. D'énormes sanglots irrépressibles secouèrent son corps tout entier.

— On ne peut pas les laisser faire, Richard. Il faut les empêcher…

— C'est impossible, Stella. Jack est le fils de Julie. Nous n'y pouvons rien.

— C'est encore un bébé, Rich. Et puis je ne supporterai pas de vivre sans lui…. C'est notre petit-fils, une partie de nous…

Richard soupira encore, et la prit dans ses bras. Il s'attendait plus ou moins à ce qui venait d'arriver.

— Stella, je comprends, mais toi aussi, tu dois comprendre. Hughie et Julie ne sont pas mariés. Nous n'avons aucun droit sur Jack et, même si nous en avions…

Il s'interrompit, et caressa gauchement Stella, dont le corps était secoué de sanglots. Ils n'avaient jamais été très démonstratifs, mais son chagrin lui donnait envie de la réconforter.

— Ce serait terrible pour cet enfant de se retrouver tiraillé entre eux et nous, reprit-il. Je sais à quel point tu aimes Jack, Stella. Essaie de penser au bien que tu lui feras en lui permettant de grandir dans un environnement harmonieux, sans conflit…

— Je ne peux pas supporter ça ! s'écria Stella d'une voix torturée. Je ne peux pas supporter de vivre sans lui, Rich. J'en suis incapable.

Richard la serra contre lui.

— Il faudra bien, Stella. Il n'y a pas d'autre solution.

22

Maggie était sur le point d'abandonner les recherches quand l'agent immobilier l'avait appelée pour lui signaler qu'un ancien presbytère venait d'être mis en vente. Bien sûr, c'était un peu plus grand que ce qu'ils souhaitaient, et aussi nettement plus cher.

Ils hésitaient à aller voir, mais, dès qu'ils avaient franchi le vieux portail en fer forgé et découvert le jardin, Maggie avait su que c'était la maison de ses rêves. Heureusement, les anciens propriétaires avaient déjà fini la restauration du gros œuvre, ce qui leur avait permis d'emménager immédiatement après la signature.

— Alors, ça te plaît ?

— Mmm... J'adore les couleurs. Mais, pour une chambre d'enfant, je trouve les murs un peu... nus.

Maggie eut un large sourire.

— C'est exprès : tu vas peindre une fresque !

— Vraiment ?

— Oui ! Ce sera la fresque de notre amour, Oliver.

Septembre touchait à sa fin. Il ne restait plus qu'une quinzaine de jours avant l'accouchement.

— Hum... Cette proposition de fresque serait-elle liée

au fait que j'ai rendez-vous avec la plus séduisante de nos clientes ? demanda Oliver en attirant sa compagne contre lui et en l'embrassant sur le bout du nez.

— Absolument pas. Toutefois, si tu décidais, par hasard, de rester à la maison plutôt que d'y aller, il se trouve que...

— Je ne peux pas, chérie, dit-il en secouant la tête. Je tiens à régler le maximum d'affaires maintenant, pour être plus tranquille après la naissance du bébé.

Il l'embrassa une seconde fois, beaucoup plus longuement et passionnément, avant de la libérer enfin.

— A tout à l'heure, dit-il. Et, surtout, repose-toi !

— Ne t'inquiète pas, je fais attention, affirma Maggie. Je dois passer chez Nicki en fin de matinée. Son état s'améliore de façon stupéfiante. Laura m'a dit que les médecins avaient rarement vu une patiente réagir aussi bien aux antidépresseurs. La semaine dernière, quand je l'ai vue, elle ressemblait tout à fait à la Nicki d'avant. Elle m'a même demandé de l'excuser pour ce qu'elle avait dit concernant ma grossesse. On a ri ensemble, comme autrefois, quand on était gamines.

Son regard s'assombrit légèrement, et elle marqua une pause avant d'ajouter :

— Elle craignait que des poursuites pénales soient engagées contre elle, à propos... de Joey. Mais le psychiatre affirme qu'elle n'a pas agi en pleine possession de ses moyens. Cela dit, la garde de Joey a été confiée à son père.

Oliver prit sa veste sur une chaise. Il était déjà dans l'entrée quand Maggie descendit à la hâte et le rejoignit.

— Qu'est-ce qu'il y a ? lui demanda-t-il.

— Juste ça, répondit-elle en prenant son visage entre ses mains et en l'embrassant avec une immense tendresse.

— Tu ne sais plus quoi faire pour m'inciter à peindre cette fresque, n'est-ce pas ? murmura-t-il en riant. Je commencerai samedi, d'accord ?

— Non, non, pas ce week-end ! C'est ton anniversaire, et j'ai une surprise pour toi.

La surprise consistait en une participation à cinquante pour cent dans son affaire. Elle avait tous les documents légaux pour faire de lui son associé à part entière, et projetait de les lui présenter au cours d'un dîner en tête à tête dans un grand restaurant réputé.

— Comment te sens-tu ?

Nicki leva sur Kit un visage souriant et plein de tendresse.

— Assez bien pour parler, répondit-elle, tandis qu'il s'asseyait près d'elle et lui prenait la main. Maggie doit passer me voir, tout à l'heure.

— Hum... Tu veux dire que je dois déguerpir, c'est ça ?

Nicki s'esclaffa.

— N'importe quoi ! On va parler bébés, tout simplement. Oh, Kit, j'ai tellement de chance ! murmura-t-elle.

Après ce que j'ai fait, je ne mérite pas d'être aussi choyée, aussi aimée, aussi entourée par toi et…

— Chérie, tu le mérites, affirma Kit en la serrant contre lui. J'aurais dû me rendre compte que tu n'allais pas bien et t'apporter tout mon soutien, au lieu de me comporter comme un affreux égoïste.

— Cette horrible histoire aura eu, au moins, l'avantage de me prouver à quel point tu m'aimais. Il m'est arrivé d'en douter, tu sais ? Par exemple, j'ai toujours pensé que tu m'avais épousée parce que tu craignais que je sois enceinte.

Kit lui prit la main et la porta à ses lèvres.

— Quand tu m'as avoué que tu ne prenais plus la pilule parce que tu pensais que tout était fini entre nous, j'ai sauté sur l'occasion pour te demander en mariage, dit-il. J'étais fou de joie quand tu as dit oui… Ça ne se voyait pas ?

Nicki secoua la tête.

— Je reconnais que c'est ma faute si nous n'avons jamais vraiment parlé de tout ça, reconnut-elle. J'avais trop peur d'affronter mes angoisses. En accumulant mes rancœurs, j'espérais me cuirasser contre le chagrin, le jour où tu me quitterais. Comme si le ressentiment pouvait servir de garde-fou au désespoir ! Mais, quand j'ai fait cette fausse couche…

Comme une pointe d'anxiété assombrissait le regard de Kit, elle lui caressa la joue d'un geste rassurant.

— Sois tranquille, dit-elle. Je vais beaucoup mieux, maintenant.

— On pourrait refaire un essai, proposa Kit avec un clin d'œil malicieux. Si on jouait à Maggie et Oliver ?

Nicki rit doucement.

— Non. En fait, cette grossesse était totalement imprévue. Elle s'est interrompue prématurément — c'est le destin qui l'a voulu. Aujourd'hui, j'ai envie de me consacrer aux gens que j'aime et qui m'entourent. Ecoute, Kit, j'ai réfléchi. Je sais que tu rêvais d'acheter une maison en Italie. Joey commence à grandir, et Laura pourrait former, un de ces jours, un couple épatant avec Marcus…

Elle s'interrompit en voyant la mine interdite de Kit.

— Tu n'as rien remarqué ? lui demanda-t-elle en riant. Je sais qu'ils sont allés dîner ensemble au moins une dizaine de fois.

Pour Kit, apparemment, c'était une révélation.

— En tout cas, reprit Nicki, j'ai pensé que nous pourrions commencer par passer les vacances d'hiver en Italie. On achèterait une maison, là-bas, et on recevrait nos enfants… en attendant les petits-enfants. Certes, il faudrait réduire un peu ton activité, alors qu'elle commençait justement à redémarrer… mais tu ne crois pas que ce serait sympa d'avoir un endroit où nous retrouver…

— Sympa ? Ce serait le nirvana ! lança Kit avec enthousiasme. Je peux très bien réduire mon activité. Et toi ?

— Oh, en principe, l'affaire est déjà réglée, dit-elle d'un ton dégagé. Je vais former Laura pour prendre le relais.

*
* *

— Est-ce que papa est là ?

— Il vient juste de monter, répondit Nicki à sa belle-fille. Au fait, Laura, je voulais te dire à quel point je suis heureuse que nous nous soyons rapprochées, toi et moi. Ton affection m'est infiniment précieuse. Pas seulement pour ce que tu as fait pour moi, mais parce que tu es toi.

— Je reviens de la jardinerie, dit Laura avec une certaine brusquerie.

Nicki la connaissait assez pour attribuer sa réaction à la pudeur plutôt qu'à une marque d'hostilité. Plus que quiconque, Laura s'était battue pour l'aider à se remettre. Du fond de son lit d'hôpital, Nicki l'avait entendue maugréer, un jour, à mi-voix :

— T'as pas intérêt à me claquer entre les doigts, Nicki. Pas question que je perde une seconde mère, et que tu abandonnes Joey ! Tu vas guérir, Nicki. Tu n'as pas le choix. Comment veux-tu que papa et Joey s'en sortent ? On a tous besoin de toi.

Revenant au présent, Nicki haussa les sourcils d'un air faussement candide.

— Ah bon ? Et qu'as-tu acheté ? Une plante en pot pour l'appartement de Marcus ?

Laura la regarda de travers.

— Pas du tout. J'ai acheté un arbre. Ce serait bien de pouvoir le planter tous ensemble : toi, papa, Joey et moi.

Nicki la regarda en retenant son souffle.

— Tu te souviens ? lui demanda Laura d'une voix rauque.

Tu m'en avais acheté un quand… après… Pour que j'aie un endroit à moi où je puisse penser à maman.

La gorge serrée, Nicki lui ouvrit les bras.

— Oh, Laura, murmura-t-elle, bouleversée.

— Je n'avais pas bien compris, à l'époque. Mais, aujourd'hui… C'est un arbre qui fleurit en été — pour l'anniversaire du bébé.

Par la baie vitrée du salon, Alice vit la Mercedes de Ian s'arrêter au bout de l'allée. Elle se crispa aussitôt.

Ian et Zoé étaient, officiellement, séparés, mais la jeune femme refusait toujours d'admettre qu'elle avait un problème.

Quand Alice lui avait proposé de revenir vivre avec eux, elle n'avait reçu qu'une bordée d'injures. Zoé refusait farouchement de quitter sa maison. Contre toute attente, Ian continuait à payer les traites, mais Alice s'attendait à ce qu'il manifeste, tôt ou tard, le désir de vendre.

Une semaine après la séparation, Ian était venu frapper chez Alice et Stuart, en leur annonçant qu'il ne pouvait plus s'occuper des enfants. George et William s'étaient donc retrouvés chez leurs grands-parents.

Alice ouvrit la porte, et observa Ian avec méfiance. Certes, il n'était pas responsable du comportement de Zoé, mais il ne lui était pas non plus d'un grand secours.

— Stuart n'est pas là ? demanda-t-il avec désinvolture.

— Non. Il est en déplacement, répondit Alice.

— En déplacement ? répéta-t-il avec un petit rire déplaisant. Voyons, Alice, tout le monde sait que Stuart n'a plus à se déplacer… A propos, on m'a dit que vous aviez mis la maison en vente.

— Elle est trop grande pour nous, désormais, répondit Alice posément.

Ian s'esclaffa.

— Je passais juste pour vous dire que j'allais m'installer aux Etats-Unis. Je pars à la fin du mois.

Alice se sentit écœurée par l'insouciance avec laquelle il venait de lui annoncer la nouvelle.

— En avez-vous fait part à Zoé ? demanda-t-elle.

— Je ne suis pas allé la voir, si c'est ce que vous voulez dire, mais j'ai demandé à mon avocat d'entamer la procédure de divorce. Dans son état, elle sera probablement incapable de lire la lettre. Voilà pourquoi j'ai préféré venir vous avertir moi-même.

— Et… et les garçons ? demanda Alice.

Ian hésita imperceptiblement, puis haussa les épaules.

— Ils seront nettement mieux avec vous. J'ai réfléchi à tout ça. Je peux vous confier légalement la garde, et même vous verser une pension. Je sais que vous avez besoin d'argent, ajouta-t-il sans se soucier le moins du monde de ménager leur amour-propre. Mais je vous préviens que je ne donnerai pas d'argent à Zoé pour qu'elle aille le dépenser dans les bars. Alors, si elle essaie…

— Ian, ce sont vos enfants ! Quant à nous payer…

— Mes enfants ? coupa-t-il. Vous croyez ? Oh, allons,

ma chère Alice, ajouta-t-il d'un ton sarcastique, tout le monde connaît la réputation de Zoé ! A la fac, elle couchait à gauche et à droite. C'est une ivrogne doublée d'une putain. Je ne voulais pas l'épouser : elle m'a forcé la main. Votre fille ne vous a jamais raconté ça ? Si elle a voulu des enfants, c'est uniquement pour me retenir. Eh bien, elle a tout faux. Je ne les désirais pas. Elle les a eus, qu'elle les garde !

Dépassée par sa cruauté, par son absence totale d'affection pour ses enfants, Alice le regarda partir sans dire un mot.

Au dernier moment, il se retourna.

— Oh, à propos, lança-t-il avec insolence, j'ai mis la maison en vente. Comme elle est presque entièrement hypothéquée, vous pourrez dire à Zoé — au cas où elle dessoûlerait suffisamment pour s'y intéresser — que sa part ne sera pas très importante.

— Qui c'était, mamie ? demanda George en rejoignant Alice dans l'entrée.

— Personne, répondit Alice.

Elle se pencha sur eux, les prit dans ses bras et les serra de toutes ses forces.

— Quand est-ce que papy va rentrer ? demanda William.

Contre toute attente, Stuart s'était investi de tout cœur dans son rôle de père suppléant. En fait, il se consacrait beaucoup plus aux garçons qu'à ses propres enfants, autrefois. Si bien qu'Alice avait tout le loisir de suivre sa formation universitaire.

De son côté, Stuart avait trouvé une nouvelle activité — peu rémunératrice, mais remarquablement motivante. Au cours d'une réunion d'anciens élèves, l'un de ses ex-camarades de promo lui avait parlé de la fondation pour enfants défavorisés dont il était le directeur financier.

A l'origine, Tom Fleming avait proposé à Stuart de venir présenter aux enfants un exposé sur son métier de pilote. Puis les choses avaient évolué, et Stuart occupait, désormais, un poste à temps partiel au sein de la fondation.

— Mon père aurait adoré s'impliquer dans ce genre d'activité, expliquait-il volontiers.

Alice avait l'impression de découvrir un nouvel aspect de son caractère, totalement occulté, jusque-là. Tom Fleming et sa femme étaient des gens charmants, avec lesquels elle avait sympathisé dès la première rencontre.

Au bout du compte, bien que l'alcoolisme de Zoé et sa détresse évidente aient jeté une ombre immense sur leurs vies, Alice avait l'impression que ses rapports avec Stuart commençaient enfin à ressembler à ce qu'elle espérait depuis si longtemps : une relation d'égalité.

La lettre était là quand Maggie redescendit, après être allée admirer la jolie chambre du bébé.

Elle la ramassa distraitement, puis se figea en découvrant le fouillis de caractères collés sur l'enveloppe pour former son nom.

Ses mains tremblaient si fort qu'elle mit plusieurs

secondes à la décacheter. Son cœur battait de façon désordonnée quand elle lut enfin le message.

« Tu crois que tout va bien se passer, hein ? Tu te crois en sécurité. Eh bien, tu te trompes ! Il va se produire quelque chose de terrible. Ça, c'est une promesse ! »

Une brusque nausée lui souleva l'estomac, et elle eut tout juste le temps de courir jusqu'aux toilettes du rez-de-chaussée. En se redressant, elle sentit le bébé s'agiter. Elle posa immédiatement les mains sur son ventre pour le rassurer.

Il fallait qu'elle voie Oliver. Nicki n'était pas l'auteur de cette lettre. C'était impossible. Ce qui signifiait… Cédant brusquement à une panique incontrôlable, elle courut de porte en porte, de fenêtre en fenêtre, pour se barricader.

Le portable d'Oliver était débranché. Quand elle appela au bureau, Kathy lui répondit qu'il n'était pas encore revenu.

Elle ne pouvait pas aller voir Nicki maintenant. Elle ne voulait pas prendre le risque de sortir. Elle décida donc de lui téléphoner.

Zoé observa son pitoyable reflet dans le miroir de la salle de bains. Elle avait les traits tirés, le teint blafard, le visage affreusement boursouflé.

Ian avait entamé une procédure de divorce. Il prétendait qu'il n'était pas le père des garçons. Quelque part dans sa tête, elle entendait ses enfants pleurer — comme ils avaient pleuré, lors de la scène qu'elle avait faite à sa mère, et au cours de laquelle elle lui avait imputé la responsabilité de ce désastre. George s'était interposé entre elle et Alice, le visage rouge et strié de larmes, la suppliant de « ne pas faire de mal à mamie » !

Elle avait besoin d'un whisky.

Elle s'arrêta au milieu de l'escalier, soudain submergée par un immense dégoût d'elle-même, puis sortit son mobile de sa poche, et composa un numéro d'une main tremblante.

— Maman, dit-elle d'une petite voix mal assurée. Tu as raison : j'ai besoin d'aide.

Elle fondit en larmes.

— S'il te plaît, maman, aide-moi ! S'il te plaît…

— Stella ? lança Richard d'une voix inquiète, en trouvant sa femme assise, immobile, à la table de la cuisine.

Quand elle leva la tête, il s'aperçut qu'elle tenait la photo de Jack serrée entre ses doigts et qu'elle avait les yeux pleins de larmes.

Ces derniers mois avaient été atrocement douloureux pour elle. Après la bombe lâchée par Julie, elle avait essayé de se tourner vers Hughie, mais il refusait catégoriquement d'entrer dans son jeu.

— Allons, maman, tu auras d'autres petits-enfants ! lui disait-il, en guise de consolation.

— D'autres, peut-être, mais pas Jack, répliquait-elle farouchement.

L'absence de son petit-fils lui causait une véritable douleur physique. Elle se réveillait la nuit en croyant l'entendre pleurer. Trempée de sueur, elle se levait, puis se recouchait, comprenant que ce n'était qu'un cauchemar. Mais le véritable cauchemar, bien sûr, c'était que Jack fût parti !

— Je viens de passer chez les parents de Julie, lui dit gentiment Richard.

La lueur d'espoir qu'il vit briller dans ses yeux lui fendit le cœur.

— Elle a changé d'avis ? demanda-t-elle en retenant son souffle.

Richard secoua la tête.

— Non, non, pas du tout. Je voulais juste avoir une petite conversation avec eux. Finalement, ils ont admis qu'ils ne pouvaient pas négliger l'affection que nous portons à notre petit-fils.

Stella n'en revenait pas. Au cours de leur vie commune, Richard n'avait pratiquement jamais pris aucune initiative, aucune décision. Et voilà qu'il venait lui annoncer tranquillement qu'il était allé voir les parents de Julie, sans lui avoir dit un seul mot de ses intentions.

— Ils ont même reconnu qu'il était tout à fait normal que nous restions en contact avec Jack, et…

Malgré elle, Stella laissa échapper un petit gémissement — à mi-chemin entre le sanglot et l'exclamation de surprise.

Richard s'arrêta brièvement pour la regarder, et poursuivit son récit de façon presque impersonnelle, comme s'il s'agissait d'un compte rendu pour son club de pétanque.

— A cet effet, nous sommes convenus de mettre en place certains moyens de communication pour instaurer un… un libre échange d'informations, et permettre à Jack de grandir en connaissant les deux branches de sa famille. Gerald est même allé jusqu'à suggérer d'établir une sorte de contrat destiné à protéger les intérêts de Jack. Un contrat qui lui permettra de prendre ses propres décisions concernant sa famille, quand il aura atteint l'âge requis. Jusque-là…

Richard marqua une pause, et Stella se cramponna à sa chaise, le cœur battant.

— Jusque-là… quoi ?

— Jusque-là, Julie et ses parents ont accepté que nous restions en contact avec Jack.

— Rester en contact ? Alors qu'ils partent au Canada et que nous habitons ici, en Angleterre ? s'écria Stella amèrement.

— Voyons, chérie, on prend l'avion, de nos jours. Il y a aussi le téléphone et la vidéo. Et, qui sait, quand Jack commencera à parler, nous aurons peut-être fait l'acquisition d'une Webcam pour le voir en temps réel sur l'ordinateur.

— Mais… tu détestes l'avion, Richard !

— Oui, admit-il. Mais tu aimes Jack, et je l'aime aussi. Et puis, surtout, je t'aime, toi.

Comment avait-elle pu être assez stupide pour comparer

cet homme à Todd Fairbrother ? se demanda Stella en secouant la tête d'un air incrédule.

— Tu le penses vraiment ? demanda-t-elle.

— A quelle partie de ma déclaration fais-tu allusion ? répliqua-t-il d'un air espiègle, lui rappelant soudain le jeune homme timide et si charmant qu'elle avait rencontré, de longues années auparavant, et qui l'avait séduite par ses multiples qualités.

— L'ensemble, répondit-elle en se jetant dans ses bras, riant et pleurant à la fois.

Richard la serra contre lui et plaqua maladroitement un baiser au coin de sa bouche.

— Au fait, marmonna-t-il, tandis qu'elle lui tenait la joue et l'embrassait avec beaucoup plus de précision, j'allais oublier ! Lilian et Gerald nous invitent à passer chez eux avant leur départ. Ils voudraient prendre des photos de nous tous et tourner un petit film vidéo. Ça nous donnera l'occasion de discuter un peu.

— Oh, Richard, tu es vraiment le plus merveilleux des hommes, dit Stella, sa voix se fêlant sur les derniers mots.

Oliver fredonnait à mi-voix en regagnant le bureau, au volant de son petit coupé sport. L'entrevue s'était bien passée, et leur cliente avait passé commande pour tout ce qu'il lui proposait.

Il faisait un temps magnifique, depuis une semaine. Les feuilles commençaient à peine à jaunir sur les arbres qui bordaient la route. Une belle route de campagne toute droite, bien entretenue, qui traversait des champs et des bois. Oliver résista, toutefois, à la tentation d'accélérer.

Tout se passa en un éclair, de façon totalement inexplicable.

La route était déserte et, d'un moment à l'autre, la femme apparut au beau milieu de la chaussée, juste devant lui. Debout, les bras écartés, elle lui souriait.

Instinctivement, bien qu'il fût beaucoup trop près pour pouvoir l'éviter, Oliver donna un brusque coup de volant.

Deux champs plus loin, un fermier, sur son tracteur, assista à l'horrible scène. Il n'en croyait pas ses yeux. La femme fut projetée en l'air comme un pantin désarticulé, et la voiture quitta la route pour aller s'encastrer dans un vieux hêtre planté par son aïeul.

Les jeunes policiers qui frappèrent chez Maggie tâchaient d'adopter un détachement tout professionnel, mais ils finirent par bredouiller lamentablement. L'un des deux, une jeune femme, ne put masquer son saisissement à la vue du ventre proéminent de Maggie.

Maggie voulut parler, mais aucun son ne sortit de sa bouche.

— Où est-il ? demanda-t-elle d'une voix à peine audible.

— Aux urgences de St. Luke. Je… C'est-à-dire… Il

a été grièvement blessé à la tête, répondit l'homme en évitant son regard.

Grièvement blessé... Maggie réprima un haut-le-cœur.

— Il faut que je le voie ! déclara-t-elle aussitôt, sans remarquer le coup d'œil qu'échangeaient les policiers.

Une demi-heure plus tard, deux infirmières la conduisaient au service de soins intensifs.

Elles s'arrêtèrent à la porte de la salle.

— Le neurologue souhaite s'entretenir un instant avec vous, avant... avant que vous entriez, dit l'une d'elles.

Le spécialiste la fit asseoir dans son bureau, et hocha la tête d'un air grave.

— Je suis navré, madame, mais je dois vous informer que les blessures de M. Sanders sont d'une extrême gravité. En fait, il est maintenu en vie artificiellement. Il se trouve dans le coma, et ses lésions cérébrales sont telles...

— Etes-vous en train de me dire qu'Oliver restera paralysé ? demanda Maggie d'une voix sans timbre.

Le médecin détourna un instant la tête, puis ramena les yeux sur elle.

— Madame Radford, je crains que vous m'ayez mal compris. Je sais bien qu'il s'agit d'un choc effroyable, surtout dans votre état, mais la vérité est que votre compagnon est déjà décédé, au sens technique du terme. Son cœur, sa respiration... la vie, si vous préférez, est artificiellement entretenue en lui par les appareils auxquels il est relié.

— Non, protesta obstinément Maggie. Il est grièvement blessé, il est dans le coma…

Elle s'interrompit en déchiffrant le regard du médecin. Le minuscule espoir auquel elle s'accrochait désespérément mourut sur-le-champ. Etait-ce ainsi — sur le coup — qu'Oliver était mort ?

— Je veux le voir, dit-elle.

Le neurologue parut hésiter.

— A mon avis…

Mais Maggie ne l'écoutait déjà plus.

Elle se leva, et se dirigea vers la salle de réanimation, ne lui laissant d'autre choix que de la suivre. Oliver n'était pas dans la pièce où Nicki et Joey avaient été amenés. L'infirmière qui surveillait les appareils eut la délicatesse de sortir quand Maggie entra.

Un épais bandage recouvrait la tête d'Oliver. Son visage livide était couvert d'ecchymoses. Il était allongé torse nu au milieu d'un fatras indescriptible de tubes et de tuyaux.

La science avait ses limites, songea Maggie en plongeant les yeux dans ceux, déjà vitreux, de l'homme qu'elle aimait. Mais elle pouvait aussi accomplir des miracles, se dit-elle en posant une main sur son ventre où le bébé semblait bouger au rythme lent des battements de son cœur.

— Normalement, le décès aurait dû être constaté sur les lieux de l'accident, expliqua le neurologue. Mais les gens du SAMU ont cru détecter un battement de cœur, alors… Personnellement, je pense que le respirateur artificiel devrait être débranché.

— Non !

Maggie fut surprise par la force de sa propre voix.

— Non, non, pas encore ! supplia Maggie. Il doit voir quelqu'un, avant…. S'il vous plaît…

— Je ne sais pas.

Le médecin secoua la tête, l'air indécis.

— Accordez-moi deux jours, je vous en prie !

Elle savait déjà ce qu'elle allait faire. L'idée avait germé, plus ou moins consciemment, dans son esprit, dès qu'elle avait vu Oliver. Dire qu'elle avait craint pour sa propre vie, alors que, depuis le début, c'était sur lui que pesait la menace, songea-t-elle avec accablement.

Elle ignorait totalement qui pouvait être la personne qui s'était jetée sous ses roues. En revanche, elle savait qu'il s'agissait d'un acte délibéré, certainement lié aux lettres anonymes qu'elle avait reçues. Mais elle ne pouvait pas se permettre de perdre son temps à y réfléchir maintenant. Elle avait besoin de toute son énergie pour accomplir un acte bien plus important.

Elle sortit de l'hôpital pour utiliser son portable. Elle expliqua rapidement à son médecin ce qui s'était passé et ce qu'elle attendait de lui.

— Vous voudriez accoucher tout de suite ? Deux semaines avant la date prévue ?

— J'en suis à trente-sept semaines de grossesse, lui rappela-t-elle, bafouillant presque dans sa précipitation.

Il n'y aurait aucun danger pour l'enfant, n'est-ce pas ? Je voudrais juste qu'Oliver…

La gorge nouée, elle dut s'interrompre. Elle ne pouvait pas se permettre de pleurer. Il y avait beaucoup trop à faire.

En attendant la réponse du médecin, elle sentit redoubler la douleur qui la tenaillait depuis le matin.

— Ce n'est pas si facile, Maggie. Il faudrait avoir un bloc opératoire disponible, ainsi qu'une équipe chirurgicale…

— Je vous en prie ! insista Maggie. Vous m'avez dit vous-même…

Elle se tut brusquement, le souffle coupé par une douleur fulgurante. Prise de vertige, le corps moite, elle eut l'impression qu'elle allait vomir. Il fallait qu'il accepte. Il fallait qu'Oliver puisse voir son bébé.

La douleur se calma, et Maggie respira enfin, soulagée. Puis elle se figea en sentant du liquide couler le long de ses jambes.

Une infirmière qui passait par là lui jeta un coup d'œil et s'arrêta.

— Ce n'est rien, lui dit-elle d'un ton rassurant. Vous êtes en train de perdre les eaux.

Maggie la regarda d'un air interdit. Puis elle s'aperçut qu'elle avait toujours son portable à l'oreille.

— Vous n'avez plus à prendre la décision, dit-elle au médecin. Le travail a déjà commencé !

On la conduisit d'urgence en salle d'accouchement

et, grâce à la péridurale, elle ne souffrit pas. Ses yeux s'emplirent de larmes quand l'obstétricien annonça :

— Félicitations, Maggie. Vous avez mis au monde une superbe petite fille en parfaite santé.

Une fille ! Oliver était persuadé que ce serait un garçon...

Un frisson d'allégresse parcourut le corps de Maggie quand elle prit son bébé dans ses bras. Tout en embrassant tendrement son petit front humide, elle lui parla à l'oreille de l'immense perte qui était la leur, de l'homme exceptionnel qui leur avait offert tant d'amour.

— Je voulais qu'il te connaisse, lui qui t'attendait avec tant d'impatience, acheva-t-elle d'une voix brisée.

Sans pouvoir s'expliquer comment, Maggie sentit que leur enfant, l'enfant d'Oliver, aurait conscience, toute sa vie durant, que son père était là au moment de sa naissance, et que cette certitude lui donnerait du courage dans les moments difficiles de son existence.

A cause de la péridurale, ce fut dans un fauteuil roulant qu'elle se rendit au chevet d'Oliver, son bébé entre les bras.

Oliver gisait toujours parmi les tubes et les tuyaux, sous le regard vaguement désapprobateur du neurologue.

— S'il vous plaît, enlevez-lui tout ça, et approchez-moi de son lit, demanda-t-elle à mi-voix.

Puis, la vue brouillée par les larmes, elle souleva le bébé et, avec l'aide de l'infirmière, elle le plaça tendrement au creux du bras d'Oliver.

Sans qu'elle eût rien à dire, l'infirmière s'éclipsa avec tact pour les laisser seuls, tous les trois.

— La voilà, Oliver, chuchota-t-elle dans le silence de la chambre. Voilà ta fille, qui te ressemble étonnamment. Regarde ce petit nez : c'est tout à fait le tien, non ? ajouta-t-elle en riant. Et cette ossature longue et fine. Ce sera une beauté… Bébé, voilà ton papa, dit-elle ensuite au nouveau-né. C'est le plus merveilleux des hommes…

Elle se tut, incapable d'en dire plus, vaguement consciente qu'une infirmière était revenue et prenait discrètement quelques photos.

A travers ses larmes, elle crut voir Oliver cligner des paupières, et elle crut sentir son souffle circuler dans la pièce, comme si, d'une manière ou d'une autre, il savait… comme s'il pouvait percevoir leur présence… comme si, en dépit de tout, il était encore là, avec elles. Pour Maggie, c'était là l'essentiel.

La jeune maman remit son précieux fardeau entre les mains d'une infirmière, et continua à veiller Oliver jusqu'à ce que la froideur de sa peau lui indiquât qu'il avait vraiment rendu l'âme.

Alors, seulement, elle donna libre cours à ses larmes.

Alertées par Marcus, qui avait appris le drame de la bouche d'un confrère, elles avaient couru jusqu'à l'hôpital. Et elles l'attendaient, toutes les trois, dans sa chambre, à la maternité. Alice, le visage boursouflé par les larmes ; Stella, qui, pour une fois, ne trouvait rien à dire, et Nicki, qui tenait précautionneusement dans ses bras le bébé de sa meilleure amie.

Maggie arriva en fauteuil roulant, poussée par une infirmière. Et toute parole devint superflue. Leur présence suffisait. Leur présence, songea Maggie, du fond de sa détresse, était tout pour elle.

Épilogue

Treize mois plus tard

Stuart déposa Alice au restaurant avant d'aller chercher George et William à l'école. Ils avaient déjeuné, ce jour-là, avec Tom et sa femme, pour mettre au point les derniers détails d'une soirée de Noël organisée par Stuart pour un groupe d'adolescents défavorisés dont il s'occupait personnellement.

Tom n'avait pas tout de suite pris au sérieux l'idée de Stuart : chercher des sponsors pour des cours de pilotage destinés à ces jeunes. Loin de se décourager, Stuart avait frappé à de nombreuses portes, jusqu'à ce qu'il eût rassemblé la somme nécessaire. Il avait même suivi des cours de remise à niveau pour être leur instructeur.

Ils s'étaient énormément rapprochés l'un de l'autre, songea Alice en lui faisant un petit signe de la main, au moment d'entrer dans le restaurant.

Elle était la première, mais elle n'eut pas à attendre les autres bien longtemps. Stella entra pratiquement derrière elle, bientôt suivie par Nicki et Maggie.

— Laura nous demande de ne pas les attendre. Elle

doit passer chercher Zoé, et elles risquent d'être un peu retardées, annonça Nicki.

Bien que Zoé, après une sévère cure de désintoxication, eût totalement cessé de boire, son interdiction de conduire n'avait pas encore été levée — fait qu'elle acceptait avec bonne humeur, s'estimant heureuse de ne pas avoir causé plus de dégâts sous l'effet de l'alcool.

— Elle voulait en profiter pour apporter chez Zoé les cadeaux de Noël de George et William, reprit Nicki. A mon avis, Marcus et Laura ne vont pas tarder à fonder leur propre famille. Des deux, c'est encore lui le plus impatient, ce qui n'est pas peu dire !

Elles s'esclaffèrent ensemble.

— Eh bien, à une semaine du mariage et à quinze jours de Noël, nous avons eu de la chance de pouvoir nous retrouver ce soir, dit Stella quand elles furent installées autour d'une table ronde à six places.

— Quoi ? Sauter notre rendez-vous mensuel ? s'exclama Nicki. Ah, non alors, pas question ! Plus jamais, plus jamais ça.

Elles se regardèrent un moment sans rien dire, unies par la cœur et la pensée.

L'expérience qu'elle avait vécue au cours de sa dépression avait permis à Nicki de prendre un certain recul, et elle avait acquis une profondeur qui lui permettait aujourd'hui de mieux se connaître et même de s'apprécier. Elle rayonnait littéralement de calme et de sérénité.

— Nous avons passé un mois d'août inoubliable dans ta villa, Nicki, lui dit Stella avec un sourire.

— Tant mieux. Kit souhaite que nous recommencions l'année prochaine, répondit-elle. A propos de vacances, comment était-ce, le Canada ?

— Le Canada ? Un peu comme Jack, répondit Stella en riant. Passionnant et totalement épuisant. Cet enfant a tellement grandi que nous avons d'abord eu du mal à le reconnaître. Et vous savez quoi ? Julie parle de venir terminer ses études ici, avec lui. Elle nous a demandé si nous pourrions les loger à la maison ! En attendant, Lilian et Gerald nous ont invités pour les vacances de Pâques... Bref, nous ne sommes jamais séparés très longtemps de notre petit-fils, comme vous pouvez le constater.

— Super ! Eh bien, moi, figurez-vous que j'ai fini par dénicher un petit ensemble pour le mariage de Laura et Marcus, dit Nicki. Enfin, c'est Laura qui me l'a trouvé. J'étais au grenier en train de chercher des guirlandes de Noël quand elle m'a appelée. Je sais que c'est un peu sentimental de ma part, mais j'ai gardé toutes les décorations qu'utilisait Jennifer quand Laura était petite, plus celles que nous avons achetées au fil des ans. Laura affirme que si je ne jette pas tous ces vieux trucs, elle va venir faire le ménage, un de ces jours. Bref, elle était tout excitée parce qu'elle pensait avoir déniché exactement ce qu'il me fallait. J'ai dû tout laisser tomber pour aller la retrouver illico à Londres !

Elles parlèrent chiffons pendant quelques instants, puis Maggie demanda des nouvelles de Zoé.

— Elle va très bien, répondit Alice avec un grand sourire. Je sens qu'elle commence à tirer un trait sur le passé. Son divorce sera bientôt effectif, et je crois qu'elle se sent bien dans sa nouvelle maison.

— Zoé a réellement repris sa vie en main, dit Nicki.

— Oui, c'est certain. Elle reconnaît qu'elle devra toujours se considérer comme une alcoolique et ne plus jamais boire une goutte de vin. Tout a changé pour elle, depuis qu'elle travaille chez toi, Nicki. C'est une activité qui lui convient parfaitement. Tu ne peux pas savoir à quel point je te suis reconnaissante de l'avoir embauchée.

— Il n'y a pas de quoi, répondit Nicki.

Elle se tourna vers les autres.

— Je me demande bien pourquoi je n'y avais pas songé plus tôt. En fait, c'est Laura qui m'a fait cette suggestion. Elles bossent vraiment bien ensemble.

— Tant mieux, dit Alice.

Puis elle se tourna vers Maggie.

— Comment va notre petite Bella ? lui demanda-t-elle.

Elle n'avait pas vu sa filleule depuis plus d'une semaine et, à l'âge de Bella, chaque jour apportait des changements stupéfiants, surtout pour des marraines aussi attentives que les siennes.

Le pasteur avait fait remarquer qu'il était un peu inhabituel pour un enfant d'avoir trois marraines et aucun parrain, sans, toutefois, remettre en question la décision de la maman.

— Elle se porte à merveille, répondit Maggie.

— Inutile de demander qui s'occupe d'elle, ce soir, dit Nicki avec un petit sourire amusé.

Les autres s'esclaffèrent.

— Est-ce qu'il arrive à Dan de la quitter des yeux un instant ? Je n'ai jamais vu pareil papa poule !

Maggie rit avec ses amies.

Ils s'étaient remariés à la fin de l'été. Après la cérémonie, Dan l'avait conduite sur la tombe d'Oliver pour qu'elle y dépose ses fleurs, et il l'avait laissée un moment seule avec lui.

Lors du traumatisme consécutif à la mort d'Oliver, ses amies et Dan avaient formé bloc autour d'elle pour la soutenir. A la sortie de la maternité, c'était Dan qui avait raccompagné Maggie et sa fille dans la maison où elle avait vécu si peu de temps avec Oliver. Ses trois amies l'y attendaient, et elles s'étaient relayées, par la suite, pour ne jamais la laisser seule.

L'enquête avait établi que la femme qui était à l'origine de l'accident était une patiente de la clinique où Maggie avait reçu son traitement de fécondation assistée. Elle souffrait de graves troubles mentaux, et elle avait pénétré par effraction dans les bureaux afin de consulter des dossiers confidentiels. Elle s'était alors persuadée que Maggie avait reçu ses ovules, et elle avait développé un délire paranoïaque autour de cette idée.

Pour Maggie, il semblait évident que cette malheureuse était l'auteur des lettres anonymes…

Au début, Maggie avait pris ses distances avec Dan, mais, à force de patience et d'opiniâtreté, il avait réussi à vaincre ses réticences. La nuit où elle avait enfin accepté sa demande en remariage, elle avait rêvé d'une promenade en forêt au cours de laquelle la voix d'Oliver, mêlée au bruit du vent et au murmure des feuilles, lui disait que son bonheur et celui de leur fille étaient son unique souci.

A dire vrai, elle n'avait jamais vraiment cessé d'aimer Dan — tout comme elle ne cesserait jamais d'entretenir le souvenir d'Oliver pour qu'il reste vivant dans le cœur de Bella.

Pour le premier anniversaire de la petite fille, Dan lui avait fait la surprise d'apporter un album dans lequel il avait rassemblé des dizaines de photos d'Oliver que Maggie n'avait, pour la plupart, jamais vues. Le mal qu'il s'était donné, pendant des mois, pour les dénicher prouva à Maggie combien il l'aimait et la comprenait.

Ils allaient fêter Noël au manoir de Draycotte, où ils avaient emménagé, le lendemain de leur mariage, après que Maggie eut remis en vente l'ancien presbytère. Les fêtes de fin d'année auraient, pour elle, une saveur douce-amère, mais son plus beau cadeau resterait, bien sûr, celui qu'Oliver lui avait fait en lui donnant Bella.

— Bon, voilà, ça y est ! s'exclama Laura, tandis que Zoé s'asseyait à côté d'elle dans la voiture. Nous voici membres à part entière du club des « Grandes » ! A égalité avec nos mères… Ça fait quand même un drôle d'effet, non ?

— Drôle, oui. Mais pas si désagréable que ça, en définitive, admit Zoé avec un petit sourire. Tu crois qu'on pourra encore revendiquer le statut de novices et les laisser régler l'addition ?

— Quoi ? Alors que nous sommes associées dans notre entreprise ? répliqua Laura, évoquant le cadeau de Noël que Nicki venait de leur faire en partageant avec elles le capital de sa société.

Dan souleva sa petite chérie et la porta dans la chambre d'enfant.

La gardant au creux de son bras, il se mit à tourner les pages de l'album qu'il avait posé sur son genou.

— Là, c'est ton papa Oliver, quand il allait en classe, lui dit-il doucement.

Il parcourait souvent l'album quand Maggie n'était pas là, afin de parler un peu d'homme à homme avec Oliver. Il évoquait les femmes, la vie, le football, mais, par-dessus tout, leur merveilleuse, leur adorable petite fille. Jamais il n'aurait avoué à sa femme le réconfort qu'il puisait dans ce dialogue — qui était, en réalité, un monologue —, dans le sentiment d'avoir quelqu'un avec qui partager les émotions complexes et l'anxiété d'un père néophyte.

— Noël sera bientôt là, mon vieux, commença-t-il en calant solidement Bella contre son épaule. Ce petit bout de chou va recevoir une montagne de cadeaux plus grosse qu'elle — des jouets auxquels elle préférera, à coup sûr, leurs boîtes et autres emballages ! Au fait, je lui ai pris un billet pour le prochain match de la saison. J'espère qu'elle ne sera pas comme Maggie, qui n'arrête pas de jacasser du début à la fin des rencontres !

Il s'interrompit, et jeta un coup d'œil sur la photo la plus récente d'Oliver.

— J'espère que ça ne t'ennuiera pas, mais j'ai bavardé un moment avec Stuart — souviens-toi, le mari d'Alice ! Une donation va être versée en ton nom à la fondation dont il s'occupe. Je sais bien que tu n'aimes pas te faire remarquer, mais je suis sûr aussi que tu aurais aimé participer à ce genre d'action. Il faut voir ces gamins…

Dix minutes plus tard, quand il referma la porte derrière lui, tandis que sa fille s'était endormie dans ses bras, un souffle paisible et doux circula dans la chambre, comme si, mystérieusement, quelque part entre deux mondes, un pacte d'amour venait de se conclure.

DANS LA MÊME COLLECTION

Par ordre alphabétique d'auteur

MARY LYNN BAXTER	*La femme secrète*
MARY LYNN BAXTER	*Un été dans le Mississippi*
JENNIFER BLAKE	*Une liaison scandaleuse*
MEGAN BROWNLEY	*La maison des brumes*
CANDACE CAMP	*Le bal de l'orchidée*
CANDACE CAMP	*Le manoir des secrets*
CANDACE CAMP	*Le château des ombres*
CANDACE CAMP	*La maison des masques*
ELAINE COFFMAN	*Le seigneur des Highlands*
PATRICIA COUGHLIN	*Le secret d'une vie*
EMMA DARCY	*Souviens-toi de cet été*
SALLY FAIRCHILD	*L'héritière sans passé*
FIONA HOOD-STEWART	*Les années volées*
PENNY JORDAN	*Silver*
PENNY JORDAN	*L'amour blessé*
PENNY JORDAN	*L'honneur des Crighton*
PENNY JORDAN	*L'héritage*
PENNY JORDAN	*Le choix d'une vie*
PENNY JORDAN	*Maintenant ou jamais*
RACHEL LEE	*Neige de septembre*
LYNN LESLIE	*Le choix de vivre*
ANN MAJOR	*La brûlure du mensonge*
CURTISS ANN MATLOCK	*Sur la route de Houston*
MARY ALICE MONROE	*Le masque des apparences*
NORA ROBERTS	*Retour au Maryland*
NORA ROBERTS	*La saga des Stanislaski*
NORA ROBERTS	*Le destin des Stanislaski*
NORA ROBERTS	*L'héritage des Cordina*
NORA ROBERTS	*Love*
NORA ROBERTS	*La saga des MacGregor*
NORA ROBERTS	*L'orgueil des MacGregor*

... / ...

DANS LA MÊME COLLECTION

Par ordre alphabétique d'auteur

ROSEMARY ROGERS	*Le sabre et la soie*
ROSEMARY ROGERS	*Le masque et l'éventail*
JOANN ROSS	*Magnolia*
JUNE FLAUM SINGER	*Une mystérieuse passagère*
ERICA SPINDLER	*L'ombre pourpre*
CHARLOTTE VALE ALLEN	*Le destin d'une autre*
SUSAN WIGGS	*Un printemps en Virginie*
SHERRYL WOODS	*Refuge à Trinity*

6 NOUVEAUTÉS À PARAÎTRE EN AOÛT 2006

Composé et édité par les
éditions Harlequin
Achevé d'imprimer en mai 2006

par

LIBERDÚPLEX

Dépôt légal : juin 2006
N° d'éditeur : 12099

Imprimé en Espagne